Lotte R. Wöss
SOMMERSCHNEEFLOCKE

AF217006

Lotte R. Wöss, geboren 1959 in Graz, absolvierte nach der Matura die Ausbildung zur Diplom-Krankenschwester. Schon als Kind schrieb und dichtete sie, es folgten Artikel und Gedichte für kleine Zeitungen, doch erst im reiferen Alter fand sie zurück zu ihrer Leidenschaft, dem Schreiben, und veröffentlichte ihren Debütroman »Schmetterlinge im Himmel« als Selfpublisherin. Mittlerweile hat sie zahlreiche Liebesromane, Krimis und auch Kurzgeschichten veröffentlicht, sowohl als Selfpublisherin als auch in Verlagen.

Ihr bevorzugtes Genre bleiben aber Liebesgeschichten mit Tiefgang. Die Entwicklung, die ein Mensch machen kann, die Möglichkeit, an sich selbst zu arbeiten und einen Reifeprozess durchzumachen – das ist für Wöss Thema Nummer eins.

Lotte R. Wöss
SOMMERSCHNEEFLOCKE

Roman

Bibliografische Information der Deutschen Nationalbibliothek: Die Deutsche Nationalbibliothek verzeichnet diese Publikation in der Deutschen Nationalbibliografie; detaillierte bibliografische Daten sind im Internet über http://dnb.d-nb.de abrufbar.

März © 2025 Empire-Verlag
Empire-Verlag OG, Lofer 416, 5090 Lofer
produktsicherheit@empire-verlag.at
Ansprechpartner: Thomas Seidl

Lektorat: Bianca Kober
Korrektorat: Heidemarie Rabe

Cover: Casandra Krammer
www.casandrakrammer.de

Buchsatz: Claudia Tallian
www.manuskriptzauber.com

Du möchtest keine Veröffentlichung
aus dem Hause Empire-Verlag verpassen?
Dann melde dich gleich zum Newsletter an:
www.empire-verlag.at/newsletter

Für Omutti, meine liebste Großmutter,

die mir in der Jugend Halt gegeben hat.

Hoffentlich hast du im Himmel das Glück gefunden,

das dir auf der Erde verwehrt war.

Dieses Buch enthält Inhaltswarnungen/ Content Notes auf der letzten Seite gegenüber der Deckelinnenseite.

Prolog

Jede Schneeflocke ist einzigartig.

Eiskristalle bilden je nach Temperatur und Feuchtigkeit Sterne, Nadeln oder Plättchen zu einem Gebilde – da für jede Schneeflocke unterschiedliche äußere Bedingungen gelten, gibt es keine Schneeflocke, die der anderen gleicht.

Schneeflocken brauchen Minusgrade, um existieren zu können. Wird die Null-Grad-Celsius-Schwelle überschritten, schmelzen sie.

Kapitel 1
Marlen

Meine liebe Schneeflocke! Ich soll dir alles von Anfang an berichten, meint er. Und ich will dir sagen, dass du zwar komplett ungeplant, aber keineswegs unerwünscht warst. Niemals!

Marlen hatte die größte Dummheit ihres Lebens begangen. Was war nur in sie gefahren?

Sogar jetzt, dreißig Stunden später, war sie nicht sie selbst.

»Marlen, so schlimm ist das nicht.«

»Ich kann mich nicht in der Firma blicken lassen, in ganz Nordhaven nicht mehr.« Mit einem Ruck zog sie die Decke über den Kopf, verhedderte sich und musste sofort niesen. Allergien waren ein Kreuz!

Purple befreite sie aus ihrer misslichen Lage. »Mensch im Himmel, übertreib doch nicht so! Was ist groß passiert?«

Marlen sah zum Fenster und beobachtete einen Regentropfen, der träge die Scheibe hinunterlief.

»Erde an Marlen.« Ihre beste Freundin zischte nah bei ihrem Ohr wie eine Dampflok, die kurz davor war, ihren Geist aufzugeben.

»Nichts wäre geschehen, wenn Christian mich nicht abserviert hätte.« Sie schüttelte den Kopf. »Wir waren das perfekte Match.« Energisch richtete sie sich auf. »Nie gab es Streit, nicht mal eine Diskussion, weil wir ohnehin immer dasselbe wollten. Und er trinkt seinen Kaffee ebenfalls nur mit einem Schuss Milch, niemals mit Rahm.«

»Mensch, Marlen, das ist doch kein Kriterium für eine Ehe. Außerdem trinkst du lieber Tee.«

»Unsere Hochzeit ist seit Monaten geplant.«

»Du hast sie bis ins kleinste Detail berechnet. Sogar die Anzahl der Schokoladetafeln, die das Küchenteam für die Nachspeise benötigen würde.«

Marlen sog tief die Luft ein, zog ihre Beine an und stützte das Kinn auf ihre Knie, ging jedoch nicht auf Purple ein. »Eine bescheuerte Idee, ihn überraschen zu wollen. Weshalb bin ich zu ihm in die Uni gefahren?«

Purple zupfte an ihrem Pullover herum. »Ehrlich, ich hätte es Christian nicht zugetraut.«

»Dass er mich betrügt?«

»Dass er es ist, der erkennt, dass das mit euch langweilig ist.«

»Langweilig?« Sie fuhr hoch. »Was soll das heißen?«

»Wie ein bequemer alter Hausschuh. Man zieht ihn über, aber er eignet sich nicht, um mit ihm irgendwelche spontanen Episoden anzusteuern.«

»Ich war zufrieden damit, wie es war.«

»Du wärst irgendwann vor lauter Eintönigkeit zugrunde gegangen.« Ein kräftiger Schubs brachte Marlen zum Kippen und sie streckte die Beine aus. »Sei froh, jetzt startet dein Leben. Gib es zu, du hattest heute

Nacht endlich einmal hervorragenden überdimensionalen brillanten unbeschreiblich fantastischen …«

Marlen sprang auf und hielt Purple den Mund zu. »Sprich es nicht aus.«

Purple riss sich los und formte das Wort geräuschlos mit den Lippen. »Sex.«

Marlens Trancegefühl verschwand, als wäre das Wort der geheime Schlüssel zu ihrer Energiequelle. Ihr Magen schlug Purzelbäume, sie stand auf und eilte in die Küche. »Möchtest du eine Tasse Kräutertee?«

»Lieber Kaffee.«

»Um diese Uhrzeit? Kannst du dann einschlafen?«

»Schlafen? Es ist Wochenende und Marco …«

»Stopp! Ich freue mich, dass mein Bruder und du glücklich seid, aber genau wissen will ich es nicht.«

»Okay, erzähl mir lieber vom smarten Theo. Wie war er? Erfahrung hat er ja genug.«

Marlen spürte in Gedanken seine Finger auf ihrer nackten Haut, das Kribbeln und Prickeln, das Gefühl, ihre Innereien hätten Hände bekommen und streichelten einander, sein warmer Atem, der sich anfühlte wie eine Sommerbrise und seine unendliche Geduld und Sanftheit. Für nichts von alldem fand sie Worte.

»Ah, verstehe, eine Lady genießt und schweigt.«

»Kaffee.« Marlen riss sich aus ihren Gedanken und schaltete die Kaffeemaschine ein. Sie wollte sich nicht eingestehen, dass die Nacht einem magischen Traum unheimlich nahegekommen war. Christian, das bedeutete Dienstag und Samstag oder Sonntag. Dienstag, weil das der einzige Tag war, an dem er am Nachmittag keine Vorlesungen hatte.

Mit dem smarten Theo hatte sie weder an Wochentagen, geschweige denn an sonstige Dinge gedacht. Ihr Gehirn war von anderem erfüllt gewesen, es war, als hätten ihre denkenden Zellen Pause eingelegt.

Und sie hatte es genossen.

»Es war gut, nicht wahr?«

»Penelope!«

»Ah, wenn du mich bei dem Namen nennst, der in meiner Geburtsurkunde steht, dann habe ich ins Schwarze getroffen. Es war nicht gut, es war unbeschreiblich bombig, mega …«

»Stopp!« Marlen hob die Hand. »Okay, okay, es war …« Sie stellte eine Tasse unter die Kaffeemaschine und füllte Wasser in den Wasserkocher.

»Was jetzt?«

»Ein Erlebnis.« Ihre Wangen fühlten sich heiß an.

»Was genau ist dein Problem?« Purple holte die Milch aus dem Kühlschrank, das Zischen der Kaffeemaschine gab Marlen Zeit für eine Antwort.

Es war nur Purple, die Freundin seit dem Kindergarten. Dass sie ihren Bruder Marco geheiratet hatte, spielte keine Rolle.

Tat es doch. Weil Marlen nicht wollte, dass Marco alles brühwarm erfuhr. Und Purple und Marco, das war eine Einheit. Sie verständigten sich durch Blicke und Gesten, transportierten Wagenladungen von Emotionen nur mit ihren Augen.

Genau das hatte ihr bei Christian gefehlt. Aber schließlich war das Leben kein immerwährender Pott des Vergnügens, Kompromisse waren bei Marlen an der Tagesordnung.

»Es hat sich geändert.«

»Was?«

»Seit du mit Marco verheiratet bist, teilst du alles mit ihm.«

»Er ist dein Bruder.«

»Eben. Ich will nicht, dass mein Bruder über mein Intimleben Bescheid weiß.« Sie reichte Purple die gefüllte Kaffeetasse, der Duft stieg ihr in die Nase.

Wie oft hatte sie Kaffee für Christian zubereitet. Stopp, weg damit.

»Du denkst, ich plaudere sämtliche Dinge, die du mir im Vertrauen erzählst, aus?« Purple zog ihre Nase in ihrer charakteristischen Weise hoch, nahm die Tasse und ging mit geradem Rücken ins Wohnzimmer zurück.

Marlen goss das kochende Wasser in ihre Keramikteetasse. Ihre Lieblingstasse, obwohl ein kleines Eck vom Rand abgesplittert war. Egal, sie trank von der anderen Seite. Sie stellte sich auf die Zehenspitzen, um zu den Teebeuteln zu gelangen, die Packung glitt ihr aus den Händen und die Päckchen verteilten sich auf dem Boden.

Rasch bückte sie sich, um die Ausreißer einzusammeln, da passierte es: Tränen stürzten wie aus einer Wasserleitung über ihre Wangen, sie hockte sich auf den Boden und schlug die Hände vors Gesicht.

»Marlen!« Der entsetzte Aufschrei ihrer Freundin

drang nur gedämpft zu ihr, dann kniete Purple neben ihr und umarmte sie. »Komm, setz dich auf die Couch, ich bringe dir deinen Tee.«

Der Weinanfall ebbte ab, Marlen ließ sich von Purple zur Couch führen. In ihrem Inneren rumorte es, als wäre ein Handwerker mit einer Poliermaschine zugange, die ihre Hautinnenseite bearbeitete. Der Begriff »aus der Haut fahren« erhielt eine neue Dimension.

Ausgerechnet ihr, die niemals von ihren Vorsätzen abkam, passierte dieses Dilemma. Ihr, die durchorganisiert war bis ins kleinste Detail, die an alles dachte und das Unmögliche voraussehen konnte und immer einen Plan B, meist sogar C in petto hatte. Sie beherrschte Tabellen und Kalkulationen im Schlaf. Wozu? In einer einzigen Nacht war das Unaussprechliche geschehen.

Sie hatte mit dem smarten Theo geschlafen.

»In gewisser Weise ist es positiv.« Purple sammelte die Teepäckchen auf, räumte die Packung in den Schrank zurück und gab eines in Marlens Tasse. »Warum sind deine Teepäckchen so hoch oben? Du brauchst sie doch jeden Tag.«

»Christian mochte den Geruch nicht. – Und was bitte ist an der Sache positiv?« Marlen nahm ihr die Tasse ab und legte ihre Hände darum.

»Zum Beispiel, dass du deinen Lieblingstee nun dorthin räumen kannst, wo du ihn leichter erreichst.«

Marlen blies in den heißen Kräutertee. Der Geruch von Minze, Melisse und Apfel legte sich angenehm auf ihre Geruchsnerven. »Wäre ich nicht überraschend bei

Christian aufgetaucht, dann ...« Ein einziges Mal war sie von den vertrauten Plänen abgewichen, mit verheerenden Folgen.

»Wüsstest du bis heute nicht, dass der hochnoble Herr Professor bereits seit Monaten zweigleisig fährt.« Purple griff nach ihrer Kaffeetasse und setzte sich neben Marlen. »Stell dir vor, du heiratest den Kerl und kommst danach dahinter ...«

»Er hat mich nicht betrogen.« Mit einem Ruck stellte Marlen ihren Tee auf den Tisch, dabei landeten ein paar Tropfen auf der bestickten Tischdecke.

»Nah dran, nicht wahr?«

»Es war«, sie suchte nach dem richtigen Wort, »beschämend. Sie saßen da nah beieinander, die Köpfe fast ineinander verkeilt. Christian hat gelacht, so habe ich ihn nie zuvor lachen gehört.« Marlen fixierte einen Punkt an der Decke. »Und der Blick von ihm, als er mich gesehen hat. Seine glückliche Miene verschwand von jetzt auf gleich, als wäre ich die sprichwörtlich böse Hexe aus dem Märchen. Es war, als würde er zum Schafott gehen.«

»Und dann?«

»Er hat ihr was zugeflüstert«, Marlen brach ab und nahm einen Schluck. »Sie ist jung, vermutlich eine Studentin. Christian, der das Bürgerliche Gesetzbuch zum Frühstück verschlingt, lässt sich mit einer Studentin ein!« Deutlich sah sie die Szene vor sich. »Er ist aufgestanden, zu mir gekommen. Weißt du, was er gesagt hat? Ich kann dich nicht heiraten, Marlen. Einfach so. Und vor der anderen.«

»Das ist erstaunlich.« Purple kicherte in ihre Kaffeetasse. »Dass der steife pedantische Herr Professor wirklich die Reißleine gezogen hat. Er, dessen Gang mich stets an einen Pfau erinnert, dessen Krawatte wie mit dem Lineal bemessen wirkt und an dessen Anzug sich kein Fusselchen wagt.«

»Übertreib nicht.«

»Entschuldige, aber ich kann ihn mir nicht mit offenem Hemd und entspanntem Grinsen vorstellen. Dass er sein Korsett abgeworfen hat – Respekt.«

»Wer so eine Freundin hat, sollte sich lieber gleich die Kugel geben.«

»Marlen, jetzt erklär mir mal bitte, was dein Problem ist. Christian hat mit dir Schluss gemacht, okay. Aber wenn du in dich gehst, hast du doch selbst schon gemerkt, dass ihr beide keine Chance gehabt hättet, für den Preis zum Traumpaar des Jahres nominiert zu werden. Jeder Tag war minutiös eingeteilt, jede Minute! Ich wette, sogar der Sex hatte fixe Zeiten.«

Marlen verschluckte sich und begann zu husten. Purple nahm ihr die Tasse aus den Fingern und klopfte auf ihren Rücken. »Tut mir leid, offenbar hatte ich recht.«

»Vielleicht war Christian nicht in allen Belangen perfekt, aber …«

»Niemand ist in allen Belangen perfekt. Es reicht, wenn ihr in den bedeutsamen Themen ein Match seid. Die Dinge, worauf es ankommt, verstehst du? Kompromisse klar, aber bei gewissen Bereichen, da darfst du keine Abstriche machen. Merk dir: Beim Sex eine Niete, vergiss ihn.«

»Es gibt Wichtigeres als Sex.«

»Und was war letzte Nacht? Du hast den Kopf verloren, nicht wahr? Du konntest dich zum ersten Mal fallen lassen, hast deinen Körper gespürt und den Verstand ausgeschaltet. Du hast gefühlt.«

Marlen vergrub ihr Gesicht in der Tasse.

»Endlich!« Purple lehnte sich zurück. »Hat nichts Besseres passieren können, als dass du diesen eisernen Professor los bist.«

Sekundenlang war es still.

»Theo wird sich damit brüsten.« Marlen presste sofort ihre Lippen zusammen. Das hatte sie nicht sagen wollen, verdammt.

»Warum sollte er? Schließlich gehören dazu immer zwei.«

»Er scharwenzelt schon seit Monaten um mich herum, alle in der Firma wissen, dass er bald jedes Wochenende eine andere Frau aufreißt. Ich bin eine Kerbe an seinem Bettgestell.«

»Das funktioniert umgekehrt genauso. Warum sollen Frauen nicht zum Spaß Sex haben? Die Zeiten, dass Frauen Jungfrau bleiben mussten, während sich die Männer ein Horn nach dem anderen abstießen, sind vorbei. Du hast das Recht auf ein erfülltes Sexleben.« Purple sah auf ihre Uhr. »Shit, ich muss gehen. Marco und ich sind heute bei meinem Chef eingeladen, ich muss mich noch umziehen. Das wird eine stinklangweilige Sache, seine Frau macht immer auf vornehm. Aber

16

was tut man nicht alles.« Sie umarmte Marlen. »Kopf hoch. Sei froh, dass du Christian los bist und was den smarten Theo betrifft, zeig doch du ihm die kalte Schulter.«

Kapitel 2
Theo

Es war Montag und Theo fühlte sich leicht wie eine Feder. Ihm war in Fleisch und Blut übergegangen, den bescheuerten Womanizer mit den talentfreien Anmachsprüchen zu spielen, auf die niemals eine Frau einging. Vor allem Marlen hatte ihn stets mit Verachtung gestraft und er war fasziniert von ihren schlagfertigen Antworten. Was hatte sie bewogen, in sein Bett zu kommen?

Auf der Weihnachtsfeier am Samstag hatte er seine übliche Rolle gespielt. Im vertrauten Terrain fühlte er sich wohl. Die schmachtenden Blicke von Renate, die gespitzten Lippen von Babs, Lauras viel zu kurzes Kleidchen sowie das tief ausgeschnittene Dekolleté von Irmi – das alles kommentierte er mit Charme. Sein Grinsen war ins Gesicht getackert, wobei es ihn zunehmend mehr Kraft kostete, den Widerwillen hinunterzudrücken. Denn der war wie ein Stück Plastik unter Wasser, kam ungefragt in den unpassendsten Momenten hoch.

Marlens Erscheinen war eine Brise auf seinem erhitzten Gemüt. Ihr rotes Kleid – nie zuvor hatte er sie in dieser Farbe gesehen – schmiegte sich an ihren Körper wie eine zweite Haut, die überdimensionalen Ohrringe glitzerten im Licht der Lampen. An diesem Abend erschien sie ihm wie ein Weihnachtsbaum, herausgeputzt, strahlend redete sie auf ihre Kolleginnen ein, gestikulierte mit den Armen und trank. In ihren Fingern schien sich das

Glas selbstständig zu füllen.

Und überraschend war, dass ihr Langweiler von Freund, irgendein Professor Sowieso, nicht an ihrer Seite klebte.

Marlen war eindeutig nicht sie selbst. Ihm drückte sich sein Herz zusammen, als würde eine riesige Hand es zerquetschen. Er schüttelte Lauras Hand ab – oder war es die von Irmi? – und bahnte sich einen Weg durch die Menge, wobei er mehrmals angerempelt wurde. Die stickige Luft, es roch nach Schweiß, billigem Parfüm und Alkohol, nahm ihm fast den Atem. Endlich erreichte er Marlen.

Bis zu diesem Zeitpunkt hatte sie stets durch ihn hindurchgesehen und war auf seine Sprüche nicht eingegangen. Nun durchbohrte ihn ihr Blick. »Der smarte Theo.« Wow, diese frivole Aussprache seines Namens. Auf die Weise hatte sie nie zuvor mit ihm geredet. Ein Kribbeln durchfuhr ihn, obwohl ihre Zunge leicht am Gaumen anschlug. Zum Teufel, sie hatte genug.

Er griff nach ihrer Hand. »Komm eine Minute an die frische Luft.«

Sie war ihm gefolgt wie ein Hündchen.

Bis in eines der Hotelzimmer, die ihre Chefin stets im benachbarten Hotel reservierte, falls jemand zu betrunken war, um heimzufahren.

Würde sie tun, als hätte es die Nacht nicht gegeben? Sie war schließlich verlobt. War eine schnelle Nummer mit ihm? Der letzte Fehltritt vor der Hochzeit?

Nicht, dass er gedacht hätte, Marlen sei der Typ für Fremdgehen.

Eine Beziehung hätte er ihr bei seinen katastrophalen finanziellen Verhältnissen ohnehin nicht anbieten können, obwohl sie sein Herz wie die Saite einer Gitarre zum Klingen brachte. Aber gerade eine Frau wie Marlen wünschte sich bestimmt eine Familie.

Und das konnte er sich schlichtweg nicht leisten.

Das frühe Aufstehen hatte sich gelohnt, es war noch dunkel, als er das Firmengebäude erreichte. Der eiskalte Nieselregen nervte, zu wenig für einen Schirm, hatte er entschieden. Daher war seine Jacke mit feinen Tropfen übersät. Glücklicherweise, ohne jemandem zu begegnen, betrat er sein Büro, das auf derselben Etage wie Marlens lag. Auf dumme Sprüche hatte er keinen Bock. Denn es war vermutlich nicht unbemerkt geblieben, dass er mit Marlen an der Hand die Feier verlassen hatte.

Sein Fenster bot Ausblick auf den Firmenparkplatz, von hier aus konnte er alle kommen sehen. Wie oft hatte er Marlen beobachtet, ihre energischen Schritte, wie sie mit der Aktenmappe unter dem Arm, meist in Kostüm oder Hosenanzug, zum Eingang eilte. Sie wirkte durch und durch korrekt, wie es zu einer Controllerin passte.

In der Nacht hatte er eine neue Marlen kennengelernt. Auch in ihrer Bürokleidung war Theo von Anfang an auf sie abgefahren, doch mit dem roten Kleid wurden sämtliche Hemmungen fortgespült. Auf diese unkontrollierbare Leidenschaft, die ihm tief unter die Haut ging, war er nicht vorbereitet gewesen. Stunden hatten sie sich beide im Strudel der Lust verloren.

Selbst die Dusche am nächsten Tag hatte das Prickeln nicht fortspülen können. Leider war sie da bereits fort gewesen. Hatte sich davongestohlen wie ein Dieb.

Er wollte mehr. Aber das würde schwierig werden. Innerhalb einer Firma hatten nicht nur die Wände, sondern auch jedes Möbelstück Augen und Ohren.

Was erhoffte er sich? Wieder landete er am selben Punkt: Er konnte Marlen keine Beziehung auf Dauer anbieten. Jäh hämmerte der Bösewicht in seinem Kopf.

Du bist nicht gut genug, Theo. Kannst ihr nichts bieten, dein Schuldenberg ist zu groß. Und wüsste sie, was du getan hast, würde sie schreiend davonrennen.

Die Stille kam seinen inneren Dämonen zugute.

Er warf noch einen Blick aus dem Fenster. Um diese Morgenstunde war es vor dem Gebäude ruhig. In den Pfützen spiegelten sich die Laternen. Seufzend ging er zu seinem Schreibtisch, fuhr den Computer hoch.

Warum wollte er überhaupt mit ihr reden? Sie war es, die sich aus dem Hotelzimmer geschlichen hatte. Ihre schroffe Abweisung in den vergangenen beiden Jahren zeugte von tiefgehender Abneigung.

Samstagnacht war ihre ablehnende Haltung gleich einem Vorhang von ihr abgefallen. War dies nur dem Alkohol geschuldet? Nach einem kurzen Überraschungsmoment hatte sich Theo in ihre Umarmung geworfen wie ein Pinguin ins Wasser. An Land eher unbeholfen, zählten Pinguine zu den versiertesten Schwimmern der Welt. Wie Theo es sich zur Aufgabe gemacht hatte, den

Frauen Vergnügen zu bereiten. Sonst hatte er keiner Frau etwas zu geben, keine Beziehung, keine Ehe, nicht einmal eine zweite Nacht – nur die eine, und die sollte für jede Frau, die in sein Bett kam, perfekt sein.

Zum ersten Mal wünschte er sich, es wäre anders. Er könnte eine Familie gründen, sich verlieben, Dates haben.

Natürlich in der passenden Reihenfolge.

Stopp mit den verräterischen Wünschen. Theo musste mit Marlen sprechen, allein. Er wollte ihr nicht wehtun, ihr nicht!

Immer wieder stand er auf und sah aus dem Fenster. Endlich, ihr Renault fuhr auf den Parkplatz. Sie stieg aus und ging in gewohnter Manier über den Platz. Er ließ seine Tür angelehnt, damit er sie gleich hören könnte. Stets benutzte sie die Treppe, zwei Stockwerke hielten sie fit, hatte sie einmal einer Kollegin gegenüber erwähnt.

Mit ihm sprach sie nur das Nötigste.

Ihre Gangart war unverkennbar, resolut, kraftvoll und ihre Schritte wanderten in hoher Geschwindigkeit an seiner Tür vorbei.

Sekunden später war er im Flur. »Marlen?«

Sie drehte sich um, in gemessenem Tempo, und unter ihrem Blick fühlte er sich klein wie eine Kakerlake. Als hätte es die Nacht am Samstag nicht gegeben.

»Was gibt es, Herr Marquardt?« Ihre Stimme war wie sonst kühl mit eisigem Touch.

Oha, wieder Herr Marquardt?

»Wegen Samstag …«

»Erwarten Sie kein Extralob von mir, weil Sie mich

22

zum Taxistand begleitet und in ein Taxi gesetzt haben.«
Fast glaubte er, Frostbeulen an sich wachsen zu spüren.
»Ich wünsche Ihnen einen produktiven Arbeitstag.«

Wie festgefroren stand er da. Ihre Schritte waren ge-
messen und energisch, kerzengerade stolzierte sie den
Flur hinunter, drehte eine Pirouette auf dem rechten
Fuß und verschwand hinter der Tür ihres Büros.

Konnte sie sich nicht erinnern? In Sekundenschnelle
verwarf Theo den absurden Gedanken. Sie war eindeutig
alkoholisiert gewesen, jedoch nicht komplett betrunken.
Andernfalls wäre niemals passiert, was geschehen war.

Aber das war es nun mal. Und er sollte froh sein, dass
sie das Ganze ebenfalls als das betrachtete, was es bleiben musste: eine einmalige Begebenheit. Die es zu vergessen galt.

Sein Handy schreckte ihn aus den Gedanken. Das Lied
›Mama‹, gesungen von Heintje, ertönte. Der Klingelton,
den er extra für seine Mutter eingespeichert hatte. Eine
Farce, denn seine Mutter war nie eine liebevolle Mutter
gewesen.

Seine Hand verharrte kurz über dem singenden Mobiltelefon, ehe er es aufnahm und die Annahmetaste
berührte.

»Muddi?«

»Theo, ich hoffe sehr, dass du nicht das Weihnachtsessen vergisst.«

Zum Teufel mit dem langweiligen Essen!

Theo holte tief Luft, ehe er antwortete. »Natürlich

nicht.«

»Ich kann dich nicht ein weiteres Mal erinnern, morgen fliege ich nach Madrid. Der Kongress über die neusten Höhlenmalereien in …« Theo schaltete geistig ab. Seine Mutter glaubte offenbar, dass eine Aufzählung ihrer wissenschaftlichen Events in die Sparte »hochwertiges Gespräch« einzuordnen war.

Danke, Muddi, dass du nach meinen neuen Projekten fragst! Die Werbung der Handcreme ist sogar für einen Preis nominiert. Wie lieb, dass du mir die Daumen drückst.

Theos Gedanken wanderten erneut zu Marlen und der sagenhaften Nacht zurück. Wollte sie beibehalten, so zu tun, als existierte das gemeinsame Erlebnis nicht? Er hätte sie gern gefragt, was sie dermaßen aus der Fassung gebracht hatte. Dass sie Alkohol in den Mengen trank, hatte er nie zuvor erlebt.

»Ach ja, Theo, kauf dir einen neuen Anzug für die Feier, den alten hattest du schon dreimal an.« Sie seufzte. »Jetzt haben wir genug geplaudert, war nett, dich wieder einmal zu hören, mein Sohn.«

Das Gespräch war beendet und Theo verspürte gleichermaßen Wut und Erleichterung. Er wunderte sich, dass seine Eltern noch nicht geschieden waren, aber vermutlich nur deswegen, weil sie sich kaum sahen. Mutter war ständig auf irgendwelchen Kongressen oder Ausgrabungen, während sein Vater einen Juwelierladen zu leiten hatte. Den größten in Nordhaven.

Ein neuer Anzug! Gewiss würde er keinen Cent dermaßen unnütz verschwenden.

Draußen waren Stimmen und mehr Geräusche zu hören, der Morgenbetrieb hatte begonnen. Theo setzte sich an seinen Schreibtisch und begann zu arbeiten. Über das Wochenende hatten sich einige E-Mails angesammelt, die er abarbeitete.

Konzentrieren konnte er sich nicht, denn Marlens Gesicht schob sich aufdringlich immer wieder zwischen ihn und die Mails. Sie hatte unverändert ausgesehen, dabei hätte sie anders wirken sollen. In jener Nacht war sie in seinen Armen auf ihre Kosten gekommen, dessen war er sich absolut sicher. Doch in ihrem Businesskostüm steckte die alte Marlen, diejenige, die man siezen musste und die sich lockere Bemerkungen und Witze verbat. Überhaupt lehnte sie jedes private Gespräch während der Dienstzeit ab.

Normalerweise gab es ein wöchentliches Morgenmeeting, das jedoch an diesem Tag auf den Nachmittag verlegt worden war. Es kribbelte in ihm, bald musste er ihr erneut begegnen. Er klappte seinen Laptop zu, griff sich die Mappe mit den Illustrationen und begab sich auf den Weg zum Konferenzraum einen Stock höher. Der lang gezogene Saal lag direkt neben dem Büro der Chefin Clara von Stein, die Floravelle mit eiserner Hand regierte. Unter ihrer Leitung hatten sich die Umsätze der einst kleinen Firma verdreifacht. Und das, obwohl der Markt für kosmetische Naturprodukte heiß umstritten war.

Marlen saß bereits an ihrem Platz, eine gefüllte Tasse mit einer hellen Flüssigkeit neben sich.

»Sind die Bohnen alle?« Ein jüngerer Kollege, Theo war sein Name entfallen, weil er erst seit einer Woche für Floravelle arbeitete, deutete auf das Getränk.

Eine stumpfsinnige Bemerkung, die sofort bestraft wurde. Marlen hob den Kopf. »Lernt man euch auf der Uni den Unterschied zwischen Tee und Kaffee nicht?« Dabei zog sie eine Augenbraue hoch, Theo bemerkte dunkle Augenringe. Sein Inneres verkrampfte sich. Sie sah müde aus und etwas zog ihn zu ihr hin, doch er unterließ es. Er kannte sie gut genug, um zu wissen, dass seine Anteilnahme nicht willkommen wäre. Eine Sekunde später trat Clara von Stein in die Tür, sofort verebbten die Gespräche.

Die Chefin taxierte wie immer beim Hereinkommen einen nach dem anderen. Ihre Mappe unter dem Arm eilte sie zu ihrem Platz am Kopfende des hufeisenförmigen Tisches und drehte sich schwungvoll um. Ihr Kostüm war grau und betonte ihre Geschäftsmäßigkeit, lediglich das grün gemusterte Halstuch setzte einen Farbfleck.

Grün. Das bedeutete: schwankende Stimmung. Theo war nie dahintergekommen, ob Clara von Stein die Farbe ihres Tuchs extra nach ihrer Gemütslage aussuchte oder sich dessen nicht bewusst war. Tatsache war, dass ein gelber Stoff gute, ein roter schlechte Laune prophezeite, ein grün farbener stand für ein indifferentes, unberechenbares Klima.

Alle sahen schweigend zu ihr. Mit der rechten Hand

rückte sie ihr unverzichtbares Kleidungsstück am Hals gerade, mit der linken stellte sie ihre Aktenmappe auf den Tisch. »Einen schönen Nachmittag am Montag, ihr Lieben!«

»Lustig wäre, sie würde sich mal im Wochentag irren.« Babs war nah an Theos Ohr, sodass ihr Atem kitzelte. Automatisch rückte er ab und sah zu Marlen, die ihn ansah, die Mundwinkel verächtlich verzogen. Die Chefin packte ihren Laptop aus und glitt auf ihren Stuhl.

»Wir haben vor ein paar Monaten die neue Körpermilch *Magic Touch* herausgebracht. Nun liegen die Ergebnisse …«

Sein Handy dudelte, diesmal in der Melodie von Star Wars. Sein Vater.

Die Blicke der anderen brannten auf seiner Haut wie Laserstrahlen, vor allem der missbilligende Blick der Chefin. Er schnellte hoch, murmelte eine Entschuldigung und stürzte hinaus.

»Vater, ich bin mitten in einer …«

»Theo, hat dir deine Mutter von dem Weihnachtsessen …«

»Hat sie. Vater, ich bin mitten in einem Meeting …«

»Familie geht vor, Theo, das musst du dir merken.«

»Seit wann denn das? Oder gilt das nur für mich?«

Sein Vater fuhr bereits fort: »Ich sage das für den ungewöhnlichen Fall, dass du einmal selbst eine gründen solltest.«

Ha! Von welchem Geld?, dachte er bitter, verkniff sich

27

aber eine Bemerkung. »Hast du dir mein Angebot überlegt?«, drang Vaters Stimme erneut an sein Ohr.

»Vater, das hatten wir schon.« Theo verdrehte die Augen.

»Du wärst auf einen Schlag alle deine Schulden los.«

Er befeuchtete mit der Zunge seine Lippen. »Ich schaffe das auch so.«

»Wenn du meinst. Sei bitte pünktlich beim Essen.« Die Stimme ließ ihn frösteln. Sein Vater brach das Gespräch jäh ab. Theo stellte sein Handy auf lautlos, ehe er wieder in den Sitzungssaal zurückging.

Auf seinem Platz stand eine dampfende Kaffeetasse. Babs neben ihm flüsterte: »Ich habe dir eine Stärkung gebracht.«

Er nickte, zu einem Dank konnte er sich nicht durchringen. Kaffee brauchte er keinen, sein Blutdruck sprengte ohnehin die Decke. Zudem spielte sein Magen mit der Gallenblase Fußball, die Leber war das Tor.

Seine Eltern wurde man wohl niemals los. Seine Kindheit war kompliziert genug, und nun pfuschten sie mit einer Regelmäßigkeit in sein Leben, wie er Schulverweise bekommen hatte. Ohne seine Omili hätte er keinen Halt gehabt.

»Herr Marquardt, Sie haben leider nicht gehört, dass die neue Bodylotion bisher nicht unseren Erwartungen entspricht«, wandte sich Frau von Stein direkt an ihn. »Herr Eberts meint, es könnte an der Werbekampagne liegen, Ihre Abteilung hätte zu wenig auf alle Altersstufen geachtet.«

Klar, dass der Eberts ihn wieder mal als den Schuldigen dastehen lassen wollte.

Theo hielt das Blatt mit der Marktanalyse, die er in Auftrag gegeben hatte, hoch. »Das Produkt muss überarbeitet werden. Die Kunden haben bei den Befragungen angegeben, dass die Lotion zu wenig rasch in die Haut einzieht und klebrig ist. Da wären Verbesserung angesagt.«

»Weil Sie in Ihrer Werbekampagne falsche Versprechungen gemacht haben.« Eberts, der Leiter der Verkaufsabteilung, trommelte mit dem Kugelschreiber auf die Tischplatte. »Mein Team wurde in sämtlichen Geschäften damit konfrontiert.«

»Ich kann nur das verwerten, was mir über das Produkt mitgeteilt wurde.« Theo sah zu Marlen, die den Kopf gesenkt hielt. Er hatte mit ihr wegen der Kosten für die Marktanalyse gestritten, zum Glück hatte er sich durchgesetzt und jetzt Fakten in der Hand.

»Meine Herren, das bringt nichts.« Frau von Stein hob die Hand. »Wir werden *Magic Touch* vorläufig aus dem Programm nehmen und unser Labor beauftragen, die Mischung neu zu formieren.« Frau von Stein wandte sich an Marlen. »Frau Ehrenberg, geben Sie uns einen Überblick über die Jahresbilanz.«

»Sehr gern.« Marlen erhob sich und Theo bewunderte ihre grazile Figur. In ihm tobten die Erinnerungen an Samstagnacht, ihre Haut an seiner, die Hitze zwischen ihnen und die unendliche Leidenschaft, die ihre Körper zum Glühen gebracht hatte. Das Haar, das ihr straff hochgesteckt, einen geschäftsmäßig strengen Look verlieh, hatte sich weich um seine Finger geschmiegt. Und ihre vollen Lippen, die mit kühler Stimme Zahlen formten, hatten mit seinem Mund und anderen Stellen des Körpers erotische Dinge angestellt.

»Möchtest du heute mit zu mir? Ich könnte uns was kochen und ...« Babs klebte schon wieder an seinem Ohr.

»Nein.« Er hatte zu laut gesprochen.

»Haben Sie einen Fehler in Frau Ehrenbergs Ausführungen gefunden?« Frau von Stein runzelte die Stirn. Plötzlich sah er sich im Mittelpunkt der gesamten Versammlung, am schlimmsten war Marlen. Sie starrte ihn mit vorgeschobener Unterlippe an. Der Preis für den peinlichsten Auftritt ging heute eindeutig an ihn.

»Entschuldigung, ich habe gerade ...« Er hob sein Handy hoch, sprang auf, dass sein Stuhl nach hinten kippte und fast umgefallen wäre, und stürmte hinaus. Die anderen waren ihm egal, aber dass er Marlen in Verlegenheit gebracht hatte, würde er sich nicht verzeihen.

Kapitel 3
1955

Grete kann einfach nicht mehr. Die Schmerzen sind unerträglich. Ein Karussell in ihrem Bauch, das sich ständig dreht und heißes Feuer ausschüttet.

Weil Mutter Rosa sie zweimal aufgefordert hat, aufzustehen, quält sie sich hoch. Ihre Schwiegermutter denkt, sie simuliert und macht ihrem Helmut das Leben unnötig schwer. Grete wünschte, sie würden nicht bei ihnen im Haus leben, aber Helmut betont stets, dass sie sonst allein wäre. Zudem ist sie eine tüchtige Hilfe in der Backstube.

Wie Grete die Backstube hasst!

Die Hitze lässt sie schwindlig werden, schwankend hält sie sich am Türstock fest. Vom Mehlstaub in der Luft muss sie husten und ihre Augen tränen.

Helmut schiebt ein Blech Brötchen in den Ofen, die Bäckermütze ist verrutscht und eine dunkle Haarsträhne hängt ihm in die Stirn. Er dreht sich zu ihr und nickt kurz. »Gut, dass es dir besser geht. Es ist spät, hilf Mutter.«

Helmut hat sich verändert. Vor allem sein Tonfall, wenn er mit ihr spricht. Nicht unfreundlich, aber schroffer, mit dem leichten Ton von Ungeduld drin. Die Arbeit in der Bäckerei hat zugenommen. Er wollte nie Bäcker werden, hat er mal gesagt. Es war der Wunsch seines Vaters, dass er sein Lebenswerk übernimmt. Jetzt

31

arbeitet er von zwei Uhr morgens bis sechs Uhr abends.

Zu den drehenden Schmerzen im Bauch mischt sich Übelkeit. Sie schließt kurz die Augen.

Vielleicht bemerkt er, dass es ihr schwerfällt, einen Fuß vor den anderen zu setzen.

Vielleicht umarmt er sie wie früher.

Vielleicht sagt er, dass sie im Bett bleiben kann, nur heute.

Stattdessen hört sie den Motor der Teigmaschine laufen. Er sieht sie nicht länger an.

Für die wenigen Meter bis zum Verkaufsraum braucht sie eine Ewigkeit.

»Gretchen, dich schickt der Himmel.« Grete hasst dieses Kosewort. Es drückt Geringschätzung und keine Liebe aus. Mutter Rosa zeigt beim Lachen ihre perlweiße Zahnprothese, die Stimme ist wohlwollend, mit Stahl dahinter. »Meine liebste Schwiegertochter, sie ist eine beträchtliche Bereicherung fürs Geschäft.«

»Ja, da haben Sie Glück, Frau Küppers. Ich kriege heute fünf Brötchen und einen halben Laib Schwarzbrot.«

»Gern.«

Grete schiebt ihren Körper nach vorn, schluckt ein paarmal, um Übelkeit und Schwindel loszuwerden, und wendet sich der nächsten Kundin zu. Sie kann nur langsam, die Schmerzen im Bauch wollen keine Ruhe geben. Die Worte presst sie heraus. Mutter Rosa sieht sie mehrmals von der Seite an. Pause gibt es keine, je später der Vormittag wird, desto heftiger tobt das Sägewerk in ihrem Inneren.

Gegen Mittag kommt die erwartete Standpauke. »Grete, so geht's nicht weiter. Du rennst herum wie eine lebende Leiche. Es wird Zeit, dass du dich zusammenreißt. Wenn du wenigstens schwanger wärst! Ihr seid ein Jahr verheiratet, weiß Gott, habe ich Helmut abgeraten, so eine schwache Kreatur wie dich zu nehmen. Und ich habe recht gehabt.«

Grete hört nicht länger zu, mittlerweile könnte sie die Reden ihrer Schwiegermutter auswendig herunterbeten. Mutter Rosa wiederholt sich, während sie mit energischen Bewegungen den Holztisch abwischt, der als Verkaufspult dient.

Aus ihrer Kittelschürze holt sie den Ladenschlüssel. »Sperr ab, es ist eins. Und hoffentlich bist du am Nachmittag wieder tüchtiger bei der Sache.«

Erleichtert schließt sie die Tür. Mutter Rosa übernimmt das Kochen.

Grete hat auch kochen und backen gelernt, aber Mutter Rosa denkt, sie kann es nicht. Wenn sie wie heute Bauchschmerzen hat, ist es ihr ohnehin lieber, sie muss nicht am Herd stehen.

Der Schlüssel wandert in die knochigen Finger von Mutter Rosa zurück und Grete versucht, möglichst aufrecht die Treppe hochzugehen.

»Wenn nicht bald ein Kind kommt, dann wird das nichts mehr.« Grete zuckt zusammen, die Worte pochen wie mit einem Hammer geschlagen auf sie ein.

»Ich bin zwanzig«, will sie sagen, doch in diesem Moment züngelt der heiße Schmerz erneut in ihrem Unterleib. Mühevoll schleppt sie sich ins Schlafzimmer, schält sich aus Strumpfhose und Bluse, sinkt ins Bett.

Sie ist müde, doch ihr Körper plagt sie, lässt sie nicht zur Ruhe kommen. Eine Wärmflasche wäre hilfreich oder die Schmerztropfen, die ihr Doktor Wassermann für den Notfall mitgegeben hat. Ersteres fällt weg, weil Mutter Rosa in der Küche ist und sie hat keine Kraft, sich deren missbilligendem Blick auszuliefern. Und Zweiteres scheidet ebenfalls aus, die Tropfen hat Helmut mit einem »Nur für die Nacht.« im Badezimmerschrank eingeschlossen, weil sie davon immer müde wird. Heute Nachmittag muss sie wieder am Verkaufspult stehen, sie weiß nicht, wie sie das bewerkstelligen soll.

»Essen steht auf dem Tisch! Was tust du denn im Bett?« Ihr Mann beugt sich über sie, sein Ärger klingt mit.

»Mein Bauch.« Ein Hauch, ihre Stimme scheint verschwunden.

»Bitte, nimm dich ein bisschen zusammen.« Er spricht sanft, dennoch energisch. »Du kannst doch nicht ständig klagen, Mutter hält dich ohnehin bereits für wehleidig.« Er setzt sich auf die Bettkante und nimmt ihre Hand. »Blass schaust du aus, hoffentlich ist es nicht die Grippe, die momentan viele erwischt.« Mit dem Finger streicht er über ihre Wange. »Vielleicht ist es doch besser, du bleibst liegen, dann bist du morgen wieder fit. Welch ein Glück, dass Mutter robust ist, sie kann den

Laden für die paar Stunden allein schaukeln, hilfsbereit, wie sie ist.« Abrupt steht er auf.

Grete schließt die Augen. Einen Nachmittag Ruhe, himmlisch. »Gib mir bitte die Schmerztropfen.«

»Grete, das ist nicht gut für dich.«

»Bitte, ich halte es nicht aus.«

Er seufzt. »Ich bringe sie dir nach dem Mittagessen. Du weißt, Mutter wird ungeduldig, wenn man nicht pünktlich ist. Kommst du zu Tisch?«

»Ich habe keinen Hunger, danke.«

Die Tür schließt sich hinter ihm und Tränen quellen unter ihren Lidern hervor. Sie weiß, er wird die Tropfen vergessen, er hält nichts davon.

Als sie erwacht, ist es dunkel draußen. Sie setzt sich auf, ihre Schmerzen sind fast weg. Dankbar steht sie auf. In der Küche wäscht Mutter Rosa das Geschirr ab. Schweigend greift sie zum Geschirrtuch und trocknet ab.

»Helmut ist zu seinem Stammtisch.« Ihre Schwiegermutter zieht den Stöpsel aus dem Becken. Das Wasser rinnt gluckernd ab. »Das hat er sich verdient, so fleißig wie er gearbeitet hat.«

»Ist noch Suppe da?«, fragt sie.

»Musst sie aufwärmen. Wir haben schon zu Abend gegessen.«

Sie hört Helmut heimkommen. Er kann nicht leise sein, wenn er vom Stammtisch kommt, ist er stets angeheitert. Nie richtig betrunken – Gott sei Dank – aber beschwipst. Sie riecht das Bier in seinem Atem, als er sich zu ihr legt und sie an sich zieht.

»Heute nicht, Helmut«, flüstert sie, denn Mutter Rosas Zimmer ist direkt daneben.

»Grete, wir wollen Kinder.« Er sagt es nicht böse, sein Tonfall bleibt jedoch fest. »Und die fallen nicht ohne unser Zutun vom Himmel.« Seine Finger machen sich bereits an ihrem Nachthemd zu schaffen.

»Mein Bauch …«

»Du klagst ständig über Schmerzen. Doktor Wassermann hat nichts gefunden, nicht wahr?« Seine feuchten Lippen drücken sich auf ihre, während seine Hand unter ihr Nachthemd fährt und ihren Busen streichelt. »Ich glaube, dein Bauch schreit vor Sehnsucht, weil er mit einem Baby gefüllt werden möchte.«

Sie versucht, das Unausweichliche zu verhindern, schiebt ihn weg, aber er ist stärker. Sein Tonfall, dieser widerlich sanfte, bleibt verständnisvoll. »Grete, du bist nicht dumm. Du willst doch auch ein Kind, nicht wahr? Stell dich nicht an.«

Die Kraft weicht von ihr und sie lässt ihn machen. Es wird wieder wehtun, aber schlimmer noch sind die Krämpfe danach.

Hoffentlich ist sie bald schwanger.

Kapitel 4
Marlen

Liebe Schneeflocke! Natürlich war es ein Schock für mich, das kannst du mir glauben. Schließlich kannte ich deinen Papa kaum und das, was ich von ihm zu wissen glaubte, war alles andere als schmeichelhaft für ihn.

Nie zuvor hatte ein roter Strich sie dermaßen in eine Stimmung versetzt, die mit hohem Fieber zu vergleichen war. Vier Wochen waren seit der verhängnisvollen Nacht vergangen, das neue Jahr war angebrochen, Schnee lag auf der Straße und bei Floravelle gab es mehr als genug Arbeit. Marlen verkroch sich hinter ihren Zahlen, mit Theo hatte sie kaum ein Wort gewechselt, Begrüßungsfloskeln ausgenommen.

An diesem frostigen Tag saß sie in ihrer Zweizimmerwohnung in Schilfbek auf dem abgewetzten Teppich, den sie aus ihrem Kinderzimmer mitgenommen hatte, lehnte sich an die Couch und starrte das Teststäbchen an. Konnte das Kind noch von Christian sein? Sie rechnete nach, nein ausgeschlossen. Christian war Anfang Dezember zu einer Tagung nach Berlin gefahren, zwei Tage später hatte sie ihre Periode gehabt. Danach waren sie einmal essen gegangen, doch er hatte die anderen Abende lang arbeiten müssen. Nein, das Baby konnte nicht von ihm sein.

Es klingelte, rasch schob sie die Tests unter ein Kissen. Es war, als hätte sie Christian durch ihre Gedanken herbeigerufen.

»Ich komme, um meine restlichen Sachen zu holen.« Seine Stimme klang lockerer, als sie es gewöhnt war, seine Gesichtszüge waren weicher geworden. Oder bildete sie sich das ein? Da war kein Schmerz in ihr, nur dieses riesige Fragezeichen.

»He, du siehst aus wie eine Milchflasche, die sich gleich übergeben muss. Bist du krank?« Christian trat einen Schritt zurück und runzelte die Stirn. »Dann komme ich ein anderes Mal wieder.«

»Danke für den bildhaften Vergleich. Keine Angst, ich bin nicht ansteckend. Deine übrigen Dinge habe ich bereits vor Weihnachten eingepackt.« Sie ging ins Wohnzimmer zurück, er folgte ihr. Sie hatte seine Tasche unter den Schreibtisch in der Ecke geschoben. »Hier.«

Er bückte sich und zog sie heraus. »Danke fürs Packen. Aber das habe ich von dir erwartet, du warst immer perfekt organisiert bis ins Detail.«

»Was hat dir gefehlt?« Sie fuhr sich durchs Haar. »Nein, vergiss es, es ist uninteressant geworden.«

»Ich wollte dich nicht verletzen, Marlen.« Er stellte seine Tasche neben sich. »Vermutlich sind wir beide uns zu ähnlich, wir planen unser Leben, jeden Tag. Kaffee um sieben, mit dreißig Milliliter Milch, du schüttelst die Betten auf, ich räume das Frühstücksgeschirr in die

Spülmaschine, Punkt halb acht verlassen wir das Haus, wir arbeiten, gehen am Abend essen oder holen uns was. Sogar der Sex war streng geregelt.«

»Tu nicht so, als ob das an mir allein gelegen hat.«

»Wir sind beide gleich. Aber dann habe ich eine Frau getroffen …«

»Wann?«

»Spielt das eine Rolle?«

»Mich interessiert nur, wie lang du schon zweigleisig fährst.«

Rasch hob er die Hand. »Ich habe dich nicht betrogen, Marlen. Du kennst mich, das liegt nicht in meiner Natur. Manuela und ich haben uns nur dreimal zum Essen in der Kantine verabredet und einmal in einem Café. Wärst du nicht an der Uni aufgetaucht, hätte ich spätestens zu Weihnachten mit dir gesprochen.«

Und mir das Fest versaut, dachte sie im Stillen.

»Manuela ist komplett anders als du und ich. Sie plant nie voraus, entscheidet spontan. Ihre Wohnung ist ein einziges Chaos, sie lässt sich überraschen, was am nächsten Tag passieren wird. Das ist Leben, verstehst du? Mir war nicht bewusst, was mir gefehlt hat, ehe ich Manuela begegnet bin. Sie ist wie ein Sonnenstrahl an einem grauen Tag.«

Marlen blieb der Mund offen stehen. Poesie war so gar nicht Christians Ding.

Er bückte sich und hob seine Tasche auf. »Ich wünsche dir auch eine Manuela in deinem Leben, ich meine natürlich einen Manuel, der so ist, dann wirst du verstehen, was ich meine. Eine Ehe zwischen uns hätte nicht funktioniert, wir wären irgendwann vor Langeweile durchgedreht. Vielleicht solltest du einmal etwas absolut Verrücktes und Ungeplantes tun.«

Wie schwanger werden nach einem One-Night-Stand?

In Marlens Bauch blubberte es wie ein Springbrunnen, der verstopft gewesen war, schließlich brach Lachen aus ihr heraus. Sie blickte in Christians zuerst ratloses, danach immer entsetzteres Gesicht, seine aufgerissenen Augen, die gerunzelte Stirn und das Kopfschütteln, aber sie konnte nicht aufhören. Es fühlte sich an, als würden Bälle aus einer engen Öffnung nach oben gedrückt.

Der Lachkrampf hielt an, sie kam zu sich, als Christian ihr ein Glas Wasser hinhielt und sich neben sie setzte. »Marlen?« Langsam ebbte ihr Gelächter ab. Tränen kullerten über ihre Wangen, die sie fortwischte.

Waren es bereits die Hormone, die sie beeinflussten? Sie nahm ihm das Wasser ab, trank einen Schluck und stellte es auf den Tisch.

»Was ist los?« Christians Stimme klang ratlos, zudem wippte er mit den Füßen, als wäre er auf dem Sprung. »Ich habe dich nie dermaßen außer Kontrolle erlebt.«

»Mein Leben ist in Scherben.« Marlen war sich bewusst, dass sie hysterisch klang, doch sie konnte sich nicht zurückhalten. »Der Mann, mit dem ich sieben Jahre zusammen war, erklärt mir, dass unsere Beziehung langweilig war und er sich bei einer Jüngeren austoben möchte, obwohl die Hochzeit bereits geplant ist. Und ich bin …« Entsetzt brach sie ab. Es ging ihn nichts an. Christian war nicht länger Teil ihres Lebens.

Christian stand auf, aus seiner Miene konnte sie nichts entnehmen, höchstens eine Spur von Bedauern. »Es tut mir leid, dass dich das dermaßen mitnimmt. Aber ich bin überzeugt, dass du mir nach Ablauf einer gewissen Zeit sogar dankbar sein wirst.« Sein Mund bildete plötzlich ein O, Marlen folgte seinem Blick.

Ein Teil eines Schwangerschaftstests war unter dem Kissen hervorgekommen. Rasch bückte er sich und zog das Teil heraus. Marlen hatte nicht gewusst, dass ein Mensch in Sekundenschnelle jegliche Gesichtsfarbe verlieren konnte. »Du bist schwanger?« Er warf das Teststäbchen auf den Tisch, als wäre es ein ekliges Insekt und ließ sich erneut neben sie auf die Couch fallen.

Im Sekundenbruchteil schoss ihr durch den Kopf, dass sie ihn in dem Glauben lassen könnte. In ihr altes Leben zurückkehren, Christian wie einen altgedienten Hausmantel erneut überstreifen, gemeinsam das Kind großziehen und – seinen Seitensprung vergessen.

Stopp!

Ihr wurde übel. Mit der Hand drückte sie Christian weg und rannte ins Badezimmer. Sie hing über der Kloschüssel, hatte das Gefühl, ihr Magen stülpte sich durch die Speiseröhre hinauf, es kam nur Galle. Eine Ewigkeit verging, ehe die Krämpfe nachließen.

Sie war schwanger.

Langsam richtete sie sich auf, dankbar, dass die Übelkeit nachgelassen hatte. Sie spülte ihren Mund, spritze kaltes Wasser ins Gesicht und wusch die Hände. Aus dem Spiegel blickte ihr ein Gespenst entgegen, dunkle Augen, bleiche Haut und zu Berge stehendes Haar.

Wie ein Roboter wankte sie ins Wohnzimmer zurück, fühlte sich betäubt und leer. Christian saß am selben Ort wie vorhin, sein Gesicht in den Händen vergraben. Sie setzte sich nicht neben ihn, sondern ihm gegenüber auf den Sessel.

Er richtete sich auf und sah sie an. »Was tun wir jetzt?« Sein Adamsapfel bewegte sich, da er mehrmals schluckte. »Willst du es behalten?«

Kälte umfing sie mit einer Gewalt, dass sie kurzfristig keine Luft bekam. Langsam stand sie auf. »Es ist besser, wenn du gehst.«

»So einfach ist das nicht.« Er hob beide Arme. »Du reagierst irrational. Soweit ich weiß, liebst du deinen Beruf, möchtest Karriere machen, irgendwann die Leitung der Finanzabteilung von Floravelle übernehmen. Ein Baby passt in deine Pläne ungefähr wie ein Nackter in den Hörsaal.«

»Christian …«

»Überhaupt kommt das Ganze ausgesprochen passend, nicht wahr? Du bist nicht die erste Frau, die ihren Ex mit einem Kind ködern möchte.«

»Ich muss dir sagen …«

»Aber ich kann dir gleich versprechen, dass wir beide kein Paar mehr werden. Manuela und ich, das ist …«

»Hör mir jetzt zu!« Nie zuvor hatte sie schreien müssen, um zu Wort zu kommen. Christian dermaßen aufgebracht und wütend zu sehen, schockierte sie. Diese Seite kannte sie nicht an ihm. »Das Baby ist nicht von dir.«

»Ich werde für das Kind zahlen, muss ich wohl ... was hast du gesagt?«

»Du bist nicht der Vater.«

Kurzzeitig wirkte er wie ein Karpfen. »Du hast mit einem anderen geschlafen?«

»Nimm deine Sachen und geh, alles Gute.« Sie wies zur Tür.

Doch er blieb weiterhin unbeweglich wie eine Statue. »Sagst du das jetzt nur, damit ...«, er fuhr sich durchs Haar, »verdammt, klar bin ich nicht glücklich darüber. Mit einem Baby habe ich nicht gerechnet, aber natürlich stehe ich dazu.«

»Musst du nicht.« Sie trat näher zu ihm. »Zum Mitschreiben: Es ist nicht deins.«

»Weißt du, im ersten Moment – ich war geschockt, verstehst du? Ich werde meinen Pflichten nachkommen.«

Sie drehte sich um, ging schweigend zur Tür, öffnete sie und hielt sie auf. Er tapste ihr nach und schließlich noch mal zurück, um seine Tasche hochzunehmen, und blieb dann direkt vor ihr stehen. »Ich kann verstehen, dass du sauer bist. Wir telefonieren ein andermal, wenn du dich beruhigt hast, tut mir leid.«

»Viel Glück, Christian. Telefonieren müssen wir nicht, du hast nichts damit zu tun.«

Er zweifelte, das sah sie ihm an. Auch, dass er etwas

hinzufügen wollte, es aber ließ. Aufatmend schloss sie die Tür hinter ihm.

In ihrem Kopf wirbelte es. Sollte sie mit Theo sprechen?

Kapitel 5
Theo

Der Februar brachte eisige Schneeschauer. Die letzten Wochen war Marlen Theo ausgewichen. Sie fehlte ihm, mehr als er zugeben wollte. Die Wortgefechte mit ihr am Kaffeeautomaten, ihr Kontra bei seinen Flirtversuchen, ihr gemeinsames Lachen über diverse Alltagsgeschichten.

Ihr Aussehen beunruhigte ihn, direkt vor ihm schien sie sich aufzulösen. Ihre Haut durchscheinend blass, die dunklen Ringe unter den Augen, die Wangen eingefallen – sie war ohne Zweifel dünner geworden. War sie krank? Theo ertappte sich dabei, ihr auflauern zu wollen, ging zu verschiedenen Zeiten in den Pausenraum und wartete, dass sie käme, um sich einen Tee zu holen.

Das tat sie jedoch nie.

Es war Glück, dass er sie am Parkplatz endlich allein antraf. Bevor sie in ihr Auto steigen konnte, trat er zu ihr.

»Herr Marquardt, was gibts?« Ihre Stimme zitterte leicht. Sein Magen krampfte sich zusammen. Er hasste es, sie so zu sehen. Zerbrechlich. Unsicher. Fast ängstlich.

»Marlen«, er sprach sie extra mit Vornamen an, »ich kann nicht auf diese Weise weitermachen. Weshalb meidest du mich? Hast du Angst, dass ich es allen erzählen könnte? Dann hätte ich das bereits getan, nicht wahr?«

»Wovon sprechen Sie?« Er atmete auf, denn ihr Tonfall war nicht anders als schnippisch zu nennen.

»Tut mir leid, wenn du unsere Nacht als nicht bemerkenswert abgehakt hast. Ich habe sie anders in Erinnerung.«

»Was willst du, Theo?« Sie stützte sich auf das Autodach, mit Freude registrierte er, dass ihre Wangen sich leicht rosa färbten.

»Meine Kollegin zurück.« Er rückte näher. »Diejenige, die sich nicht vor mir fürchtet, mir Kontra gibt, sich über mich lustig macht und verächtlich den Mundwinkel verziehen kann. Bist du krank?« Mit Absicht schob er diese Frage im Eiltempo nach.

Sie fuhr zurück und biss auf ihre Unterlippe. Verdammt, er hatte doch nicht ins Schwarze getroffen?

»Nein.« Ihre Antwort kam harsch und schnell – etwas stimmte nicht. Sie wollte auf den Sitz gleiten, doch er hielt sie zurück.

Theo war nicht dumm. Eine Frau, die blass und müde aussah, sich anders benahm als sonst und behauptete, nicht krank zu sein? Das konnte nur eines bedeuten. »Bist du schwanger?«

Sekundenlang entgleisten ihre Gesichtszüge, verlor sie die Contenance. Rasch fand sie zu ihrer unbeteiligten Miene zurück. Seine Schockstarre machte ihn für einige Sekunden bewegungsunfähig, die Zeit nutzte sie aus, wand sich auf den Autositz, riss ihm die Tür aus der Hand. Der Motor startete, er konnte im letzten Moment zurücktreten, da sie mit überhöhter Drehzahl aus der Parklücke fuhr.

Theo blickte dem Wagen nach und erwachte aus seiner Unbeweglichkeit.

Sie bekam ein Kind.

Von ihm.

Oder nicht?

Nein, es gab keinen Zweifel. Wäre es von jemand anderem, hätte sie es sofort gesagt. Von diesem Professor, der vermutlich unter seinem schneeweißen, gebügelten Hemd ein Korsett trug, so aufrecht, wie er immer daherkam. Er hatte ihn zwar erst zweimal gesehen, aber der Kerl gehörte zu jenen Personen, die man in die Rubrik »Mag ich nicht« einordnen konnte.

Marlen war nicht der Typ, ihren Freund zu betrügen. War sie nicht sogar verlobt gewesen? Hatte stolz ihren Ring präsentiert?

Momentan hatte Theo den Durchblick verloren. Zudem konnte und würde er dieses Puzzle nicht in absehbarer Zeit zusammensetzen können, denn die Nachricht, dass er Vater werden würde, verteilte sich wie prickelndes Feuer in seinem Körper.

Wie hatte das passieren können? Stets hatte er Vorsicht walten lassen. Nur bei Marlen hatte er den Kopf verloren.

Wie sollte er damit umgehen? Babys waren zart, unschuldig und verletzlich. Er war nicht der Richtige, um Vater zu sein. Das hatte er stets gewusst und sich deswegen von potenziellen Müttern ferngehalten. Seine Partnerinnen wollten nur eines: erfüllenden Sex, aufregende Nächte, ein Abenteuer – aber keine Familie.

Das Bier vor ihm hatte längst jegliche Schaumkrone verloren. Es saß bereits eine Stunde im Lokal, als seine Cou-

47

sine und Vertraute Ute hereinkam. Das rot gefärbte Haar mit der blauen Strähne wehte hinter hier, so rasch eilte sie zu ihm und ließ sich schwungvoll ihm gegenüber nieder.

»Ich musste meiner Chefin erzählen, dass es meiner Großtante schlecht geht und ich sie ein letztes Mal sehen muss, ehe sie das Zeitliche segnet. Dabei habe ich gar keine.«

»Ich krieg ein Kind.« Hastig nahm er sein Glas und trank, das schal gewordene Bier hätte er jedoch am liebsten gleich wieder ausgespuckt.

»Du wärst der erste Mann …«, unter seinem bösen Blick brach sie ab. »Also gut, ich wusste gar nicht, dass du eine Freundin hast.«

»War eine kurze Episode.«

»Wie üblich.« Sie sah hoch zur Kellnerin, die neben ihnen aufgetaucht war. »Bitte eine Weißweinschorle.«

»Und du? Ein frisches Bier?«, wandte sich die Bedienung an ihn.

»Auch eine Schorle.« Angeekelt schob er das Bier von sich und beugte sich zu Ute. »Ich kann kein Kind haben, verstehst du?«

»Warum nicht? Natürlich ist es eine Gewöhnungssache, unruhige Nächte, Gebrüll zu jeder Tageszeit, zufriedenes Nuckeln und der Geruch«, sie hob ihre Nase und schnupperte, »Babypuder und Kindershampoo.«

»Als ob du Erfahrung hättest.«

»Ich habe eine gute Vorstellungskraft.«

»Ich kann es mir nicht leisten. Zudem wäre ich ein miserabler Vater. Du kennst doch meine Eltern.«

»Ein Grund, es besser zu machen.«

»Woher soll ich wissen, was besser ist? Ich kenne es nicht anders.«

»Mensch, Theo! Du weißt doch schon mal, wie es nicht geht, oder?«

»Tolle Voraussetzung.«

»Was ist mit der Mutter? Liebst du sie?«

»Nein.« Etwas anderes wagte er nicht einmal zu denken.

»Oha, das kam aber energisch.« Sie lehnte sich zurück, während die Kellnerin die Getränke auf den Tisch stellte.

Theo wartete ab, bis sie wieder unter sich waren. »Es ist auf der Weihnachtsfeier passiert.«

»Wie romantisch. Gleich im Büro?« Sie hob ihr Glas. »Zum Wohl.«

»Nein, wir haben eins der Hotelzimmer von der Firma genommen.«

»Was?« Sie verschluckte sich, hustete und stellte ihren Wein wieder ab.

»Frau von Stein reserviert immer Zimmer für alle, die nicht heimfahren wollen.«

»Jaja, das weiß ich. Aber du hast noch nie was mit einer Kollegin angefangen. Okay, ihr wart bestimmt beide nicht mehr nüchtern.«

»Sie war beschwipst, was sonst gar nicht ihre Art ist. Vermutlich wäre sie andernfalls nicht mitgekommen.«

»Du hast sie ausgenützt.«

»Ich bin ein Mann.«

»Was für eine Scheiß-Ausrede. Wenn du so daher-kommst, müssen wir gar nicht weiterreden …«

»Okay, okay.« Er hob beide Arme. »Friede. Ja, ich hät-te ihr Angebot nicht annehmen sollen. Aber in dem Moment war ich nicht in der Lage, es abzulehnen, es ist mit mir durchgegangen.«

»Und sie? Weshalb hat sie nicht verhütet?«

»Das weiß ich nicht. Sie war verlobt, ich meine …«

»Da hast du vorausgesetzt, dass sie die Pille nimmt?«

»Nein, ich habe in dieser Nacht nichts gedacht, ver-stehst du? Mein Gehirn war eine einzige Mischung aus Lust und Gier, schließlich war ich schon monatelang verrückt nach Marlen und …«

»Aha, jetzt kommen wir der Sache näher. Marlen heißt sie. Was ist danach passiert? Habt ihr noch gefrüh-stückt und euch gegenseitig versichert, dass es lediglich eine einmalige Sache war und niemand, aber auch wirk-lich niemand von eurem Fehltritt erfahren darf? Oder hat sie dich im Büro überfallen und war enttäuscht, dass du ihr keine längere Beziehung mit Herzchen und even-tuell späterer Ehe angeboten hast?«

»Sie ist abgehauen, irgendwann in der Nacht oder am Morgen, ich hab's nicht mitgekriegt.«

»Und im Büro?«

»Hat sie mich ignoriert und mit Herr Marquardt an-gesprochen.«

»Und jetzt kommt sie daher und sagt, dass sie schwanger ist?«

»Nein.« Er umriss kurz die Szene am Parkplatz.

»Hätte ich nicht ihre Blässe bemerkt, hätte ich es nie erfahren.«

»Doch, bestimmt. Eine Schwangerschaft lässt sich kaum verbergen. Spätestens im neunten Monat wäre es sogar dir aufgefallen.«

Er drehte schweigend sein Glas.

»Mensch, Theo, ein Baby! Das ist doch nichts Schlimmes, sondern ein Grund zur Freude. Ich werde die beste Patentante der Welt sein.« Sie kratzte sich am Kinn. »Noch habe ich Zeit zu überlegen, was ich dem kleinen Fratz schenken könnte, damit er möglichst viel Ärger macht. Ein Schlagzeug? Trommeln? Eine dieser schrillen Trompeten? Nein, warte, besser Filzstifte, unzählige und in grellbunten Farben.«

»Ute, das ist nicht das Thema!«

»Ist es nicht?«

»Ich überlege, wie ich das Geld für den Unterhalt aufbringen kann.« Theo schüttelte den Kopf. »Ich habe nicht so lange durchgehalten, um schließlich doch bei meinem Vater zu Kreuze zu kriechen.«

Ute drückte kurz seine Hand. Natürlich wusste sie über seine eingeschränkten Möglichkeiten Bescheid.

»Wer weiß, ob ich das Baby überhaupt sehen darf.« Er senkte den Kopf. »Sehen will.«

»Darum musst du kämpfen!«

»Ich wäre ein schlimmer Vater.«

»Sag nicht so was, Theo. Gut, deine Eltern verdienen nicht gerade den Jahrhundertpreis für Erziehung, du hast auch schlechte Erfahrungen mit Lehrern gemacht.

Aber du kannst es besser machen, dein Kind braucht dich. Und diese Marlen.«

»Du verstehst nicht, Marlen und ich, das wird nichts. Denkst du, ich möchte, dass mein Kind ständigen Streitereien ausgesetzt ist? Zwischen uns hin- und hergereicht wird wie ein Pingpong-Ball? Bis es das Gefühl hat, nirgends mehr willkommen zu sein? Wie ich? Ohne meine Omili …« Der Gedanke an sie schmerzte immer noch, rasch hob er das Glas hoch und trank in kräftigen Schlucken.

Sie nahm es ihm aus der Hand. »Das ist eine Weinschorle und kein Wasser, das schüttet man nicht runter.« Sie legte ihre Hand über seine. »Deine Eltern sind und waren ein schlechtes Beispiel.«

Theo trank sein Glas aus und winkte der Bedienung, ihm ein weiteres zu bringen. Die Schorle kribbelte bereits angenehm durch seine Adern.

Utes Handy klingelte, sie nahm ab, ihr Gesicht verzog sich zu einer Fratze. »Ich komme gleich.« Sie zuckte bedauernd die Schultern. »Tut mir leid, unsere schwierigste Lieblingskundin ist da und möchte nur von mir eine Ballfrisur.«

»Es ist doch sieben Uhr?« Er rieb verlegen über die Nase. »Ich wusste nicht, dass ich dich von der Arbeit weghole.«

»Du hast es dringend gemacht. Heute ist Donnerstag, da hat der Salon immer bis acht Uhr geöffnet.«

»Tut mir leid, daran habe ich nicht gedacht.« Das schlechte Gewissen umspülte ihn. »Danke, dass du gekommen bist.«

»War ja klar.« Sie umarmte ihn kurz. »Die Schorle geht auf dich.« Weg war sie, wie ein Luftstoß verschwunden.

Der Gedanke an Marlen schmerzte immer noch, rasch hob er das Glas hoch und trank in kräftigen Schlucken.

Sein Handy lag plötzlich in seiner Hand, er könnte ganz leicht Marlen anrufen. Die Nummer ihres Diensthandys war eingespeichert, er traute ihr zu, dass sie es in der Freizeit anhatte.

Was sollte er sagen? Marlen musste sein Entsetzen vom Gesicht abgelesen haben. Es gab keine Chance, das wieder gutzumachen. Werdende Mütter erwarteten sich etwas anderen von den Vätern. Glückseligkeit, Enthusiasmus, Umarmung – ein Geschenk.

Geschenk! Das war es.

Er würde eine Kleinigkeit besorgen, die sie überzeugte, dass er zu dem Kind stehen würde. Zumindest finanziell.

Jetzt musste er nur noch ein Spielwarengeschäft finden.

Kapitel 6
1960

Die Gespräche sind deutlich zu hören. Mutter Rosa versucht nicht einmal, ihre Stimme zu dämpfen.

»Endlich war sie schwanger und jetzt das. Ich habe gesagt, dass sie dir keine Kinder gebären kann, ihr Becken ist zu schmal. Aber du wolltest nicht hören.«

»Sei leise Mutter.« Helmut zischt und bedenkt nicht, dass Grete gerade dadurch alles verstehen kann. Ihre Hände liegen auf ihrem Bauch, die Krämpfe haben nachgelassen, aber sie wünschte, das Beruhigungsmittel, das ihr Doktor Wassermann verabreicht hat, hätte sie länger in erholsamer Vergessenheit des Schlafs gehalten.

Sie ist entsetzlich müde. Schlimmer ist, dass ihr Unterleib sich leer anfühlt, sie hat das Kind nicht halten können.

Nicht einmal ansehen darf sie es, die Hebamme hat es so schnell weggetragen. »Ist es ein Mädchen?«

»Es ist gar nichts, Grete, reg dich nicht auf.« Helmut hat ihre Hand gehalten. »Es spielt keine Rolle.«

Es spielt eine Rolle. Sie muss die Hebamme fragen, sie will dem Baby einen Namen geben. Wenigstens in ihrem Kopf ein Gedenken haben an das Kind, das fast fünf Monate in ihr gewachsen ist. Es hat gelebt, sie hat es gespürt. Und nun hat sie nicht einmal einen Blick auf ihr Kleines werfen dürfen. Das sei nicht gut für sie, hat der Arzt gesagt.

Woher will er wissen, was gut für sie ist?

Die Tränen brennen hinter den geschlossenen Lidern. Sie möchte ewig liegen bleiben, nichts mehr hören und sehen.

Ihr Kind ist tot. Wird niemals lachen, sich auf dicken Beinchen vorwärtsbewegen, Mama sagen und die Ärmchen um ihren Hals legen.

Es tut so unendlich weh, viel schlimmer als der Bauchschmerz, der ihr ständiger Begleiter ist.

Die Tür öffnet sich, sie weiß, dass es ihr Mann ist. Er setzt sich aufs Bett und streicht ihr über den Kopf. »Schlaf dich gesund.« Es klingt sanft, er bemüht sich, nett zu ihr zu sein. Nur in der einen Sache ist er unerbittlich.

Er wünscht sich ein Kind.

»Der Doktor sagt, du bist jung und kannst wieder schwanger werden. Beim nächsten Mal klappt es. Jetzt hast du ja Übung, nicht wahr?«

Spürt er nicht, wie weh ihr jedes Wort tut?

»Hör nicht auf Mutter, die versteht das nicht. Sie hat ohne Probleme vier Kinder bekommen, aber die Susi, meine älteste Schwester ...«

Natürlich kennt sie die Susi! Wieso sagt er das dazu?

»Also die Susi, die hatte auch eine Fehlgeburt. Zwischen dem Toni und dem Michael hätte sie noch eins gehabt. Es ist was Normales, dass nicht jeder Fötus überlebt, kränk dich nicht. Sobald du wieder fit bist, versuchen wir es erneut.«

Sie reagiert nicht, tut, als ob sie schläft. Ihr Hals ist wie zugeschnürt.

Endlich steht er auf, entfernt sich, die Tür bewegt sich und fällt zu.

Nicht einmal einen Namen kann sie dem Kind geben, weil sie das Geschlecht nicht weiß. Das Kopfkissen ist nass, sie hat nicht gemerkt, dass sie weint.

Kapitel 7
Marlen

Liebe Schneeflocke! Ich erinnere mich auf die Sekunde genau, wann die Erde stehen geblieben ist. Die Sonne scheint, das war mein erster Gedanke. Wie kann die Sonne scheinen, wenn ich so etwas Schlimmes erfahre?

Der Abreißkalender an der Wand zeigt den 12. März an. Vierzehn Uhr zwölf, der Sekundenzeiger schiebt sich bei vier vor halb vorbei. Ich habe die weiße Wanduhr im Blick, der Zeiger wandert einfach weiter, als wäre nicht gerade in diesem Augenblick meine Welt zerbrochen. In mir hämmert alles, das kann nicht nur das Herz sein. Ich höre die Ärztin sprechen, sehe, wie sich ihre Lippen bewegen, und ich habe doch nur den einen Satz aufgenommen, der eine Lüge sein muss, der nicht stimmen kann. »Ihr Baby hat keine Überlebenschance.«

»Frau Ehrenberg«, Frau Doktor Schulz stand jetzt direkt vor ihr, sie musste aufgestanden und um den Schreibtisch herumgegangen sein. »Möchten Sie ein Glas Wasser?« Sie ging zur Tür und riss sie auf. »Schwester Tanja, könnten Sie ein Glas Wasser bringen?« Dann kam sie zurück. »Frau Ehrenberg, ich verstehe, dass dies ein Schock für Sie ist. Leider kann ich Ihnen nichts Besseres sagen, die Diagnose Ihrer Gynäkologin hat sich bedauerlicherweise bestätigt.«

Marlen sah auf ihre Hände. Ein Nagel war abgesplittert, die Haut war rau. Sie hatte vergessen, sich einzucremen. Durch die Fensterscheiben leuchtete der blaue Himmel, der Frühling war nicht mehr weit. Heute wollte sie wieder ihre Mutter besuchen.

Was dachte sie da? Marlen versuchte, den Gedanken an ihre Mutter zu verdrängen, und konzentrierte sich wieder auf das Hier und Jetzt. Ihr Kind sollte sterben? Ihre Gynäkologin, Frau Doktor Gerstgruber, hatte ihr die Überweisung in die Perinatologie der Klinik Nordhaven gegeben. »Nur zur Vorsicht«, waren ihre Worte gewesen, »machen Sie sich keine Sorgen.«

»Sie müssen sich irren, Frau Doktor Schulz.« Genau das musste es sein. Es wurden doch ständig Laborergebnisse vertauscht. Schließlich hatte sie ihr Baby selbst im Ultraschall gesehen, es hatte sich bewegt. Komisch war, dass die Ärztin so lange gebraucht hat und fast hektisch mit dem Ultraschallkopf auf- und abgefahren war, ähnlich wie schon in der Praxis von Doktor Gerstgruber. Aber Marlen war Laiin auf dem Gebiet, hatte keine medizinischen Kenntnisse. Vermutlich lief jede Ultraschalluntersuchung auf diese Weise ab, die Ärzte waren gründlich heutzutage.

Die Tür ging auf, ein Glas Wasser wurde ihr vors Gesicht gehalten. Wozu? Sie war nicht durstig. Sie schob es weg, ein Teil schwappte über und landete auf ihrem Rock.

»Frau Ehrenberg, haben Sie verstanden, was ich Ihnen alles erklärt habe?« Leichte Ungeduld war in der

Stimme der Ärztin. Die Schwester stellte das Glas auf den Schreibtisch und ging wieder hinaus. Wie betäubt starrte Marlen auf das leicht schwappende Wasser im Glas.

»Frau Ehrenberg«, Frau Doktor Schulz sprach nun mit sanfterem Unterton. »Ich bespreche die Diagnose noch einmal mit meinem Chef und danach können wir uns über die Ausschabung unterhalten.«

Was? Marlen erwachte aus ihrer Erstarrung, als hätte jemand einen Eimer mit eiskaltem Wasser über sie geschüttet. »Abtreibung? Sie möchten, dass ich mein Baby umbringe?«

»Es hat Anenzephalie.« Doktor Schulz schob ihre Brille hoch, strich über ihren weißen Kittel und setzte sich wieder hinter den Schreibtisch. Ihr Telefon läutete, sie holte es aus ihrer Kitteltasche. »Schulz. Ich rufe Sie in ein paar Minuten zurück.« Sie erhob sich halb, behielt das Handy in der Hand. »Frau Ehrenberg, es tut mir wirklich leid. Am besten, Sie machen mit der Schwester gleich einen Termin für die Kürettage aus.«

Ein mitleidiger Blick streifte Marlen, dann war die Ärztin auch schon weg.

Gleich würde Marlen aus einem Albtraum erwachen. Vorsichtig legte sie die Hand auf ihren Unterleib. Das Baby war nicht geplant gewesen, dennoch hatte sie sich in den letzten Wochen darauf eingestellt, Mutter zu werden.

Das gab es nicht, das konnte nicht sein. Sie lebten im 21. Jahrhundert, da starben keine Babys mehr. Ja, früher im Mittelalter oder im Krieg, da war es an der Tagesordnung. Aber nicht heutzutage. Die Medizin war fortgeschritten, man transplantierte Herzen, Lebern und Nieren. Und überhaupt, das Baby war noch so klein. Sie war in der 13. Woche. Da musste doch alles erst wachsen, wer wollte in diesem Stadium einen Defekt erkennen!

Die Schwester mit dem dicken Zopf kam erneut herein. »Frau Ehrenberg, fühlen Sie sich wieder besser?«

»Besser? Mein Baby soll sterben und Sie erwarten, dass es mir besser geht?« Marlen stand auf, schob die Schwester beiseite und eilte hinaus.

»Frau Ehrenberg, wenn Sie Fragen haben – wir müssen zudem einen Termin ausmachen.«

Sie drehte sich um und schrie: »Sie nehmen mir mein Baby nicht weg, Sie nicht.« Sie rannte hinaus, durch die langen Flure bis vor die Tür. Sonne schien ihr ins Gesicht, auf den Bäumen war das erste Grün zu sehen.

Das alles konnte nicht stimmen. Sie musste nach Hause, nein, besser zu ihrer Mutter. Mama war stets für sie da gewesen, nach dem frühen Tod ihres Vaters waren sie eine Einheit geworden. Mama, Marco und sie. Die drei Ms.

Kurze Zeit später saß sie im Wagen, lehnte sich zurück und die Worte der Ärztin drehten sich in Dauerschleife. »Es tut mir leid, aber Ihr Baby hat Anenzephalie.«

Sie holte ihr Handy aus der Tasche und sah ins Internet. Beim Lesen kamen die ersten Tränen. Wie lange sie auf dem Parkplatz der Klinik geblieben war, wusste sie nicht. Mechanisch startete sie den Motor und lenkte ihr Auto zur Wohnung ihrer Mutter.

Mama setzte sofort Tee auf, ihr Allheilmittel für alles. »Bestimmt hast du etwas falsch verstanden.«

»Anenzephalie, das Wort habe ich mir gemerkt und im Internet nachgesehen. Die Schädeldecke schließt sich nicht und es fehlen Teile des knöchernen Schädeldaches und der Hirnhäute. Daher kann sich das Gehirn gar nicht oder nur unvollendet entwickeln. Ohne Gehirn kann der Mensch nicht leben.« Marlen war ruhig und zählte es fast sachlich auf. Es fühlte sich an, als spräche sie von jemand anderem, als wäre nicht ihr Baby das betroffene. »Es war schon merkwürdig, als Frau Doktor Gerstgruber mich in die Spezialklinik in Nordhaven überwiesen hat. Nur zur Sicherheit, hat sie gesagt, ich soll mir keine Sorgen machen. Ich wünschte, sie hätte mich ein wenig vorbereitet.«

»Ich schätze, es ist nicht leicht, das mitzuteilen. Und sie war sich wahrscheinlich nicht sicher, und wollte nicht, dass du panisch wirst.« Mama stellte Teeschalen auf den Tisch. »Magst du Früchtetee? Oder lieber Kräuter?«

»Egal. Hauptsache heiß.« Vielleicht wurde damit die Kälte in ihrem Inneren vertrieben. »Ich bin nicht panisch, ich bin wütend, traurig und weiß nicht, was ich tun soll.«

Katharina Ehrenberg holte die Teebeutel aus der Keramikdose und goss das kochende Wasser in die Tassen. »Ich krieg das Ganze auch noch nicht in meinen Kopf. Gerade erst habe ich mich an den Gedanken gewöhnt, Großmutter zu werden.« Ihre Mutter schluckte, räusperte sich. »Möchtest du Christian nicht doch mit einbeziehen? Ich weiß, du wolltest ihn außen vor lassen, aber jetzt hat sich das Ganze verändert und er könnte …«

»Was, Mama?« Sie riss das Papier des Teebeutels auf und gab das Päckchen ins Wasser. Der Duft stieg angenehm in ihre Nase. »Soll er mir bei der Abtreibung die Hand halten? Er würde es hassen. Außerdem«, sie holte Luft, »ist er nicht der Vater.«

Mama ließ die Zuckerdose los, sodass diese kippte. »Was?« Im letzten Moment rettete Mama die Dose, bevor sie am Boden zerspringen konnte.

»Tut mir leid, du hast nie gefragt, deswegen…« Marlen zog die Schultern hoch. »Es war ein One-Night-Stand.«

Kurz schwieg ihre Mutter, vermutlich war sie überrascht. »Und du möchtest es ihm nicht sagen?« Sie gab ein Stück Zucker in ihren Tee. Das war typisch für sie, selbst nach weltbewegenden Nachrichten beruhigte sie sich rasch. »Oder kennst du ihn gar nicht?«

»Doch, tue ich. Aber, nein, das ist keine Option. Er vernascht täglich andere Frauen, deswegen hat er sich als Papa ohnehin disqualifiziert. Er wäre bloß froh, dass es kein lebendes Baby geben wird.« Sie brach ab. Es tat furchtbar weh, es auszusprechen.

Ihre Mutter rührte in ihrer Tasse.

»Ich denke, das ist die Strafe dafür, dass ich anfangs über die Schwangerschaft nicht glücklich war.« Marlen gab den Kampf gegen die Tränen auf und ließ sie fließen. »Ein Baby, das war nicht eingeplant. Und ich habe mich geärgert, nicht auf Verhütung geachtet zu haben, weil wir …« Nein, von der unerwarteten Leidenschaft, die sie in Theos Armen genossen hatte, wollte sie jetzt nicht erzählen. »Aber in den vergangenen Wochen habe ich mich gefreut. Habe sogar die erste Strampelhose eingekauft. Wusstest du, dass man gar keine richtigen Strampelhosen mehr anzieht? Die Babysachen sehen aus wie für Große, nur eben winzig klein. Und jetzt wird mein Baby das Höschen niemals anziehen.« Die letzten Worte kamen nur erstickt heraus, sie schluchzte und barg das Gesicht in ihren Händen.

Ihre Mutter zog den Stuhl zu ihrem und legte den Arm um sie. Die Wärme drang nur langsam durch, schließlich wurde sie ruhiger, irgendwann hatte ihr die Mutter ein Taschentuch gereicht, das nun zu einem nassen Ball zusammengeknüllt war.

»Ich glaube, ich kann es nicht. Hingehen, mein Baby töten lassen und wieder nach Hause gehen. Es ist schon ein Baby, verstehst du? Es hat Arme und Beine, ich habe Bilder gesehen.«

»Was passiert, wenn du keine Ausschabung machen lässt?«

Kapitel 8
Theo

»Was denkst du, wie sie reagieren wird?« Theo hatte sich für eine Plüschgiraffe entschieden. Sie war knallgelb, mit roten statt braunen Flecken, hatte eine regenbogenfarbene Schleife um den Hals gebunden und – was er besonders witzig fand – weiße Stiefel an allen vier Füßen.

»Das kann ich dir nicht sagen. Ich kenne sie schließlich nicht.« Ute trug einen rosa Pullover, das knallrote Haar legte sich in Strähnen darüber. Theo hatte längst aufgegeben, irgendwelche Kommentare über ihr Aussehen abzugeben.

Ute war Ute und sie wollte auffallen.

»Die Frage ist, was willst du?« Sie rührte im Topf, ihre Einladung zum Essen war spontan gekommen. Meist suchte Theo eine Ausrede, denn ihre kulinarischen Kreationen konnte man durchaus mit ihrem Äußeren vergleichen.

»Wie, was will ich?«

»Möchtest du eine Beziehung mit dieser Frau? Ein Vater für das Baby sein? Oder nur zahlender Papa? Denn falls du Letzteres bevorzugst, dann setzt du mit dem Vieh hier falsche Signale.«

Theo sah auf das »Vieh« und fühlte sich auf einmal wie von einem Wasserstrudel nach unten gezogen. Er hatte beim Einkauf nicht nachgedacht. Natürlich musste Marlen das Geschenk so auffassen, als ob er interessiert wäre. Ob an ihr oder dem Baby, das kam aufs Gleiche heraus.

Er konnte keine Beziehung eingehen und er konnte keinem Kind ein Vater sein.

»Du hast recht, es war eine dumme Idee.« Er hob die Giraffe hoch und ging zum Mülleimer.

»Halt.« Ute nahm ihm im Vorbeigehen das Plüschtier aus der Hand. »Du musst sie nicht gleich wegwerfen.«

»Du hast doch gerade gesagt, dass …«

»Ich möchte, dass du dir darüber klar wirst, was du dir wünschst.« Jedes Wort unterstrich sie mit einem Tippen auf seinen Brustkorb. »Und wenn ich das possierliche Tierchen so ansehe, das du bestimmt mit Sorgfalt und sogar Liebe ausgesucht hast, dann willst du Kontakt zu deinem Kind aufbauen. Mensch Theo, dein Kind! Ein Sohn oder eine Tochter, mit deinen Genen. Das ist doch was!« Sie legte ein Sieb über die Spüle und goss aus dem zweiten Topf das Wasser ab, es folgte etwas, das wie Nudeln aussah.

»Die sind blau!« Theo starrte entsetzt auf die spiralförmigen Dinger, die ein kräftiges eindeutiges Dunkelblau aufwiesen.

»Ich habe ein neues Rezept für Halloween ausprobiert.«

»Es ist März.«

»Man kann nicht früh genug anfangen und ich bin mir nicht sicher, ob es diese Variation auf die Liste meiner Top-Favoriten schaffen wird.«

»Aber ich soll es essen?«

»Du bist undankbar.« Sie drohte mit dem Kochlöffel,

bevor sie im anderen Topf umrührte. »Da will ich dir eine Freude machen und lade dich zum Essen ein ...« Sie legte den Löffel weg und tat die blauen Nudeln in eine Schüssel. »Überhaupt, du lenkst ab, ich kenne deine Tricks. Also, was ist schlimm an einer Tochter oder einem Sohn? Und setz dich endlich wieder hin, du machst mich total nervös, wie du da herumtänzelst.«

Theo ging zu seinem Stuhl zurück. »Einfach nur schrecklich, dass das arme Kind meine Gene haben muss.« Theo spürte Feuchtigkeit im Nacken, auch seine Hände fühlten sich unangenehm schweißig an. Langsam ließ er sich auf seinen Stuhl sinken. Ein Kind kostete zudem Unterhalt. Und er hatte kein Geld, verdammt.

Es sei denn ... nein, er würde keinen Canossagang zu seinem Vater antreten.

Er musste mit Marlen sprechen. Vielleicht hatte sie sich für eine Abtreibung entschieden? Oder sie womöglich bereits hinter sich? Hätte sie doch nur mit ihm gesprochen und wäre nicht vor einem Gespräch davongefahren.

Konnte sie es getan haben? Ohne ihn zu informieren?

»Muss sie nicht, ist ihr Körper.«

Hatte er laut gesprochen?

»Du hast von Abtreibung gemurmelt, den Rest konnte ich mir dazudenken. Ich kenne dich schon lange, bereits als du als kleiner Junge mit mir mitgekommen bist, weil du es daheim nicht ausgehalten hast.«

»Bei euch war es immer friedlich und deine Mutter hat auch mich verwöhnt.«

»Du tatst ihr leid. Deine Eltern hätten nie ein Kind haben dürfen, hat zumindest meine Mutter gesagt.«

»Sie fehlt mir.«

»Und mir erst. Sch ... Krebs.« Utes Mutter war vor fünf Jahren an Leukämie verstorben. Theo vermisste sie noch immer.

»Meine Eltern brauchen jeweils nur sich selbst.« Er gab ein Schnauben von sich. »Was habe ich mich als Kind angestrengt, dass sie mich wenigstens ein einziges Mal wahrnehmen. Ohne Omili wäre ich verzweifelt.«

»Ist es immer noch nicht besser geworden?«

»Wir gehen höflich miteinander um, das ist alles. Du weißt, was mein Vater möchte. Ich werde nicht klein beigeben.«

Ute stellte den Soßentopf auf den Tisch. »Nun, aus Stolz ist schon mancher verhungert.«

»Bist du nun auf seiner Seite?«

»Gewiss nicht. Aber dein Vater wird Opa, vielleicht macht ihn das weich?«

»Sicher nicht.« Theo schüttelte den Kopf.

»Hol bitte die Servietten.«

Theo stand auf und zog die entsprechende Schublade am Schrank auf, darin lagen jedoch lediglich Schlüssel, Taschentücher, Parktickets und Einkaufszettel.

»Ich habe sie ins Regal über der Spülmaschine getan.« Ute brachte nun auch die Schale mit den Nudeln.

Er holte die Servietten und beobachtete mit Skepsis, wie Ute ihm auftat. Blaue Nudeln mit knallroter Soße.

»Sag, was hast du in die Soße getan? Das Rot wirkt unnatürlich.«

»Es sollte Blut sein.«

»Blut? Du hast Blut hineingetan?«

»Natürlich nicht! Nur die Farbe von Blut. Das ist lediglich Lebensmittelfarbe, du Idiot.«

»Es sieht nicht wie Blut aus, die Farbe ist zu grell. Überhaupt bezweifle ich, dass es genießbar ist.« Er kräuselte seine Nase, setzte sich hin und legte die Servietten ab.

Vorsichtig spießte er eine der Spiralen auf, der Anblick der tiefblauen Nudel mit der grellroten Soße war wenig appetitanregend. Doch dann probierte er, spuckte die Nudel auf den Teller zurück und griff nach dem Glas Wasser, trank ein paar Schlucke. »Willst du mich vergiften? Teufel, ist das scharf.«

»Hab dich nicht so! Nur die Harten schaffen es, den Mount Everest zu besteigen.« Sie schaufelte sich eine Gabel voll in den Mund, kaute rasch und schluckte. Gleich darauf griff sie ebenfalls zu ihrem Glas und trank es leer und hustete. »Möglicherweise war es doch zu viel Chili.« Sie schob den Teller fort und wischte sich die Tränen aus den Augen.

»Du könntest es deinem Chef an Halloween servieren.« Theo sah auf seinen Teller. »Soll ich uns Pizza bestellen?«

Sie nickte, zwinkerte sich die letzten Tränen weg und trug die Reste ihrer Kochkünste in die Küche zurück.

»Mir bitte mit Zwiebeln.«

Theo sah auf sein Display. Babs hatte ihm geschrieben, das lag ihm im Magen. Im Gegensatz zu seinem Ruf, den er pflegte, wollte er keine Affäre innerhalb der Firma anfangen. Das war ihm bisher gelungen.

Lediglich bei Marlen war er schwach geworden. Ute hatte ihn durchschaut, gerade Marlen bedeutete ihm Längen mehr als ein Flirt. Er hätte niemals mit ihr im Bett landen dürfen.

Die Flirterei hatte ihm den Namen »der smarte Theo« eingetragen. Nicht, dass er sich auf sein Aussehen etwas einbildete, es stand ihm auch nicht im Weg. Die meisten mochten seine dummen Sprüche ohnehin nicht. Doch die Sache mit Babs musste er klären, bevor sie noch aufdringlicher wurde. Daher hatte er sich nach der Pizza von Ute verabschiedet, um sich mit Babs zu treffen und ihr klarzumachen, dass nichts zwischen ihnen passieren würde.

Babs erwartete ihn bereits an der Bar des nicht allzu günstigen Design-Hotels. Zahlreiche Amerikaner und andere Geschäftsleute verkehrten hier, ein Glas Bier kostete hier in etwa so viel wie anderswo ein Mittagessen.

Das eng anliegende Kleid mit tief ausgeschnittenem Dekolleté bedeckte kaum ihre Brustnippel. Ihre Beine steckten in Netzstrumpfhosen und ihre Sandalen mit den Bleistiftabsätzen kamen einer Waffe gleich. Seine

Kollegin hatte eine wohlgeformte Figur und ein glattes Gesicht, das sie leider unter einer zu dicken Schicht Make-up versteckte.

Er glitt auf den Barhocker neben ihr. »Babs, schön dich zu sehen.«

Himmel, das war ein komplett irreführender Gesprächsbeginn. In Sekundenschnelle rückte sie dicht zu ihm. »Ich weiß, was für einen Ruf du hast. Aber ich denke, du hast die Richtige noch nicht gefunden, nicht wahr?«

»Vielleicht.« Das lief in die falsche Richtung, zudem fuhr sie bereits mit ihrem Schuh unter sein Hosenbein. Er zog sein Bein weg, sie verzog den Mund zu einem Schmollen. »Babs, ich wollte dir sagen, dass mein Herz schon vergeben ist.«

Hoppla, woher kam das so plötzlich?

»Das – das wusste ich nicht.« Ihre Mundwinkel hingen herab, ihre Augen bekamen einen traurigen Touch. Der Vergleich mit einem Dackel, der etwas ausgefressen hatte, drängte sich ihm auf. »Davon habe ich nie was bemerkt, Theo. Wer ist sie? Kenne ich sie?«

»Nein, ähm, niemand von Floravelle. Und das ist es, was ich dir eigentlich sagen wollte. Innerhalb der Firma gibt es nur böses Blut, wenn man eine Affäre hat.«

»Unsinn, das ist so was von gestern. Heutzutage geht man fortschrittlicher damit um. Gregor und ich sind auch Freunde geblieben.«

»Du hast mit Gregor geschlafen? Er ist verheiratet.«

»Ja. Er gilt als Nerd, aber ich kann dir sagen, dass das

nur seine Tarnung ist. Er hatte schon mit fast jeder aus der Firma was. Seine Frau scheint tolerant zu sein oder sie gibt vor, nichts zu wissen.«

Theo kannte Gregors Frau Sonja, die Ärztin war, flüchtig vom Betriebsfest.

»Was darf's sein?« Der Barkeeper stand vor ihm.

»Einen Mai Tai bitte.« Es war ihm nach etwas Stärkerem.

»Gern.« Der Mann im weißen Sakko holte die entsprechenden Flaschen aus dem Regal und richtete sich einen Shaker.

Babs nippte an ihrem Cocktailglas mit einer roten Flüssigkeit, er tippte auf Cosmopolitan, aber er war nicht neugierig genug zu fragen. Die Nachricht, dass Gregor, den er stets für ruhig und verlässlich gehalten hatte, dermaßen umtriebig wäre, nagte an ihm. Ihm hatte man wegen seiner harmlosen Flirterei den Spitznamen verpasst, wobei »der smarte Gregor« bei seinem Kollegen nicht passen würde. Er war ein Glatzkopf, hatte lediglich einen Kranz von Haaren rund um seinen Kopf, einen schiefen Vorderzahn und trug seinen Bierbauch voll Stolz.

»Theo, warum hast du deine Flamme nicht zur Weihnachtsfeier mitgebracht? Ich meine, dann wüsste jeder …« Ihr Fuß stahl sich erneut unter sein Hosenbein. Wann hatte sie ihre Sandalen abgestreift?

»Es ist noch frisch.« Er konnte nicht weiter wegrutschen, sonst stieß er an den Rücken der Frau, die zu seiner Linken saß. Ihrem Begleiter, der mit der eingedrückten Nase an einen Preisboxer erinnerte, wollte er lieber nicht in die Quere kommen.

»Bitte, tu den Fuß weg«, zischte er, »ich habe dir gerade erklärt, dass aus uns beiden nichts wird.«

»Weshalb bist du dann gekommen?«

»Um dir genau das zu sagen.«

Babs leerte ihr Glas mit kräftigen Schlucken.

»Bitteschön.« Der Barmann stellte den Cocktail vor ihn hin, das Glas mit der orangefarbenen Flüssigkeit war mit einer Cocktailkirsche, Ananas und einer Zitronenspalte verziert.

»Noch einen Cosmopolitan.« Babs hielt ihr Glas hoch.

»Sehr gern.«

»Weißt du, wie schwer es ist, einen passenden Mann zu finden?« Sie sah ihn an, ihre Zunge schlug leicht am Gaumen an.

»Der wievielte Cocktail ist das?«

»Ist doch egal.« Sie blinzelte. »Sag schon.«

Was hatte sie gefragt? Ach ja, einen Mann finden.

»Ja, es ist schwer. Eine gelungene Partnerschaft ist wohl Glück.«

»Nö, gar nicht.« Sie beugte sich zu ihm und bot ihm Einblick in ihr Dekolleté. »Männer wollen immer Frauen, die dümmer sind als sie selbst. Der Chef heiratet die Sekretärin, verstehst du? Aber für gescheite Frauen bleibt niemand, die will kein Mann.« Offenbar stufte sie sich in diese Kategorie ein.

»Das kann ich mir nicht vorstellen.«

»Ist aber so.«

Er nippte an seinem Getränk und lauschte mehr oder weniger aufmerksam. Babs erzählte ihm ihre Leidensgeschichte in allen Einzelheiten, offenbar waren sämtliche ihrer Ex-Freunde Flops gewesen. Sie bestellte zwei weitere Cocktails, ihre Sprache wurde undeutlich und er beschloss, dem Abend ein Ende zu bereiten. Er winkte dem Barkeeper und bezahlte die Rechnung, die ihn schlucken ließ. Babs hatte insgesamt vier Cocktails gehabt, kein Wunder, dass sie dermaßen aus der Rolle fiel.

Beim Hinausgehen stützte er sie. »Theo, du bist der Beste«, lallte sie laut, während sie über dem Marmorboden des luxuriösen Foyers gingen, besser gesagt, er schleppte sie. Draußen warteten sie auf das Taxi. Theo rang mit sich, lieber wäre er nach Hause gegangen – seine Wohnung lag nicht weit entfernt –, als mit Babs quer durch die Stadt zu fahren. Doch in ihrem Zustand würde sie wohl kaum allein in ihre Wohnung kommen.

Endlich hielt ein Taxi. Er öffnete die Hintertür. Der Chauffeur beäugte ihn misstrauisch. »Sie bezahlen die Reinigung, wenn die Dame kotzen sollte.« Seine Stimme klang eher frustriert denn missmutig.

»Das mache ich.« Theo nannte die Adresse, der Kopf von Babs fiel auf seine Schulter. Resigniert hievte er sie auf den Rücksitz und schob sich neben sie. Er wollte gerade die Autotür schließen, als sein Blick zum Hotel zurückfiel. Vor der Tür stand Marlen, dicht bei ihr ein schlanker Mann im dunklen Anzug und mit Brille.

Ihre Augen waren zuerst weit geöffnet, danach zog sie sie zusammen, ihre Mundwinkel verzerrten sich zu dem verächtlichen Blick, den er stets von ihr erhielt. Wie lange stand sie schon da?

Schlimmer konnte es nicht mehr kommen.

Kapitel 9
1962

Mittlerweile sind es drei Kinder, die sie verloren hat. Das Positive ist, dass der Arzt Helmut geraten hatte, ihr eine Pause zu lassen. Ein oder zwei Jahre, damit ihr Körper sich erholen kann. Drei Fehlgeburten innerhalb von zweieinhalb Jahren. Grete will nicht mehr schwanger werden, sie mag auch nicht bei Helmut liegen. Nicht, dass er grob wäre, er bemüht sich, streichelt sie, schmatzte ihr nasse Küsse ins Gesicht und auf den Busen, und wühlt sich mit den Fingern zwischen ihre Schenkel. Doch irgendwann kommt der Moment, da er ihre Beine auseinanderdrückt, in sie eindringt und sich auf ihr abrackert.

Sie hat ständig Schmerzen. Sein Eindringen tut weh, seine Stöße empfindet sie wie Hammerschläge und jedes Mal hat sie danach Krämpfe, die stundenlang nicht aufhören wollen.

Auch ihre Monatsblutungen dauern ewig und kommen in zu kurzen Abständen, in dieser Zeit sind die Messer im Unterleib unerträglich. Ohne die Schmerzmittel vom Doktor ginge es gar nicht. Sie hat sie versteckt, damit Helmut sie nicht länger rationieren kann. Er gibt den Mitteln die Schuld daran, dass sie kein Kind im Leib halten kann.

Mutter Rosa spricht kaum noch mit ihr. Die Mahlzeiten verlaufen schweigend, Helmut ist oft außer Haus. Er hat seinen Kegelabend und den Stammtisch.

Bis Mutter Rosa ihr gehässig eröffnet, wohin er des Öfteren geht. »Eine Schande ist das, dass mein Sohn seine Gelüste im Laufhaus stillen muss, obwohl er eine Frau hat.«

Laufhaus. Sie kennt diesen Begriff nicht, doch Finchen, ihre Schwester, weiß Bescheid. Ihre Briefe aus Dänemark kommen regelmäßig. »Unglaublich, dass Helmut dir das antut.«

»Es ist mir gleich, wenn ich es nicht mehr tun muss.« Grete ist es egal. Soll er doch andere Frauen haben und sogar Geld zu ihnen tragen, Hauptsache, sie hat ihre Ruhe.

Die Taubheit in allen ihren Gliedern lässt keinen Raum für Empfindungen. Die letzte Schwangerschaft ist beschwerlich gewesen, bis zum sechsten Monat hatte sie das Kind austragen können. Diesmal weiß sie, dass es ein Junge war. Sie hatte die Hebamme gebeten, ihn ihr zu zeigen, sie wollte ihn halten, einmal sehen. Doch der Arzt hatte es verboten. »Das ist kein Anblick für Sie, Frau Küppers.« Das Sanatorium hat Vorschriften.

Der Junge bekam auch kein Grab wie schon seine Geschwister vor ihm.

Fridolin, sie nennt ihn in Gedanken Fridolin. Der Name gefällt ihr einfach, warum kann sie nicht sagen.

»Jetzt hast du lange genug die trauernde Prinzessin gespielt.« Ihre Schwiegermutter sieht zur Tür herein, sie wienert den Holzboden in der Diele »Die Arbeit in der Bäckerei macht sich nicht allein. Es wird Zeit, dass du wieder deine Pflicht erfüllst. Eine ganze Woche hast du

dir Zeit gelassen! Weiß Gott, das hätte ich niemals gekonnt. Waren auch andere Zeiten damals, als meine
Kinder klein waren. Krieg und Hungersnot.«

Sie ist froh, als Mutter Rosa sie wieder alleine lässt
und öffnet das kleine Holzkästchen. Ihre Finger streichen über die Babyschuhe, die sie gestrickt hat, zwei
Paar aus weißer Wolle, weil sie nicht weiß, ob es Mädchen oder Jungen waren. Das dritte Paar hat ein blaues
Bändchen, für Fridolin.

Ein Geräusch vor der Tür lässt sie das Kästchen rasch
schließen. Helmut ist zurück. Hektisch schiebt sie das
kleine Ding unter ihre Wäsche im Schrank.

Hoffentlich findet Helmut es nicht, er würde es ver-
brennen. Und dabei denken, dass er etwas Gutes tut.
Seiner Meinung nach sollte sie sich alles rasch aus dem
Kopf schlagen und verdrängen.

Aber sie wird niemals ihre drei Kinder vergessen.

Kapitel 10
Marlen

Liebe Schneeflocke! Sie haben mir gesagt, dass du nicht lebensfähig bist, dass es besser ist, die Schwangerschaft zu beenden. Das bedeutet, dass ich mich jetzt schon dafür entscheiden soll, dass du sterben musst. Kann ich das? Wenn sie mir sagen, dass dich ein schlimmes Dasein erwartet, dass du ständig Schmerzen haben wirst und das Leben eine einzige Qual für dich sein wird, würde ich darüber nachdenken. Bin ich egoistisch, dass ich dich noch eine Zeit bei mir behalten möchte? Dass ich glaube, dass mir beim Gedanken daran, dich wegmachen – ein furchtbares Wort – zu lassen, wie ein lästiges Geschwür, übel wird?

Marco hatte sie zum Abendessen in das Luxus-Restaurant des *Grand Belle* eingeladen, Purple hatte sich für diesen Abend extra ein neues Kleid gekauft.

Marlen hatte den beiden noch nichts von der schlimmen Krankheit ihres Babys gesagt, nun hatte sie ein schlechtes Gewissen. Ihr Bruder wollte mit ihr auf das Kleine anstoßen und sie hatten sich bereit erklärt, die Patenschaft zu übernehmen. Gern hätte sie Mama an ihrer Seite gehabt, doch die hatte an diesem Abend einen Konzertabend mit ihrer Freundin. Sie wählten Speisen und Getränke, die der Ober eifrig aufnahm. Marlen bestellte nur eine Suppe, die beiden anderen kommentierten das nicht. Es war nicht ungewöhnlich, denn Marlen nahm oft nur eine Vorspeise und dafür eine Nachspeise am Schluss.

Die Aperitifs wurden gebracht, über dem Prosecco mit Waldbeerlikör sah Purple sie nun erwartungsvoll an. »Was gibt es Neues? Weißt du schon das Geschlecht?«

Nein. Das war angesichts der schrecklichen Diagnose komplett untergegangen. Es war schwer, die Worte auszusprechen. Solange man nicht darüber sprach, war es vielleicht nicht wahr.

Was, wenn die Ärzte sich irrten?

»Mein Baby wird sterben.« Sie hatte es gesagt, die Gesichter der lieben Menschen gegenüber verschwammen, zogen sich auseinander und sie konnte nicht länger hinsehen. Sie senkte den Kopf.

Marco fand als Erster seine Sprache wieder. »Ist das ein Scherz? Bei unserer modernen Medizin, da kann man doch was machen.«

»Warum?« Purple hielt sich knapper.

Marlen holte tief Atem, setzte zweimal an, ehe ihre Stimmbänder wieder mitspielten. »Anenzephalie ist die korrekte Diagnose. Das ist …«

»Schrecklich!« Purples Stimme zitterte. »Das Baby bildet kein Gehirn aus, nicht wahr? Mein Chef hat gerade vor Kurzem davon gesprochen, ich weiß nicht mehr in welchem Zusammenhang. Ist es eindeutig erwiesen? Das Baby ist noch klein, vielleicht kann man es nicht richtig erkennen?«

»Klärt mich auf.« Marco schob sein Glas zur Seite und beugte sich vor. »Wieso wird kein Gehirn ausgebildet?«

Es war eine schlechte Idee gewesen, dass Marlen das Essen nicht abgesagt hatte und sich mit ihrem Bruder und Purple in der Wohnung getroffen hatte. Mit Gewalt drängte sie die Wogen der drückenden Schwärze zurück, die sie zu ersticken drohten.

»Die Schädeldecke fehlt ganz oder teilweise und auch die Hirnhäute.« Marlen ratterte es herunter wie auswendig gelernt. »Und nein, Purple, da wächst sich nichts mehr aus.« Ihr Hals kratzte. »Die Diagnose ist eindeutig.«

»Und da kann man nichts machen?«, wiederholte Marco sein vorhin gesagtes Statement. »Man operiert doch heutzutage bereits Kinder im Mutterleib, da könnte man vielleicht …« Er brach ab. Marlen hatte ihren Bruder nie zuvor dermaßen hilflos gesehen, als ob er gleich anfangen würde zu weinen. Sie begriff ja selbst das alles nicht. Die verdammte Hoffnung, dass sich das Ganze als Irrtum erweisen würde, ließ sich nicht komplett ins Out schieben.

Auch Purple war blass unter ihrem Rouge, das sie abends stets auftrug. Dass sie schwieg, war kein gutes Zeichen. Marlen wollte kaum in ihr Gesicht sehen, mit dem Schock und der Anteilnahme konnte sie in diesem Moment schlecht umgehen.

Sie wünschte sich, dass ihre Freundin sie beruhigte, dass sie sagte, alles würde in Ordnung kommen und die Ärzte sich bestimmt geirrt hätten.

»Du solltest auf jeden Fall eine zweite Meinung einholen.« Purples Stimme klang anders, übertrieben enthusiastisch, ohne jedoch die Resignation dahinter zu verbergen. Und kaum verdeckte Trauer.

»Das habe ich hinter mir.« Marlen schluckte, ihr Mund fühlte sich an, als hätte sie Watte drin. »Zuerst hat sich meine Frauenärztin, Frau Doktor Gerstgruber, bei der Routineuntersuchung merkwürdig verhalten. Ich bin ja seit Jahren bei ihr, sie kennt mich, seit ich ein Teenager war. Jedes Mal ist sie fröhlich, hat einen Witz auf den Lippen, das war auch so, als ich bei ihr war und sie die Schwangerschaft festgestellt hat. Der erste Ultraschall war in Ordnung. Es war mega.« Sie wischte sich ärgerlich eine Träne von der Wange. »Das zweite Mal hingegen war alles anders. Sie hat beim Ultraschall kein Wort gesprochen und ihre Miene …«, Marlen brach kurz ab und war dankbar, dass weder ihr Bruder noch Purple sie drängten, weiterzusprechen, »… diesen Gesichtsausdruck habe ich nie zuvor bei ihr gesehen. Es war, als würde sie vor meinen Augen alt werden. Sie hatte tiefe Furchen in den Wangen, der Glanz aus den Augen war weg.« Marlen rieb erneut über ihre Augen. Sie war froh, dass sie kein Make-up aufgetragen hatte. In den letzten Tagen hatte sie mehr geweint als in all den Jahren zuvor. »Ihre Stimme war gefasst, wie die Ruhe vor einem Sturm. Als wüsste sie, was ihre Worte nun anrichten würden.«

»Sie hat es bereits gewusst?«

»Ja. Sie wollte nett sein, hat langsam gesprochen, gemeint, sie könnte sich irren.« Marlen tastete nach ihrer

Handtasche, die hinter ihr an dem Stuhl hing, fingerte eine Packung Tempo heraus und brauchte eine Ewigkeit, bis sie eins der weißen Papiertücher herausgezogen hatte. »Sie hatte einen richtiggehend sanften Tonfall: Es sieht so aus, als wäre etwas mit dem Kopf des Embryos nicht in Ordnung. Dass sie den Fachbegriff gewählt hat, hat mich am schlimmsten erwischt. Es war offensichtlich, dass sie wollte, dass ich auf Distanz gehe und Abstand zu meinem Baby bekomme.«

Purple hatte nun ebenfalls Wasser in den Augen, ihr Eyeliner hinterließ schwarze Flecken im Gesicht. »Es tut mir so leid.« Die Worte waren kaum zu hören.

»Und der Spezialist?«

»Ich musste zwei Stunden in der Klinik warten. In dieser Zeit habe ich gehofft und gedacht, das kann nicht sein, wieso sollte ausgerechnet mein Baby nicht perfekt sein. Man hat mir Blut abgenommen, die Schwester war nicht geschickt, hat mehrmals gestochen. Es war mir egal, ich habe nur an eins gedacht: Lieber tut es furchtbar weh, dafür ist mein Baby gesund.«

»Aber so war es nicht.« Marco zerknüllte die schön gefaltete Serviette vor sich.

»Bitte sehr.« Das Essen wurde gebracht, die heiße Karotten-Ingwersuppe duftete verführerisch, Purple hatte das Lammfilet bestellt, Marco den Schweinebraten. Keiner von ihnen rührte die Speisen an, die vor ihnen dampften.

»Hat dir der Spezialist keine Hoffnung gemacht? Was ist das überhaupt für ein Spezialist?«

»Perinatologie. Und es ist eine Sie. Frau Doktor Schulz. Sie hat mir die Diagnose hingeknallt, allerdings wie verpackt man so eine schlimme Nachricht?« Marlen hörte sich plötzlich reden, als spräche sie von einem anderen Schicksal, einer anderen Person.

Als wäre es nicht ihr Baby, das zum Tode verurteilt war.

»Sie hat mir erklärt, dass es keine Überlebenschance gibt. Und sie wollte mir sofort einen Termin zur Abtreibung geben.«

»Ich finde, Christian sollte nun an deiner Seite sein, trotz allem.« Marco nahm das Besteck auf, legte es jedoch gleich wieder hin. »Es ist gut und schön, dass du ihn nicht mehr in deinem Leben haben und nach allem, was war, das Kind allein großziehen wolltest. Aber jetzt ist es doch etwas anderes.«

Purple stocherte in ihrem Salat. Dass sie schwieg, zeigte Marlen, wie sehr sie sich auf ihre Freundin verlassen konnte. Sie hatte ihrem Mann nichts erzählt, obwohl ihr das bestimmt schwergefallen war.

»Christian ist nicht der Vater.« Sie sah Marco fest an. »Nein?«

»Es war eine Dummheit, ein einzelner Fehltritt. Den ich bitter bereut habe und es immer noch tue.« Sie sprach mit Vehemenz, ein leises Stimmchen in ihr meldete sich, dass sie maßlos übertrieb.

»Vielleicht unterschätzt du diesen Mann, Marlen.« Purple sah hoch. »Manchmal wächst man mit seinen Aufgaben.«

»Theo ist ein Womanizer, vor ihm ist keine Frau zwischen achtzehn und achtzig sicher. Wäre das Baby gesund, dann müsste ich mich damit auseinandersetzen. Aber ...«

Sie musste wieder schlucken. »Gesund« in der Verbindung mit dem Konjunktiv, das hörte sich schrecklich an. Wie »Baby« und »sterben« in einem Satz.

Es passte nicht, das sollte es nicht geben.

»Ich weiß nicht, wie ich dir helfen kann.« Purple wischte sich über die Nase. »Verdammt, dass ich auch nie ein Taschentuch dabeihabe.« Marlen holte ein weiteres Papiertaschentuch aus der Packung und reichte es ihr. Ihre Freundin nahm es an, wobei sich ihre Lippen zu einem zarten Lächeln verzogen. »Danke. Ich wünschte so sehr, ich könnte dir irgendeinen Trost bieten.«

»Ich habe keine Ahnung, was ich tun soll.« Marlen lehnte sich zurück. »Es ist die Wahl zwischen Pest und Cholera. Bisher habe ich mich nie mit dem Thema Abtreibung beschäftigt.«

»Du hast dich auch mit dem Thema Kinder kriegen zuvor nicht auseinandergesetzt.« Marco deutete nun auf ihre Suppe. »Du bist auf jeden Fall schwanger und solltest essen. Ich kann verstehen, dass du keinen Appetit hast, doch für die Entscheidungen, die du fällen musst, brauchst du Kraft.« Er nahm sein Besteck auf, schnitt sich ein Stück Fleisch ab, legte es aber aufgespießt auf der Gabel hin.

Auch Purple hatte erst einen einzigen Bissen probiert, Marlen selbst tauchte widerwillig den Löffel in die Suppe. Trotz allem spürte sie Hunger.

Wie konnte das sein?

»Wann hast du das letzte Mal etwas gegessen?«

»Ich habe in der Früh Orangensaft getrunken.« Zum Glück war Samstag und die Firma geschlossen. Am Nachbartisch saßen eine Frau, die mit ihrer dicken Make-up-Schicht maskenhaft wirkte, und ein bärtiger Mann, der auf sie einredete. Wie die beiden wohl zueinandergehörten? Ein Liebespaar? Mutter und Sohn? Ein Callboy mit seiner Kundin, die mehr wollte?

Die Fantasie ging mit ihr durch, eine kurze Atempause, ehe die Realität sie wieder gefangen nahm.

Ihr Baby hatte keine Chance.

Ihr Magen fühlte sich hohl an, wie ein schwarzes Loch, das saugte. Sie aß ein paar Löffel von der Suppe, kurzfristig erfüllte sie Wärme.

Auch Purple und Marco aßen, das Schweigen hing wie ein dunkler Schatten zwischen ihnen.

Nach einem Drittel der Suppe gab Marlen auf, legte den Löffel beiseite. »Ich wollte das Kind anfangs nicht.« In der Stille, die ihren Tisch wie eine Blase zu umhüllen schien, fielen ihre Worte unnatürlich laut aus. Erschrocken sah sie sich um, doch niemandem in der Umgebung war zum Glück etwas aufgefallen.

Sie senkte ihre Stimme, mittlerweile hatten auch Purple und Marco ihr Besteck abgelegt und sahen sie an. In ihren Mienen las Marlen Anteilnahme, Trauer und eine gewisse Hilflosigkeit.

Mit alldem konnte sie momentan schlecht umgehen, daher blickte sie zwischen ihnen durch, als sie weitersprach. »Es war ein Schock, als die Tests positiv waren. Ich habe gleich zwei gemacht.«

»Das hast du erzählt.« Purple hob ihr Glas und sah in die Flüssigkeit, als wollte sie darin lesen. »Du wolltest auf Nummer sicher gehen.«

»Dabei wusste ich es längst. Aber ich war geschockt. Genau in diesem Moment musste Christian auftauchen und seine restlichen Sachen holen.«

»Das hast du gar nicht erwähnt?«

Sie sah Purple direkt an. »War nicht weltbewegend. Er hat den Test gefunden und dachte zuerst, es sei sein Baby. Das habe ich verneint, bin aber unsicher, ob er mir das geglaubt hat. Allerdings habe ich seither nichts mehr von ihm gehört.«

»Dann will er es zumindest glauben.« Marco nahm einen Schluck von seinem Wein.

»Ist mir auch egal. Ich schäme mich einfach, dass ich zuerst nicht die Freude hatte, die ein Kind verdient. Babys spüren im Mutterleib, ob man sie ablehnt oder nicht, habe ich gelesen.«

»Da geht's aber nicht um einen Moment, sondern darum, wenn sie während der gesamten Schwangerschaft abgelehnt werden.« Purple hob den Zeigefinger und erinnerte Marlen mit dieser Geste an die Erdkunde-Lehrerin, die sie gehabt hatten. Das brachte sie zu einem kurzen Auflachen, das sie selbst im Keim erstickte.

Marco schob den Teller ein wenig von sich. »Marlen, wahrscheinlich ist es am besten, wenn du rasch einen Termin machst und es hinter dich bringst.«

»Welchen Termin?«

»Die Abtreibung. Wie ich das sehe, hast du keine andere Wahl.«

»Doch, die habe ich.«

»Aber ...«

»Ich kann das Baby austragen und muss es nicht töten lassen.« Ihre Stimme zitterte leicht, denn sie war sich absolut nicht sicher, ob sie es schaffen würde. Ob es der richtige Weg war.

Ein Baby, das in ihr wuchs, das sie jeden Tag ein Stückchen mehr liebte. Es loslassen zu müssen, wäre die Hölle.

Aber war es das nicht bereits jetzt schon? Wäre nicht ein rascher Eingriff das kleinere Übel?

»Ich denke, du hast ein wenig Zeit, es zu überlegen, nicht wahr?« Purple sah auf das Essen. »Hoffentlich wird bald abserviert, mir wird schlecht, wenn ich noch länger draufstarren muss.«

»Schade drum.«

»Hat es Ihnen nicht geschmeckt?« Der Ober deutete auf die Teller, die noch reichlich gefüllt waren.

»Es war einfach großartig.« Purple sprach übertrieben enthusiastisch und klimperte dazu mit den Wimpern. »Aber bitte, bringen Sie die Teller rasch hinaus.«

»Wie Sie wünschen.« Seine Stimme hatte einen verschnupften Klang bekommen, während er gekonnt die Teller stapelte.

»Jetzt weiß er nicht, ob du es ironisch gemeint hast.« Marco nippte an seinem Glas.

»In wirklich feinen Restaurants – und dafür ist es hier teuer genug – fragt man nicht nach, ob es geschmeckt hat.« Purple sah dem davonschreitenden Kellner nach. »Gehört nicht zum guten Ton.«

»Und warum nicht?« Marco zog die Augenbraue hoch.

»Weil der Koch voraussetzt, dass sein Essen schmeckt und der Gast das in einem gehobenen Restaurant auch erwarten kann.«

»Ich glaube, das erfindest du gerade.«

»Das ist wieder typisch, mein Mann zweifelt alles an, was ich besser weiß als er. Und das ist so einiges, wenn der Tag lang ist.«

»Aber da viel auf dem Teller liegen geblieben ist, denke ich schon, dass es gerechtfertigt ist, wenn er nachfragt.« Marlen fing einen dankbaren Blick von ihrem Bruder auf.

»Trotzdem. Der Gast soll durch Professionalität des Essens und des Services davon überzeugt werden und die Kellner sind darauf gedrillt, auf nonverbale Signale zu achten oder auf die Stimmung.«

»Aus welchem Ratgeber für Restaurants hast du das?« Marco stupste seine Frau in die Seite.

Durch das Geplänkel war Marlen kurz abgelenkt, gleich darauf senkte sich ihr trauriges Bewusstsein wieder über sie wie eine erstickend schwere Decke.

Der Ober brachte Marco die Rechnung und erwähnte die halb vollen Teller kein weiteres Mal.

Nachdem Marco bezahlt hatte, ging er zur Garderobe,

um ihre Mäntel und Jacken zu holen. Purple und Marlen traten voraus ins Foyer des Hotels.

»Vielleicht solltest du es Theo sagen«, raunte ihre Freundin ihr ins Ohr. »Denkst du nicht, er kriegt es mit?«

»Er weiß schon, dass ich schwanger bin.«

»Was? Das sagst du erst jetzt? Checkt er, dass es von ihm ist?«

»Er ist nicht dumm und wird es zumindest vermuten. Ich bin einfach weggefahren, ohne zu dementieren.«

»Echt jetzt? Stimmt, wenn er nicht total vom Mond gefallen ist, wird er sich einen Reim draus machen.«

»Mensch, Purple, was hätte ich ihm sagen sollen? Ich krieg ein Kind, aber es wird sterben?« Sie sah Marco auf sie zukommen mit ihren Daunenjacken in der Hand, er trug seinen eleganten dunklen Mantel.

»Tut mir leid um das teure Essen, Marco. Ich hätte euch vorwarnen sollen, bevor ich von meiner Schneeflocke erzähle.«

»Schneeflocke?« Marco strich ihr zart über die Wange.

»Ist mein Kosename für mein Baby. Eine Schneeflocke ist unbeschreiblich schön, keine gleicht der anderen. Aber auf der Handfläche schmilzt sie rasch dahin.«

»Das klingt wunderschön.« Purple drückte Marlen an sich. Dann griff sie in die Tasche ihrer Jacke. »Meine Mütze muss herausgefallen sein.« Sie eilte Richtung Garderobe.

Marco legte den Arm um sie und sie gingen langsam zum Ausgang. »Du hast es richtig gemacht. Da gibt es, denke ich, keine Warnung, die mich auf diesen Schock vorbereitet hätte.« Er löste sich wieder von ihr. »Und wann hättest du uns von deiner Schneeflocke erzählen sollen? Bei einer Currywurst am Stand?«

Schneeflocke.

Auf einmal schob sich Theos Gesicht in ihre Gedanken. Ihre gemeinsame Nacht kam ihr nun ebenfalls vor wie eine Schneeflocke. Zauberhaft, aber vergänglich.

Sie hakte sich bei ihrem Bruder unter, sie traten vor die Tür. Kalte Luft schlug ihnen entgegen und gefror ihre Atemluft zu weißen Wölkchen vor ihrem Gesicht.

Gekicher ließ sie aufschauen und sie spürte, wie sie von innen her zu frieren begann.

Theo stieg mit einer blonden Frau in ein Taxi. Und die Frau war niemand anders als seine Kollegin Babs von der Marketingabteilung.

Am liebsten wäre sie fortgerannt, nur warum? Ihre Hoffnung, er würde sie nicht bemerken, erfüllte sich nicht. Er sah zum Hoteleingang zurück.

Seinen Gesichtsausdruck konnte sie nicht erkennen, doch er grüßte nicht, nicht einmal ein Nicken mit dem Kopf. Stattdessen verschwand er auffällig rasch auf dem Rücksitz neben Babs im Taxi. Und die blonde Schönheit klebte sofort an ihm, vermutlich in Erwartung einer heißen Nacht.

Dieser Mann war für sie gestorben.

Kapitel 11
Theo

Ein Pech aber auch, dass Marlen Theo mit Babs gesehen hatte. Er war sich bewusst, welchen schrecklichen Eindruck das Ganze hinterlassen haben musste. Daher war es nicht verwunderlich, dass sie ihm aus dem Weg ging.

Doch Theo wollte endlich abklären, was mit Marlen los war. War sie wirklich schwanger? Bei den Morgenmeetings war ihm ihr Make-up aufgefallen, normalerweise war sie nicht dermaßen stark geschminkt. Zudem waren ihre Bewegungen anders. Er konnte es nicht in Worten festmachen, aber Marlen hatte stets den typisch selbstsicher energischen Gang einer erfolgreichen Frau gehabt, der nun zu einem langsamen Schleppgang reduziert war. Auch ihre Schultern waren nach vorn gesackt, als müsste sie auf ihrem Rücken einen Zentnersack Probleme befördern. Subtile Veränderungen, die für ihn jedoch offensichtlich waren.

Weil er sie schon lange kannte.

Er passte sie an diesem Morgen ab, stellte sich ihr auf dem Flur in den Weg. »Guten Morgen.«

»Ebenso.« Sie wollte an ihm vorbei, doch er ließ sie nicht.

»Was soll das?« Zwei steile Falten bildeten sich auf ihrer Stirn. »Lass mich ins Büro.«

»Wir müssen reden.«

»Wir müssen gar nichts.«

»Ich will wissen, was mit dir los ist.«

»Das geht dich nichts an.«

»Vielleicht nicht, vielleicht doch.« Er trat von einem Bein aufs andere. Sie wich seinem Blick aus, sah sich um, zum Glück waren sie allein auf dem Flur. »Aber ich frage trotzdem.«

»Und ich muss dir keine Antwort geben.«

»Verdammt, es geht dir schlecht, Leni. Das sehe ich.«

»Für Sie bin ich Frau Ehrenberg, Herr Marquardt. Und ich heiße Marlen, niemals Leni.«

»Das war nach der Betriebsfeier aber anders.« Er spitzte die Lippen und verstellte seine Stimme. »Niemand hat mich jemals Leni genannt, das klingt zart. Ich mag das.« Rasch fand er zu seinem normalen Tonfall zurück. »Da hattest du auf jeden Fall nichts dagegen.«

»Ich war betrunken und du bist ein Mistkerl, dass du das ausgenützt hast.« Erneut sah sie sich um. »Und jetzt lass mich gehen, es muss nicht jeder wissen, dass wir in der Kiste waren. Das bedauere ich übrigens zutiefst.«

Das gab ihm einen Stich. Er wollte nicht, dass sie irgendwas bereuen musste. Das war entmutigend, dennoch blieb er hartnäckig.

»Ich will nur mit dir reden, ein paar Dinge klären. Marlen, wir müssen doch wieder entspannt zusammenarbeiten können.«

»Zum Glück haben wir nicht viel miteinander zu tun.« Erneut wollte sie an ihm vorbei, doch er streckte seinen Arm aus.

Sie waren sich nahe, extrem nahe. Und sie roch perfekt nach Vanille, Zitrusfrüchten und ihrem eigenen Duft, der dicht unter dem Shampoo lag. Die Anziehungskraft zwischen ihnen flammte auf, loderte hoch und wie magnetisch wurden sie voneinander angezogen. Er konnte bereits ihren Atem spüren, gleich würden sich ihre Lippen berühren.

Das Krachen einer aufgehenden Tür ließ sie auseinanderfahren. Die kurze Sekunde nutzte Marlen und schlüpfte unter seinem Arm durch.

Die Gelegenheit war verstrichen, er sah sie in zügigem Tempo weitergehen. Hinter ihm kamen Kollegen, die sich lautstark über die kommenden Wahlen unterhielten und ganz offensichtlich gegenteilig politische Meinungen vertraten.

Frustriert schlug er mit der flachen Hand gegen die Wand. Sollte sie schwanger sein, würde das in kurzer Zeit die Runde machen. Eine Schwangerschaft ließ sich schließlich nicht verheimlichen. Bestimmt war nicht er der Kindsvater, sondern ihr Ex, dieser Professor, der mit dem Stecken im Hintern.

Es musste möglich sein, ein ruhiges fokussiertes Gespräch mit ihr zu führen. Das schaffte er auf beruflicher Ebene doch ebenso.

Der Teufel in seinem Inneren lachte. Träum weiter, Theo, du bist nicht einmal fähig, mit deinen Eltern auf normale Weise zu reden.

Ärgerlich setzte er sich in sein Büro und rief das Computerprogramm auf. Er wollte Marlen vergessen, sollte sie doch allein mit ihren Problemen klarkommen. Ihn betraf das nicht.

Dennoch schob sich stets ihr blasses Gesicht mit den dunklen Augen vor den Bildschirm und seine Grafiken wollten nicht gelingen.

Er musste mit Marlen reden. Sollte sie ihm direkt sagen, dass ihre Veränderung nichts mit ihm zu tun hatte. Sollte sie ihm sagen, dass sie nicht schwanger war. Sollte sie ihm sagen, dass, wenn sie schwanger war, dass das Kind von ihrem steifen Professor und nicht seins war.

Er musste ihr dabei in die Augen schauen können. Dann konnte er ihr ansehen, ob sie log oder nicht.

So war zumindest der Plan.

»Guten Morgen.« Sein Kollege Gregor kam zur Tür herein. Die Augen auf halbmast steuerte er wie üblich die Kaffeemaschine an. Der kam ihm gerade recht.

»Stimmt das, dass du was mit Babs hattest?«

Die Kaffeemaschine zischte, Gregor nahm die volle Tasse weg und drehte sich zu ihm um. »Bist du mit dem linken Fuß aufgestanden, oder was?« Er nippte am Kaffee. »Warum fragst du? Hast du auch ein Auge auf sie geworfen?«

»Du bist verheiratet.«

Die Neonlampe spiegelte sich auf Gregors Glatze, beim Grinsen entblößte er seinen schiefen Vorderzahn. »Bist du Moralapostel, oder so? Sonja geht in ihrem Beruf auf, du weißt, als Ärztin hat sie unorthodoxe Arbeitszeiten und häufig Nachtdienst. Da suche ich mir eben ab und zu Unterhaltung, ist nichts dabei und niemand nimmt es ernst.« Er schlurfte zu seinem Arbeitsplatz und schaltete seinen Computer ein.

»Weiß Sonja davon?«

Ein schräger Blick traf ihn. »Willst du mich erpressen?«

»Blödsinn.«

»Es ist mir egal. Ich weiß ohnehin nicht, ob ich die Ehe aufrechterhalten möchte. Sonja will keine Kinder. Ich dachte zuerst auch, ich wollte keine, aber als Mann kann ich meine Meinung später ändern, sie als Frau nicht.«

»Wenn du mich fragst, trenn dich lieber früher als später.« Es kam schärfer heraus, als Theo beabsichtigte.

Seine Gedanken kreisten bald wieder um Marlen. Erwartete sie ein Kind?

Gegen Mittag war er mit dem Auftrag nur geringfügig weitergekommen.

Drei Tage später folgte er Marlen zum Strand von Schilfbek und beobachtete sie eine Weile, wie sie eine folierte Sitzunterlage in den Sand legte und sich draufsetzte. Es war nicht einfach gewesen, an ihre Adresse zu kommen. Im Personalbüro hatte er seinen kompletten Charme spielen lassen müssen. Als er vor dem Altbau, in dem sie ihre Wohnung hatte, angekommen war, hatte sie gerade das Haus verlassen. Nun fühlte er sich wie ein Stalker und zögerte, zu ihr zu gehen, um das dringend gewollte Gespräch zu beginnen. Aber deswegen war er hergekommen, eine bessere Gelegenheit würde sich wohl kaum finden. Obwohl die Sonne schien, war es noch kalt. Ende März konnte man vom Wetter nicht mehr erwarten. Die Nordsee lag ruhig und glatt vor ihm, eine Fähre nahm ihren Weg nach Dänemark.

Sie saß still da, nur ihre Schultern zuckten leicht. Weinte sie? Ohne lange zu überlegen, beschleunigte er seine Schritte und setzte sich neben sie in den Sand. Marlen schrak hoch, er blickte in ein tränenüberströmtes Gesicht, das Entsetzen und Angst widerspiegelte. Immerhin rannte sie nicht sofort davon.

Eine Ewigkeit verging, die Luft zwischen ihnen schien zu vibrieren. Am liebsten hätte er sie in die Arme genommen, fest an sich gedrückt, damit sie ihm ihr Herz ausschütten konnte.

Auf keinen Fall, das würde komplett die verkehrten Signale senden.

»Was tust du hier?« Marlen rückte ein wenig von ihm ab.

»Das fragst du? Du weichst mir aus, weigerst dich, mit mir zu sprechen. Was ist los?«

»Du hast hier nichts zu suchen.« Ein Vorhang schob sich vor ihr Gesicht, ihre Stimme klirrte wie Eis.

»Leni, ich habe dich nie zuvor weinen gesehen. Es macht mir Angst. Bitte, sag mir, was dich bedrückt.«

»Ich heiße Marlen.« Das klang nicht energisch, wie sie ihn sonst zurechtzuweisen pflegte, eher resigniert.

»Bist du schwanger?« Er zog die gelbe Giraffe aus seiner Tasche und hielt sie ihr hin. »Ich verspreche dir, dass ich dich nicht im Stich lassen werde. Auch wenn wir kein Paar sind, können wir …«

Ihre Augen weiteten sich, sanft zog sie ihm das Plüschtier aus den Fingern und hielt es vor sich, strich mit dem Daumen über das kuschlige Fell.

Er atmete auf, das Eis schien gebrochen zu sein.

»Das Baby wird dieses Stofftier nie sehen können.«

Hatte er sich verhört? Es war nur ein Flüstern, ein Hauch und dann drang in ihn, was sie soeben zugegeben hatte.

Sie war schwanger.

»Es stimmt also.« Er sog tief die frische Meeresluft ein. »Du bist schwanger, mit meinem Baby.« Frieden überzog ihn. Was er gesagt hatte, würde er einhalten. Er hatte zwar keine Ahnung, wie er das stemmen konnte, aber er wollte finanziell für sein Kind sorgen und für sie da sein, wenn sie ihn ließ. Zum Teufel mit seinen Schulden! Er würde einen Weg finden, ohne seinen Vater anbetteln zu müssen.

Kurz war er von seinen eigenen Problemen abgelenkt, daher entging ihm Marlens Veränderung.

Ohne Vorwarnung warf sie ihm die Giraffe an den Kopf. »Vergiss es, Theo. Du musst nicht selbstlos den Helden spielen. Ein Kind ist doch das Letzte, was du möchtest.«

Ärger überschwemmte ihn. »Und das kannst du beurteilen? Wie gut kennst du mich denn? Du siehst nur das, was ich allen in der Firma zeige. Du hast keine Ahnung von mir, also unterstell mir nicht, was ich möchte oder nicht.« Er sprang auf und klopfte sich den Hosenboden ab, auf dem der nasse Sand klebte. »Steig du mal von deinem hohen Ross herunter. Wenn man vernünftig mit dir reden kann, dann ruf mich an.« Wütend drehte er sich um und ging mit Riesenschritten den Strand entlang zurück zur Straße.

Oben angekommen wandte er sich um. Zusammengesunken saß sie da, den Kopf in den Knien vergraben. Diesmal gab es keinen Zweifel, sie weinte heftig. Von einer Sekunde auf die andere schmolz seine Wut.

»Das Baby wird dieses Stofftier nie sehen können«, hämmerte es in seinem Kopf. Was bedeutete das? Würde es blind geboren werden?

Er ging zurück. Sie schluchzte, laut. Wahrscheinlich nahm sie an, dass niemand sie hörte. An diesem Märztag waren nicht viele Menschen unterwegs, zumindest nicht im hinteren Teil des Strandes. Ihr Gesicht hatte sie auf die Plüschgiraffe gedrückt, die auf ihren Knien lag. Sein Herz zog sich zusammen, als würde es von einer Hand zusammengequetscht.

Erneut ließ er sich an ihrer Seite nieder. »Ich lasse mich nicht auf diese Weise abspeisen. Bitte, sag mir, was los ist.«

Sie hob den Kopf, sah ihn jedoch nicht an. »Das Baby stirbt.«

Kurz bekam er keine Luft. Ein Sprung in Eiswasser hätte ihn nicht mehr schocken können. »Du willst es abtreiben lassen?« Konnte er es ihr verübeln? Sie war eine Karrierefrau, vermutlich passte ein Baby nicht in ihre Pläne.

Weshalb dann die Tränen?

Da steckte mehr dahinter. Spontan legte er den Arm um sie. »Erzähl es mir.«

»Ich bin schwanger«, sie sprach leise und stockend.

»Von mir.« Er drückte sie an sich. »Ich wusste es. Wir waren unvorsichtig, das war ich nie zuvor, nur bei dir habe ich den Kopf verloren.«

»Theo, unterbrich mich jetzt nicht.« Ihre Stimme war scharf. »Ich bringe sonst nicht heraus, was ich sagen muss.«

Wie aus dem Nichts bildete sich ein dicker Kloß in seinem Hals. Selbst, wenn er wollte, hätte er kein Wort herausgebracht.

»Das Kleine ist schwer krank. Aus irgendeinem Grund schließt sich die Schädeldecke nicht und das Gehirn kann sich nur unvollständig entwickeln. Man nennt es Anenzephalie.« Sie ratterte dies herunter, wie auswendig gelernt, erklärte ihm mehr von dieser Fehlbildung, von der er noch nie gehört hatte. Er verstand fast nichts.

Sein »O mein Gott« verschluckte er, wollte sich an ihre Bitte zu schweigen halten.

»Die Ärzte raten zur Abtreibung, ich kann mich nicht dazu durchringen. Das Kleine bewegt sich, ich spüre es. Es fühlt sich für mich schlecht an, mir eine Narkose geben zu lassen und danach wache ich auf und das Baby ist weg. Wie ein Geschwür, das man sich wegoperieren lässt.«

»Was, wenn du es nicht tust?« Theo sprach automatisch, momentan unfähig, das Gehörte zu verarbeiten.

Aber heutzutage starben Babys nicht mehr so einfach. In seinem Bekanntenkreis gab es nur glückliche Geburten.

»Dann stirbt das Baby bei der Geburt oder kurz danach.« Sie drückte die kleine Giraffe mit ihren Fingern. »Es ist eine Entscheidung zwischen Pest und Cholera. Zuerst war ich schockiert, dass ich schwanger war. Noch dazu von dir. Ich weiß, dass ich selbst schuld bin, dass ich mich dir an den Hals geworfen habe und dass deine Flirterei mit mir nur Spielerei war.«

»Ich habe dich ausgenützt, Leni, das tut mir leid.«

»Marlen.«

»Sei für mich Leni, bitte.« Er sah ihr in die glänzenden Augen. Eine Ewigkeit verging, bis sie schließlich nickte.

Leichtigkeit überkam ihn, als hätte er einen Sieg errungen. Doch Sekunden später drückte die Schwere des Gesagten auf ihn. Er wusste, was Anenzephalie bedeutete. Das Baby würde sterben. Nein, bestimmt würde er gleich aus einem Traum erwachen und drüber lachen können.

»Es war eine magische Nacht, Leni. Nie zuvor habe ich so eine Anziehungskraft erlebt, wir waren eine Einheit, Harmonie pur. Es war wundervoll. Habe ich mich geirrt? War es das für dich das nicht?«

»Doch, das war es.« Sie sprach fest. »Ich werde weder dich noch mich anlügen. Die Nacht mit dir war einmalig, das Erwachen danach allerdings nicht. Ich habe mich schäbig und billig gefühlt, dass ich eines von deinen Flittchen bin, das du mit einem Fingerschnippen in dein Bett locken konntest.«

Das saß und schmerzte ihn, dass er zuerst keine Antwort fand.

»Ich verstehe, dass du das von mir denken musst.« Die Worte quälten sich zäh über seine Lippen. »Es ist das Bild, das ich allen vermittle.«

»Ich habe dich gesehen. Das ist erst ein paar Tage her.« Sie schüttelte nun seinen Arm ab, der noch immer über ihren Schultern gelegen hatte. »Mit Babs. Du hast dich rasch getröstet.«

War sie eifersüchtig? Der Gedanke gefiel ihm wider Erwarten.

»Und du? Du warst mit einem Mann im Anzug dort.«

»Das war mein Bruder Marco.«

War es Erleichterung, die ihn durchströmte? Unsinn, Eifersucht war ihm fremd.

»Babs stellt mir schon einige Zeit nach, ich habe mich mit ihr nur zu einem klärenden Gespräch verabredet, bei dem sie sich einen Cocktail zu viel eingeschüttet hat. Danach habe ich sie nach Hause gebracht, nur vor die Wohnungstür, nicht weiter.«

Marlen blinzelte kurz, dann sah sie aufs Meer hinaus. »O Gott, was rede ich da. Es geht mich nichts an. Und es ist mir egal. Ich habe andere Sorgen. Mein Baby stirbt!«

»Leni, lass mich teilhaben. Ich möchte für dich da sein, glaube mir. Du hältst mich für einen Windhund und ja, du hast recht. Bis jetzt habe ich keine Verantwortung für irgendwas übernehmen müssen, wenn man vom Beruf absieht. Ich will dir beistehen.« Sie musste nichts über ihn erfahren, nichts von den Schulden oder von dem Zwist mit seinen Eltern. Für sie war dieses Baby, das in ihr wuchs, greifbarer als für ihn. Er konnte für sie da sein, sie unterstützen und danach würden sie beide neu starten können.

»Und wie stellst du dir das vor? Es ist mein Körper, der ein todkrankes Baby in sich hat. Ich muss damit fertigwerden, wie auch immer ich mich entscheide. Das kann mir niemand abnehmen.« Der letzte Satz kam erneut wütend heraus, sie funkelte ihn an, die Wangen überzogen sich mit leichtem Rosa.

Sie hatte recht. Sie war es, die Schmerzen und Leid ertragen musste und die eine Entscheidung treffen musste, die niemals einem Menschen auferlegt werden sollte.

Auf einmal flossen die Worte wie von selbst aus ihm heraus, mit jedem wurde er sicherer und wusste, dass ihm noch nie zuvor im Leben etwas von so großer Bedeutung gewesen war.

»Leni, ich möchte hinter dir stehen. Ich kann dir leider den Schmerz nicht nehmen, weder den körperlichen noch den seelischen. Aber, bitte glaube mir, wenn ich dir sage, dass ich dich unterstützen werde, egal wie du dich entscheidest. Solltest du einen Abbruch als die für dich richtige Lösung ansehen, dann werde ich dich begleiten und bei dir sein, sobald du aufwachst. Wenn du das Baby austragen möchtest, bleibe ich ebenfalls an deiner Seite.«

Er stockte. War es zu viel, das er versprach? Konnte er

das einhalten? Was er über Schwangerschaften und Geburten erfahren hatte, bezog sich auf die Frauen seiner Freunde. Das war wenig genug. Und ein Baby, von dem man wusste, dass es bei der Geburt sterben würde, was sollte er da groß tun?

Die Nässe war unangenehm durch die Hose auf die nackte Haut vorgedrungen. Marlen saß bewegungslos, sah ihn nicht an, ihr Blick war wiederum auf das glatte Meer gerichtet. Mehrere Möwen spazierten den Strand entlang, ein friedliches Bild. In seinem Inneren hingegen tobte ein Sturm.

Marlen war schwanger. Von ihm. Das Baby krank. Dem Tod geweiht.

Theo wollte aufspringen und schreien, bis ihm die Kehle wehtat.

Kapitel 12
1964

Doktor Wassermann klopft mit dem Kugelschreiber auf die Schreibtischplatte. »Es ist eindeutig, Sie sind wieder schwanger, Frau Küppers.« Sein Gesicht überzieht das glatte Lächeln, das er seinen Patienten zeigt.

Grete kennt auch seine andere Seite, sie hat ihn bereits mal herzlich lachen sehen. Vor ein paar Monaten beim Frühlingsfest. Seine Frau und seine Kinder waren bei ihm, zwei stramme Jungs. Sie haben sich liebevoll angesehen.

Neidisch ist sie gewesen. Zwischen Helmut und ihr ist es seit ewiger Zeit nicht mehr so. Sie weiß, dass es an ihr liegt. Ihrer Kinderlosigkeit. Ein Jahr lang hat er sie nach Fridolins Geburt in Ruhe gelassen, doch seit ein paar Monaten erträgt sie ihre ehelichen Pflichten wieder Nacht für Nacht.

Nun, da sie schwanger ist, muss sie wenigstens das nicht länger erdulden.

Sie hat überhört, was der Doktor gesagt hat.

»Ihr Körper hat leider bewiesen, dass er offenbar nicht fähig ist, ein Kind zu halten.«

Sie sitzt starr. Sagt er gerade, dass auch dieses Kind sterben wird? Das erträgt sie nicht noch einmal.

Nie mehr.

»Ich will das Kind nicht verlieren.«

»Ja, deswegen müssen wir vorbeugen, wie ich gerade

betont habe.« Ungeduld ist aus seiner Stimme zu hören.

»Was raten Sie mir, Doktor?« Sie hasst ihren flehenden Tonfall. Wird Helmut sich von ihr trennen, sollte sie auch diesmal kein lebendes Kind auf die Welt bringen? Mutter Rosa hat solche Andeutungen fallen lassen. Die Pflicht einer Frau ist es, einem Mann gesunde Erben zu gebären.

»Ich verordne Ihnen auf jeden Fall Bettruhe, damit es nicht wieder ein Unglück gibt.«

»Aber ich arbeite in der Bäckerei meines Mannes.«

»Das geht leider in den nächsten Monaten nicht. Ihr Mann muss eine Aushilfe organisieren, ich rede mit ihm. Außerdem gebe ich Ihnen ein Rezept für Eisentabletten mit. Und lassen Sie keine Mahlzeit aus, das Baby braucht Nahrung, damit es kräftig werden kann.«

Grete nimmt das Stück Papier wie betäubt entgegen.

Am Abend liegt sie im Bett und hört durch die Tür jedes Wort, das Helmut und Mutter Rosa wechseln.

»Wird nichts nützen, du wirst sehen. Sie wird im Bett liegen wie eine Prinzessin! Und wozu das alles? Dreimal schwanger und kein lebendes Kind. Denkst du, dass es diesmal dazu kommt?«

»Mutter, wir werden uns daran halten, was der Arzt gesagt hat.«

»Ja, gewiss werden wir das. Ich warne dich allerdings, Freude scheint mir verfrüht zu sein.«

»Ich will, dass du jede Aufregung von ihr fernhältst, Mutter, hast du verstanden?«

»Natürlich tue ich das.« Das große »Aber« hängt in der Luft, doch Mutter Rosa spricht nicht weiter.

Grete weiß, dass sie das ihrem Sohn zuliebe macht, nicht weil sie die verhasste Schwiegertochter schützen möchte.

Sie legt beide Hände auf ihren Unterleib. Möge dieses Kind gesund auf die Welt kommen.

Wenn sie es doch glauben könnte!

Kapitel 13
Marlen

Liebe Schneeflocke! Die Entscheidung, dich behalten zu wollen, obwohl es nur wenige Monate sein werden, habe ich nicht bewusst gefällt. Es war für mich, nicht für dich und das tut mir leid. Ich wünschte, ich könnte sagen, ich habe es für dich getan, aber das wäre gelogen. In Wirklichkeit will ich dich nicht loslassen, obwohl ich keinerlei Plan habe. Dafür hat den dein Papa.

Konnte Theo das ernst meinen? Der smarte Theo, der nur Frauen im Kopf hatte, und na ja, in seinem Beruf top war?

Kurze Zeit ließ sie zu, dass er sie in seine Arme nahm und sie genoss die Wärme, die sie umfing. Ungern löste sie sich von ihm.

»Wollen wir aufstehen? Mein Hosenboden fühlt sich an, als hätte ich eine Badehose an, eine nasse, fast gefrorene, meine ich.«

»Ojemine, du sitzt direkt auf dem Sand.« Sie stand auf und hob ihre Sitzunterlage auf. »Dreh dich mal um.«

Theo erhob sich ebenfalls und klopfte seine Kehrseite ab. »Da ist nichts mehr zu retten.«

Theo musste frieren, der Boden im März war eiskalt. Doch er sagte nichts, griff nach ihrer Hand und sie sahen auf das Meer und zu den kleinen Schaumkronen, die auf den Wellen tanzten.

»Früher habe ich mir immer vorgestellt, auf einem Schiff zu arbeiten.« Marlen drückte seine Hand.

»Warum ist nichts draus geworden?«

»Ich werde seekrank.«

»Das haben wir gemeinsam. Also keine Kreuzfahrt, das können wir schon mal abhaken.«

»Theo, hast du das ernst gemeint? Ich meine, dass du bei mir sein willst, auch wenn ich mich entschließe, unsere Schneeflocke auszutragen? Das wären dann knapp sechs Monate.«

»Ich bin bei dir.« Die schlichten Worte hallten in ihr nach. »Schneeflocke, das ist schön.« Ein leichtes Lächeln umspielte seine Mundwinkel. »Das ist ein toller Kosename.«

Marlen musste sich zurückhalten, nicht darüberzustreichen. »Er ist mir spontan in den Sinn gekommen.«

»Passend. Wundervoll, zart, einzigartig und leider …« Er sprach nicht weiter. Marlen wusste auch so, was er hatte sagen wollen.

Vergänglich. Der Geburtstermin war im Sommer. Und eine Schneeflocke war im Sommer nicht lebensfähig.

Sie lenkte rasch wieder auf das eigentliche Thema zurück. »Du bist nur für uns da? Ohne andere Frauen?«

»Du verlangst Exklusivrechte?«

»Auf Zeit. Ich will nicht, dass unser Kleines ein schlechtes Bild von seinem Vater bekommt.«

Sekundenlang war es still, lediglich das Kreischen der Möwen war zu hören. Es war, als wäre Theo festgefroren, selbst seine Gesichtszüge blieben starr.

»Theo?« Sie sprach vorsichtig, konnte sich keinen Reim auf seine Schockstarre machen. »Fällt dir das so schwer? Ein paar Monate nicht der smarte Theo zu sein?« Sie war tief enttäuscht und bewegte einen Fuß, um zu gehen. Auf dieser Basis würde es nicht funktionieren.

»Ich habe eine Idee, Leni.« Er sprach beherrscht, aber sie spürte die Aufregung dahinter. »Wann ist der errechnete Termin?«

»13. September.«

»Das sind nicht mehr ganz sechs Monate. Unser Kleines lebt in dir. Ist da und bewegt sich, hast du gesagt. Wollen wir nicht diese Zeit mit ihm auskosten? Ein wenig von der Welt zeigen, unsere Lieblingsplätze, unsere Vorlieben und glücklich sein? Glück ist doch das Beste, das wir unserem Kleinen mitgeben können, nicht wahr?«

Marlen hörte seine Worte, verstand jedoch nicht, was er meinte. Wie konnten sie etwas mit einem Kind unternehmen, das in ihrem Bauch verborgen aufwuchs? Wie sollte das möglich sein?

»Marlen, es waren schon einige Frauen meiner Freunde schwanger. Ich verstehe wenig davon, trotzdem ist etwas hängen geblieben: Je glücklicher die Mutter ist, desto besser wirkt sich das auf das Baby aus. Babys im Mutterleib sind sensible kleine Geschöpfe, sie müssen viel lernen, aber eines beherrschen sie von Haus aus. Sie können Gefühle wahrnehmen. Unser Baby soll spüren, dass wir uns freuen, dass es da ist. Auch wenn es nur kurze Zeit ist, wir wollen nicht traurig sein, dass es sterben wird, sondern die Zeit bis zur Geburt genießen. Für Trauer ist danach Zeit genug.«

Marlen ließ seine Worte in sich sickern.

Es war ansteckend. Es fühlte sich richtig an.

Wie eine zarte Flamme entzündete sich etwas Zuversicht in ihr, intuitiv umarmte sie Theo.

Er hatte ihr die Entscheidung leicht gemacht. Sie würde ihr Baby bekommen, wollte es spüren und bei ihm sein, sollte es den letzten Atemzug tun.

»Es gibt doch auch Menschen, die das bereits erlebt haben. Wir werden mit ihnen Kontakt aufnehmen und uns austauschen.«

Theo nahm plötzlich ihre Hand. »Komm mit.« Er zog sie auf die Strandpromenade, sie hatte keine Ahnung, was er vorhatte. Vor einem Schreibwarengeschäft blieb er stehen.

Marlen sah ihn überrascht an. »Hier hinein? Sind dir die Kugelschreiber ausgegangen?«

Er öffnete bereits die Tür und machte sich schlank, da eine ältere Dame herauskam. Marlen trat einen Schritt zur Seite, ließ sie vorbei und schlüpfte dann hinter Theo ins Geschäft.

Drinnen sah er sich suchend um.

»Was suchst du?«

Er führte sie an Regalen vorbei, sie waren bis auf zwei kichernde Teenager an der Kasse die einzigen Besucher. »Wir schließen in ein paar Minuten«, kam es von der Kassiererin, die sie über den Brillenrand mit wenig Begeisterung musterte.

Theo hob die Hand. »Wir haben es gleich.« Er deutete auf eine Stellage. »Hier sind wir.«

Marlen sah auf die zahlreichen Poesiealben und Tagebücher, die teilweise kunstvoll verziert waren und mit einem Schlüsselchen abgesperrt werden konnten.

»Welches gefällt dir?«

»Ich hatte mal als Kind eines, ein pinkfarbenes mit einer Maus oben.« Marlen sah Theo nun direkt an. »Ich bin aber kein Kind mehr.«

Theo ergriff ihre Hand. »Ich möchte, dass du dir eins aussuchst. Und dass du alles Nennenswerte über unsere Schneeflocke notierst und aufschreibst. Die nächsten Monate werden besondere sein, schreibe das Tagebuch nicht für dich, sondern für unsere Schneeflocke.«

Ihr Hals fühlte sich an, als hätte sie Nägel verschluckt. Ein Tränenschleier verschlechterte ihre Sicht, so griff sie blind nach einem der Bücher in der Mitte.

»Eine gute Wahl.« Theo nahm es ihr ab und wandte sich zur Kasse.

Das Buch war pinkfarben mit weißen Punkten darauf.

Die Zweifel kamen am Abend zurück. Theo hatte sie zum Abendessen eingeladen und sie danach vor der Wohnungstür abgesetzt. Seine Hose war in der Zeit bestimmt nicht trocken geworden, dennoch hatte er kein einziges Wort darüber verloren. Sie hatte geglaubt, keinen Hunger zu haben, doch ihr Körper forderte sein Recht und so aß sie eine große Portion Fisch mit Kartoffelsalat. Später, allein in ihrem Wohnzimmer, als der

Sturm heftiger wurde und sie das Meer rauschen hörte, obwohl ihre Wohnung nicht direkt am Strand lag, stand das Gedankenroulette nicht still. Die überraschende Reaktion von Theo drang erst jetzt in sie ein, und sie wusste nicht, wie sie damit umgehen sollte. Tausende Fragen beschäftigten sie.

Hatte sie sich in Theo geirrt? Verfolgte er eigene Ziele? War er einfach froh, dass ihre Schneeflocke keine Überlebenschance hatte, sodass er in ein paar Monaten wieder frei wäre?

Scham überspülte sie. Theo hatte sich fürsorglich und liebevoll verhalten, es war falsch, ihm jetzt unlautere Motive zu unterstellen. Doch sie konnte sich nicht erwehren, dass ihr der gesamte Abend im Nachhinein unwirklich vorkam.

Am liebsten hätte sie Purple angerufen. Mit ihrer Freundin hatte sie früher über alles sprechen können zu jeder Tages- und Nachtzeit. Sie hatten sich täglich getroffen und nachts telefoniert oder Nachrichten verschickt.

Doch Purple war nun verheiratet. Und Marlen war manchmal wütend auf ihren Bruder, in gewisser Weise hatte er ihr Purple weggenommen. Dann schalt sie sich selbst. Sie freute sich für ihre Freundin, die seit frühester Jugend in Marco verliebt gewesen war.

Es war schon spät, dennoch war sie hellwach. Daher setzte sie sich an ihren Laptop und recherchierte im Internet über Anenzephalie und alles, was sie dazu finden konnte. Das war ernüchternd, es gab nicht das kleinste bisschen Hoffnung, dass ihr Baby gerettet werden könnte. Sie las, dass der Neuroporus anterior eine vorübergehende Öffnung des embryonalen Neuralrohrs war, die sich gegen Ende der vierten Entwicklungswoche schließen sollte, dies aber bei ihrem Baby nicht tat.

»Durch das Fehlen des Endhirns und des Schädeldachs liegt anstelle des Gehirns degenerierte Gewebemasse frei. Vorstehende Augen, breiter flacher Gesichtsschädel, kein Hals – dies trug zu dem Namen Krötenschädel im Volksmund bei«, las sie laut.

Marlen merkte erst jetzt, dass ihre Wangen nass waren und ihre Nase verstopfte. Rasch klickte sie die medizinische Seite fort und gelangte zu Erlebnisberichten von Müttern, die ein Kind mit Anenzephalie ausgetragen hatten. Keine von ihnen hatte es bereut. Dadurch wurde Marlen bestärkt.

Sternenkinder nannte man zu früh verstorbene Babys. Und es kam gar nicht so selten vor. Es gab sogar eine Gruppe in Nordhaven. Viele Eltern wurden plötzlich mit dem Tod des Kindes konfrontiert, hatten eine normale Schwangerschaft und bei der Routineuntersuchung waren die Herztöne verschwunden. Diese Eltern hatten teilweise bereits das Kinderzimmer eingerichtet und standen vor eine Wiege, die leer blieb.

War es leichter für sie, weil sie es von Anfang an wusste? Sie würde weder Babykleidung noch ein Bettchen kaufen. Sollte sie sich zur Gruppe anmelden? War das nicht verfrüht? Ihr Baby war am Leben, der Schmerz stand ihr bevor. Niemand konnte ihr das nehmen oder erleichtern.

Danach landete sie auf einer Friedhofseite. Der Anblick der kleinen Gräber war übersät mit Windrädern, Plüschtieren und Laternen und ließ Übelkeit in ihr hochkommen. Sie klickte die Seite weg und vergrub das Gesicht in ihren Händen.

Sie musste es ihren Kollegen auf der Arbeit sagen. Und ihrer Chefin versichern, dass sie nicht zu lange ausfallen würde. Und ihren Freundinnen. Das Schlimmste wäre, sollte ihr jemand Glück wünschen oder ihr ein Geschenk fürs Baby machen.

Marlen befürchtete, dass niemand ihre Entscheidung, das Baby auszutragen, nachvollziehen konnte. Tat sie das Richtige?

Einen Tag später saß sie im Wartezimmer ihrer Frauenärztin Frau Doktor Gerstgruber. Die Assistentin war so nett gewesen, sie kurzfristig einzuschieben. Sie musste über eine Stunde warten, der Warteraum war gefüllt mit Frauen, darunter waren auch einige mit Babybauch. Marlen setzte sich abseits, sie wollte auf keinen Fall angesprochen werden. Gespräche über Entbindungstermin, Geburtsvorbereitungskurs, Wickeltechnik und Erziehungstipps plätscherten an ihr vorbei.

Ihre beiden Hände lagen auf dem Unterleib, wie so oft, und sie sah ein kleines Mädchen vor sich, das durch die Wiese rannte.

Oder war es ein Junge?

Plötzlich wollte sie es wissen. Theo hatte recht. Das Kleine lebte und sie würde ihm einen Namen geben. Solange es bei ihr war, würde sie ihm all ihre Liebe zeigen, so gut es möglich war.

»Geht es Ihnen gut?«, sprach sie auf einmal eine Rothaarige an, die aussah, als sei sie mindestens im zwanzigsten Monat.

»Danke, alles in Ordnung.«

»Mir war am Anfang auch nicht richtig wohl«, plapperte die Frau weiter. »Zum Glück hat sich die Übelkeit nach dem vierten Monat gelegt. Und jetzt lässt er sich Zeit, der Herr. Wie weit sind Sie denn?«

»Vierzehnte Woche.«

»Wissen Sie schon, was es wird?«

Marlen schüttelte den Kopf. »Und Sie bekommen einen Jungen?« Sie wollte unbedingt von sich ablenken.

»Ja. Liam wird er heißen, ich habe eine Vorliebe für keltische Namen. Meine Schwiegermutter ist zwar strikt dagegen, aber die ist sowieso gegen alles.«

Marlen war froh, als die Rothaarige kurz darauf aufgerufen wurde.

Sie musste ihre Dünnhäutigkeit ablegen, es konnte nicht sein, dass jedes Gespräch über Babys sie dermaßen fertigmachte.

Als sie endlich in den Behandlungsraum kam, telefonierte die Ärztin, sie hatte sich abgewandt und ihre Stimme klang anders als sonst, liebevoll und sanft. Danach beendete sie das Gespräch, legte das Handy auf den Tisch. »Entschuldigen Sie, Frau Ehrenberg. Meine Tochter packt gerade, sie fährt morgen nach Frankreich, eine Sprachwoche.« Sie sah auf ihren Bildschirm. »Ich sehe, Sie waren in der Klinik? Es tut mir sehr leid, dass sich die Diagnose bestätigt hat.« Dabei sah sie Marlen nicht an. »Haben Sie gleich einen Termin für die Kürettage erhalten?«

»Nein. Ich möchte Sie bitten, ob Sie einen Ultraschall machten können, ich will wissen, ob es ein Junge oder ein Mädchen ist.«

Frau Doktor Gerstgruber sah sie direkt an. »Frau Ehrenberg, warum wollen Sie das? Das macht Ihnen nur noch mehr Kummer. Sie sollten die Sache rasch hinter sich bringen und wieder nach vorn schauen.«

Marlen blieben die Worte im Hals stecken. Tränen stiegen in ihre Augen.

Die Sache! Ihre Schneeflocke war keine Sache.

Sie war ein kleiner Mensch, ein Lebewesen.

»Ich verstehe, dass Sie das mitnimmt.« Die Ärztin bemühte sich sichtlich um einen sanften Tonfall, Marlen hörte jedoch deutlich Stress und Ungeduld aus ihrer Stimme heraus. Das Wartezimmer war immer noch gut gefüllt. »Ich schreibe Ihnen gern eine Überweisung zu einer Psychologin, vielleicht auch zu einem Psychiater, dass Sie für den Übergang Medikamente bekommen.« Sie tippte etwas in die Tastatur. »Meine Assistentin gibt Ihnen draußen alles mit.«

»Ich möchte nur den Ultraschall.« Marlen ärgerte sich über das Zittern in ihrer Stimme.

»Sie haben keinen regulären Termin, Sie sehen, wie viele Patientinnen draußen warten. Vielleicht kann man in der Klinik einen Ultraschall machen, wenn Ihnen das wichtig ist. Allerdings kann ich nur sagen, ich rate Ihnen ab. Sie sollten die Ausschabung so rasch wie möglich durchführen lassen, je größer der Fötus ist, desto schwieriger wird es.« Sie notierte etwas in ihrer Karteikarte.

»Ich werde mein Kind nicht töten.«

Doktor Gerstgruber hielt mitten im Schreiben inne. »Ich verstehe, dass es sich für Sie so anfühlen muss. Aber bedenken Sie, das Kind hat keinerlei Überlebenschance.«

»Es besteht keinerlei Gefahr für mich, wenn ich das Kind austrage. Das habe ich im Internet nachgelesen.«

»Der gute Doktor Google.« Es klang wenig begeistert. »Körperlich kann es durchaus eine unkomplizierte Schwangerschaft werden, das gebe ich zu. Aber was macht das mit Ihrer Psyche? Sie müssen eine ganz normale Geburt durchstehen, bedenken Sie das.«

»Ich kann nicht einfach zur Abtreibung gehen und die Sache, wie Sie es nennen, wegmachen lassen. Das schaffe ich nicht.«

Das Gesicht der Gynäkologin fiel förmlich auseinander. »Das darf nicht wahr sein! Frau Ehrenberg, ich weise Sie auf die Konsequenzen hin. Eine Schwangerschaft ist immerhin eine Schwangerschaft mit sämtlichen Beschwerden. Und in Ihrem Fall«, sie schüttelte den Kopf, »diese Kinder können nicht schlucken, das bedeutet, dass sich das Fruchtwasser ansammeln wird.« Sie beugte sich vor. »Überlegen Sie es sich. Es bringt doch nichts, ein Kind auszutragen, das ohnehin sterben wird. Zudem ersparen Sie auch Ihrem Baby unnötiges Leid.«

Musste ihr Kleines leiden? Daran hatte sie überhaupt nicht gedacht.

»Mein Baby ist kein Tier, das man einschläfert, nur weil es nicht perfekt ist.« Sie stand auf. »Ich will Ihre Zeit nicht länger beanspruchen.«

»Frau Ehrenberg, nun reagieren Sie nicht kindisch. Wenn Sie unbedingt möchten, überweise ich Sie für einen Termin zum Ultraschall. Auf der Perinatologie haben sie ein besseres Gerät als meines hier. Meine Assistentin telefoniert gleich.« Es klang resigniert, dennoch fühlte sich Marlen, als hätte sie einen kleinen Sieg davongetragen.

»Dankeschön.«

Marlen verließ den Behandlungsraum und schließlich die Praxis mit einem Termin in der Tasche. Ob Theo mitkommen würde? Er hatte betont, er würde sie unterstützen.

Mama reagierte ruhiger als gedacht. Dennoch konnte sie ein paar Zweifel nicht verhehlen. »Ist die Schwangerschaft ungefährlich für dich?«

»Ich habe einiges dazu gelesen. Es gibt viele Mütter, die ihre Kinder trotzdem austragen. Ich habe mich bereits in einem Forum angemeldet und hoffe, dass ich dort Ratschläge bekomme.« Nach dem Besuch bei der Gynäkologin hatte sie eine passende Gruppe gefunden, leider nur eine virtuelle, da die Teilnehmerinnen über ganz Deutschland verstreut wohnten.

»Und du willst weiterarbeiten?«

»Mein Baby ist krank, nicht ich.« Tatsächlich machte dies Marlen jedoch die meisten Sorgen. Einen Plan, wie sie das kommunizieren sollte, hatte sie nicht. Wenn alle ihr zum Baby gratulierten, wie würde sie das verkraften? Und was war mit Theo? Würde er auch vor der Belegschaft bei Floravelle zugeben, dass er der Papa war?

Sie musste unbedingt mit ihm sprechen, wie sie damit umgingen. Seit sie sich entschlossen hatte, das Baby zu behalten, fühlte sie sich leichter. Als ob sie das schlimme Ende ein wenig hinauszögern könnte und es dadurch an Wahrheit verlor.

»Alle werden dich nach dem Baby fragen. Du wirst Geschenke bekommen, die du nicht verwenden kannst, Glückwünsche, die dir wehtun, und du wirst sämtliche körperliche Beschwerden einer Schwangerschaft miterleben. Ohne dass du ein Geschenk dafür erhältst.«

»Geschenk?« Marlens Hals begann zu brennen.

»Du weißt, dass ich mit deinem Bruder zwei Tage lang in den Wehen lag. Mehrmals war ich verzweifelt, doch als ich ihn dann im Arm hatte, war alles vergessen. Dieser eine Moment, der zu den schönsten im Leben einer Mutter zählt, der wird dir vorenthalten werden.«

Ihr Hals ätzte stärker, als hätte sie ein Büschel Brennnesseln verschluckt. »Ich weiß nicht, was auf mich zukommt, Mama. Das Einzige, bei dem ich mir sicher bin, ist, dass ich keine Abtreibung möchte.«

Ihre Mama nahm sie in die Arme. »Ich werde dir beistehen, so gut ich kann.« Und dann weinten sie zusammen.

»Glaubst du, dass es eine Sünde ist?« Purple öffnete die Tür zu ihrem Stammlokal, in dem schon die anderen beiden Freundinnen warteten. Es war Mädelsabend, einmal im Monat trafen sie sich zu viert an diesem Ort. Jetzt, Anfang April, waren noch nicht viele Touristen hier und sie fanden einen Platz am Fenster mit Aussicht auf den Park gegenüber.

»Bestimmt nicht.« Marlen schüttelte den Kopf. »Ich würde keine Frau verurteilen, weil sie sich für eine Abtreibung entscheidet. Im Forum sind einige dabei, die sich dafür entschieden haben. Glaube mir, die leiden auch drunter. Niemand kann sagen, welcher der bessere Weg ist.«

Gleich nach der Bestellung erklärte Marlen unverblümt, dass sie schwanger sei und ihr Kind sterben würde, sie ihre Schneeflocke aber trotzdem austragen wollte. Stolz erfüllte sie, dass sie es sachlich und in kurzen präzisen Sätzen herausbrachte.

Coras Mund bildete ein großes O, sie war Klassenbeste gewesen und hatte sich stets jede Antwort genau überlegt. »Das tut mir so leid, Marlen.«

Vanny hingegen hatte noch nie auf eine spezielle Wortwahl geachtet. »Bist du verrückt? Wieso willst du ein totes Kind mit dir herumtragen?«

»Sag, hörst du nicht zu?« Purple reagierte ungewohnt heftig. »Das Baby lebt, es hat nur keine Überlebenschance.«

»Eben, das meine ich.« Vanny nahm ihren Cocktail in Empfang. »Die ganzen Schmerzen von der Geburt für

120

nichts?«

»Was fehlt ihm denn genau?« Cora runzelte die Stirn.

»Das Gehirn kann sich nicht entwickeln.« Marlen hatte es bereits so oft erklärt, dass sie die Diagnose auswendig herunterratterte. An den Gesichtern ihrer Freundinnen konnte sie ablesen, wie erschüttert sie waren. Vanny konnte ihr kaum in die Augen schauen, Cora zog mehrmals ihre Unterlippe ein und schob sie wieder zurück.

»Ohne Gehirn empfindet das Baby vermutlich nichts.« Vanny legte ihre Hand auf Marlens Unterarm, ihr Tonfall klang nun versöhnlich sanft. »Ich kann mir vorstellen, wie schwer das für dich ist, aber du darfst es nicht als normales Baby sehen.«

»Du würdest es abtreiben lassen?«

»Auf jeden Fall.« Vanny nickte bekräftigend. »Ich weiß, das willst du nicht hören, aber du tust weder dir noch dem Kind was Gutes.«

»Du widersprichst dir.« Purple klang scharf. »Wenn das Baby deiner Meinung nach ohnehin nichts empfindet, dann ist doch egal, was Marlen tut, nicht wahr?«

»Vermutlich denkst du, dass Abtreibung von der Religion verboten ist, nicht wahr?« Cora drückte Marlens Arm und ließ sie schließlich los. »Das ist Unsinn und kommt nicht von Gott, sondern von der Kirche.«

»Die Kirche ist mir egal.« Marlen lehnte sich zurück und verschränkte die Arme. »Ich glaube ohnehin nicht an Gott. Aber ich selbst könnte nicht damit fertigwerden.«

»Würdest du dich ohne Probleme für eine Abtreibung

entscheiden?« Cora sah Vanny direkt an.

»Meine Tante hatte ein behindertes Kind«, sagte sie leise. »Harry hatte Trisomie 21, er war schwer betroffen. Herzkrank und fast blind, er vertrug auch nicht alle Lebensmittel. Er wurde nur vierzehn Jahre alt.«

»Was willst du damit sagen? Dass es besser gewesen wäre, deine Tante hätte ihn gar nicht bekommen?«

»Sie hatte damals die Wahl, hat sich aber für ihn entschieden. Ihre Ehe ging auseinander, sie hat sich komplett allein um ihn gekümmert, war mehr in der Klinik zu Hause als daheim.« Vanny brach ab.

»Du mochtest deinen Cousin, nicht wahr?« Marlen beugte sich vor. »Du hast uns nie von ihm erzählt, wie lang ist das her?«

»Er war lieb, das stimmt, hat viel gelacht.« Vanny schüttelte sich kurz, als wollte sie die Erinnerung loswerden. »Tante Dora hat sich nach seinem Tod nie mehr richtig erholt, ist seither in Behandlung. Das ist nun achtzehn Jahre her, ungefähr, ich war noch klein.«

»Dann weißt du nicht, ob die Jahre mit Harry deine Tante nicht für alles Leid entschädigt haben.« Cora drehte ihr Glas, sie hatte wie immer den Hausaperitif genommen, nur Marlen hatte Johannisbeersaft gewählt. Keine von ihnen hatte einen Schluck getrunken.

»Dann wäre sie doch jetzt glücklich, oder nicht? Stattdessen hängt sie zu Hause rum und versaut uns mit ihrer Miesepeter-Miene jedes Weihnachtsfest. Denn da ladet meine Mutter sie immer ein.«

»Achtzehn Jahre Trauer? Das erscheint mir auch

lang.« Marlen sah auf ihre Hände.

Purple hob ihr Glas. »Ihr Lieben, ich finde, wir sollten trotzdem auf das Baby anstoßen. Es lebt und Marlen möchte alles seinen normalen Weg gehen lassen, ich respektierte ihre Entscheidung.«

»Alles Gute und viel Kraft für dich, Marlen.« Cora stieß mit ihr an.

»Von mir natürlich auch.« Vanny umarmte sie, ehe sie ihr Cocktailglas gegen Marlens Saftglas schlug. »Sag mal, wäre es nicht egal, wenn du Alkohol trinkst? Ich meine, mehr schaden kannst du dem Baby wohl nicht.«

»Vanny«, Cora stieß sie an.

»Was? Das werde ich doch fragen dürfen.«

»Ich weiß es nicht.« Marlen zuckte mit den Schultern. »Ich will einfach eine normale Schwangerschaft und dazu gehört, dass man abstinent bleibt.« Sie nahm ein paar Schlucke, stellte fest, wie trocken ihr Mund geworden war. »Theo hat mir vorgeschlagen, dass wir die Zeit gemeinsam verbringen. Und sie zur schönsten machen, unsere Schneeflocke kriegt alles mit.«

»Was für ein Schwachsinn! Wie soll denn das Baby was mitkriegen? Kann es herausgucken, oder was?« Vanny war erneut laut geworden und kassierte dafür einen Rempler von Purple.

»Wer ist Theo?«, fragte Cora. Nun war ihr Blick direkt auf Marlen gerichtet, schon damals in der Schule hatte Marlen stets das Gefühl gehabt, dass sie vor Cora nichts hatte verbergen können.

»Schneeflockes Vater.« Ihre Wangen wurden heiß.

»Ich dachte, das wäre Christian?« Cora klang überrascht, der redseligen Vanny hatte es sichtlich die Sprache verschlagen. Mit offenem Mund starrte sie sie an.

Das würde ein längerer Abend werden.

Kapitel 14
Theo

»Kann es sein, dass du sogar froh bist, dass das Baby nicht leben wird?« Ute hatte die Neuigkeit erstaunlich rasch verdaut.

Theo sah in sein Glas. Diesmal hatte er sie zum Sushi in sein bevorzugtes japanisches Restaurant eingeladen, ein weiteres Mal wollte er sich nicht ihren Kochkünsten aussetzen.

Einige Blicke streiften Ute, ein paar der Gäste starrten sie sogar sekundenlang an. Er wünschte sich, sie hätte sich heute mal wenig schrill gekleidet, aber das war eben Ute. Zu einem goldglitzernden Oberteil, das zu eng anlag und ihre Kurven förmlich herauspresste, hatte sie eine orangefarbene Pluderhose gewählt, die an eine Şalvar erinnerte, die türkischen Haremshosen. Um den Hals hatte sie mehrere Steinketten drapiert und die Ohrringe waren doppelt so groß wie ihre Ohren.

»Hat es dir die Sprache verschlagen?«

»Nein.« Er nippte am Prosecco und verzog das Gesicht. Zu süß. »Du kennst meine Eltern. Ich wäre ein miserabler Vater.«

»Das kannst du nicht wissen.« Ute leerte ihr Glas mit großen Schlucken und leckte die Lippen. »Spendierst du noch einen?«

Theo hob die Hand und eins der Serviermädchen im dunklen Rock eilte herbei. Die Bestellung war rasch aufgegeben, er nahm ein Bier. »Ich muss es nicht ausprobieren, denn ich will einem Kind nicht das antun, was ich erlebt habe und immer noch erlebe.«

»So schlimm?« Ute griff nach Theos Proseccoglas und leerte es. Er musste lachen. »Was?«, rief sie aus, »du magst ihn eh nicht.«

»Meine Mutter lebt ausschließlich für ihre Wissenschaft und genießt es, dass Vater ihr Reisen in ferne Länder finanzieren kann, denn für ihre Studien ist stets zu wenig Geld vorhanden. Und Vater drängt, dass ich in seine Firma einsteige. Er erpresst mich noch immer mit meinen Schulden.«

»Ich finde es nach wie vor unfair, dass du die Schuld allein auf dich hast nehmen müssen. Deine Freunde waren Feiglinge.«

»Schnee von gestern.« Theo mochte nicht daran denken, wie sehr ihn damals alle verletzt hatten.

»Werden die Schulden wenigstens weniger?«

»Minimal. Du kannst dir vorstellen, dass mein Vater jeden Zinssatz mitmacht.«

»Vielleicht wärst du besser dran, wenn du einen Kredit bei der Bank aufnimmst.«

»Das glaube ich nicht.«

»Oder du flüchtest ins Ausland?«

»Dann könnte ich nie mehr zurück.«

»Theo, ich kenne dieses Loch von Wohnung, in der du haust. Du zahlst seit Jahren diese Schuld ab. Hast du dir ausgerechnet, wann du zu einem Ende kommst?«

»In dreiundzwanzig Jahren.«

»Dann bist du über fünfzig.« Ute nahm ihr zweites Glas in Empfang, eigentlich das dritte, wenn man Theos Prosecco mitzählte.

»Würde ich für ihn arbeiten, wären die Schulden erlassen.« Er zuckte die Schultern. »Auf jeden Fall ist es müßig, darüber nachzudenken, was ich für ein Vater geworden wäre. Die kleine Schneeflocke wird die Geburt nicht überleben und ich möchte es Marlen so leicht wie möglich machen.«

»Du klingst, als wärst du ein Unbeteiligter, – was weiß ich – Planer?«

»Marlen hat das Baby in ihrem Bauch und ich fühle mich dafür verantwortlich. Sie möchte keine Abtreibung, daher habe ich ihr vorgeschlagen, in den nächsten Monaten Marlen und das Baby glücklich zu machen.«

»Und wie stellst du dir das vor?«

Theo wollte nicht zugeben, dass ihn die Idee, die er spontan formuliert hatte, überforderte. Er hatte sich definitiv zu viel vorgenommen, denn wie sollte er das Baby im Mutterleib glücklich machen? »Das muss ich mit Marlen besprechen.«

»Die Idee ist mega.« Utes Begeisterung kam für ihn unerwartet.

Sie wurden durch die Kellnerin abgelenkt, die ihnen die Sushiplatte servierte. Danach taten sie sich jeweils ein paar der appetitlichen Happen auf ihre Teller und griffen zu den Essstäbchen.

»Du musst einfach Dinge mit Marlen unternehmen, die ihr Freude machen. Wenn sie sich wohlfühlt, überträgt sich das aufs Baby.« Sie spießte ein Teilchen mit Lachs auf. »Warum sitzt du mit mir hier statt mit ihr?«

»Ich habe keine Ahnung, ob sie überhaupt Sushi mag. Zudem hat sie heute Mädelsabend.« Marlen glücklich zu machen, genau das waren seine Worte gewesen. In der Theorie klang das einfach und logisch, nur die Einzelheiten für die Praxis fehlten ihm.

Er wusste so gut wie nichts über Marlen. Und er hatte nur wenige Monate Zeit, herauszufinden, was sie freuen könne. Das würde knapp werden.

»Wenn du so schaust, dann weiß ich, dass du in Schwierigkeiten steckst.«

»Wie guck ich denn?«

»Als ob dein Geburtstag ausfallen würde.«

»Dann ist alles in Ordnung. Mit Geburtstagen habe ich es noch nie so gehabt.«

»Du weißt, was ich meine.«

»Bitte sehr.« Die junge Kellnerin brachte mehrere Schälchen mit Soßen.

Theo bediente sich, Sushi gehörte zu seinen Lieblingsspeisen. Dass er noch nicht bemerkt hatte, dass die Soßen fehlten, sagte alles über seinen Zustand aus.

»Findest du die Idee bescheuert?« Theo goss Sojasoße neben seine Sushi und Maki.

»Nein, sie ist toll, das habe ich bereits gesagt. Allerdings glaube ich, dass du dir das Ganze zu leicht vorstellst.« Sie nahm sich von der süßsauren Soße.

»Das tue ich nicht. Marlen ist stark emotional betroffen, ich nicht in dieser Weise. Ich werde sie unterstützen und zu den Untersuchungen begleiten, wo immer sie mich lässt. Und wir werden Ausflüge, Fahrten, vielleicht sogar einen Urlaub miteinander verbringen, damit sie es genießen kann, solange ihr Baby noch bei ihr ist.«

Ute lachte auf. »Du denkst, du kriegst das so hin, ohne selbst darunter zu leiden? Oder emotional betroffen zu sein, wie du dich ausdrückst? Mensch, Theo, du bist der Papa, nicht irgendein Begleiter, der es einer Frau, die zufällig schwanger ist, schön machen ...«, sie malte Gänsefüßchen in der Luft, »... möchte. Theo, du wirst gefühlsmäßig ebenso beteiligt sein wie Marlen.«

»Nein. Ich spüre das Baby nicht wie sie in meinem Bauch. Ich habe keine Beziehung zu Marlen, ja ich mag sie, aber ich liebe sie nicht.«

Ute sah ihn nur an. Er senkte den Kopf. Wen log er an? Ute oder sich selbst?

Rasch fuhr er fort: »Das Baby war nicht geplant. Ich hätte meine Verantwortung in jedem Fall übernommen, aber vielleicht ist es besser so für das Kleine, dass es sich niemals mit einem Vater wie mir wird herumschlagen müssen.«

»Was bedeutet, ein Vater wie du? Wie bist du denn?« Ute schob sich ein Stück in den Mund und kaute.

»Ich habe kein Herz.« Sein Handy brummte in der Tasche, er zog es heraus, wollte den Anrufer wegdrücken.

Doch es war Marlen. Ohne lang zu überlegen, nahm er das Gespräch an.

»Störe ich dich?«

»Nein. Ich sitze mit meiner Cousine im Sushi-Lokal. Magst du Sushi?«

»Ja, schon.« Es klang überrascht. »Ich wusste nicht, dass du eine Cousine hast.«

»Ute hat bereits festgestellt, dass wir zu wenig voneinander wissen. Brauchst du etwas?« Er war auf einmal besorgt. Marlen hatte ihn noch nie angerufen.

»Morgen um zehn habe ich eine Ultraschalluntersuchung. Ich habe mir freigenommen.«

»Wo genau?«

»In der Klinik Nordhaven. Kannst du von der Arbeit weg?«

»Auf jeden Fall. Ich werde da sein.«

»Um Viertel vor zehn? Vor dem Haupteingang?« Sie erklärte ihm, wie er hinkam.

»Passt. Dann bis morgen.« Er sah auf das stumm gewordene Handy in seiner Hand, als er Ute leise sprechen hörte.

»Kein Herz? Komisch, ich höre es bis hierher schlagen.«

Theo wartete bereits seit einer Viertelstunde, aus Angst Marlen zu verpassen, als er sie um die Ecke biegen sah. Sie hatte ihr Haar zu einem Zopf gebunden, einige Strähnen hingen heraus. »Hattest du Probleme, dir freizunehmen?« Ihre Stimme zitterte leicht und sie blinzelte mehrmals.

»Nein, ich habe dermaßen viele Überstunden angesammelt, da konnte niemand was sagen.«

»Und was hast du als Grund angegeben?«

Ah, daher wehte der Wind. Komischerweise ärgerte er sich. »Du denkst doch nicht, dass ich von deinem Baby erzähle, bevor du es getan hast?«

»Unserem Baby.«

»Natürlich.« Er empfand es nicht so, aber das konnte er nicht sagen, sie würde es nicht gut aufnehmen. Und ihn vermutlich fortschicken. Doch er konnte nichts daran ändern, dass er keine Bindung zu dem kleinen Wesen in ihr verspürte, das war für ihn überhaupt nicht konkret oder fassbar. Rasch nahm er ihre Hand. »Dann wollen wir, nicht wahr?«

Sie nickte, sah ihn dabei nicht an. Am liebsten hätte er sie umarmt, und sie gewärmt, ihre Hand war eiskalt. Was musste es für sie bedeuten, ihr todkrankes Kind auf dem Bildschirm zu sehen? Er hoffte, dass er ihr die nötige Kraft geben konnte.

Er würde für sie stark sein, das war sein Job.

Das Wartezimmer vor dem Behandlungsraum war gut besetzt. Frauen mit mehr oder weniger großen Babybäuchen saßen auf den Kunststoffstühlen, die zumindest leicht gepolstert waren. Theo atmete innerlich auf, dass er nicht der einzige Mann hier war, er sah noch zwei andere. Einer von ihnen trug einen Anzug und hatte einen Laptop auf den Knien, der zweite nippte an einem Kaffee im Pappbecher.

»Möchtest du einen Kaffee?« Theo nickte zu dem Automaten in der Ecke, doch Marlen schüttelte den Kopf. »Danke, nein, aber hol du dir einen.«

»Vielleicht später. Wie es aussieht, werden wir hier einige Zeit warten.«

»Willst du lieber gehen?« Marlen sah ihn direkt an, leichte Resignation in der Stimme.

»Das habe ich nicht gesagt.« Tatsächlich jedoch fühlte er sich unwohl. Eine Schwangere hatte einen Bauch, über dem sich der Stoff ihres Kleides spannte, als würde er gleich reißen. Sie häkelte an einem rosa Babyschuh. Zwei werdende Mütter sprachen über Vornamen, die sie den Kleinen geben wollten. Die Person neben dem Anzugträger war hinter einer großen Zeitung verborgen. Ein Mädchen holte eine Wasserflasche aus ihrem Rucksack und mühte sich mit dem Verschluss ab.

»Darf ich?« Theo beugte sich zu ihr. Sie nickte und er öffnete die Flasche.

Eine Krankenschwester trat heraus. »Frau Kerr.« Sie sah sich um, die Frau neben Theo sprang auf und stopfte ihr Häkelzeug in die Handtasche.

»Wie geht es Ihnen?« Die Schwester hielt die Tür auf.

»Gut, nur in der Nacht lässt mich die kleine Boxerin nicht schlafen.«

»Bald hat sie mehr Platz für ihre Boxübungen.« Die beiden verschwanden im Behandlungsraum.

»Mia, der Name gefällt mir«, hörte er nun die Stimme von der Frau, die ihm gegenübersaß.

»Der ist schön, aber den gibt es zu häufig. Ich will für meine Tochter etwas Besonderes. Seltenes.«

»Damit sie dann auf dem Schulhof ausgelacht wird? Glaube mir, ein einfacher Name ist besser.«

Theo spürte, wie Marlen auf ihrem Stuhl zusammenschrumpfte. Dieser Warteraum mit den glücklichen werdenden Müttern war nichts für sie. Aber was konnte er dran ändern?

Er beugte sich nah zu ihrem Ohr. »Wir brauchen auch einen Namen für unser Baby.« Die Worte kamen wie von selbst aus ihm. Ihr Blick hätte ihn beinahe zum Lachen gebracht, das Erstaunen war greifbar.

»Es ist die logische Konsequenz. Sobald wir das Geschlecht wissen, kriegt das Kleine einen Namen. Unsere Schneeflocke.«

Ihre Mundwinkel verzogen sich leicht, die bleichen Wangen überzogen sich mit Rosa. Wiederum überkam ihn der Drang, sie an sich zu drücken.

»Es kommt mir hier so unwirklich vor.« Sie wisperte nah an seinem Ohr. »Diese Frauen, die strahlen vor Glück, am liebsten würde ich davonrennen. Ist es falsch, dass ich hoffe, dass sich alles als Irrtum herausstellt? Dass unser Baby gesund ist und ich mich ebenfalls freuen kann?«

»Nein. Aber Leni, erinnere dich, was wir beide ausgemacht haben. Unser Baby hat vielleicht nur ein kurzes Leben, doch dieses Leben wollen wir feiern, nicht wahr?« Theo schämte sich sofort für seine Worte. Was wusste denn er schon? Er, der innerlich froh war, dass er niemals Vater sein musste? Er, der keine körperlichen Schmerzen und Unannehmlichkeiten zu erwarten hatte. Er, der lediglich für ein paar Monate für Marlen da sein wollte.

Marlen nickte und senkte den Kopf. Die Frau, die von der Schwester Frau Kerr genannt worden war, verließ den Behandlungsraum. Die Nächste wurde aufgerufen, die Dame hinter der Zeitung sprang auf. Der Anzugträger klappte seinen Laptop zu, steckte ihn in die Aktentasche zu seinen Füßen und stolperte, als er seiner Partnerin hastig folgte.

Zwei neue Frauen kamen herein, setzten sich und begannen zu schwatzen. Theo schnappte Worte wie »Schnuller« und »stillen« auf.

Marlen tippte ihn an. »Was sollen wir in der Firma sagen?«

Rasch drehte er sich zu Marlen. »Die Wahrheit.«

»Das habe ich mir auch gedacht.«

»Möchtest du dir bis zur Geburt freinehmen?«

»Wie stellst du dir das vor? Das Geld wächst nicht auf Bäumen.«

Theo fiel kurz sein Vater ein. Er müsste nur den Canossa-Gang antreten. »Wenn du genug Geld hättest, würdest du lieber nicht arbeiten?«, hörte er sich zu seinem Entsetzen fragen.

»Nein, auf keinen Fall. Die Arbeit lenkt mich ab.« Erleichtert atmete er auf, sie merkte es nicht, denn sie fuhr bereits fort: »Ich habe im Internet ein Forum gefunden, da tauschen sich Eltern aus, die ihr Kind verloren haben oder so wie ich, mit einem todgeweihten Kind schwanger sind.«

O Gott, darauf wusste er nichts zu sagen.

»Frau Ehrenberg.« Die Schwester stand in der Tür

und somit kam er um eine Antwort herum.

Theo trat hinter Marlen ins Behandlungszimmer. Die schlanke Ärztin erschien Theo viel zu jung, um als Spezialistin zu gelten.

»Guten Morgen.« Sie erhob sich und streckte Marlen die Hand hin, die sie kurz nahm, danach nickte sie ihm zu. »Sie sind vermutlich der Partner.«

»Theo Marquardt.« Er trat neben Marlen.

»Frau Ehrenberg, haben Sie darüber nachgedacht, was wir das letzte Mal besprochen haben?«

»Das habe ich, ich möchte das Kind austragen.«

»Haben Sie sich das ausreichend überlegt? Setzen Sie sich doch«, sie wies auf die beiden Stühle vor ihrem Schreibtisch und ließ sich selbst dahinter nieder.

Theo nahm neben Marlen Platz, sie tastete nach ihm und er umschloss ihre kalten Finger mit seinen Händen.

»Sehen Sie, die Schwangerschaft wird schwierig werden. Ihr Baby wird keinen Schluckreflex ausbilden, daher sammelt sich Fruchtwasser an …«

»Das kann punktiert werden.« Marlen beugte sich vor. »Es haben sich bereits Mütter vor mir entschieden, ihr krankes Baby auszutragen.«

»Ja, gewiss. Aber ich muss Sie natürlich über alle Komplikationen und Probleme, die auftreten könnten, informieren. Und sollten Sie sich zu einem späteren Zeitpunkt für eine Abtreibung entscheiden, wird das Ganze schwieriger. Dann müsste das Baby durch einen Stich in den Bauch getötet werden, bevor …«

»Das ist für mich keine Option. Ich möchte Sie bitten,

einen Ultraschall durchzuführen. Mein …«, ein Zögern von einer Zehntelsekunde, »… Partner ist extra mitgekommen, wir würden gern das Geschlecht erfahren.« Marlen klang fest und bestimmt, ihre Hand ballte sich jedoch in seinen Händen zur Faust.

»Ich halte es nach wie vor für keine optimale Idee.« Doktor Schulz sah auf den Bildschirm. »Durch den Ultraschall bauen Sie unnötig eine Bindung zu dem Kind auf, dann wird der Abschied umso schmerzhafter.«

»Vielleicht können Sie das nicht verstehen, weil Sie nicht in der Lage sind.« Theo bemühte sich um einen sanften Tonfall, konnte jedoch nicht verhindern, dass die Schärfe herauszuhören war. »Marlen hat sich dazu entschieden, unser …«, plötzlich fiel es ihm leicht, das auszusprechen, »… Baby zu bekommen und in den nächsten Monaten so gut es geht kennenzulernen. Auch wenn es nur ein kurzes Leben ist, so ist es ein Leben.«

Marlens Hand öffnete sich wieder.

Röte überzog das Gesicht der Ärztin, Theo hatte auf einmal Mitleid mit ihr. Vermutlich war sie komplett überfordert. Er ging jede Wette ein, dass sie noch nicht lang auf dieser Station arbeitete.

»Es tut mir leid. Sie haben recht, es ist Ihr Wunsch und Ihre Entscheidung.« Die Ärztin stand auf. »Bitte, kommen Sie.«

Marlen legte sich auf eine Patientenliege. Die Ärztin wies ihm den Platz auf der anderen Seite zu und griff zu einer Plastikflasche, die auf dem Ultraschallgerät stand. »Schieben Sie bitte Ihr Oberteil hoch.«

Es durchfuhr ihn wie ein Blitz, mit nacktem leicht gewölbtem Bauch wirkte Marlen verletzlich, schutzlos, angreifbar.

Die Ärztin verteilte durchsichtiges Gel auf Marlens Unterleib und dem Ultraschallkopf. Der Bildschirm wurde hell.

Ein kleiner Körper war zu sehen und ein Kopf, winzige Ärmchen zappelten auf und ab. Theo beugte sich vor, eine Flamme stieg in ihm hoch und trieb Wasser in seine Augen. Nichts anderes schien mehr wichtig als dieses quirlige Wesen, das so eindeutig strampelte. Sich bewegte. Lebte.

Er sah zu Marlen, deren Augen ebenfalls verdächtig schimmerten.

»Es ist recht lebhaft.« Doktor Schulz sprach das aus, als würde es sie überraschen.

»Sind Sie sicher, dass es krank ist?« Theo konnte den Blick nicht lösen.

Sein Kind! Er hatte keine Ahnung, warum dieses alles überdeckende Zärtlichkeitsgefühl ihn überschwemmte, der Drang, das winzige Wesen vor allem Unheil zu beschützen.

»Es ist ein Mädchen.« Die emotionslose Stimme der Ärztin riss ihn aus dem alles überbordenden Gefühl, über das er nicht länger nachdenken wollte.

Eine Tochter. Seine Tochter. Seine Schneeflocke.

»Hier am Kopf ist es deutlich zu sehen, die Schädeldecke ist nicht ausgebildet.«

Es war ihm nicht aufgefallen, nun da sie ihn direkt

darauf hinwies, bemerkte er, dass der Kopf zum Teil abgeschnitten wirkte.

»Und das wächst sich nicht aus?« Als die Ärztin nicht antwortete, brach es aus ihm heraus. »Heutzutage transplantiert man sämtliche Organe. Man hat Medikamente gegen alles – es kann doch nicht sein, dass ein Baby stirbt!« Er war laut geworden. In diesem Moment hätte er alles dafür getan, dass dieses Wesen gesund wäre.

»Auch der Medizin von heute sind Grenzen gesetzt, leider.«

Marlen rannen Tränen über die Wangen, stumm lag sie da und wirkte, als wäre sie am liebsten in den Bildschirm hineingekrochen.

»Ein kleines Mädchen.« Ein Hauch nur, die Ärztin hörte es nicht, sie reinigte den Ultraschallkopf mit Papiertüchern und reichte auch Marlen eins.

»Ich drucke Ihnen ein Foto aus.«

Marlen wischte sich das Gel vom Bauch und glitt von der Liege. Doktor Schulz zog kurz darauf ein Bild aus dem Apparat, Marlen drückte es an sich wie einen kostbaren Schatz.

»Wenn Sie die Schwangerschaft fortsetzen möchten, dann schreibe ich Ihnen ein Vitaminpräparat auf.« Sie setzte sich hinter ihren Schreibtisch und tippte auf die Tastatur. »Das Rezept können Sie draußen bei der Schwester abholen. Haben Sie Fragen?« Dass sie weiterhin auf den Bildschirm und nicht Marlen ansah, stieß Theo sauer auf.

Es war offensichtlich, dass die Ärztin sie loswerden wollte, der Warteraum war voll.

Sie verabschiedeten sich und gingen zur Tür. Die war noch nicht zu, als er die Ärztin telefonieren hörte. »Nein, sie will das Kind unbedingt austragen, als ob wir nicht schon genug Arbeit hätten.«

Leider war Marlen ebenfalls nicht taub.

Kapitel 15
1965

Sie fühlt sich immer noch schwach. Heute darf sie zum ersten Mal aufstehen, aber ihr ist schwindlig und ihre Beine sind wie Pudding. Und das Kind saugt sie aus. Kräftig ist sie, die Kleine. Dreitausendachthundert Gramm. Kein Wunder, dass sie sich schwergetan hat, sie herauszupressen.

Mutter Rosa steht mit zusammengepressten Lippen vor dem Bett. Sie muss nichts sagen, damit Grete sich ständig minderwertig vorkommt.

Ein Mädchen. Nach all dem kein Erbe für die Backstube.

»Scheint wenigstens gesund zu sein«, war ihr Kommentar. »Das Nächste wird ein Junge.«

Nein! Alles in Grete schreit. Nicht noch einmal. Zwei Tage Wehen und die vielfachen demütigenden Untersuchungen. Gefühlt hat jeder Student ihr zwischen die Beine gesehen und durfte auf ihrem Bauch herumdrücken.

Die Hebamme stinkt nach Knoblauch und ist an die sechzig. »Stellen Sie sich nicht so an«, ist ihr Lieblingsspruch. Grete ist froh, dass sie heute frei hat. Die andere ist jünger und weniger schroff, aber herzlich geht anders.

Helmut hat kaum Zeit. Er kommt zwar jeden Abend nach Geschäftsschluss und betrachtet sein Baby durch die Scheibe im Kinderzimmer. Bei ihr ist er nur kurz, drückt ihr einen Kuss auf die Stirn. »Erhol dich, meine Liebe.«

Standardworte, gleichgültig heruntergespult. Warum fragt er nicht, wie es ihr geht, setzt sich zu ihr und hält ihre Hand?

Sie selbst genießt die Zeit allein. Die Ruhe in dem sterilen weißen Zimmer, Zweibettzimmer sind Luxus, dafür muss Helmut einiges zahlen, wie Mutter Rosa ihr beißend erzählt hat. Ihre Mitpatientin ist selten da, erhält viel Besuch und hält sich oft im Raucherzimmer auf.

Grete hat Angst. Die zwei Wochen sind bald vorbei und dann muss sie nach Hause. Mit dem schreienden Kind. Es tut in den Ohren weh.

Bei Fridolin hatte sie geweint. Jetzt hat sie ein gesundes Kind und kann sich nicht freuen? Was stimmt nicht mit ihr?

Sie kann es sich nicht leisten, das Würmchen zu lieben. Was ist, wenn es ihr auch genommen wird? Isabelle. Den Namen hat Helmut ausgesucht.

Die Schwester bringt das Baby, fest eingewickelt in ein weißes Steckkissen. Als sie die Kleine zu ihr legt, verzieht sich das kleine Mündchen, sie brüllt los und das Gesicht verfärbt sich krebsrot. »Haben Sie sich noch nicht freigemacht?« Gereiztheit liegt in der Stimme der Schwester, Grete hat ihren Namen vergessen. Nervös nestelt sie an den Bändern ihres Nachthemds, die verknoten sich so leicht. Die Brustwarze tut bereits weh, auch diesmal zuckt Grete zusammen, als das Baby nach der Brust schnappt und zu saugen beginnt.

Grete möchte den Blutegel entfernen, der Schmerz zieht sich bis zur Schulter. »Es tut weh.«

»Frau Küppers, seien Sie nicht so wehleidig. Stillen ist eine natürliche Prozedur. Sie werden sich schon dran gewöhnen.«

Die Schwester geht hinaus. Grete laufen die Tränen über die Wangen, das Kind saugt kräftig und ihre Brust brennt wie Feuer.

Sie ist eine schlechte Mutter. Doch das Brennen in ihrer Brust wird unerträglich, gewaltsam zieht sie das Kind fort und drückt den Klingelknopf.

Das kleine Mädchen brüllt, ballt die Hände und streckt die Fäustchen in die Luft. Bis die Schwester kommt, hat sich Isabelle in Wut geschrien, das Gesicht gleicht einer Tomate.

»Frau Küppers, was ist nun schon wieder?«

»Ich kann sie nicht stillen, die Schmerzen sind nicht auszuhalten.«

Die Schwester nimmt das Baby hoch zur Schulter und klopft ihm auf den Rücken. Die Kleine ist fast augenblicklich ruhig und macht ein Bäuerchen. »Sie müssen das Baby nach dem Stillen hochnehmen, das habe ich Ihnen doch gezeigt.« Wieder ein Vorwurf. Sie ist unfähig, sie kann es nicht.

»Etwas stimmt nicht mit meiner Brust.«

»Es wird besser, wenn Sie die Kleine trinken lassen.«

»Es tut einfach weh.«

»Sie stellen sich auch an. Ich werde es dem Arzt melden. Aber zuerst muss ich dem Kleinchen Milch zufüttern.« Es klingt wie deine Drohung. Kopfschüttelnd verlässt die Schwester den Raum.

142

Stille umfängt Grete. Ihre Brust ist heiß und sie pocht schmerzhaft.

Sie fühlt sich mies.

Kapitel 16
Marlen

Liebe kleine Schneeflocke! Ich kann verstehen, dass viele es befremdlich finden, dass ich dich bei mir behalten möchte bis zur letzten Sekunde. Sie begreifen nicht, was du für ein Schatz bist, der mich Tag für Tag lehrt, jedes kleinste bisschen Schönheit zu erkennen und wertzuschätzen. Aber heute, im Supermarkt, da war hinter mir ein älterer Mann, bestimmt um die achtzig, der hat es verstanden. Ich weiß bis jetzt nicht, weshalb ich ihm anvertraut habe, dass du sterben wirst. Er meinte nur, dass wir das alle mal müssten. Es liegt in unserer Gesinnung, dass wir alles, was schadhaft ist, wegwerfen und uns nicht damit befassen möchten. Genauso hat er gesprochen. Dabei wären gerade die Dinge, die nicht perfekt sind, besonders attraktiv.

Mein liebes Kleines, wenn du einen Klumpfuß hättest, Warzen im Gesicht oder irgendwie verkrüppelt wärst, ich würde dich lieben bis ans Ende aller Tage. Aber die Wahl habe ich leider nicht, daher versuche ich, so gut es geht, mich auf den Abschied vorzubereiten.

Das Ultraschallbild war ihr größter Schatz. Marlen trug es ständig bei sich. Sie traf sich mit ihrer Mutter zum Mittagessen.

Ihre Mutter kam wie immer in letzter Minute. »Tut mir leid, es war nicht so einfach, einmal pünktlich wegzukommen.«

»Du lässt dich ausnützen, Mama. Wie viele Überstunden hast du gesammelt?«

Mama winkte ab. »Ist halt immer was. Jetzt erzähl du.«

Sie bestellten beide einen Salat und eine Saftschorle.

Marlen holte das Bild aus der Tasche. »Schau mal, das Bild wurde heute gemacht. Es ist ein Mädchen, Mama.«

Die Gesichtszüge ihrer Mutter wurden weich, sie blinzelte ein paarmal. »Entzückend. Sie sieht doch völlig …«, sie zögerte, »… normal aus.«

»Der Kopf, es fehlt ein Teil.« Marlen sah es kaum noch, ihr Blick war auf das süße Profil ihrer Tochter fokussiert.

Eine Tochter, ihre Schneeflocke.

Ihre Mutter sah genauer hin, auf ihrer Stirn bildeten sich zwei steile Falten, die nur selten auftreten. Mama hatte dafür mehr Lachfältchen. »Es wäre mir nicht aufgefallen. Ich dachte, das liegt eben an der Bildqualität.« Sie griff Marlens Hand. »Natürlich weiß ich, wie dumm es ist, trotzdem habe ich gehofft, dass es ein Irrtum ist. Dass das Baby trotz allem gesund ist.« Wasser sammelte sich in ihren Augen und Marlen beobachtete eine Träne, die Mamas Wange herunterlief. Ihr Inneres zog sich zusammen wie ein Schwamm, den man presste.

Tief holte sie Luft, wollte nicht schon wieder weinen. »Das wäre ein Wunder gewesen und Wunder passieren selten«, sie brach ab und räusperte sich. »Egal, es ist, wie es ist.«

»Ist es nicht. Egal, meine ich.« Der warme Händedruck ihrer Mutter tat ihr gut. »Könnte man nicht ein künstliches Schädeldach fabrizieren? Ich habe gehört, dass man Kinder sogar im Mutterleib operieren kann.«

»Das hier nicht.« Marlen musste auf einmal lächeln. »Du bist wie Theo, genau das hat er auch gesagt.«

»Theo?«

»Er war heute beim Ultraschall dabei.« Marlen löste ihre Hände, beugte sich vor und sah ihre Mutter direkt an. »Mama, mache ich das Richtige? Die Ärztin konnte überhaupt nicht verstehen, dass ich keine Abtreibung möchte.«

Die Kellnerin brachte ihre Bestellung und verschwand wieder.

»Marlen, es gibt kein Richtig und Falsch in diesem Fall. Hör auf dich, auf dein Herz.« Mama strich mit dem Zeigefinger über das Foto. »Es ist dein Baby, dein Körper und ich kann verstehen, dass du die kleine Schneeflocke noch nicht hergeben willst.«

»Ich möchte sie überhaupt niemals hergeben.« Marlen schluckte die Tränen hinunter und griff tapfer zu ihrer Gabel, die sie fast wütend in den Salat stieß. »Und der Gedanke, sie wissentlich zu töten … Das schaffe ich nicht.«

»Das verstehe ich.«

Sie aßen schweigend ein paar Bissen. Marlen hatte zwar keinen Appetit, aber ihr Magen knurrte. Die Schwangerschaft forderte ihren Tribut.

»Weißt du, Mama, zuerst war ich geschockt, dass ich schwanger war. Und jetzt denke ich, dass es die Strafe ist, dass …«

»Marlen, das ist Unsinn! Solche Dinge passieren eben, da kann keiner was dafür.« Ihre Mutter klang entsetzt. »Es gibt nicht immer Schuldige für irgendwas. Vermutlich ist das so ein Menschending, dass man jemanden braucht, dem man die Schuld zuschieben kann und sollte niemand da sein, kommen die Selbstvorwürfe. Marlen, auch wenn du ein paar Momente lang schockiert über die Schwangerschaft warst, ist es kein Verbrechen, das bestraft wird. Sonst wäre ein Großteil aller Babys betroffen.«

Marlen schluckte den zerkauten Bissen hinunter und trank einen Schluck. Was ihre Mutter sagte, klang logisch, dennoch blieb das Gefühl, etwas falsch gemacht zu haben. »Würdest du eine Abtreibung machen lassen?«

»Ich weiß es nicht, aber wir beide sind uns ähnlicher, als du denkst. Nein, ich glaube nicht.« Ihre Mutter drehte ihr Glas in den Händen. »Du hast Theo nun doch einbezogen?«

»Ja. Er wird mich unterstützen, sagt er. Und er war mir heute schon eine Hilfe, die Ärztin war«, sie wusste nicht, wie sie es ausdrücken sollte, »sie war professionell, aber da war keine Wärme, verstehst du? Ich denke, sie übt ihren Beruf nach Schema X aus, hakt Dinge ab, wenn das Kind behindert ist, Abtreibung, fertig. Da ich das abgelehnt habe, bringt es sie aus dem Konzept.«

»Die Ärzte sind alle überlastet, wer hat schon Lust auf

ein längeres Gespräch, da draußen zig andere warten?«

»Aber der Gedanke, dass ich in den kommenden Monaten zu ihr zur Kontrolle gehen muss, der verursacht mir Gänsehaut.«

»Gibt es keine andere Möglichkeit? Bestimmt ist sie nicht die einzige Ärztin in der Abteilung. Kannst du nicht bei deiner eigenen Gynäkologin bleiben?«

»Bei Frau Doktor Schulz fühle ich mich auch nicht wohl, ich glaube, sie ist mit der Situation überfordert. Ich brauche jemanden, der meine Entscheidung, das Baby auszutragen, respektiert und mich unterstützt.« Marlen spießte ein neues Salatblatt auf. »Es gibt Mütter, die das getan haben, ich bin Mitglied in einem Forum geworden. Theo hat mir den Tipp gegeben.«

»Das ist eine gute Idee. Dein Theo wird mir zunehmend sympathischer.«

»Er ist nicht mein Theo, zumindest nicht für immer.«

»Ich würde ihn gern kennenlernen. Schließlich ist er der Papa von meinem Enkelkind.«

»Ich schätze, das wird sich ohnehin irgendwann ergeben. Sofern er sein Wort hält.« Sie seufzte. »Aber, Mama, nicht dass du denkst, er wird dein Schwiegersohn. Er steht mir bei, möchte allerdings gewiss kein für Immer und Ewig.«

»Du traust ihm nicht?«

»Er ist ein Windhund, ein Womanizer, verstehst du? Er hatte schon mit den halben Frauen in der Firma was.« Stimmte das? Marlen war sich jetzt nicht mehr sicher, denn der Theo, den sie kennengelernt hatte, war anders, als erwartet. Hatte er wirklich die Frauen in zahlreicher Menge abgeschleppt?

Nun, sie war schließlich der beste Beweis dafür. Er hatte keine Sekunde gezögert, mit ihr ins Hotelzimmer zu gehen.

Ihre Mutter nahm erneut das Bild in die Hand. »Das Baby sieht niedlich aus. Werdet ihr ihr einen Namen geben?«

»Unbedingt.«

Ihre Mutter aß ein paar Bissen, dann sah sie Marlen direkt an. »Marco kann damit noch nicht umgehen. Dass dein Baby in dir wächst und doch keine Chance hat. Lebt es nicht wenigstens ein paar Wochen? Tage?«

»Es gab Babys, die ein oder zwei Tage leben, aber das wünsche ich meiner Tochter nicht. Auf der Intensivstation, überall Schläuche und Kabel, nein.«

Tochter. Das hörte sich gut an. Es war ihre Tochter, von der sie sprachen.

»Die Ärztin hat mir erklärt, dass das Baby eine normale Geburt nicht überlebt, weil kein Schädeldach da ist. Bei einem Kaiserschnitt sind die Chancen besser, dass es zumindest ein paar Atemzüge tut.«

»Dann wirst du einen Kaiserschnitt machen lassen?«

»Ich weiß es nicht.« Marlen zog mit dem Zeigefinger kleine Kreise auf der Tischdecke. »Klar würde ich sie gerne wenigstens einmal im Arm halten und ihr in die Augen sehen können. Aber nur, wenn es für sie keine Qual ist.« Die Tränen flossen erneut. »Verdammt, es ist so unfair. Warum trifft es mein Baby, warum?« Sie schob ihren Teller fort, auch ihre Mutter schien ihren Appetit verloren zu haben.

»Wollen wir eine Runde spazieren? Ich habe noch zwanzig Minuten Mittagspause.« Ihre Mutter winkte der Kellnerin und bezahlte für sie beide.

Der Himmel war bewölkt, es wehte ein frischer Wind, der Marlens erhitzte Wangen kühlte. »Wie fühlst du dich?« Ihre Mutter sah sie besorgt an. »Wir reden die ganze Zeit über deine Schneeflocke. Doch du bist es, die schwanger ist. Und kaum eine Schwangerschaft verläuft beschwerdefrei.«

»Die Morgenübelkeit ist vorbei, aber ich merke, dass ich schneller müde werde. Angesichts der Tatsache, dass mein Baby sterben wird, gerät alles in den Hintergrund.«

»Dennoch musst du auch auf dich schauen.« Mama hakte sich bei ihr unter, während sie die Straße entlang wanderten in den kleinen Park hinein. »Eben das versteht Marco nicht. Dass du die körperlichen Beschwerden auf dich nimmst, obwohl du weißt, dass …«

Ihre Mutter sprach nicht weiter. Marlen sah ihr an, dass es ihr genauso schwerfiel, vom Tod ihrer Schneeflocke zu sprechen, wie ihr selbst. »Welche Wahl habe ich schon?«

»Ich weiß. Und es kann dir niemand dabei helfen, nicht einmal Mütter, die das bereits durchgemacht haben. Es wird immer eine individuelle Entscheidung bleiben, die du vom Herzen aus treffen musst. Für dich.«

Der Spaziergang mit ihrer Mutter hatte ihr gutgetan und sie hatte sich langsam wieder beruhigt. Theo hatte recht, sie durfte das Baby ihre Traurigkeit nicht spüren lassen. Sie sollte tun, was sie perfekt konnte: Planen. Erst räumte sie ihre Wohnung auf, dazu brauchte sie nicht lang, denn sie war immer schon ein penibel ordentlicher Mensch gewesen. Ob sie einen fröhlichen Film schauen sollte? Die letzten Tage hatte sie Urlaub genommen, doch nach dem Wochenende wollte sie zur Arbeit zurück.

Es klingelte.

Es war ihr unangenehm, dass sie bereits im Pyjama war, noch dazu in ihrem ältesten und schlabbrigsten. Bestimmt war es nur die betagte Frau Weißenbach vom unteren Stock oder ein anderer Nachbar.

Jedoch stand Theo draußen, mit einem Rollkoffer und einer Tüte, aus der ein Salatkopf guckte.

»Willst du hier einziehen?« Schockiert sah sie zum Koffer.

»Ich koche auch zum Einstand.« Er hob die Tüte hoch.

»Aber hier ist nur wenig Platz.«

»Ich brauche nicht viel.«

Spontan gefiel ihr die Idee, nicht allein sein zu müssen. »Zumindest habe ich ein Doppelbett.«

»Ich wäre auch mit der Couch zufrieden gewesen, aber das ist natürlich besser.«

»Hältst du mich für eine dieser Ami-Ziegen, die prüde tun, obwohl sie mit dem Hauptdarsteller schon im Bett waren? Schließlich ist es bereits passiert.«

»Eine pragmatische Einstellung.« Er kam herein, stellte den Koffer an den Rand in den Flur und drückte ihr die Tüte in die Arme. Dann sah er ihr Outfit. »Süßer Pyjama. Ich wusste nicht, dass du auf Micky Maus stehst.«

»Minnie Maus. Und ja, ich liebe Disney.« Marlen trug die Lebensmittel in die Küche, gleich darauf war er hinter ihr.

»Wie fühlst du dich?«

»Gut. Alle fragen mich das heute, Mama auch schon.«

»Vor mir darfst du allerdings die Wahrheit sagen und musst nichts beschönigen.« Sanft zog er sie an sich. »Zweiter Versuch, wie geht es dir?«

Verdammt. Der Mann durchbrach alle ihre Sicherheitsvorkehrungen. Sie durfte sich nicht von ihm abhängig machen, sie vertraute ihm nicht.

»Ich habe mich mit meiner Mutter getroffen.« Sie löste sich von ihm. »Danach gings mir besser. Wie war es in der Firma?«

»Gut, wir haben die neue Kampagne gestartet, die Bodylotion wird überarbeitet und kriegt eine ansprechendere Verpackung.« Er umarmte sie auf einmal, mitten in der Küche. »Noch einmal von vorn, Leni, und bitte ehrlich: Wie geht's dir wirklich?«

Sie brach in Tränen aus und er hielt sie einfach, minutenlang drückte er sie an sich, seine Arme wärmten und sie war dankbar, dass sie sich fallen lassen konnte. Mit jedem Schluchzer schmiegte sie sich enger an ihn, presste ihr Gesicht in sein Hemd.

Er roch angenehm nach dem herben Deo, das er

benutzte, und ein wenig nach Schweiß. Sie stellte fest, dass es sie nicht störte, sondern ruhiger machte.

»Danke«, flüsterte sie nach einer gefühlten Ewigkeit und löste sich von ihm. Ein dunkler Fleck prangte vorn an seinem Hemd, durchnässt von ihren Tränen.

»Leni, du hast jedes Recht auf deine Gefühle.«

»Ich habe dich nassgeheult.«

»Na und?« Seine Hände fuhren zu ihrem Bauch. »Hallo, kleine Schneeflocke. Mami ist heute ein wenig traurig, aber wir beide werden uns Mühe geben, sie aufzuheitern. Was meinst du?«

Der Anblick von Theos Händen auf ihrem Bauch schuf ein Hitzegefühl in Marlen. Spontan legte sie ihre Hände darüber.

Theo sah nicht auf, sondern sprach weiter mit ihrer Tochter. »Ich mache Spaghetti mit Tomatensoße und Salat, deine Mami soll jetzt etwas Nahrhaftes essen.«

Musste sie das? Kein Alkohol oder wenig Süßes? Viele Vitamine?

Dem Baby kann ich nicht schaden, durchfuhr es sie heftig.

»Du musst auf dich selbst schauen, Leni.« Offenbar hatte sie laut gesprochen. Theo zog sie erneut in seine Arme. »Die Schwangerschaft macht was mit deinem Körper, du tust, was dir guttut.«

Sie schwieg. In ihrem Kopf drehte sich alles. Alles würde sie auf sich nehmen, wenn sie ihre Schneeflocke gesund machen könnte. Diesmal waren es nur Gedanken, denn es kam keine Antwort von Theo.

Die nächste Stunde erwähnten sie das Baby nicht. Gemeinsam schnippelten sie Tomaten, Karotten und Basilikum, kochten Spaghetti, rieben Parmesan, deckten den Tisch. Theo sprach von der neuen Kampagne, das interessierte sie und sie aß mehr Nudeln, als sie gedacht hatte. Erst nachdem sie in Teamwork abgeräumt und das Geschirr in die Spülmaschine geräumt hatten, setzte sich Theo zu ihr auf die Couch. »Leni, ich habe dich überrollt, indem ich einfach mit meinem Koffer aufgetaucht bin. Bitte sag mir, ob es dir recht ist, wenn ich während der Schwangerschaft bis zur Geburt bei dir wohne. Ich wünsche mir, in der Nähe zu sein, sollte etwas sein. Ich möchte für dich da sein, das war nicht nur dahergesagt. Aber ich akzeptiere, wenn du das nicht willst. Dann bin ich nachher wieder weg.«

Marlen hörte nur das »bis zur Geburt« heraus.

Es würde kein »danach« geben.

Ihre Stimme gehorchte ihr nicht, daher nickte sie.

»Ist das ein Ja? Du erlaubst mir zu bleiben?«

Erneutes Nicken.

»Wundern sie sich in der Firma, dass ich im Krankenstand bin?«

»Sie haben nach dir gefragt. Babs war direkt und fragte, ob du schwanger seist.«

»Du hast es nicht verraten?«

»Natürlich nicht.« Er schnupfte beleidigt. »Aber ich habe ihnen gesagt, dass du am Montag wieder zur Arbeit kommst.«

»Ich werde mit offenen Karten spielen.« Sie schluckte. Hoffentlich fand sie die passenden Worte.

»Wenn du möchtest, helfe ich dir.«

»Ich soll sagen, dass du der Vater bist?«

»Das ist der Plan.« Theo runzelte die Stirn. »Ich glaube, du schämst dich dafür, nicht wahr?«

Tat sie das? Natürlich hatten alle gemerkt, dass sie Theo verachtete. Und nun bekam sie ein Kind von ihm? Das war ein Widerspruch, über den sich die Kollegen lustig machen würden.

Aber war das nicht alles komplett unwichtig?

Es zählte nur ihre Schneeflocke.

Sie lehnte sich an ihn. »Ich habe es bereut, dass ich in dieser Nacht in deine Arme geflüchtet bin. Im Grunde genommen habe ich dich ausgenützt, Theo. Ich wollte es Christian heimzahlen und mit dem Erstbesten ins Bett gehen. Und danach habe ich mich selbst dafür verachtet. Ich denke, in dir steckt mehr als das, was du zeigst. Ich mag dich, Theo, du bist in Ordnung.«

Er schluckte, sie sahen sich sekundenlang in die Augen – oder waren es Minuten? Sie konnten den Blick nicht voneinander lösen, in Marlen kribbelte es. Wer näherte sich zuerst?

Plötzlich schlang sie die Arme um ihn und sie küssten sich. Hitzewellen schlugen über ihr zusammen, ihre Hände machten sich selbstständig, fuhren unter Theos Hemd, knöpften es auf und wanderten seinen muskulösen Oberkörper entlang. Ein Stöhnen entkam ihr, Theos Hände strichen über ihren Rücken, während ihr Kuss

155

heftiger wurde.

Zwischen ihren Beinen spürte sie die Glut wachsen, es kribbelte und ihr Höschen war feucht. Sie vergaß ihre Scham und warf sämtliche Hemmungen ab, sie brauchte Theo, sofort und sie würde es sich holen. Kämpfen musste sie nicht, Theos Leidenschaft stand der ihren in nichts nach, warm umschlossen seine Hände ihre Brüste, massierten sie sanft. Er löste seinen Mund von ihrem. »Sag mir, sollte es wehtun.«

»Es tut so gut«, japste sie, »hör nicht auf.« Erleichtert seufzte sie auf, als seine Finger ihren Weg in ihr Höschen fanden und an der richtigen Stelle zu massieren begannen. Sie nestelte an seiner Hose, es dauerte alles viel zu lang. Schließlich half er ihr mit einer Hand, ohne die andere von ihrer Scham zu lösen.

Danach verschwamm alles in einem Rausch von Begierde und Leidenschaft.

Viel später kuschelten sie nebeneinander auf der Couch. Theo hatte die Decke über sie gezogen, dann angelte er seine Hose vom Boden und fummelte in seiner Tasche herum, ehe er einen zerknitterten Zettel zutage förderte.

»Ich habe nach besonderen Namen gesucht, für unsere Schneeflocke.« Rasch legte er die Hand auf ihren Unterleib. »Geschadet haben wir ihr wohl nicht?«

Marlens Hals fühlte sich an, als hätte sie Reißnägel verschluckt. »Wie kann man einem todgeweihten Baby schaden? Sie hat höchstens gespürt, dass ihre Mami glücklich war.« Das schlechte Gewissen biss sich in sie wie eine Zecke. »Denkst du, es war falsch? Dass ich einen Moment vergessen habe, dass …«

Sofort zog Theo sie erneut an sich und flüsterte in ihr Haar. »Nein, auf keinen Fall. Unsere Schneeflocke spürt deine Gefühle. Wenn du froh bist, ist sie es ebenfalls. Du darfst und sollst sogar schöne Momente haben, Leni. Du sollst die nächsten Monate nicht ausschließlich mit Trauer und weinen verbringen. Wir wollten unserer Schneeflocke das Leben zeigen, nicht wahr?«

Marlen löste sich. Theo klang enthusiastisch, als sei das Ganze ein Spiel. Leider ohne Happy End am Schluss, ihre Schneeflocke würde schmelzen.

Keine Schneeflocke konnte in der Hitze des Sommers leben.

»Stehen da jetzt die Namen drauf?«, fragte Marlen und deutete auf das Papier, das Theo immer noch in der Hand hielt.

»Ja. Für uns bleibt sie unsere Schneeflocke. Aber wir müssen sie offiziell irgendwie nennen.«

»Möchtest du sie taufen lassen?«

»Für Gott ist das nicht wichtig.«

»Bist du gläubig?« Marlen fummelte nach ihrem Schlafanzug, sie fühlte sich auf einmal verletzlich. Wieder etwas, das Theo und sie trennte. Sie war Atheistin.

Theo zuckte mit den Schultern. »Ich glaube, dass es da oben irgendjemanden gibt«, er deutete mit dem Zeigefinger zur Decke, »der die Gezeiten lenkt. Aber in welcher Dimension? Eins weiß ich sicher, der oder die höhere Macht möchte auf keinen Fall, dass sich die Menschen hier unten den Schädel einschlagen über die Form, wie sie ihn anbeten.«

»Ich frage mich, wie er das zulassen kann. Sollte es ihn geben«, setzte sie hinzu.

Theo nickte. »Darauf kann dir kein Mensch zufriedenstellend antworten. Ich denke, dass wir selbst für jeden Schritt, den wir tun, verantwortlich sind.«

»Unsere Schneeflocke, sie hat niemandem etwas getan.«

»Ich glaube nicht, dass der Tod eine Strafe ist. Unser aller Leben ist begrenzt, wie wir wissen. Vom Standpunkt der Ewigkeit aus gesehen, ist es egal, ob wir nur einen Tag oder hundert Jahre leben.« Theo beugte sich zu ihr. »Es ist für den einzelnen Menschen natürlich nicht gleichgültig, daher möchte ich unserer Schneeflocke einen Namen geben, der sie einzigartig macht.«

Sie beschlossen, vorher zu duschen, ehe sie das wichtige Thema besprachen.

Marlen war neugierig auf Theos Namensvorschläge und erwärmte sich immer mehr damit, dem Baby einem Namen zu geben.

Mit einem Namen würde es unvergessen bleiben.

Schließlich saßen sie erneut nebeneinander und Theo las vor. »Anouk«, er sah zu Marlen, »das bedeutet die Begnadete oder Anmut.«

»Das passt nicht.« Marlen stand auf. »Möchtest du ein Glas Wein?«

»Trinkst du eins mit – nein, vergiss es, blöde Frage.«

Das Thema hatten sie heute schon mal. Ihr fiel ein,

was ihre Mutter über ihren Bruder erzählt hatte. »Marco würde sagen, dass es keine Rolle spielt. Das Baby stirbt sowieso, also darf ich in der Schwangerschaft machen, was ich will.«

»Dein Bruder versteht nicht, dass du keine Abtreibung zulässt?«

Sie schüttelte den Kopf, während sie ein Glas aus dem Schrank holte. »Obwohl Purple versucht hat, es ihm zu erklären.«

»Das ist deine Freundin? Du und Purple, ihr seid eine Einheit, nicht wahr?«

»Wir kennen uns seit dem Kindergarten. Zu unserer Clique gehören noch zwei weitere Mädchen, aber Purple und ich, da passt kein Blatt dazwischen.« Sie holte den Weißwein aus dem Kühlschrank und goss ihn ins Glas.

»Es muss schön sein, so eine tolle Freundin zu haben.«

»Du hast bestimmt auch einen Kumpel?«

»Nein.« Seine Miene verschloss sich. »Aber eine beste Freundin – meine Cousine Ute. Ein schräger Vogel, du wirst sie mögen.«

»Richtig, du hast sie erwähnt. Werde ich sie kennenlernen?«

»Bestimmt.«

»Und deine Eltern?«

Seine Miene wurde von jetzt auf gleich ernst, als wäre ein Vorhang heruntergefallen. »Die willst du nicht treffen, glaub mir.«

Sie überlegte, ob sie nachhaken sollte, da fuhr Theo

bereits fort.

»Wie kommt es zu dem Namen? Purple, meine ich?«

»Sie heißt Penelope, aber sie hasst den Namen. Keine Ahnung, was sich ihre Eltern gedacht haben. Lila ist ihre Lieblingsfarbe, als Kind hat sie das in allen Schattierungen getragen. Ich kann nicht mehr genau sagen, wer den Namen zuerst verwendet hat, auf jeden Fall ist er geblieben.«

»Er klingt lustig.« Mit gerunzelter Stirn blickte er erneut auf seinen Notizzettel. »Was hältst du von Fleur, die Blume?«

»Nein. Zu allgemein.«

»Julina, bedeutet auch Blume oder Leilani, himmlische Blume.«

»Hm.«

»Sanja oder Sia.«

»Was bedeuten die?«

»Der Traum und Sia ist die Willkommene.«

»Das ist schön. Unsere Schneeflocke ist willkommen. Noch was?«

Theo strich den Zettel glatt. »Nevaeh heißt Himmel.«

»Der gefällt mir. Himmel. Das wäre was nach deinem Geschmack.« Theo, der Schwerenöter war gläubig, das packte sie immer noch nicht. »Gehst du in die Kirche?«

»Nicht oft, muss ich gestehen.«

»Du glaubst wirklich, nach dem Tod da kommt was?«

»Ja. Wir leben in einer anderen Form weiter.«

»In welcher?«

»Das weiß ich nicht. Aber sieh mal, wir leben hier in

drei Dimensionen. Angenommen es gäbe Lebewesen, die nur zwei Dimensionen kennen und darin leben, wie sollten die zu uns Kontakt aufnehmen? Auch wir könnten das nicht. Und so stelle ich mir vor, dass unsere Seelen in eine andere Dimension aufsteigen, eine vierte, fünfte, sechste – es liegt eben außerhalb unserer Vorstellungskraft. Aber es wäre möglich und eine Begründung, dass wir nicht mit den Verstorbenen sprechen können.«

»Manche Medien behaupten, das tun zu können.«

»Mag sein. Ich will es ihnen nicht absprechen, ich war nie bei einer Séance dabei. Ohne Zweifel gibt es Dinge zwischen Himmel und Erde, die wir uns nicht erklären können.«

Marlen beugte sich über den Zettel. »Machen wir mit den Namen weiter.« Sie streichelte ihren Unterleib. »Sie will mitreden und zappelt gerade heftig.«

»Gute Idee, dann fragen wir sie selbst. Ich hätte noch Taraneh im Angebot, das bedeutet Melodie, Lied. Was sagt sie dazu?«

»Sie ist ruhig.«

»Also weiter: Yaneli, das Licht.«

»Sie bewegt sich. Der Name gefällt ihr.«

»Und Niva.«

Das Kleine krabbelte an ihrer Bauchdecke. »Niva? Du heißt Niva?« Marlen sprach mit Ehrfurcht. Hatte die kleine Maus eben selbst ihren Namen ausgesucht? Sie sah zu Theo. »Was bedeutet dieser Name?«

»Schnee.«

»Der Name passt. Eine Schneeflocke ist aus Schnee.

Danke Theo.«

»Wofür?«

»Dass du dir die Mühe gemacht hast, all diese Namen herauszusuchen.« Wie von selbst schlangen sich ihre Arme um ihn und er drückte sie an sich.

Es fühlte sich gut an.

Richtig.

Und ihre Schneeflocke war wieder ruhig.

Kapitel 17
Theo

Er verstand nicht, was mit ihm geschah. Marlen schmiegte sich an ihn und die Wärme, die er spürte, verwandelte sich in prickelnde Hitze. Ruhig hielt er sie, wollte sich nicht bewegen, nicht den kostbaren Augenblick zerstören.

Niva. Der Name hatte auch ihm am besten gefallen. Wie von selbst glitten seine Hände zu Marlens Unterleib.

»Darf ich?«

Ohne Zögern schob Marlen ihr Pyjamaoberteil hoch und seine Hände ertasteten die nackte Haut darunter. »Ich glaube, sie ist eingeschlafen, es ist ruhig da unten.«

»Vermutlich musste sie sich zu sehr anstrengen, ihren Namen auszusuchen.«

Er ließ seine Hände eine Zeit lang da, genoss den intimen Moment mit Marlen und seinem Baby. Es war etwas Besonderes. Vorher, da hatte die Lust Regie geführt, nun war eine unendliche Zärtlichkeit in ihm. Ein Gefühl, das er nie zuvor erlebt hatte. Er genoss es.

Könnte er die Zeit festhalten, würde er es tun.

»Ich habe dich unterschätzt.« Marlen sprach leise, doch ihre Worte alarmierten ihn und die Ruhe glitt von ihr ab wie eine lose Hülle.

»Du dachtest, ich würde dich allein lassen.«

»Ja.« Sie setzte sich auf und seine Hände fielen ab. »Ich halte beruflich einiges von dir, Theo. Deine innovativen

Ideen sind großartig, wenn auch oft kostspielig.«

»Natürlich, das musst du sagen.«

»Es ist mein Job, darauf zu achten, dass Floravelle nicht in finanzielle Schieflage gerät.«

»Du malst Gespenster an die Wand. Floravelle boomt zurzeit gewaltig.«

»Kein Grund, übermütig zu werden.«

Kurz schwiegen sie, dann stand er auf. »Um wieder auf deine Aussage zurückzukommen: Was genau hältst du von mir?« Er wunderte sich über sich selbst. Natürlich hatte Marlen nicht die beste Meinung von ihm. Sie kannte ihn als flirtenden Kollegen, der nichts anbrennen ließ. Das war das Bild, das er allen bewusst bot.

»Theo, mittlerweile kenne ich dich einen Tick besser. Zuerst war ich geschockt, als ich schwanger war. Ich war wütend auf dich, dass ein Womanizer wie du nicht verhütet.«

Das traf ihn. Wobei er nicht sagen konnte, welche Aussage ihn mehr verletzte. Dass sie ihn für einen Frauenhelden hielt oder dass er unverantwortlich gehandelt hatte. Denn das hatte er leider. Und es war ihm nie zuvor passiert.

Aber das würde sie ihm nicht glauben.

Also schwieg er.

»Setz dich wieder, bitte.« Sie rückte etwas zur Seite und er ließ sich neben ihr nieder. »Es tut mir leid, wenn dich das kränkt. Aber du hast alle Register gezogen, das Bild zu verstärken und zu wirken wie ein Aufreißer. Warum?«

Darauf wollte er auch nicht antworten, jedes Wort würde sie missverstehen.

»Ich habe ebenfalls unüberlegt gehandelt.« Sie legte ihre Hand auf seinen Oberarm. »Vermutlich hast du gedacht, ich nehme die Pille.«

»Ich habe gar nicht gedacht.« Er drehte sich zu ihr. »Das ist mir vorher nie passiert, dass ich dermaßen den Kopf verloren habe.«

»Meinetwegen?«

»Du gehst mir tief unter die Haut, Leni. Solange du in festen Händen warst und mich deine Verachtung hast spüren lassen, war ich auf der sicheren Seite. Als du dann bei der Weihnachtsfeier plötzlich auf meine Avancen eingegangen bist, das war wie das Brechen eines Damms. Ich wollte dich, meine Hirnzellen haben sich verabschiedet und meine Emotionen haben die Kontrolle über den Körper übernommen.«

»Ich hatte Angst, dass du mich in deine Schar von Eroberungen einordnest.«

Der Schmerz in ihrer Stimme schnitt ihm ins Fleisch. »Ich habe versucht, mit dir zu sprechen, mehrmals« Er schüttelte den Kopf. »Du wolltest nicht einmal mehr per Du bleiben. Erinnerst du dich an den Montagmorgen nach der Weihnachtsfeier?«

»Ich hatte Angst. Ich dachte, du würdest damit prahlen, dass ich – dass wir …« Sie brach ab.

»Ich habe verstanden, du hattest eine dermaßen miese Meinung von mir, dass eine Kakerlake in deinem Ansehen höher war als ich.«

»Heißt das, dass du ernsthaft in mich verliebt bist? Dass du dir vorstellen könntest, dauerhaft …«

»Nein«, unterbrach er scharf.

Ihr Gesicht fiel auseinander. Hektisch sprang sie auf, rannte Richtung Schlafzimmer, doch er hatte das Glitzern ihrer Augen bemerkt.

Das hatte er nicht gewollt.

Rasch eilte er ihr nach und schlang die Arme von hinten um sie. »Es liegt nicht an dir, Leni.«

Mit Gewalt versuchte sie sich freizustrampeln, er ließ sie gehen. Als sie sich zu ihm umdrehte, sah er reine Wut in ihrem Gesicht. »Was für ein blöder Klischee-Satz.« Sie verstellte ihre Stimme, dass sie wie eine quakende Ente klang. »Es liegt nicht an dir.« Mit dem Zeigefinger stach sie in seine Brust. »An wem denn sonst? Für Sex kam ich dir gerade recht, aber eine Beziehung kommt nicht infrage?«

Er blieb starr stehen, obwohl er sie am liebsten an sich gezogen hätte. »So ist es«, antwortete er mit robotermäßiger Stimme.

»Warum bist du überhaupt hier?«

»Ich will diese Monate mit dir teilen, Leni.«

»Und danach? Wenn unser Baby«, sie brach ab, schluckte ein paarmal, »gestorben ist? Machst du dann die Fliege?«

»Ich bin da für dich, solange du mich brauchst.« Er umarmte sie nun doch und flüsterte in ihr Haar. »Aber wir können niemals ein Paar werden.«

Sie wurde steif in seinen Armen, verharrte dennoch

sekundenlang, ehe sie sich löste. »Das will ich ohnehin nicht. Was für ein Glück, dass das Baby nicht überleben wird.« Es klang bitter, sarkastisch mit einem Schluchzer darin.

»Für dich tut es mir sehr leid.« Er sprach leise. »Du wärst, nein, du bist eine wundervolle Mutter. Es bricht mir das Herz, dass du das alles durchmachen musst, die Schwangerschaft und die Geburt mit dem Wissen, dass dein Baby sterben wird.«

»Aber für dich bist du froh, nicht wahr?«

»Ich wäre ein schlechter Vater, glaube mir. Daher würde ich lediglich Unterhalt für das Kleine zahlen, da hätte ich mich nicht gedrückt, jedoch hätte ich keinen Kontakt gesucht.« Zum Glück wusste sie nicht, dass es auch finanziell nichts bei ihm zu holen gäbe.

»Was stimmt mit dir nicht? Tickst du komplett falsch?« Ihre Wangen hatten sich gerötet. »Der Weg des geringsten Widerstandes. So einfach hättest du es dir gemacht.« Die Aufregung war weder für sie noch das Baby gut.

»Sprechen wir nicht darüber«, bat er leise, »es ist ohnehin nicht relevant, was gewesen wäre.« Theo drehte sich um, denn er wollte nicht vor Marlen die Fassung verlieren. Sollte sie ihn lieber für einen eiskalten Mistkerl halten.

Er musste das Thema wechseln und wandte sich ihr erneut zu. »Leni, das Einzige, was zählt, ist unsere Schneeflocke, nicht wahr? Wir wollen uns nicht streiten, das überträgt sich.«

Zu seiner Erleichterung nickte Marlen.

»Ich möchte am Samstag einen Ausflug mit euch beiden machen.«

»Wohin?«

»Ich zeige euch meinen Lieblingsplatz.« Er zog sie an sich. »Es ist gut so, wie es ist, glaube mir. Wenn du ein paar Dinge über mich wüsstest, würdest du selbst schreiend davonrennen.«

Sie nickte an seiner Brust. »Lass uns ins Bett gehen. Ich bin müde.«

Marlen fühlte sich am Montag schlecht, wollte zuerst zu Hause bleiben, raffte sich dann jedoch auf. Theo respektierte, als sie sagte, sie sei noch nicht so weit, der Kollegenschaft von Niva zu erzählen. »Man sieht mir die Schwangerschaft nicht an, also kann ich warten.«

Theo saß vor seinem PC, doch er kam nicht recht vorwärts. Ständig kreisten seine Gedanken.

Es muss ein Wunder geschehen.

Es muss ein Happy End geben.

Nein, Niva wird sterben.

Bin ich stark genug, um Marlen beizustehen?

Wie wird es sein, ein Kind sterben zu sehen?

Was kommt danach?

»Was ist los mit dir?« Gregor stand vor ihm. »Ich rede mit dir, Mann!«

»Entschuldigung.« Theo sah auf. »Was wolltest du?« Auf einmal war er im Mittelpunkt sämtlicher Mitarbeiter im Raum, nur Babs hielt den Kopf gesenkt. Erst wenn er abends sehen würde, dass es Marlen gut ginge, würde seine Unruhe nachlassen.

»Ich habe dir vor zehn Minuten einen Entwurf geschickt und wollte wissen, ob ich in diese Richtung weitermachen soll.«

»Ich schaue es mir sofort an.« Rasch klickte er die entsprechende E-Mail an.

Konzentration.

Er sorgte sich um Marlen.

Wie er sich um jede Person sorgen würde, die er mochte.

Wobei er bereits tief in sich wusste, dass er sich unweigerlich zu Marlen hingezogen fühlte.

Die Mail ploppte auf und er schob energisch die störenden Gedanken beiseite.

»Wie ist es dir ergangen?«, fragte er Marlen nach dem Abendessen. »Geht's dir gut?«

Sie nickte. »Körperlich, ja, die Übelkeit scheint weg zu sein. Die Konzentration leidet, ich habe zweimal eine falsche Zahlenreihe übernommen. Zum Glück bin ich rechtzeitig dahintergekommen, ohne dass jemand etwas bemerkt hat. Doris hätte sonst Verdacht geschöpft.«

»Bestimmt, sie hat Argusaugen.« Vor Doris hatte er großen Respekt. Sie hatte einen Blick für alles. »Lass doch das Geschirr liegen, ich räume es später ab.«

»Nein, ich mag es nicht so unordentlich.«

Theo hatte schon bemerkt, dass Marlens Wohnung penibel aufgeräumt war. Er war kein schlampiger Mensch, aber bei Marlen fühlte er sich manchmal so, an ihre akribische Einteilung kam er nicht heran. Seufzend stand er auf und half ihr.

»Wir sollten eine Liste machen.« Sie ordnete Teller und Besteck in den Geschirrspüler.

»Eine Liste?«

»Mit all den Dingen, die wir mit unserer Schneeflocke unternehmen wollen.«

Darauf wäre er nicht gekommen. »Du hast recht. Wie zum Beispiel Achterbahn fahren.«

»Sicher nicht.« Marlen knuffte ihn in die Seite.

»Zuckerwatte und Bratwürste auf dem Frühlingsfest essen.«

»Darüber lässt sich reden.« Sie wischte die Oberflächen ab, drapierte den feuchten Lappen sorgfältig an der Stange über der Spüle und holte einen Block mit Stift aus der Schublade. Kurz darauf saßen sie wieder am Tisch und sie notierte »Frühlingsfest« auf den obersten Zettel. »Strandspaziergang?«

Er nickte. »Auf jeden Fall. Was wäre mit Urlaub? Italien?« Hektisch überschlug er im Kopf, ob seine Finanzen reichen würden. Sein Notgroschen würde dran glauben müssen.

»Ich war noch nie in Italien.« Rasch fügte sie es der Liste hinzu. »Ruderboot fahren.«

»Aussicht vom Leuchtturm.«

»Kindertheater gucken.«

»Vorlesen.«

»Basteln.«

Am Schluss war das Blatt dicht beschrieben. Marlen nagte am Stiftende. »Wir werden ein Ranking machen müssen, das ist Programm für ein ganzes Leben.« Erschrocken hielt sie inne.

Theo nahm sie sofort in die Arme. »Es ist ein ganzes Leben«, sagte er leise. »Egal wie lang ein Leben ist, man schafft niemals alle Dinge, die man sich vorgenommen hat.« Zart küsste er ihren Scheitel. »Wie viel Urlaub hast du noch gut? Ich habe den vom letzten Jahr nicht vollständig aufgebraucht, zusammen mit dem von diesem Jahr«, er rechnete rasch im Kopf, »müssten es an die sieben Wochen sein. Wir werden Zeit brauchen, um möglichst viele Dinge tun zu können, es hängt auch davon ab, wie es dir körperlich geht.«

»Wenn wir nach Italien fahren, dann im Juni. Da ist es nicht so heiß und ich noch nicht extrem dick.«

Bis zum Schluss zweifelte Theo, ob es eine gute Idee war, Marlen seinen Geheimplatz zu zeigen. Wie oft er sich als Kind und später hierher geflüchtet hatte. Als seine geliebte Omili gestorben war und damit seine einzige Bezugsperson, war er extra hier herausgefahren und hatte Stunden an diesem Ort verbracht.

Jetzt für Marlen hatte er vorgesorgt, Decken mitgenommen, die er sich unter den Arm klemmte und einen Rucksack für ein Picknick. Die Luft war kühl, im April war das zu erwarten, zum Glück trug Marlen eine gefütterte Jacke und Mütze. Sie parkten den Wagen auf einem kleinen Parkplatz. »Von hier müssen wir eine Viertelstunde gehen.« Hoffentlich war das nicht zu viel für sie? Er hätte das vorher mit ihr abklären sollen.

Doch zu seiner Erleichterung lachte sie. »Ich bin schwanger, nicht gebrechlich. Habt ihr früher hier gewohnt?«

»Meine Oma hat hier gelebt, ich war oft bei ihr.«

»Wann ist sie gestorben?«

»Vor siebzehn Jahren.«

»Da warst du noch ein Kind.«

»Vierzehn.« Theo ging rasch weiter, das Thema wollte er nicht vertiefen. Er erinnerte sich ungern an das schwarze Loch mit den rauen Scharten, das der Tod seiner Großmutter in ihm hinterlassen hatte.

Und wozu er sich hatte hinreißen lassen, an dessen Konsequenzen er noch heute trug. Den schmalen Weg zwischen Dünengräsern könnte er blind gehen. Wieder einmal war er dankbar, dass nicht viele diesen verborgenen Platz entdeckten. Ein einziges Mal hatte er dort ein paar Kinder vorgefunden, die spielten.

Wie immer durchfuhr ihn ein spezielles Gefühl, sobald er die versteckte Lichtung betrat. Er konnte es nicht benennen, eine Mischung aus Frieden, Loslassen können, Stille, Freude, Erwartung und einer winzigen Spur Trauer.

Im Lauf der Jahre war der Platz kleiner geworden, der Strandroggen hatte sich ausgebreitet, sodass nur noch ein Raum von fünf mal fünf Metern übrig geblieben war.

Doch das reichte locker aus. Theo breitete die Picknickdecke aus und stellte den Rucksack in die Mitte. »Magst du dich setzen? Oder am besten gleich hinlegen, der Blick zum Himmel ist mega.«

Es kam keine Antwort. Rasch drehte er sich um, Marlen stand mit verklärtem Gesichtsausdruck und starrte über die Gräser auf das Meer.

Er folgte ihrem Blick. »Gefällt es dir?«

»Ja.« Ihr ehrfürchtiger Unterton machte ihn glücklich. Der Platz schien auf sie die gleiche Wirkung zu haben wie auf ihn. »Die Farben, sieh mal, das Meer – vorn ist es hellblau, fast weiß, danach türkis und weiter hinten tiefblau bis schwarz. Dazu der beigefarbene Sand und das blasse Grün der Gräser. Ich wünschte, ich könnte malen oder wenigstens perfekte Fotos machen.«

»Es lässt sich auch mit der besten Kamera niemals aufs Papier bannen. Aber du hast es für unsere Schneeflocke wunderbar beschrieben.«

Mehrere Spaziergänger wanderten den Strand entlang, die milder werdenden Temperaturen verleiteten sie dazu. Sie schienen weit weg, wie in einer anderen Welt. Das war das Besondere an diesem Ort, man fühle sich abgeschieden und doch niemals einsam.

»Wie oft warst du als Kind hier?«

»Ja, immer wenn …« Nein, er war nicht bereit, Details von seiner Kindheit preiszugeben.

»Wenn du Ärger zu Hause hattest?« Ihre Ergänzung war auch nicht schlecht. »Hast du viel angestellt?«

»Kommt drauf an.«

»Worauf?«

»Auf die Betrachtungsweise.«

»Von deiner?«

»Ich war ein normaler Junge.«

»Und was dachten deine Eltern?«

»Für meine Mutter war ich der schlimmste Lausebengel auf Gottes Erdboden.«

»Und dein Vater?«

»Der ist meist abgehauen, war mit seiner Arbeit beschäftigt.«

»Bist du streng bestraft worden?« Ihre Stimme war schwer geworden. Offenbar hatte sie Mitleid.

Die alte Verbitterung stieg in ihm hoch. Manchmal wäre ihm eine Ohrfeige lieber gewesen als der Kalte Krieg.

Die Nichtachtung. Das Desinteresse. Das Kleinmachen.

Er zitterte.

»Tut mir leid für dich.« Ihre sanfte Stimme war wie ein kühlender Regen auf trockenem Boden, sie drückte seinen Oberarm.

»Ich wäre ein miserabler Papa.« Er sprach es spontan aus.

»Du bist der beste Papa für unsere Schneeflocke.« Sie schmiegte sich an ihn und das Zittern ebbte ab. »Sie liebt dich, Theo. Wann immer du deine Hand auf meinen Bauch legst, wird sie ganz ruhig und genießt es.«

Sein Herz schlug schneller. Ihre Worte schufen ein Wohlgefühl in ihm, auch wenn sie nicht wissen konnte, was das Baby fühlte. Oder doch? Mütter haben einen besonderen Draht zu ihren ungeborenen Babys, hatte er mal gelesen.

Sekundenlang erlaubte er sich, ihre Wärme zu genießen. »Leg dich hin und schau in den Himmel. Was siehst du?«

Marlen setzte sich auf die Decke. »O, hier ist man komplett vom Gras eingehüllt, ein wirklich sicheres Versteck. Ich wette, deine Eltern haben dich niemals hier gefunden.«

»Haben sie nicht. Aber auch nie gesucht.« Den zweiten Satz fügte er leiser hinzu.

»Nein? Kamst du immer pünktlich heim?«

»Nie. Und das war egal, ich habe niemandem gefehlt.« Er streckte sich neben ihr aus, musste sie ablenken. »Los, leg dich endlich zu mir und sieh nach oben.«

Sie zögerte noch kurz, doch dann kroch sie dicht an ihn heran. »Ich sehe den Himmel, was sonst?«

»Welche Farbe hat er?«

»Blau.«

»Geht's präziser?«

»Himmelblau.«

Theo schwieg.

»Nicht die richtige Antwort?«

»Es gibt kein Richtig oder Falsch.« Langsam drehte er sich zu ihr und strich sanft über ihre Schulter. »Ich habe mir oft stundenlang überlegt, welches Blau der Himmel hätte. Wenn die Sonne im Sommer heiß strahlt, ist es ein blasses Blau, fast schon ins Weiße gehend. Jetzt im April ist die Farbe einen Tick kräftiger, aber trotzdem ein helles Blau, jedoch eindeutig blau. Das Weiß der Wolken hebt sich deutlich ab.«

Marlen folgte seinem Blick. »Du hast eine scharfe Beobachtungsgabe. Danke, dass du mir diesen Platz gezeigt hast. Unserer Schneeflocke gefällt es hier.«

»Woran merkst du das?« Er tastete sich mit seiner Hand in altbekannte Manier zu ihrem Bauch. »Ich beneide dich um diese Verbindung. Was macht sie jetzt?«

»Sie bewegt sich leicht.« Sie legte ihre Hand auf die seine. »Spürst du es?«

»Nein.«

»Vermutlich ist es zu früh.«

»Wie nimmst du es wahr?«

»Es ist wie das Flattern eines Schmetterlings.«

Er strich sanft über ihren Bauch. Plötzlich spürte er eine zarte Welle unter seinen Fingern. Seine Stimme versagte, so sehr beeindruckte ihn, was er fühlte. Die Bewegungen seiner Tochter waren minimal, dennoch prickelte seine Hand, es übertrug sich auf den gesamten Körper. Und auf einmal flossen die Worte wie von selbst aus seinem tiefsten Inneren heraus. »Weißt du, kleine Niva, ich bin so oft hier gewesen. Ich möchte, dass du meinen Lieblingsplatz kennenlernst. Der Himmel über uns gleicht einem Tuch. Manchmal ist er sanft, zeigt ein zartes Blau, fast weiß in Sonnennähe. Gegen Abend wird es dunkler, ein sattes Königsblau, das dich einhüllen kann wie eine Decke. Der Himmel kann lebendig werden, dann versteckt er sich hinter grau melierten Wolken, die schwer über dir hängen. Das Grau überträgt sich auf Luft und Wasser, die Menschen haben Regenjacken an oder Schirme aufgespannt. Die nützen jedoch nichts, denn der Regen hat meist einen Spielkameraden, den Wind. Wenn die beiden zusammenkommen, bleibt kein Sandkorn auf dem anderen. Die Menschen eilen in alle Richtungen nach Hause. Der Strandhafer biegt sich auf und ab, es wirkt wie ein Tanz. Du würdest es mögen, kleine Schneeflocke. Vermutlich würdest du deine Ärmchen ausstrecken und durch das dynamische Gras springen, dich drehen, irgendeine Melodie im Kopf und nicht verstehen, dass Mama und Papa dich schleunigst einpacken und nach Hause bringen wollen. An den meisten Tagen ist es jedoch so, dass sich der Himmel nicht entscheiden kann. Soll ich mich beleidigt verhüllen oder mich doch lieber in meiner ganzen königsblauen Pracht präsentieren? Diese Tage waren mir die allerliebsten. Dann habe ich die schneeweißen Wattewolken angesehen und mir vorgestellt, welche Tiere das sein könnten. Oder auch Menschen. Einmal war eine, die sah aus wie mein Englischlehrer, der hatte einen Spitzbart und oben eine Glatze. Und einmal wirkte eine Wolke wie der fette Pudel von der Nachbarin. Der war wirklich ein armer Hund, sie hat ihn praktisch zu Tode gefüttert und in ihrer Handtasche herumgetragen. Zum Hundefriseur musste er auch und weißt du, wie er hieß? Pippi, weil sein Frauchen so ein Pippi-Langstrumpf-Fan war, dabei war es ein Männchen, ein kastriertes zwar …«

»Psst, das ist kein Thema für unser Kleines.« Marlen

rückte zu ihm und legte ihren Kopf auf seine Schulter. Es gluckste und er stellte fest, dass sie lachte.

Ein wunderbares Geräusch.

Unzählige Emotionen überschwemmten ihn mit so einer Gewalt, dass er sekundenlang keine Luft bekam. Er rettete sich in ein Kichern, das aus ihm heraus gluckerte.

»Du warst oft hier, nicht wahr?«

»Häufig.«

»Wie ist der Himmel gerade jetzt?«

»Blassblau, ein wenig heller als vorhin, weil die Luft dunstig geworden ist.« Ihr Körper nah bei seinem machte ihn glücklich. Er wollte es nicht hinterfragen, nicht heute, es war einfach so. »Ich habe mir manchmal vorgestellt, was dahinter ist. Dachte mir, wenn ich ein riesiges Messer hätte, könnte ich einen Schlitz hinein-schneiden. Oder mit einer Kanone ein Loch schießen. Hin und wieder stellte ich mir vor, dass mir Flügel wachsen könnten. Dann würde ich hinaufliegen, hoch und höher, und mit meinen bloßen Händen das Blau greifen und auseinanderreißen.«

»Was hast du erwartet zu sehen? Wäre doch nur das All gewesen.«

»Das wusste ich damals noch nicht, ich war bloß neu-gierig. Als ich größer wurde, habe ich natürlich gelernt, warum der Himmel tagsüber blau ist und dass man nachts weiter schauen kann. Ich hätte mir einfach ge-wünscht, dahinter gäbe es das Paradies, mit Engeln und allem, was man sich nur wünschen kann. Wie sich viele das Leben nach dem Tod vorstellen.« Erneut strich er über Marlens Unterleib. Die leichten Wellen waren verschwunden. »Ich glaube, unsere Schneeflocke schläft. Der Gedanke, dass sie bald diese Mauer durchbrechen wird, dass sie vor uns weiß, was nach dem Tod passiert, macht mich ehrfürchtig.«

Kapitel 18
1966

Die Kleine brüllt erneut. Weshalb weint sie bloß immer? Grete ist unendlich müde. Kann das Kind nicht in der Nacht schlafen wie andere auch?

»Jetzt geh schon hin.« Schlaftrunken richtet sich Helmut auf, seine Sprache ist verwaschen. Er ist erst spät vom Stammtisch heimgekommen.

Grete wird kurz schwindlig, sie darf nicht so rasch aufstehen. Sie tappt in den Flur und stoppt abrupt. Vor ihr steht im weißen Nachthemd mit dem verfilzten Wollschal Mutter Rosa.

»Kümmer dich endlich um das Kind, sie schreit ja das gesamte Haus zusammen. Hast du ihr am Abend ihre Flasche nicht gegeben?«

»Natürlich.« Isabelle hat sie gierig getrunken, wie immer. Sie stolpert ins Kinderzimmer, es ist Vollmond, der ins Zimmer scheint. Die Kleine steht bereits im Bettchen und rüttelt an den Gitterstäben. Grete torkelt hin und hebt sie heraus, doch das Kind macht sich in ihren Armen steif. »Tata«, ruft sie immer wieder.

»Scht.« Grete wiegt sie in ihren Armen, Isabelle brüllt in voller Lautstärke weiter.

»Du Trampel hast wirklich keine Hand für das Kind.« Mutter Rosa steht in der Tür. »Bring sie endlich zur Ruhe! Du weißt doch, dass Helmut bald aufstehen muss. Deinetwegen kippt er noch um, der Arme, kriegt ja kaum eine Mütze voll Schlaf.« Zum Glück verschwindet die Alte wieder in ihrem Zimmer, die Tür fällt zu.

Grete geht mit ihrer Tochter auf und ab. Schwer ist sie geworden, über zehn Kilo. Trotzdem meckert der Kinderarzt jedes Mal. Ihr Rücken tut weh, Isabelle wehrt sich gegen sie.

Ob sie ihr ein Fläschchen zubereiten soll? Hunger kann sie doch nicht haben, es ist schließlich ein Uhr nachts.

»Schlaf bitte, dein Vati muss in einer Stunde schon raus.«

Doch ihre Tochter steigert sich immer mehr hinein, im Mondlicht sieht sie das tränenverschmierte verkniffene Gesichtchen mit dem weit geöffneten Schreimund. Bitte sei nicht krank, stirb nicht auch du. Grete kann das Kind kaum noch in ihren Armen halten. Sie setzt sich hin. »Hör endlich auf, bitte.« Tränen stürzen über ihre Wangen. Was ist sie für eine schlechte Mutter!

Die Tür wird aufgerissen. »Herrgott noch mal.« Helmut trampelt herein, reißt ihr das Kind aus den Armen, legt es sich über die Schulter und streichelt den Rücken.

Das kleine Teufelchen ist augenblicklich ruhig.

»Ich versteh das nicht, Grete. Warum kannst du sie nicht beruhigen?« Helmut geht mit Isabelle auf und ab. »Bella, meine Schöne, es ist dunkel und nachts schlafen alle. Mach die Äuglein zu, mein Schatz.« Er summt ein Lied, keine fünf Minuten später legt er das Baby schlafend ins Bettchen.

Ohne Grete anzusehen, verlässt er das Zimmer.

Sie hätte große Lust, ihre Tochter zu schütteln und anzuschreien. Weshalb schreit sie bei ihr und lässt sich vom Vater in Minutenschnelle zum Einschlafen bringen?

Unendlich müde schließt sie die Augen. Auf dem Sessel ist es unbequem, aber sie hat nicht die Kraft, aufzustehen.

Sie ist eine Versagerin. Erst kann sie nicht stillen, ihre Brust hat sich entzündet und danach ihren Dienst verweigert, obwohl sie das Kind trotz Schmerzen angelegt hat. Ein paar Tage später hat sie die Infektion bekommen, Fieber, Husten und Bauchschmerzen. Mutter Rosa hat sich um die Kleine gekümmert, sogar neben der Arbeit, und ihr jeden Tag verkündet, dass sie sich zusammenreißen soll. Endlich ist sie wieder gesund, doch Isabelle mag ihre eigene Mutter nicht, so scheint es. Sie flüchtet sich zu Mutter Rosa oder zu ihrem geliebten Vati.

Es macht Grete traurig, aber sie hat keine Kraft zu kämpfen.

Kapitel 19
Marlen

Liebe Schneeflocke! Gestern hat uns dein Papa seinen Lieb-
lingsplatz gezeigt. Es war wunderschön. Gleichzeitig hat es
mich traurig gestimmt, dass er so ein einsamer kleiner Junge
gewesen ist. Ich habe ihn richtig vor mir gesehen, wie er sich
allein auf der verborgenen Lichtung versteckt und geträumt
hat. Und ich bin dankbar, dass er diesen intimen Platz mit
uns geteilt hat. Wir haben dich beide spüren dürfen, meine
kleine Schneeflocke, du warst uns unendlich nahe.

Am Wochenende wollte Marlen Theo endlich ihrer Familie präsentieren. Sie wusste bereits jetzt, dass ihre
Mutter Theo ins Herz schließen würde.

Ihres hatte er längst erobert, auch wenn sie sich das
nur im Stillen eingestand.

»Wirst du deinen Eltern von mir erzählen?« Marlen
fiel auf, dass Theo in den Tagen, seit sie zusammen
wohnten, seine Eltern nie erwähnt hatte.

»Nein.« Das kam so klar und heftig heraus, dass Marlen sich aufrichtete.

»Schämst du dich meinetwegen?« Der Kloß in ihrem
Hals wuchs zum Golfball.

»Das ist eine typisch weibliche Bemerkung.« Er zog
sie wieder zu sich und bettete ihren Kopf wie vorher an
seine Schulter. »Meine Eltern sind«, er pausierte für eine

Sekunde, »anders. Distanziert. Sie würden dich verletzen, und das möchte ich nicht.«

»Ich würde schon mit ihnen fertig werden. Was könnten sie sagen, was mich kränkt?« Sie schluckte. »Mein Baby wird sterben, da gibt es nichts Schmerzlicheres.«

»Du brauchst keinen zusätzlichen Kummer. Ich will, dass unsere Schneeflocke ein friedliches Erdenleben hat, sie soll Liebe und Freude erfahren, die negativen Dinge braucht sie nicht zu wissen.«

»Gehören die nicht zum Leben dazu? Selbst da es noch so kurz ist? Deine Eltern sind immerhin Nivas Großeltern.«

Er lachte auf, es klang eher wie ein Weinen. »Solltest du die fantasievolle Vorstellung haben, dass meine Eltern liebende Oma und Opa für unser Kind sein könnten, dann irrst du dich gewaltig.«

»Vielleicht würden sie es einfach gern wissen.« Marlen tippte sich an die Stirn. »Vergiss, war eine dumme Bemerkung. Niemand will so etwas schwer zu Ertragendes erfahren. Womöglich würden sie sich auf ein Enkelkind freuen, dabei …« Unvermittelt überfiel sie Trauer. Ihre Stimme versagte, Tränen stürzten aus ihren Augen, als hätten sie im Hintergrund auf der Lauer gelegen. Sie weinte, als wäre eine Schleuse in ihrem Inneren geöffnet worden.

Er legte seine Arme um sie und drückte sie fest an sich. Minutenlang sprachen sie nicht.

Endlich wurde Marlen ruhiger, der Tränenfluss ebbte ab. »Ich sollte es mittlerweile akzeptieren und nicht ständig heulen.« Mit dem Handrücken wischte sie auf ihrem nassen Gesicht herum. »Es hilft schließlich nichts.«

»Leni, du bist ein Mensch und kein Roboter.«

»Ich würde deine Eltern trotzdem gern treffen.« Sie ließ sich auf den Rücken fallen und richtete den Blick auf das Blau des Himmels.

»Ist nicht dein Ernst.«

»Es sind die Großeltern von Niva. Ich möchte, dass es ihre Wahl ist, ob sie sie kennenlernen wollen oder nicht.«

»Oder nicht, das ist es.« Er stützte sein Gesicht erneut auf seine Hand, die er mit dem Ellbogen abstützte. »Leni, ich kenne dich bereits ein bisschen. Es würde dich tief verletzen, wenn sie sich für Letzteres entscheiden.«

»Möglicherweise irrst du dich, Theo.« Sie drehte sich zu ihm, leise fügte sie hinzu: »Wie ich mich in dir geirrt habe.«

Er seufzte. »Ich überlege es mir.«

Immerhin. Marlen fühlte sich, als hätte sie einen, wenn auch kleinen Sieg errungen.

»Aber wir sagen ihnen vorerst nichts von unserer Schneeflocke«, sprach er weiter.

»Erst, wenn es sich ergibt.«

»Wird es nicht, du wirst sehen.«

Marlen war von Natur aus neugierig. Daher war sie umso mehr gewillt, Theos Eltern zu treffen und dem Geheimnis, das ihn umgab, ein Stückchen näherzukommen.

»Theo, es ist nur ein Gespräch. Wollen sie weder mich noch das Baby kennenlernen, ist es okay. Selbst wenn ich in ihren Augen unpassend bin, werden sie sich rasch beruhigen. Schließlich werde ich nicht ihre Schwiegertochter.«

»Glaube mir, das ist kein Problem. Es ist ihnen absolut gleichgültig, mit wem ich zusammen bin. Sie wissen, dass ich nicht heiraten kann.«

»Das klingt dramatisch.« Sie richtete sich auf. »Warum nicht?«

Seine Miene verschloss sich.

»Es muss doch einen Grund haben.« Sie stieß ihn an, wollte unterstreichen, dass sie auf eine Antwort beharren würde. Ein schrecklicher Gedanke kam ihr, der sie schaudern ließ. »Hast du eine Erbkrankheit?« War er schuld, dass ihre Schneeflocke nicht gesund war?

»Nein. Aber ich kann nicht drüber reden.«

Sie atmete erleichtert auf.

Er wirkte angespannt, sein Gesicht wie eine Maske, dass Marlen beschloss, das Thema zu wechseln. »Ich möchte bei Floravelle den offenen Weg gehen, Theo. Das verkrafte ich nicht, dass mir alle gratulieren und womöglich Babysocken schenken oder eine Babyparty planen. Sie sollen Bescheid wissen. Ich habe mich lang genug versteckt, nun bin ich in der sechzehnten Schwangerschaftswoche. Er lässt sich immer schlechter kaschieren, der Bauch, meine ich.«

»Das ist eine gute Idee. Aber vielleicht überlegst du dir das mit der Babyparty noch. Wir wollten doch, dass alles normal ist für unsere Schneeflocke, nicht wahr?«

»Ist das dein Ernst?«

»Ja. Sie lebt jetzt. Wir wollen die restlichen fünf Monate nicht damit verbringen, uns auf ihren Tod vorzubereiten, sondern ihr Leben zu feiern.«

Marlen schüttelte den Kopf. »Du hast recht, aber eine Babyparty möchte ich nicht, das schaffe ich nicht. Außerdem, was sollten mir die anderen schenken? Unsere Schneeflocke kann auf ihre Reise nichts mitnehmen.« Die letzten Worte brachte sie kaum heraus. Die Tränen lauerten stets auf Abruf, das war belastend für Marlen.

»Du machst es, wie es für dich gut ist.«

Theos Worte klangen in Marlen nach. Es hörte sich simpel an, aber war es das auch? Nivas kurzes Leben zu feiern und nicht Zeit damit zu vergeuden, über ihren nahenden Tod zu trauern, so hatten sie es abgesprochen. Würde sie das schaffen?

Die kommenden Tage verliefen entspannt. Das Wetter hatte umgeschlagen, es war kalt und regnerisch, dennoch unternahmen Theo und sie lange Spaziergänge am Strand. Bei Floravelle merkte niemand etwas von ihrem Zustand. Das lag auch daran, dass sie mit ihren Kolleginnen und Kollegen zwar teilweise freundschaftlich verbunden war, jedoch keine tieferen Beziehungen hatte. Natürlich wusste sie, dass sie ein »Outing« nicht ewig hinauszögern konnte, ihr Bäuchlein wuchs und würde sich bald nicht länger unter weiter Kleidung verbergen lassen.

Theo sprach viel mit ihrer Schneeflocke. Er erklärte ihr die Wolkendecke, den Sand, das Meer in seinen vielfältigen Farben und die Krabben und Vögel, die ihnen begegneten.

Marlen bemühte sich, alles positiv zu sehen, nicht immer gelang es ihr. Ihre Schneeflocke würde das niemals erleben, mit eigenen Augen sehen können, niemals Wolkenbilder deuten, niemals die Farbe des Himmels oder Meeres analysieren.

Weil sie gehen musste, bevor sie richtig angekommen war.

»Denkst du, dass etwas kommt?« Marlen blieb stehen und schaute auf das weite Meer hinaus, fixierte die Linie, wo Wasser und Horizont sich berührten. »Hinterher, meine ich. Nach dem Tod. Ich weiß, du glaubst an andere Dimensionen, doch was fühlen wir dann?« Der Gedanke ließ sie nicht los. »Wird sich unsere Schneeflocke an uns erinnern?«

»Ich kann dir darauf keine zufriedenstellende Antwort geben.«

»Du hast aber eine für dich, nicht wahr?«

»Ja.« Es klang fest. »Vielleicht lachst du mich aus, doch der Gedanke, dass ein kurzes Erdenleben alles sein soll, was wir haben, das reicht mir nicht.« Er schüttelte eine blonde Strähne aus der Stirn, die ihm der Wind hineingeblasen hatte, und legte den Arm um sie. Dankbar kuschelte sie sich in seine Wärme.

»Was macht dich so sicher, dass es weitergeht?«

»Nichts. Über Glauben kann man nicht diskutieren.«

Er drückte sie an sich. »Warum bist du überzeugt davon, dass nach dem Tod nichts ist? Was stellst du dir vor?«

»Das es hinterher dunkel bleibt. Wie im Schlaf oder bei einer Narkose. Bei meiner Blinddarmoperation vor ein paar Jahren habe ich diese Erfahrung gemacht. Ich bekam eine Schlaftablette, wurde in den OP gerollt und war von jetzt auf gleich weg. So stelle ich mir den Tod vor.«

»Hm.«

»Im besten Fall, meine ich. Es gibt auch Menschen, die lange leiden. Davor fürchte ich mich, dass der Tod mit Schmerzen und Angst verbunden ist.«

»Das wünscht sich niemand.«

»Ich hoffe, Niva darf schnell sterben, ohne leiden zu müssen.«

»Das hoffe ich auch. Und dass ihre Seele glücklich ist.«

»Was verstehst du unter Seele?«

»Das, was übrig bleibt, wenn der Körper verfällt.«

»Daran glaubst du? Gehst du in die Kirche?«

»Manchmal.«

»Klar, deswegen bist du auch überzeugt, dass es ein Paradies geben muss, nicht wahr?«

»Du sagst das so aggressiv. Leni, für das, was man glaubt, muss sich niemand verteidigen. Ich bin der Letzte, der dich überzeugen möchte, dass es jemanden gibt, der über uns steht.« Er sprach sanft, dass sie sich sofort wegen ihrer Heftigkeit schämte. Und er fügte kein »Aber« hinzu, das beeindruckte Marlen. In ihrem Kopf wirbelten die Gedanken.

»Tut mir leid.« Sie legte ihren Kopf auf seine Schulter. »Vermutlich beneide ich dich, dass du an eine höhere Macht, Gott oder was auch immer glauben kannst. Ich wünschte, ich könnte das ebenfalls, dann wäre es vielleicht leichter. Sich einzureden, dass alles eine Bestimmung hat und dass wir uns irgendwann wiedersehen, im Jenseits oder so. Die Menschen im Mittelalter haben sich an diese Vorstellung regelrecht geklammert. Das war logisch, denn ihr irdisches Leben war - um es gelinde auszudrücken – beschwerlich. Aber stell dir vor, all die Milliarden Menschen, die jemals gelebt haben, würden irgendwo weiterleben, einen dermaßen riesigen Ort kann ich mir nicht ausmalen.«

In diesem Moment spürte sie die zarten Bewegungen ihrer Schneeflocke. Sie nahm Theos freie Hand und legte sie auf ihren Bauch. Sanft schlüpften seine Finger unter Jacke und Pullover, bis sie auf ihrer nackten Haut lagen. Still standen sie minutenlang da, bis ihre Schneeflocke wieder schlief.

An diesem Tag wollte sie es allen sagen, gleich beim Morgenmeeting. Es war Ende April, sie war in der 18. Woche und ihr Bäuchlein wölbte sich. Ein offenes Gespräch mit allen erschien ihr die beste Lösung.

Theo setzte sich neben sie, sie war ihm dankbar, dass er zu ihr stehen würde. Diese paar Monate wären sie eine Einheit, ein Paar. Eine Beziehung auf Zeit.

Die mit einem Begräbnis enden würde.

Stopp, sie musste ihre Gedanken in eine andere Richtung lenken. Sie durfte nicht ununterbrochen daran denken, dass ihr kleines Mädchen keine Chance bekommen würde.

Clara von Stein trug an diesem Tag ein grün-blau gemustertes Halstuch. Das war kein gutes Omen. Sollte Marlen einen Rückzieher machen und ihre Ankündigung aufschieben? Auf einen Tag kam es schließlich nicht an.

»Sie ist schlecht drauf«, raunte Babs ihr von der anderen Seite zu. »Siehst du, wie sie den Mund verzieht und die Stirnfalten vertieft?«

Warum trug sie ausgerechnet heute kein rotes Halstuch? Oder wenigstens ein gelbes?

Das Meeting begann auch mit einer Katastrophe. Linus Eberts legte Frau von Stein seine Kündigung auf den Tisch. Die Tatsache, dass er es hier während des Morgenmeetings vor allen tat, zeigte, wie grantig er darüber war, dass ihm die Leitung der Verkaufsabteilung verweigert worden war.

»Sie benehmen sich ausgesprochen kindisch.« Frau von Stein klopfte mit dem Finger auf das verschlossene Kuvert. »Ich habe Ihnen eine ordentliche Gehaltserhöhung zugesagt, das ist eine Wertschätzung meinerseits.«

»Ich habe mich in der Firma immer wohlgefühlt und Herr Karsten«, Eberts nickte dem älteren Mann ihm gegenüber zu, »war ein brillanter Chef, zu dem ich mit Hochachtung aufgeschaut habe. Aber mich nun zu übergehen, weil Ihr Neffe, dessen Papier vom Studienabschluss noch feucht ist, den Job erhält, das ist nicht in Ordnung, nein, das ist es nicht.«

»Herr Eberts, es tut mir leid, dass Sie das so empfinden, aber Bernd hat das nötige Know-how, ob Sie es glauben oder nicht. Wir sind ein Familienbetrieb ...«

»Ihr Bernd-Bubi kann sich hocharbeiten, wie alle anderen hier auch.«

»Herr Eberts, auf diese Art müssen Sie nicht über meinen Neffen sprechen.«

»Ich wünsche euch allen alles Gute.« Eberts ging mit elastischen Schritten an der Reihe der Sitzenden vorbei. An der Tür drehte er sich um. »Ich komme nicht wieder, ich habe jede Menge Überstunden gesammelt sowie noch Resturlaub.«

Kurz war es still, als er den Saal verlassen hatte.

»Ich glaube, Sie machen einen Fehler, Frau von Stein.« Es war Karsten, der scheidende Verkaufsleiter, der sich erhob. In seiner Glatze spiegelte sich die Ecklampe, als er sich vorbeugte. »Eberts hätte die Leitung bravourös übernommen.«

»Herr Karsten, darüber diskutiere ich nicht. Sie werden meinen Neffen die nächsten Wochen bis zu Ihrem Abschied einführen.«

Karsten biss sich auf die Lippen, nickte jedoch und setzte sich wieder hin.

»Wenn wir fertig sind, dann ...«

»Halt, ich möchte eine Ankündigung machen.« Verdammt, Marlens Zunge hatte ein Eigenleben entwickelt.

Jetzt war es zu spät. Alle Augen waren auf sie gerichtet. Sie spürte Theos Blick auf sich ruhen und das gab ihr Kraft.

»Ja, Frau Ehrenberg?« Die Chefin sah sie neugierig, jedoch mit leichter Ungeduld, an. »Wenn Sie ebenfalls kündigen möchten ...«

»Ich bin schwanger.«

Was immer Clara von Stein erwartet hatte, diese Nachricht nicht, denn sie starrte Marlen sekundenlang mit offenem Mund an.

»Schön für Sie«, sagte sie schließlich. »Und etwas – hm – unerwartet. Es tut mir leid, eine wertvolle Arbeitskraft verlieren zu müssen. Wenn ich auch hoffe, dass Sie nach der Babypause wieder zurückkommen.«

»Es wird keine Babypause geben. Das heißt, nur der Teil, der vom Staat gesetzlich vorgeschrieben ist.«

Ein Raunen ging durch die Gruppe, sämtliche Blicke waren auf sie gerichtet. Die Männer sahen überrascht und teilweise anerkennend zu ihr hinüber, die Frauen hingegen mit gerunzelter Stirn.

»Du willst nicht stillen?« Babs stellte die Frage laut.

Jetzt musste sie es aussprechen. Vor ihren Augen tanzten schwarze Schatten, sie setzte an, doch es kam kein Ton heraus. Hilfesuchend sah sie zu Theo, der seine Hand über ihre legte.

Alle starrten darauf. Sie und Theo.

Das ging in die verkehrte Richtung.

»Du und Theo?« Babs kreischte auf. »Wann ist denn das passiert, ihr Geheimniskrämer, ihr!« Ihre schrille Stimme bohrte sich in Marlens Kopf, eine Welle Übelkeit spülte über sie. Atmen, jetzt war der falsche Zeitpunkt.

Doch es nützte nichts, der Lärmpegel war zu hoch.

»Niemand hat es bemerkt.« Das war Tamara Berger, die direkte Assistentin von Clara von Stein.

»Meine Güte, Theo, ich hoffe, du stehst zu dem Kind.« Gerd Freibach aus dem Labor klappte seinen Laptop zu. Jeder wusste, dass er und Theo sich nicht ausstehen konnten.

»Wann ist es denn so weit?« Babs war zu nah. Ihr süßliches Parfum gab Marlen den Rest. Sie stürzte hinaus Richtung Toiletten, der Weg kam ihr unendlich lang vor.

Sie rannte fast eine Praktikantin um, die sich gerade die Hände wusch. Die Tür zur Toilettenkabine schlug sie zu, ehe sie ihr Frühstück von sich gab. Erleichterung durchflutete sie, als die Krämpfe nachließen. Sie saß direkt auf dem Boden vor der Kloschüssel. Verdammt, sie hatte gedacht, die Übelkeitsphase sei vorbei.

»Kann ich etwas für Sie tun?« Die Praktikantin, Luisa oder Lisa, hatte offenbar gewartet.

Wie peinlich.

»Danke, nein, geht schon wieder.« Zum Glück hörte sie gleich darauf die Tür, die junge Frau ließ sie allein.

Der Schwindel ebbte langsam ab. Warum hatte sie nicht daran gedacht, dass mit ihrer Verkündigung der Schwangerschaft die Frage nach dem Vater obligat wäre? Theos Vaterschaft musste einschlagen wie eine Bombe, jahrelang war er der Womanizer der Firma gewesen. Dass er zum braven Familienvater avancierte, nahm ihm keiner ab.

Das tat er auch nicht, brauchte er nicht. Denn nach Nivas Tod würde er seiner Wege gehen.

Sie legte das Gesicht auf die Knie und fühlte sich entsetzlich leer.

Kapitel 20
Theo

Wo blieb sie nur so lange? Die Teilnehmenden des Meetings hatten sich an ihre Arbeitsplätze begeben, einige Kollegen hatten ihm auf die Schulter geklopft. Die Tatsache, dass er der Vater von Marlens Kind war, hatte die Wirkung eines Molotow Cocktails gehabt. Dabei war es nicht das, was Marlen hatte loswerden wollen.

Vermutlich war es eine ungünstige Idee gewesen, dies öffentlich zu verkünden.

Er ging auf dem Flur vor der Toilette auf und ab, als die neue Praktikantin herauskam. »Warten Sie auf Frau Ehrenberg?«

»Ja, wie geht es ihr?«

»Ich glaube, schon besser, sie wollte keine Hilfe.«

»Danke.« Das Mädchen ging den Flur hinunter und Theo schlüpfte in die Damentoilette.

»Leni?«

»Hier.« Das kam aus einer der Kabinen. Die Tür öffnete sich und Marlen wankte heraus, ihr Gesicht käsebleich. Sie ging zum Waschbecken und spritzte sich Wasser auf die Wangen. »Geht schon wieder.«

»Möchtest du nach Hause? Ich fahre dich rasch.«

»Nein, es ist viel zu tun. Die Morgenübelkeit lässt bald nach. Das Parfum von Babs hat mir den Rest gegeben.« Sie nahm einen Schluck Wasser und spülte den Mund. »Ich werde zur Stein gehen und mit ihr allein reden, das ist wahrscheinlich besser.«

Theo sah auf die Uhr. »Vielleicht später, sie hat jetzt die Konferenz mit Frankreich.«

»Stimmt.« Sie wollte an ihm vorbei, er hielt ihr die Tür auf.

»Wie geht es unserer kleinen Schneeflocke?«

Sie lächelte und ihre Wangen bekamen etwas Farbe. »Sie bewegt sich, alles gut.«

Kurz erlaubte er sich den Gedanken, was wäre, wenn es ein gesundes Baby wäre. Dann wäre er in wenigen Monaten Vater einer Tochter, würde sie auf dem Arm halten und mit ihr kuscheln.

Das würde nicht passieren.

Was für ein Glück für die kleine Niva.

Ein paar Monate musste er noch durchhalten. Marlen durfte niemals erfahren, in welch desaströse Verhältnisse er durch eigene Schuld geraten war. Die Enttäuschung in ihren Augen könnte er nicht ertragen.

Mit der neuen Kampagne kam er an diesem Tag gut voran, sein Team brachte innovative Ideen und nun arbeiteten sie an der Umsetzung.

Er hatte Marlen einmal kurz angerufen, es schien ihr besser zu gehen, danach gelang es ihm, sich in seine Arbeit zu vertiefen.

Gegen vier Uhr rief sein Vater an. Theo holte ein paarmal Luft, ehe er das Gespräch annahm.

»Ich hoffe, du vergisst die Marquardt-Gala nicht.« Sein Vater hielt sich niemals mit Begrüßungen auf.

»Die ist doch erst in ein paar Wochen!«

»Sabrina freut sich bereits auf deine Begleitung.«

Nein, das konnte er Marlen nicht antun. Die Marquardt-Gala war das jährliche Großereignis in Nordhaven, er würde bestimmt nicht mit einer anderen Frau hingehen.

»Ich habe eine Freundin, Vater, daher ist das mit Sabrina hinfällig.«

»Seit wann denn das?« Ein Schnauben, dann sprach er mit knurrendem Unterton weiter. »Deine Freundin«, er spuckte das Wort abfällig aus, »wird einen Abend ohne dich auskommen müssen.«

»Vater, das werde ich nicht.« Die altvertraute Bitterkeit übernahm die Herrschaft über Theos Worte. »Verkuppeln lasse ich mich nicht.«

»Es ist mir peinlich, dass ich Herbert sagen muss, dass du vergeben bist. Sabrina hat schon seit Jahren ein Auge auf dich geworfen und sie ist weiß Gott keine schlechte Partie.«

»Sie ist ein Kind.«

»Zweiundzwanzig. Und blitzgescheit, studiert Kommunikationswissenschaften, spricht vier Fremdsprachen.«

»Hut ab.«

»Deal?«

»Nein, Vater, ich werde meine Freundin mitbringen.« Was redete er da? Wie konnte er das behaupten, ohne mit Marlen gesprochen zu haben?

»Bis dahin kann viel passieren. Sei pünktlich.« Ebenso

abrupt, wie er das Gespräch begonnen hatte, beendete sein Vater dieses.

Theo hasste die jährliche Marquardt-Gala, doch er hatte seinem Vater irgendwann versprochen, dass er keine versäumen würde, wenn er schon nicht die Firma übernehmen wollte. Bei diesem Termin bestand Vater darauf, dass die gesamte Familie anwesend wäre, sogar seiner stets abwesenden Mutter war die Gala heilig.

Verdammt, er musste Marlen überzeugen, ihn zu begleiten. Kurz erwog er, es nicht zu tun und Sabrina in Kauf zu nehmen, aber meist erschienen Bilder von der Gala in der hiesigen Zeitung. Bei seinem Pech wurde er mit Sabrina abgelichtet und das würde Marlen kränken.

Sie konnte nicht ahnen, dass es besser für sie wäre, nicht hinzugehen. Stress war weder für sie noch für ihre kleine Schneeflocke nötig.

»Was ist das für eine Gala?« Marlen rieb Karotten für einen Salat, er hielt die Schüssel und schob das Geriebene hinein. Das gemeinsame Kochen gehörte zu ihrem täglichen Abendritual.

»Mein Vater besteht darauf, dass ich hinkomme. Es ist eine Zurschaustellung, wie toll seine Firma ist, gleichzeitig wird immer ein wohltätiges Projekt unterstützt.« Er guckte in den Ofen zu den Ofenkartoffeln.

»Ist dein Vater Abteilungsleiter oder so?« Marlen holte den Sauerrahm aus dem Kühlschrank, er nahm ihn ihr aus der Hand und tat ihn in ein Schüsselchen.

»Ihm gehört die Firma.« Er gab seiner Stimme einen gleichgültigen Klang, sah sie nicht an, während er Kräuter und Salz in den Dip rührte.

»Was?« Sie sah ihn nun direkt an. »Marquardt, lass mich überlegen, doch nicht das Juweliergeschäft?«

»Genau das.«

»Aber dann bist du unheimlich reich, nicht wahr?« Sie mischte den Salat und stellte ihn auf den Tisch. Aus ihrem Tonfall war nicht herauszuhören, ob sie dies gut oder schlecht fand. Zudem konnte sie mit dieser Annahme, er hätte Massen an Geld, nicht falscher liegen.

»Mein Vater ist reich, nicht ich.« Theo griff sich die Topflappen und öffnete das Rohr. »Ich denke, sie sind fertig.«

»Möchtest du nicht in seine Firma einsteigen?«

»Das hätte er gern.«

»Warum willst du das nicht?«

Er hob die Form mit den Folienkartoffeln heraus, Marlen tat rasch die Korkuntersetzer auf den Tisch, sodass Theo das Gefäß abstellen konnte.

»Ich hab's nicht so mit meinem Vater.«

»Trotzdem willst du zur Gala? Wann ist sie überhaupt?«

»Wie gesagt, das habe ich mal versprochen. Und sie ist Ende Mai, also in dreieinhalb Wochen.«

Marlen holte die Saftflasche aus dem Kühlschrank, füllte den Wasserkrug auf und stellte beides auf den Tisch. Theo folgte ihr mit dem Dip.

Endlich saßen sie sich gegenüber.

»Und du möchtest, dass ich mitkomme? Auf eine Schicki-Micki-Veranstaltung?«

»Bitte. Sonst hängt mir mein Vater die Tochter seines Freundes an den Hals. Sie ist jung und kichert in einem fort. Ihre Lieblingsthemen sind Schmuckdesigns und Mode, darüber kann sie stundenlang reden. Mein Vater behauptet zwar, dass sie studiert, doch ich bezweifle, dass sie den Weg zur Uni kennt. Und sie spricht vier Sprachen.«

»Das ist beeindruckend.«

»Ich habe sie immer nur deutsch sprechen gehört.«

»Wär ja auch blöd, wenn sie mit dir japanisch spricht, nicht wahr?«

»Für mich hört sie sich sowieso an wie eine fremde Sprache. Sie redet von Society-Klatsch und der neuesten Diät.«

»Hat sie das nötig?«

»Nein. Doch sie findet genug andere, die es ihrer Meinung nach brauchen würden.«

Marlen holte sich eine Kartoffel und öffnete die Folie. »Hm, riecht das lecker.«

»Du wolltest doch meine Eltern kennenlernen. Jetzt hast du die Chance.« Er wusste, dass er sie bedrängte. Leider hatte er keine Wahl.

Das letzte Jahr hatte ihm gereicht.

»Als was wirst du mich präsentieren?« Sie legte den Kopf schief. »Als Lebensabschnittsgefährtin? Als Mutter deines Kindes? Als One-Night-Braut?«

Verlegenheit kam in ihm hoch. »Ich habe meinem Vater gesagt, dass du meine Freundin bist.«

»Aha.«

Theo wartete. Es kam nichts mehr, sie tat sich einen Löffel voll Dip auf die Kartoffel und begann zu essen.

Er sah auf seinen Teller und wieder hoch. »Sag bitte was.«

»Wir haben doch darüber gesprochen, dass ich deine Eltern kennenlernen möchte, und das werde ich in diesem Fall.« Sie probierte vom Salat. Er sah ihr dabei zu, sogar das Kauen wirkte bei ihr elegant.

»Sag, dass du mitkommst, bitte.« Verflucht, er bettelte fast! Ihre Antwort sickerte erst jetzt in sein Hirn. »Was hast du gesagt?«

»Natürlich tue ich das.«

Er atmete aus, hatte gar nicht gemerkt, dass er den Atem angehalten hatte.

»Theo, wir haben ausgemacht, dass wir die nächsten Monate gemeinsam verbringen und unser Leben teilen.« Sie legte den Kopf schief. »Bis dahin wird man mir die Schwangerschaft allerdings ansehen.«

»Ja und der Abend wird anstrengend für dich. Vermutlich wird meine Mutter über dein Bäuchlein hinwegsehen und mein Vater wird es nicht bemerken, nicht mal, wenn du bis dahin eine richtige Kugel vor dir herträgst. Ich überlasse es dir, was du meinen Eltern vom Baby erzählen magst. Ich muss dir leider gleich sagen, dass es sie kaum interessieren wird, weder dass ich Vater werde, noch dass unser Baby nicht gesund ist.«

»Das klingt nach gefühllosen Menschen.« Sie legte die gefüllte Gabel auf den Teller zurück. »Erzähl mir von ihnen.«

Das Thema hatte er so lange wie möglich vermeiden wollen. Nein, falsch, er wollte es außen vor lassen. In ein paar Monaten war Marlen kein Teil seines Lebens mehr, daher sollte sie nichts von seinem Privatleben erfahren müssen.

Bei dem Gedanken daran, dass ihre Beziehung bald enden würde, zog sich etwas in seiner Brust zusammen. Rasch ballte er seine Fäuste, um sich aus diesem unwillkommenen Gefühl zu befreien. Wenn es so weit war, musste er bereit sein, Marlen aus seinem Leben streichen zu können wie einen Staubfussel, den man vom Pullover streifte.

Mach dir nur was vor, Theo. In der Theorie lassen sich solche Lehren aufstellen, in der Praxis sieht es anders aus.

In der Realität empfand er für Marlen bereits wesentlich mehr, als er sich eingestehen wollte.

»Theo?« Marlen nahm seine Hand und legte sie auf ihren Unterleib. »Erzähl es Niva, unserer Schneeflocke. Sie hat ein Recht darauf, etwas von ihren Großeltern zu erfahren.«

Theo sah auf seine Hand. Und auf einmal flossen die Worte wie von selbst aus seinem Mund. »Meine Mutter ist Archäologin, eine Koryphäe, die stets zu speziellen Ausgrabungen hinzugezogen wird. In meiner Kindheit war sie oft auf Reisen, entweder zu Vorträgen auf Kongressen oder um ihre Fachmeinung zu antiken Gegenständen und Ähnlichem kundzutun. Wenn sie da war«, er pausierte kurz, sah seine stets in elegante Kostüme gekleidete Mutter vor sich mit einer Hochsteck-Frisur, aus der sich kein Haar wagte und den rot geschminkten Lippen und ihrer gerunzelten Stirn, wann immer er auf sie zugelaufen war. »Theo, pass auf, mach mich nicht schmutzig«, imitierte er seine Mutter, bevor er fortfuhr: »Na ja, und mein Vater ist mit seinem Geschäft verheiratet. Meist hat er über mich hinweggesehen.«

»Das ist ja furchtbar.« Marlen klang entsetzt. »Wer hat sich um dich gekümmert?«

»Ich war in einem Kindergarten. Und zum Glück war meine Großmutter für mich da. Omili habe ich sie genannt. Sie war eine herzliche liebenswürdige Person, ohne sie wäre meine Kindheit nichts gewesen.«

»Sie ist gestorben?«

»Vor siebzehn Jahren.« Er schnitt ein Stück Kartoffel ab. »Meine Mutter mochte meine Omili nicht. Da war etwas zwischen ihnen, sie haben mir nie erzählt, was.«

»Dann war sie die Mutter deiner Mutter?«

»Ja. Meine andere Großmutter ist gestorben, da war ich drei oder so, an sie habe ich keine Erinnerung. Vater hat nur stets betont, dass sie tüchtig war. Sie hat das Geschäft nach dem frühen Tod ihres Mannes allein geführt, bis mein Vater es übernehmen konnte.«

»Es tut mir leid, dass du so ein kaltes Elternhaus hattest, Theo.« Marlen stocherte in ihrem Essen. »Da ging es mir viel besser. Mein Vater ist zwar früh durch einen

Arbeitsunfall gestorben, aber wir waren immer eine Einheit. Meine Mama, mein Bruder Marco und ich. Und meine Freundin Purple, die jetzt meine Schwägerin ist. Offenbar hattest du auch nicht einmal einen Freund.«

Jonathan fiel ihm ein, doch manche Dinge blieben besser verschüttet und begraben. »Ich habe eine beste Freundin«, sagte er stattdessen.

»Richtig, deine Cousine. Ute, heißt sie, nicht wahr?«

»Du hast es dir gemerkt.« Er freute sich darüber. »Ich war oft bei ihrer Familie, das war sozusagen neben meiner Omili mein zweites Zuhause. Ihre Mutter war ein Goldschatz, die Schwester meines Vaters. Utes Vater hat sich schon früh scheiden lassen, da war Ute fünf, hat sich nie mehr um sie gekümmert. Ihre Mutter hat sie allein großgezogen und war auch für mich da. Sie ist an Leukämie gestorben.«

»O mein Gott.«

»Ist über zehn Jahre her.« Er deutete auf ihren Teller. »Iss weiter, schließlich isst du für zwei.«

»Was für ein blöder Spruch.« Dennoch nahm sie gehorsam das Besteck wieder auf.

»Ich würde deine Cousine gern mal treffen«, sagte sie. »Was macht sie beruflich?«

»Ute arbeitet in einem Friseursalon, hat immer flippige Frisuren und schrille Kleidung.«

»Klingt nach einer selbstbewussten Person.«

»Das ist sie. Und sie sagt ihre Meinung geradeheraus, da darf man nicht empfindlich sein.«

Marlen fragte ihn nach der neuen Kampagne für die verbesserte Körpermilch und begeistert erzählte er von den Ideen und wie viel sie schon erreicht hatten.

Sie räumten ab, spülten gemeinsam das Geschirr, danach saßen sie im Wohnzimmer. Theo stellte fest, dass er sich bereits nach der kurzen Zeit in Marlens Wohnung wohler fühlte als in seinem kleinen Zuhause.

Die Rückkehr würde ihm schwerfallen. Und die Trennung von Marlen.

»Du hast deine Omili nie gefragt, was zwischen ihr und deiner Mutter vorgefallen war?«

»Sie sagte nur einmal, dass sie Fehler gemacht hätte, und manche Dinge ließen sich nie in Ordnung bringen. Ich war zu jung, um nachzuhaken, und im Grunde habe ich meine Mutter akzeptiert, wie sie ist. Sie ist kein liebevoll herzlicher Mensch.«

»Auch zu anderen nicht?«

»Sie ist der typische Wissenschaftstyp, achtet und respektiert nur gebildete Leute, umgibt sich mit denen und vertieft sich in Fachgespräche. Sie hat Omili nicht schlecht behandelt, einfach nur – schwer zu beschreiben – sachlich, kühl. Meine Mutter kann niemanden umarmen, verstehst du?«

»Auch nicht deinen Vater?«

»Sex müssen sie gehabt haben, sonst gäbe es mich nicht.« Er grinste. »Aber ich habe nie Zärtlichkeiten zwischen den beiden gesehen, sie gehen distanziert höflich miteinander um. Es ist mir unbegreiflich, was sie überhaupt für Gemeinsamkeiten haben könnten.«

»Solche Ehen soll es geben.«

»Ich wünschte, ich hätte mit Omili über mehr gesprochen. Aber ich war vierzehn, als sie gestorben ist.« Er zuckte mit den Schultern. »Wahrscheinlich ist es der Egoismus der Jugend, dass man sich nicht für die Vergangenheit der Alten interessiert. Sie hat mal erwähnt, dass sie in ihrer Ehe nicht glücklich gewesen sei, und ihre Schwiegermutter muss ein Drachen gewesen sein, aber ganz ehrlich? Ich habe nur mit halbem Ohr hingehört. Heute schäme ich mich deswegen. Als sie krank wurde, hat sie einmal von einem Fridolin gesprochen. Als ich meine Mutter gefragt habe, hat sie verneint, dass es jemanden gegeben hätte, der so geheißen hat.«

»Vielleicht eine Jugendliebe?«

»Möglich. Mutter war ohnehin nicht daran interessiert.« Theo spürte die Bitterkeit, die aus seinen Worten tropfte, dabei hatte er gedacht, alles überwunden zu haben. Und er ärgerte sich immer noch über sich selbst, dass er ebenfalls gleichgültig gewesen war.

»Wenigstens waren ein paar Personen für dich da.« Marlen sah ihn an, in ihrem Gesicht lag ein Ausdruck, den er mit besorgt und zärtlich zugleich beschreiben konnte und der in ihm ein warmes Gefühl schuf. Sie strich mit der Hand über ihren Unterleib. Vermutlich eine unbewusste Geste, denn sie löste den Blick nicht von ihm.

»Ja. Ich habe meinen Eltern damals vorgeschlagen, zu meiner Omili zu ziehen, so wohl fühlte ich mich bei ihr.«

»Das klappte nicht?«

»Nein. Meine Mutter war zwar froh, dass meine Großmutter auf mich aufpasste, damit sie arbeiten konnte. Aber ich hatte auch das Gefühl, dass sie eifersüchtig war. Sie sagte einmal, dass ihre Mutter in ihrer Kindheit niemals nett gewesen sei. Ich erinnere mich genau daran, es war, als sie mich abgeholt hat und ich begeistert von meinem Tag mit Omili berichtet habe. Omili hingegen war stets bemüht, anders kann ich es nicht ausdrücken. Es war, als würde sie meiner Mutter gegenüber jedes Wort auf die Waagschale legen und besonders freundlich sein. Daher habe ich nicht verstanden, dass Mutter nicht liebenswerter sein konnte, manchmal war sie nicht einmal höflich und hat ihre Mutter regelrecht angefaucht.« Er rückte zu ihr, denn er spürte, dass Marlen mit ihren Gedanken wieder bei Niva war. »Ich wünschte, ich hätte einen Zauberstab und könnte dir versprechen, dass alles gut wird.«

»Ich habe Angst, dass ich das alles nicht verkrafte.« Marlen legte ihren Kopf auf seine Brust und er genoss die Wärme. »Mit jeder Bewegung von ihr, die ich spüre, wächst sie mir mehr ans Herz. Jeden Tag kann ich sie noch schwerer gehen lassen und spinne mir Szenarien aus, dass sie überlebt und gesund ist. Dass sie an meiner Hand läuft und vor sich hin plappert. Wie kann ich in meinen Ohren eine Stimme wahrnehmen, die ich in Wirklichkeit niemals hören werde? Das ist doch verrückt!«

»Es ist gut so, Marlen. Unsere Schneeflocke existiert und die Hoffnung stirbt zuletzt, heißt es so schön. Kann man sich auf den endgültigen Abschied perfekt vorbereiten? Ich sage Nein. Es wird uns trotz allem überrollen. Auch wenn wir glauben, dass wir vorbereitet sind, wird es nicht leichter werden. Aber«, er drückte sie an sich, »wir stehen das gemeinsam durch. Und vergiss nicht, noch ist sie am Leben und hat unsere Aufmerksamkeit verdient. Du bist nicht allein, Marlen, du hast mich und deine Familie.«

»Du hast recht, Theo. Unsere Kleine ist da, sie bewegt sich, sie lebt und daran müssen wir uns festhalten. Es gefällt mir, dass du nie nur das Baby sagst, sondern immer ihren Namen oder Schneeflocke.« Ihr Lächeln war wunderschön und wärmte ihn bis in die Zehenspitzen. Er war erleichtert, dass sie sich wieder ein wenig gefasst hatte. »Das zeigt mir, dass du konkret an sie denkst.«

»Das tue ich. Sie ist unser Kind.« Ich liebe sie, hätte er gern hinzugefügt. Aber würde sie ihm glauben? Er verstand seine Gefühle selbst nicht. Seinen Vorsatz, Marlen zu unterstützen, ohne dabei eigene Emotionen zu investieren, erschien ihm nun lächerlich. Gregor würde ihn für komplett bescheuert halten. Seine Frau war Ärztin, vermutlich würden sie beide den Entschluss, die kleine Schneeflocke auszutragen, nicht verstehen.

War es wichtig, was andere dachten?

Marlen schlang ihre Arme um seinen Körper.

Hitze stieg in ihm auf, er erwiderte die Umarmung, drückte sie an sich und steckte seine Nase in ihr Haar. Daran könnte er sich gewöhnen.

Vielleicht könnten sie …

Nein, er durfte sich nicht zu sehr hineinsteigern. In ein paar Monaten würde es vorbei sein. Es gab nur einen Grund, aus dem sie zusammen waren: ihre kleine Schneeflocke. Behutsam legte er seine Hand auf ihren Bauch, fragen musste er nicht mehr, er war willkommen.

»Ich würde so gern wieder ihre Bewegungen spüren.«

»Momentan schläft sie. Vermutlich muss sie ein wenig wachsen, bis man ihr Strampeln noch besser von außen fühlen kann.«

Marlen hatte keine Ahnung, welche innigen Gefühle die Bewegungen seiner Tochter in ihm auslösten.

Er verstand es selbst nicht.

Sie saßen eng umschlungen, an keinem Ort der Welt hätte er lieber sein mögen. Schließlich hob sie den Kopf, sie sahen sich an – wer sich zuerst genähert hatte, konnte er später nicht sagen, ihre Lippen trafen sich.

Die Lust durchfuhr ihn wie ein Stromschlag, er rückte näher, der Kuss wurde inniger, zärtlicher, unendlich sanft.

Und die Zeit blieb stehen.

Kapitel 21
1971

»Ich will, dass Vati mit mir zur Schule geht.« Das kleine Mädchen stampft mit dem Fuß auf, das Haar, das Grete vor einer Viertelstunde zu zwei Zöpfen geflochten hat, wirkt bereits wieder zerzaust.

»Vati muss arbeiten, das weißt du doch. Wie siehst du aus? Ich habe dich gerade erst frisiert.« Grete ist an diesem Morgen erneut mit einem Hämmern im Kopf aufgewacht, das sich nun steigert.

»Der Rollkragenpulli ist zu eng.« Isabelle schiebt die Unterlippe vor. »Und er kratzt. Ich will das Blumenkleid anziehen.«

»Es ist heute zu kalt dafür. Mach jetzt kein Theater. Und zieh endlich deine Schuhe an.« Sie könnte schreien, so prall fühlt sich ihr Kopf an, als ob er jeden Moment auseinanderspringt.

Ihre Tochter wirft ihr einen bitterbösen Blick zu, der Grete tief in die Eingeweide schneidet. Warum benimmt sich das Kind immer so kratzbürstig? Bei Helmut ist sie lieb und artig, bei ihr zeigt sie die Krallen. Sogar ihre Schwiegermutter kommt besser mit ihr aus.

»Ich will die rosa Jacke mit den Streifen.«

»Nein, es regnet, du ziehst die Regenjacke an.«

»Die mag ich nicht.«

»Das interessiert mich nicht.«

»Immer soll ich anziehen, was du willst.« Isabelle

brüllt und stampft mit dem Fuß auf. Grete presst ihre Hände kurz an die pochenden Schläfen. Sie spürt förmlich ihren Geduldsfaden reißen.

»Benimm dich. Zornige Mädchen sind hässlich.« Grete stopft die Ärmchen der Kleinen in die Jacke. Wenn sie sich nicht bald hinlegen kann, muss sie sich übergeben. »Schuhe hast du auch noch keine an.«

»Aua, das tut weh, lass mich in Ruhe.« Isabelle kreischt, als würde ihr Schlimmes angetan.

Die Tür wird aufgerissen, Helmut steht darin. »Was ist hier wieder los? Die Bäckerei ist voller Leute und du hast nur ein Kind.«

Er wird nie laut, doch der Vorwurf im Tonfall reicht. Grete schiebt ihm Isabelle zu. »Da, nimm sie. Ich habe Kopfschmerzen.«

»Wie stellst du dir das vor? Ich habe Brot im Ofen, du wirst es wohl schaffen, sie zur Schule zu bringen. Die frische Luft tut deinem Kopf gut.« Er beugt sich zu Isabelle. »Mäuschen, sei jetzt brav, dann backe ich wieder Hefezopf mit Rosinen, extra für dich.«

»Au ja, danke Vati. Sag der Mutti, dass ich die rosa Jacke nehmen darf, gell?«

Sein resignierter Blick streift sie kurz. »Lass sie doch anziehen, was sie möchte, Grete.«

»Es regnet.«

»Dann nimm den Schirm.« Er gibt Isabelle einen Kuss. Über den dunklen Kopf der Kleinen sieht er zu Grete. »Beeil dich, es ist viel zu tun, Mutter muss sich bald hinlegen und Johanna schafft das nicht allein.«

Weil sie ihre Zeit verschwendet, ihrem Mann schöne Augen zu machen, denkt Grete bitter.

Helmut bückt sich zu Isabelle. »Und du folgst der Mutti, sonst gibt es keinen Hefezopf.«

»Ja, Vati.« Wie brav sich das Mädel plötzlich anhört.

Der kurze Weg zur Schule erscheint Grete mit dem fast platzenden Kopf unendlich weit. Sie muss eine Tablette schlucken, es nützt alles nichts. Doktor Wassermann hat leicht reden. Sparsam soll sie mit den Dingern umgehen. Mittlerweile braucht sie schon jeden Tag mindestens eine. Gestern waren es die Bauchkrämpfe, vorgestern das Brennen in der Blase. Ob sie sich das alles nur einbildet? Psychisch sei das, hört sie vom Arzt, von Helmut und natürlich fährt auch Mutter Rosa auf dieser Schiene.

Wenigstens wirkt der versprochene Hefezopf Wunder. Isabelle spaziert brav neben ihr her mit der rosa Jacke. Sie muss im Wind frieren, doch sie sagt nichts. Hoffentlich wird sie nicht krank, dann wird sie unerträglich. Krampfhaft hält Grete den Schirm über ihr Kind, der Wind macht es mühevoll. Ihre eigene Kleidung ist durchnässt. Der Weg zur Schule führt über eine belebte Straße, das ist der Grund, weshalb Helmut nicht möchte, dass Isabelle alleine geht. Erst im letzten Jahr gab es einen schweren Unfall, bei dem ein Kind gestorben ist.

Kurz bevor sie die Schule erreichen, lässt der Regen nach. Das letzte Stück rennt ihre Tochter allein, Grete kommt nicht so schnell nach, Isabelle wartet auf dem Schulhof.

Aber nicht auf sie. Birgit, Isabelles Schulfreundin, läuft an ihr vorbei.

»Hast du nicht was vergessen?«, ertönt es hinter Grete. Frau Wackernagel, Birgits Mutter, steht mit ausgebreiteten Armen da, Birgit rennt zu ihr und wird liebevoll umarmt und geküsst. »Hab dich lieb, Mama!«

Dann hüpft sie Isabelle hinterher.

Gretes Magen zieht sich zusammen und hinter ihrer Schädeldecke klopft eine Schar von Bergleuten so vehement, als hätten sie Gold gefunden.

Eilig marschiert sie nach Hause, schleicht sich an der Backstube vorbei hinauf in die Wohnung. Im Badezimmer kippt sie sich eine der weißen Pillen auf die Hand, schluckt sie mit reichlich Wasser hinunter und schleppt sich mit letzter Kraft ins Bett. In ihrem Gehirn tobt eine Armee von Soldaten, Schüsse ballern in alle Richtungen und treffen ihr Schädeldach von innen. Grete drückt ihren Kopf ins Kissen und hofft, dass sie rasch einschlafen kann, bevor Helmut oder ihre Schwiegermutter sie erwischen.

Kapitel 22
Marlen

Liebes Schneeflöckchen! Ich habe deinen Papa komplett falsch eingeschätzt. Dass er sich so liebevoll um dich kümmert, hätte ich ihm niemals zugetraut. In der Firma steht er zu mir und niemand tratscht mehr über uns. Warum ist er zu mir gezogen? Bestimmt hat er ein teures Penthouse, seine Familie ist unendlich reich. Ich weiß nicht einmal, wo er wohnt. Das zeigt mir, dass er keine Beziehung auf Dauer will. Ich spüre, dass er etwas vor mir verbirgt. Hat er Angst, dass er so wird wie seine Eltern? Ich will mich nicht in ihn verlieben, aber ich fürchte, das habe ich schon getan. Und wir beide, wir haben nur den Sommer, du bist die einzige Schneeflocke, die in der Kälte der Welt erfriert.

Wie hatte sie sich dermaßen hinreißen lassen können? Ob sie dem Baby geschadet hatten?

Ein glucksendes Lachen schob sich aus ihr heraus, sie war völlig wehrlos. Theo rührte sich unter ihr, er trug noch sein Hemd und einen Socken, während sie komplett nackt war.

»Geht's dir gut?« Es klang nach einer Mischung aus Erschrecken und Besorgnis, seine Stirn runzelte sich und ließ ihn älter wirken. »Ich glaube, ich war ein wenig wild.« Seine Hand fuhr wie von selbst zu ihrem Unterleib. »Was macht unsere Schneeflocke?« Seine

Stimme war rau mit dem speziell liebevoll zärtlichen Unterton.

In diesem Moment war Marlen klar, dass sie ein Riesenproblem hatte.

Sie hatte sich unsterblich in Theo verliebt. Fast zeitgleich setzte der Schmerz ein.

Denn sie würde ihn verlieren, genau wie ihre Schneeflocke.

In dem Augenblick spürte sie das Flattern in ihrem Bauch. Als wollte Niva sie beruhigen. Alles gut, Mami.

»Alles gut«, sagte sie leise.

Theo hielt sie umschlungen und drückte sie an sich. »Bereust du es?«

»Ich habe kurz befürchtet, ob es ihr geschadet haben könnte.« Unsinn, keinen Gedanken hatte sie an ihre Schneeflocke verschwendet, an nichts hatte sie gedacht.

Nur an Theo.

Zorn und Schmerz überdeckten ihre hysterische Stimmung. »Was kann ihr schaden? So ein Unsinn. Sie wird sterben! Da gibt es nichts Schlimmeres mehr, nicht wahr?«

»Doch.«

»Was?« Sie hob den Kopf und sah Theo an, blinzelte die Tränen, die sich durch den Lachkrampf gebildet hatten, fort.

»Unsere Schneeflocke soll auf keinen Fall leiden. Die kurze Zeit, die sie bei uns sein darf, wollen wir ihr so schön wie möglich gestalten. Was wir eben getan haben, schadet ihr nicht, weil sich unsere Freude und die

216

Glücksgefühle auf sie übertragen, davon bin ich überzeugt. Ich habe gelesen, dass Sex in der Schwangerschaft von vielen Frauen geliebt wird. Ich war doch nicht zu grob?«

Sie schüttelte den Kopf. »Es war schön, Theo, ich denke, du weißt, dass du Frauen glücklich machen kannst. Du benötigst gewiss keine Komplimente.«

»Ich brauche eine Bestätigung, Leni. Für mich ist nicht selbstverständlich, dass ich dir Freude bereiten kann, verstehst du? Ich war zudem nie zuvor mit einer schwangeren Frau zusammen.«

»Ich bin keine normale schwangere Frau.«

»Doch, das bist du. Deine Schwangerschaft verläuft natürlich, auch wenn Niva nicht gesund ist. Und daher solltest du für dich alles tun, was dir wohltut.«

Darüber hatte Marlen nicht nachgedacht. Ihr Fokus lag auf dem sterbenden Baby, nicht auf ihren Befindlichkeiten. Theos Worte machten sie nachdenklich. Und sie wollte ehrlich sein.

»Trotzdem ist es keine gute Idee, wenn wir miteinander schlafen.«

»Warum nicht?«

»Theo, du hast klargemacht, dass du keine Beziehung möchtest. Dass in ein paar Monaten«, sie vermied es, nach dem Tod des Babys zu sagen, »alles vorbei sein wird und wir getrennte Wege gehen. Himmel, du bist bei mir eingezogen, hast mir aber dein Zuhause nicht gezeigt. Ich habe Angst«, sie holte Luft und befeuchtete ihre trockenen Lippen, »dass ich zu viele Gefühle in dich investiere. Ich muss den Tod von Niva verkraften und dann zusätzlich die Trennung von dir.«

»Vertrau mir, dass ich nicht gleich nachher abhauen werde.«

»Ach ja? Wann denn? Einen Tag danach, eine Woche, einen Monat? Es spielt keine Rolle, zu welchem Zeitpunkt es passieren wird, ich werde am Boden zerstört sein.«

So viel hatte sie nicht preisgeben wollen.

Theo senkte den Kopf, aber Marlen hatte das Entsetzen in seiner Mimik bemerkt. Oder sollte sie es Panik nennen?

Die Stille wuchs wie eine schwarze Wand zwischen ihnen. Dass er schwieg, verriet ihr alles, was sie wissen wollte.

Marlen bemühte sich, ruhig zu atmen, denn es fühlte sich an, als ob eine Schraube sie zusammenpresste. Sie hätte sich eine andere Reaktion gewünscht, und dass sie nun so enttäuscht war, zeigte ihr, dass es längst zu spät war, ihre Gefühle im Zaum zu halten.

Verdammt, sie hatte seine liebevollen Gesten, die zärtlichen Worte und den Sex falsch interpretiert.

»Theo, was empfindest du für mich? Wenn ich nicht schwanger wäre, hättest du dich umgedreht und mich nie mehr angesehen?«

»Wir wären uns in der Firma jeden Tag über den Weg gelaufen.«

»Das ließe sich vermeiden. Außerdem ist das nicht ungewohnt für dich. Du hast bereits mit - wie viele waren es noch mal? – geschlafen.«

»Mit keiner.« Er sagte es dermaßen leise, dass sie es kaum verstand.

»Wie bitte?«

Er räusperte sich. »Ich hatte mit keiner Frau aus der Firma Sex, um es klarzustellen. Das habe ich vermieden. Es schafft Peinlichkeiten am Arbeitsplatz.«

»Aber Ilka? Und Babs? Die gehen dir aus dem Weg.«

»Sie waren sauer, weil eben nichts gelaufen ist.«

Marlen versuchte, sich an die Aussagen der beiden zu erinnern. Theo hatte recht, sie hatten nicht direkt erzählt, dass sie mit Theo im Bett waren, sie alle hatten es nur angenommen und niemand hatte es richtiggestellt.

»Warum hast du getan, als ob? Und die zahlreichen Anmachsprüche?«

»Um das Gegenteil zu bewirken. Bei den meisten hat es funktioniert und den Übrigen habe ich es auf direkte Weise klargemacht.«

»Babs und du, da war nichts?«

»Nein. Mit keiner aus der Firma.«

»Was war bei mir anders?«

»Du hast mich von Anfang an fasziniert. Solange du mich mit Verachtung bestraft hast, war ich auf der sicheren Seite. Aber bei der Weihnachtsfeier, als du beschwipst warst und plötzlich wagemutig wurdest, sind meine Schranken eingerissen.«

»Trotzdem hättest du mich nie wieder gedatet.«

»Wir hatten Sex, kein Date.« Sein Tonfall hatte eine Schärfe angenommen, die Marlen wehtat.

Sie verstand deutlich, was er damit ausdrückte. Ohne Baby wäre er nicht hier.

»Und wenn das Baby gesund wäre?« Sie murmelte es vor sich hin, wollte nicht, dass er es mitbekam, weil sie Angst vor seiner Antwort hatte.

Er hörte es trotzdem. »Ich würde die finanzielle Verantwortung übernehmen, aber glaube mir, du und das Baby wären ohne mich besser dran.«

»Das kann ich mir nicht vorstellen.« Marlen fühlte sich wie nackt, sie war plötzlich schutzlos. Hektisch sprang sie auf, suchte ihre Kleidung zusammen und schlüpfte in die Unterwäsche.

»Es gibt Dinge, die du über mich nicht weißt und gar nicht wissen willst.« Theo setzte sich ebenfalls auf und holte sich seine Shorts. »Denn sonst würdest du die Beine in die Hand nehmen und davonrennen.«

Sie hielt inne. »Das klingt dramatisch. Vielleicht unterschätzt du mich ja? Sehe ich aus, wie jemand, der bei der kleinsten Schwierigkeit davonrennt? Mein Baby wird sterben.« Ärgerlich wischte sie sich über die Wangen, weil die Tränen aus ihren Augen rannen.

»Warum bist du nicht ehrlich und sagst mir, weshalb du Angst vor einer festen Beziehung hast?«

Seine Miene verschloss sich und Marlen wusste, dass er nichts preisgeben würde. Doch das winzige Zucken am rechten Augenlid gab ihr Hoffnung. Theo war sie nicht gleichgültig. Und das weckte ihren Kampfgeist. Sie musste herausfinden, was ihn belastete.

In der nächsten Woche erwähnte sie das Gespräch nicht. Mit Elan hakten sie ein paar Dinge auf ihrer To-do-Liste ab. Sie besuchten ein Kindertheater und das Nordhavener Frühlingsfest, die Achterbahn ließen sie aus, dafür aßen sie Bratwürste und gebrannte Mandeln. Doch am meisten genoss es Marlen, dass Theo seiner Tochter jeden Tag eine Geschichte vorlas. Sie hatten mehrere Bilderbücher besorgt. Marlen kuschelte sich an ihn, Theo legte seine Hand auf ihren Bauch und las mit seiner tiefen Stimme. Marlen schloss die Augen und ließ die Geschichte auf sich wirken.

Bei Floravelle war ihre Schwangerschaft aus dem Mittelpunkt gerückt, denn Clara von Steins Neffe war Gesprächsthema Nummer eins. Karsten hielt nicht hinter dem Berg, wie unfähig der Neuling war und welch einen Fehler die Chefin gemacht hatte, Eberts ziehen zu lassen. Marlen hingegen hatte noch immer nichts davon erzählt, dass ihr Baby sterben würde und sie wusste nicht, wie sie das angehen sollte.

Der Tag, an dem Marlen Theo zum ersten Mal mitbrachte, das war ein kühler Maitag. Ihre Mutter hatte sie zu einem samstäglichen Mittagessen eingeladen.

»Du hast dich in ihn verliebt?« Purple flüsterte es ihr zu, als Marlen die leere Salatschüssel in die Küche trug. Theo und Marco waren in ihre Unterhaltung vertieft, die beiden hatten sich auf Anhieb verstanden und diskutierten über Designs. Theo war begeistert, dass Marco als

Tischler kreative Möbel herstellte. »Es wird immer weniger«, hörte sie ihren Bruder sagen, »Kunden kaufen billig in den großen Möbelhäusern ein.«

»Marlen?« Purple schloss die Küchentür. »Verliebt?«

»Ein bisschen.« Sie warf einen Blick auf ihre Mutter, die das schmutzige Geschirr in die Spülmaschine räumte. »Aber er möchte keine Beziehung auf Dauer, er will mir nur beistehen mit unserer Schneeflocke.« Zart strich sie über ihren nunmehr deutlich gewölbten Bauch.

Ihre Mutter hielt inne. »Hast du nicht immer erzählt, dass er zu den Typen gehört, die nichts anbrennen lassen? So einen willst du nicht auf Dauer.«

Offenbar war das nur ein Vorurteil gewesen. Doch das wollte sie nicht unbedingt zugeben.

»Ich fand es kalt von ihm, gleich das Ende unseres«, sie zögerte und überlegte sich einen Namen, »Arrangements zu benennen. Wie stellt er sich das vor? Dass wir all die Monate Eltern spielen, gemeinsam trauern und danach sehen wir uns nie wieder?« Ihre Stimme brach, wie immer, wenn sie daran dachte, dass Niva womöglich keinen einzigen Atemzug tun würde.

Purple legte den Arm um sie. »Ich glaube, er ist nicht der Womanizer, für den du ihn gehalten hast.«

»Nein. Aber er verbirgt irgendwas vor mir, das ihn hindert, sich komplett auf mich einzulassen.«

»Lass ihm Zeit.« Mama schloss die Spülmaschine und schaltete sie ein. »Er ist ein sympathischer Bursche. Nicht jeder Mann würde an deiner Seite bleiben. Ich habe seine Augen gesehen, wann immer ihr von eurer

Schneeflocke gesprochen habt. Er leidet selbst und mit dir.«

»Das glaube ich auch.« Purple drückte ihren Oberarm. »Wie er dich ansieht! Du bist ihm nicht gleichgültig, da liegt eine tiefe Sehnsucht drin.«

»Offenbar hat er keine liebende Familie. Ich habe mir aus den Dingen, die du erzählt hast, einiges zusammengereimt.«

Marlen hätte fast die Augen verdreht. Ihre Mama mit ihren psychologischen Analysen! Ergeben lehnte sie sich an den Küchentisch, wenn Mama was loswerden wollte, dann würde sie das tun.

»Ihr hattet einen One-Night-Stand, dazu gehören immer zwei.« Mama holte die Dose mit der Erdbeercreme aus dem Kühlschrank.

»Er hat ausgenützt, dass ich betrunken war und durch den Wind wegen Christian.«

»Dreimal Amen, dass du den los bist.« Das kam von Purple, die Schüsselchen und Löffelchen herausholte.

»Sage ich auch.«

»Mama! Ich habe nicht gewusst, dass du ihn nicht magst.«

»Ja mei, natürlich nicht. Als Mutter musst du gute Miene machen, im Zweifelsfall verlierst du dein Kind. Der Partner ist immer stärker.«

Purple nahm Mama die Dose ab und trug das Tablett mit allem hinaus.

»Oder wärst du offen gewesen für meine Bedenken?«, fuhr Mama fort.

»Du hattest welche?«

»Jede Menge.«

»Was?«

»Spielt das jetzt eine Rolle?«

»Tut es.« Ihre Mutter war zu Christian immer ausgesucht höflich gewesen.

»Erst mal hat er keinen Humor. Ich habe ihn niemals herzlich lachen gehört, er konnte nur die Mundwinkel leicht nach oben heben. Das wirkte manchmal total verzerrt, als ob er lieber weinen würde.«

Marlen runzelte die Stirn. Ihre Mutter hatte das bereits einmal erwähnt, nun erkannte sie, dass es die Wahrheit war. Christian hatte niemals aus tiefster Seele lachen können.

»In seinem Tonfall lag immer ein leicht gönnerhafter Zug, wenn er mit dir sprach. Er hielt sich eindeutig für etwas Besseres.«

»Wirklich?« Das wäre ihr nie aufgefallen.

»Zudem habe ich von ihm nie einen liebevollen Blick in deine Richtung bemerkt.«

Marlen nagte an ihrer Unterlippe. Im Nachhinein wurde ihr ebenfalls einiges bewusst, das sie bei Christian akzeptiert hatte, das jedoch nicht unbedingt für einen liebenden Mann sprach.

Seine Gleichgültigkeit, wenn sie sich mal schlecht gefühlt hatte.

Seine Art, über ihre Meinung hinwegzugehen, wenn sie mal diskutierten.

Und seine Selbstverständlichkeit, sämtliche Urlaube

allein zu planen.

»Lass Theo Zeit«, fuhr ihre Mutter fort. »Bei ihm habe ich nämlich genau das alles gesehen. Du sagst, er wünscht sich keine Zukunft mit dir? Seine Blicke und Gesten sagen anderes. Warte es ab. Vermutlich hat er etwas Schlimmes erlebt, das ihn traumatisiert hat.«

»Er will es mir nicht erzählen, Mama. Welche Chance haben wir, wenn er nicht ehrlich ist und mir seine Vergangenheit verschweigt?«

»Vielleicht tut es weh, darüber zu sprechen?«

Marlen schwieg und streichelte über ihren Bauch. Das Baby war wach, sie spürte die Bewegungen wie ein Flattern auf der Bauchinnenseite. Ihre Schneeflocke. Theos Stimme bekam einen wahnsinnig sehnsüchtigen Klang, wenn er von ihr sprach. Oder mit ihr sprach.

»Ich weiß nicht einmal, ob ich das will, Mama.« Sie sah ihre Mutter direkt an. Die Frau, die ihr Leben lang für sie da gewesen war und es immer sein würde.

Bis zum Tod.

Der Gedanke, dass auch ihre Mutter sie eines Tages verlassen würde, gab ihr einen scharfen Stich mitten durch den Körper, dort wo das Herz war.

Vor ihr war das vertraute Gesicht mit dem Grübchen am Kinn und die braunen Augen mit den grünen Schlieren, sie kannte niemanden, der diese gemischte Augenfarbe hatte. Die Lachfältchen rundum hatten sich in den letzten Jahren vertieft sowie die zwei Stirnfalten in der Mitte der Stirn. »Finde heraus, wie viel er dir bedeutet.«

»Zu viel.« Ein Hauch nur, aber was brachte es, wenn sie sich selbst gegenüber unehrlich war?

»Deine Beziehung mit einem anderen ist noch nicht lang Geschichte. Vielleicht ist es nur die Verwirrung darüber, dass Theo dich mit Aufmerksamkeit überschüttet, wo dein Ex nachlässig war?« Ihre Mutter griff nach ihren Händen. »Theo will dich unterstützen und dir zur Seite stehen. Obwohl es ihn vermutlich seelisch auch belastet, möchte er für dich da sein. Das ist doch ein guter Anfang, nicht wahr?«

»Anfang wofür? Mama, er wird nicht auf einmal seine Meinung ändern.«

»Jeder Tag ist ein neuer Start und wir wissen nicht, wie er enden wird. Weshalb verlangst du von ihm und dir, dass ihr beide wisst, wohin euch der Weg führt?«

»Wenn unser Baby eine Chance auf Leben hätte, wäre er nicht an meiner Seite. Das hat er gesagt.«

»Halte dich nicht mit was wäre, wenn auf. Das bringt nichts, Marlen. Es ist wichtig, dass du dir selbst vertraust. Zeig ihm, wie schön das Leben mit dir sein kann. Ihr wollt doch beide für eure Schneeflocke da sein, ihr das beste Leben bieten, das in den wenigen Monaten möglich ist. Vor allem weil es nur extrem kurz sein wird. Nirgends steht geschrieben, dass es nicht gleichzeitig für euch selbst ein angenehmes Leben sein darf. Wenn ihr glücklich seid, ist es Niva ebenfalls.« Die Stimme ihrer Mutter brach, Tränen rannen über ihre Wangen. Rasch zog sie ein Taschentuch aus der Schublade und drückte es auf ihre Augen. »Tut mir leid, ich will dir hier nichts vorheulen.«

Marlen überbrückte die kurze Distanz zu ihr und umarmte sie. »Danke, Mama. Das ist exakt das, was Theo sagt. Trotzdem habe ich Zweifel. Mama, mein Baby wird sterben.«

Ihre Mutter drückte sie an sich und für eine Weile standen sie umschlungen da, weinten beide. Vom Wohnzimmer her ertönten Gesprächsfetzen.

»Ich wünschte, ich könnte es ändern.« Die Stimme ihrer Mutter durchdrang die Watte, die sich um Marlen gebildet hatte. Am liebsten wäre sie in diesem Kokon geblieben. Wenn sie sich einhüllte, bliebe die Zeit stehen und der Tag der Geburt und Todestag ihrer Schneeflocke würde niemals kommen. Aber das würde nicht passieren und sie musste endlich aufhören, an Wunder zu glauben.

Sie löste sich aus der Umarmung. »Du hast recht, Mama. Und Theo auch. Es geht darum, dass wir das Leben unserer Niva feiern. Was zwischen Theo und mir ist, ist nicht relevant.«

»Doch, das ist es.« Purple kam in die Küche. »Ihr müsst an einem Strang ziehen, sonst spürt das eure Schneeflocke. Kinder im Mutterleib sind ausgesprochen sensibel.«

Marlen wurde aus dem Nichts heraus wütend und löste sich von ihrer Mutter. »Du sprichst aus Erfahrung, nicht wahr?«

Purple zuckte zusammen und Marlens Tränen flossen erneut. »Es tut mir leid, ich weiß nicht, was mit mir los ist.«

Purple kam zu ihr und umarmte sie. »Alles gut, Marlen. Du bist schließlich schwanger. Und dein Baby wird sterben, du hast jedes Recht, die gesamte Bandbreite deiner Gefühle zuzulassen. Und dass du wütend bist, das kann ich nachvollziehen, gerade ich, die wegen Kleinigkeiten aus der Haut fahren kann.«

»Ich habe Probleme damit, dass Theo die Zeit knallhart begrenzen kann. Kann er seine Gefühle ein- und ausschalten, wie es ihm passt?« Marlen genoss kurz die Umarmung ihrer Freundin und schob sie danach fort.

»Vielleicht grübelst du zu viel.« Mama legte den Arm über ihre Schultern. »Das kleine Mädchen da drin«, sie deutete auf ihren Bauch, »das hat schon einen ganz eigenen Charakter. Sie wird es dir sagen, wenn ihr etwas nicht passt. Und sie will nicht, dass du unglücklich bist.«

»Woher weißt du das?«

»Ich bin schließlich die Oma.« Das klang so empört selbstverständlich, dass Marlen lachen musste.

Wie dankbar war sie für ihre empathische Familie.

Genau das hatte Theo nie gehabt. Vielleicht sollte sie ihm jeden Tag zeigen, wie schön es sein konnte, eine liebevolle Familie zu haben.

Und ganz vielleicht würde er das Gesamtpaket nicht mehr missen wollen und ihre Liebe annehmen? Sie erwidern?

»Los, der Nachtisch wartet«, forderte Purple sie auf.

»Gute Idee.« Ihre Mutter legte den Arm um sie und lotste sie Richtung Tür. »Wie sagte schon Oscar Wilde?

Am Ende wird alles gut sein. Wenn es nicht gut ist, ist es nicht das Ende.«

Das holte sie wieder zurück. Alles gut? Nein, ihre Schneeflocke würde den Winter nicht erleben.

Sie würde auf ewig eine Sommerschneeflocke bleiben.

Kapitel 23
Theo

Marlen konnte sich glücklich schätzen, eine liebevolle Familie zu haben! Sie waren fast bis zum Abend bei Marlens Mutter geblieben. Überraschend hatte Theo gleich einen Draht zu Marlens Bruder entwickelt, der eine Tischlerei besaß und ein Meister seines Fachs war. Theo wusste nicht, was Marlen und ihre Mutter in der Küche besprochen hatten. Auf dem Heimweg bemerkte Theo, dass leise Traurigkeit Marlen wie ein drückendes Tuch einzuhüllen schien. Den gesamten Abend ließ sie sich kaum aufheitern.

Der nächste Morgen brach an und Theo überredete Marlen, hinaus zu gehen. Er war erleichtert, dass die Friedlichkeit des morgendlichen Nordseestrandes auf sie abfärbte. Marlen, die zuerst nicht um diese frühe Uhrzeit spazieren wollte, folgte Theo gefügig hinterher. Waren ihre Schritte anfangs deutlich verlangsamt, so schien sie zunehmend Gefallen an ihrem Ausflug zu finden. Die Sonne stand noch tief am Himmel und der Sand schimmerte im gedämpften Licht mittelbraun. Mit jedem Schritt sanken sie ein kleines bisschen ein. Möwen stolzierten vor und hinter ihnen, flatterten oder breiteten ihre Schwingen aus und flogen Richtung Meer und zurück. Ihre Rufe vermischten sich mit dem Klang des Meeresrauschens.

»Schließ mal die Augen und rieche.« Theo zog sie an sich, sodass sie mit dem Rücken an seiner Brust lehnte.

Marlen befolgte seinen Rat. »Es riecht typisch nach Meer, diese leicht salzige Luft ist einmalig. Und ein pflanzlicher Geruch darin. Vermutlich der Strandhafer, ganz dezent. Halt, jetzt rieche ich auch Kaffee. Wir hätten frühstücken sollen.«

»Noch früher hätte ich dich nicht aus dem Bett gekriegt. Aber ich kenne hier ein schönes Strandcafé mit leckerem Frühstück.« Er legte seine Hände auf ihren Unterleib. »Schau, kleine Schneeflocke. Vor dir ist das Meer, das ist ein großes Wasser, das du rauschen hörst. Im Sommer kannst du am Strand sitzen, ganz nah am Wasser und darauf warten, dass die Wellen deine Füße umspülen. Vielleicht gehörst du auch zu den Unerschrockenen, die sich ins eiskalte Wasser werfen und losschwimmen. Sieh mal, da rennt eine Strandkrabbe. Ist es nicht lustig, wie sie sich fortbewegt?« Theo nahm eine Hand weg und zeigte auf eine kleine Krabbe, die sich durch den Sand kämpfte. »Pass auf, mit der nächsten Welle ist sie wieder im Wasser.«

»Denkst du, Niva versteht, was du sprichst?« Marlen klang zwar leicht amüsiert, der gedrückte Unterton war jedoch spürbar.

»Sie ist meine Tochter.« Er sprach mit Überzeugung. Dieses Baby war etwas Besonderes. Gerade weil sie nicht lange bei ihnen bleiben durfte, war sie anderen Kindern voraus. Von dieser Idee würde ihn niemand abbringen. Er legte seine Hand wieder an die Stelle zurück, an der er Niva darunter vermutete. »Sieh mal, das Fischerboot strengt sich an, bald kannst du den frisch gefangenen Fisch riechen.«

»Das Boot ist bestimmt hundert Meter weit draußen. Nicht einmal ich kann was riechen.«

»Schließ die Augen und konzentriere dich. Entspann dich, Leni. Und lausche, was du hören kannst.«

»Du meinst, das Geschrei der Möwen ausgenommen?«

»Und das Rauschen der Wellen. Was noch? Hör mal auf den Wind, wie er die Strandgräser bewegt.«

Theo genoss es viel zu sehr, Marlen im Arm zu halten. Er fühlte, wie sie sich mehr und mehr auf sein Spiel einlassen konnte. Sanft streichelte er über ihren Bauch und spürte auf einmal einen zarten Stups gegen seine Finger.

Seiner Schneeflocke gefiel es.

»Niva ist wach«, raunte er. Marlen nickte, natürlich hatte sie es zuerst gespürt.

Gleich darauf wiederholte sich das Antippen. Er hatte seine Tochter schon öfter spüren können, irgendwie war es nun speziell. Hier am Strand, vor dem Meer, in der noch fahlen Morgensonne. Ein Prickeln erfasste ihn, am liebsten hätte er laut gejubelt, hatte jedoch Angst, dass dies den kostbaren Moment zerstören würde.

Waren es Sekunden, Minuten? Er wusste es nicht, genoss die zarten Bewegungen an seiner Hand, ehe sie abebbten.

Leere saugte an ihm, es war wie ein Vakuum, in das er fiel.

»Sie ist eingeschlafen«, wisperte Marlen.

»Es war irgendwie anders, besonders.« Theo zog seine Hand zurück.

»Für mich auch.« Sie schnupperte. »Da rieche ich Kaffee.«

»Was hältst du von einem Frühstück? Kaffee und Croissants?«

»Eier mit Speck wären mir lieber.«

»Alles, was meine beiden Damen wünschen.« Er griff ihre Hand und sie wanderten den Strand entlang Richtung Café.

Die Sonne war mittlerweile höher gewandert, die Möwen umschwirrten sie nach wie vor, doch auch ein paar Jogger überholten sie sowie eine Gruppe Schwimmerinnen.

Sie beobachteten die Gruppe, die einige Meter weiter ihre Beutel ablegten, sich die Handtücher zurechtlegten, sich auszogen und schließlich zügig ins Wasser wateten.

»Mir wird bereits beim Zusehen kalt, das Wasser kann kaum mehr als ein paar Grad haben.« Marlen schauderte es.

»Die Damen sind vermutlich trainiert, scheint eine Art Verein zu sein.«

»Sieben, die verrückten Sieben.« Marlen lachte. »Aber sie scheinen Spaß zu haben.«

»Sieht so aus.«

Die Frauen bespritzten sich gegenseitig mit Wasser, ehe sie sich hineinfallen ließen und schwammen.

»Ich musste mal in einer Badewanne mit Eiswürfeln untertauchen.« Theo verriet dies, bevor er nachdachte.

»Echt jetzt? Du hast es – so scheint's - überlebt.«

»Stimmt. Aber ich habe gejault wie ein Welpe, der seine Mama sucht.« Noch niemandem hatte er seine Schmach von damals erzählt, Marlen gegenüber fiel es ihm leicht. »Es war eine dumme Wette. Jonathan, mein Schulfreund, und ich haben um ein Date mit dem Nachbarsmädchen gewettet. Sie hieß Hilla, was wir zu der Zeit für den besten Namen im Universum hielten …«

»Vermutlich war sie hübsch?«

»Wie man's nimmt. Sie trug eine Zahnspange und Zöpfe. Trotzdem fanden wir sie toll.«

»Wie alt wart ihr?«

»Dreizehn oder so. Hilla war fünfzehn. Das hat uns nicht davon abgehalten, sie anzuhimmeln. Sie hat versprochen, mit demjenigen auszugehen, der es länger in einer Badewanne voll Eiswasser aushalten würde.« Theo schüttelte den Kopf. »Ich war dämlich genug, mich als Erster zu melden. Jonathan und Hilla halfen mit, die Wanne einzulassen, wir haben die Eiswürfelmaschine von meinen Eltern überstrapaziert. Auf jeden Fall holte ich meine Badehose. Es war mörderisch. Bereits als ich mit einem Fuß drinstand, hätte ich mich am liebsten geschlagen gegeben. Aber kneifen wollte ich nicht. Hilla meinte, ich sollte rasch hineingehen, sonst würde ich es nicht schaffen. Das habe ich getan. Die Hölle kann nicht schlimmer sein.«

»Nur dass es dort heiß sein soll.« Um Marlens Mundwinkel zuckte es.

»Lach jetzt bloß nicht.«

»Nein, die Vorstellung von dem kleinen Jungen, der da in der Eiswanne hockt, o Gott.«

»Ich saß da drin, es kam mir eine Ewigkeit vor. Ich konnte kaum atmen, alles wurde taub und schließlich bin ich wie eine Rakete hochgesprungen. Keine zwei Minuten habe ich durchgehalten.«

»Und Jonathan?«

»Meine Eltern kamen nach Hause und haben die anderen beiden heim- und mich ins Bett geschickt. Im Badezimmer war alles nass.«

»Bestimmt gab es ein Donnerwetter.«

»Nein, meine Eltern waren stets diszipliniert. Sie haben mich mit Nichtachtung bestraft. Wobei das nichts Besonderes war, meine Eltern haben mich selten wahrgenommen.« Ups, das hatte er nicht sagen wollen.

Marlen blieb abrupt stehen. »Du übertreibst.«

»Vielleicht.« Er zog sie weiter. »Schau, wir sind gleich da.« Das Café lag nur noch etwa dreißig Meter entfernt, Kaffeeduft wehte zu ihnen.

Doch Marlen ließ seine Hand los. »Ist das der Grund, weshalb du nicht ohne mich zu dieser Gala gehen möchtest?«

Er seufzte. »Nein, vergiss, was ich gesagt habe, bitte. Meine Eltern waren schon okay, ich war derjenige, der nicht der brave Junge war, den sie sich gewünscht hätten.«

Ihre Mundwinkel verzogen sich. »Das wundert mich nicht. Selbsterkenntnis ist der erste Weg zur Besserung.«

Theo atmete innerlich auf. Das Thema durfte er nicht weiterverfolgen. Marlen hatte etwas an sich, dass er ihr am liebsten alles gebeichtet hätte. Er musste diese paar Monate durchhalten, ohne dass sie von seiner jugendlichen Verfehlung erfuhr.

Das Café war gut besucht, sie ergatterten gerade noch einen Tisch in der Mitte. Marlen bestellte Spiegeleier mit Speck plus ein Müsli mit frischen Früchten, er entschied sich für Croissants mit Fruchtaufstrich.

»Es war eine schöne Idee von dir.« Marlen griff nach seiner Hand. »Ich denke, Niva hat es genossen. Sie schläft jetzt, es ist ruhig da drin.« Sie nickte mit dem Kopf in Richtung ihres Schoßes.

Was war am Strand passiert, als er sich seiner Schneeflocke und Marlen dermaßen verbunden gefühlt hatte?

Rasch lenkte er sich ab.

»Ich war früher manchmal hier draußen. Entweder hier oder an meinem Lieblingsplatz, den ich dir schon gezeigt habe. Ich bin mit dem Bus hergefahren. Vor der Schule, wenn ich geschwänzt habe, oder danach.«

»Du hast geschwänzt?«

»Selten, aber ja manchmal.«

»Und danach? Musstest du nicht zum Mittagessen zu Hause sein?«

»Nein. Entweder es war was zum Aufwärmen da, oder ich bin zu meiner Großmutter gegangen. Als ich klein war, ist sie mit mir hierhergefahren zum Baden und Spielen.«

Das Essen wurde gebracht, der Duft von Marlens Speck stieg ihm in die Nase. »Verträgst du wieder alles?«

Vor nicht allzu langer Zeit hatte sie in der Früh nichts hinunterbringen können, schon gar nicht Speck oder Eier.

»Die Übelkeit ist fort, ich fühle mich blendend.« Sie nahm Messer und Gabel. »Möchtest du kosten?«

»Danke, nein.« Er war kein Frühstückstyp, oft reichte ihm eine Tasse Kaffee. Doch ihr zuzusehen, wie sie mit Appetit die Eier aß, freute ihn. Bis auf ihr Bäuchlein war sie schmal geworden.

Sie schob sich eine Gabel Speck in den Mund. »Mhm, der ist richtig kross, wie ich ihn mag.«

Er brach ein Stück von seinem Croissant ab. »Wann planen wir nun unseren Urlaub nach Italien?«

Ihre Gabel sank auf dem Weg zum Mund herab. »Du hast das ernst gemeint?«

»Natürlich. Wir wollen doch Niva etwas von der Welt zeigen. Hast du einen Lieblingsort?«

»Wir waren immer auf einem Campingplatz in der Nähe von Jesolo. Für uns Kinder war es das Highlight des Jahres. Marco wollte mit Purple dieses Jahr mal hin.«

»Und würdest du gern wieder dorthin fahren? Oder an einen Ort, an dem du mit deinem Ex gewesen bist?« Theo bereute die Frage sofort, denn Marlens Gesicht verfinsterte sich.

»Sicher nicht. Zudem waren wir nie lange fort, immer nur Wochenenden mit viel Kultur. Christian war niemand, mit dem man Spaß haben konnte.« Sie fixierte Theo. »Und du? Wo warst du im Urlaub?«

»Keine Orte, die ich Niva zeigen möchte. Meine Eltern haben mich mit Jugendgruppen mitgeschickt, meistens waren es Zelturlaube.«

»Sie haben dich nie auf einen gemeinsamen Urlaub mitgenommen?«

»Gemeinsam?« Er lachte kurz auf. »Vater hat gearbeitet, er war von der Firma stets unabkömmlich. Und meine Mutter war mit Freundinnen unterwegs oder beruflich irgendwo. Meist das Letztere.«

»Deine Eltern scheinen wirklich nicht das Diplom der besten Eltern zu verdienen.« Sie schob sich einen Bissen in den Mund.

»Eher nein. Aber ich habe bereits erwähnt, dass ich kein Musterknabe war.«

»Kein Kind ist nur brav. Marco und ich, da könnte ich dir auch einiges erzählen. Trotzdem sollte ein Kind wissen, dass es bei seinen Eltern ein sicheres Zuhause hat. Einen Ort, an den es immer kommen darf, egal was es ausgefressen hat.«

Er versteckte sich hinter seiner Kaffeetasse. Ihre Worte schnitten ihn tiefer als gedacht. Der Ort, von dem sie sprach, den hatte es für ihn nie gegeben. Aber das durfte sie nie erfahren, er hatte bereits zu viel preisgegeben.

»Ich wäre das gern für mein Kind gewesen.« Ihre Stimme war träge von Schmerz.

Theo stellte die Tasse ab und drückte ihre Hand. »Das bist du, sei es jetzt. Stell dir mal vor, dein Kind hätte in der Schule den Feueralarm ausgelöst und die Direktion ruft dich empört an. Der Schaden ist groß, weil zahlreiche Feuerwehrautos ausgerückt sind. Nun sitzt unsere Schneeflocke da auf der Bank, die Füße baumeln in der Luft und sie ist ein Bild des Jammers. Wie reagierst du?«

»Ich renne hin, nehme sie in die Arme und versichere ihr, dass ich sie lieb habe.«

»Obwohl die Direktorin, die halbe Lehrerschaft, Polizei und Feuerwehrleute rundum stehen?«

»Wenn sie wirklich so traurig dort sitzt, muss ich sie einfach zuerst trösten. Danach kläre ich die Dinge ab.«

»Die Direktorin keift dich an, dass der Schaden in die Tausende geht.«

»In die Tausende? Da werde ich wohl mein Sparbuch köpfen müssen.« Marlen zog die Müslischale zu sich. »Hat dich dein Vater geschlagen?«

»Nie.«

»Wie hat er reagiert?«

»Er hat mich angesehen und gesagt: Von dir habe ich nichts anderes erwartet.«

»Huhu, Marlen, was für ein Zufall!« Eine bebrillte Frau mit Wuschelkopf winkte ihnen vom Strand her zu und ehe Theo oder Marlen etwas sagen konnte, war sie bereits herbeigeeilt und zog sich einen Stuhl zu ihrem Tisch. »Das ist ja der Hammer, dass ich dich hier treffe.« Mit zwei Fingern angelte sie sich ein Stück Speck von Marlens Teller. »Lecker! Seit wann isst du Speck zum Frühstück? Ach ja, wegen des Babys.« Sie drehte sich zu Theo. »Und du bist wohl der Papa? Es tut mir leid, gratulieren wäre vermutlich nicht angebracht.«

Theo sah, wie Marlen in ihrem Stuhl zusammensank

und augenblicklich ergriff ihn Wut über die übergriffige Person vor ihm. Offenbar wusste sie Bescheid über ihre Schneeflocke, dennoch empfand er ihre Art entsetzlich taktlos. »Ich bin Theo.« Er strecke ihr die Hand hin. »Und ja, du darfst gratulieren, wir sind beide sehr stolz auf unsere Niva.«

»Niva?« Die junge Frau sah nun zu Marlen. »Ihr habt ihr tatsächlich einen Namen gegeben?«

Marlen hatte sich gefasst und richtete sich auf. »Haben wir, Vanny. Ich weiß, dass du es nicht verstehen kannst, aber bitte verschone mich mit ungebetenen Ratschlägen und Entsetzensrufen.« Sie drehte sich zu Theo, er bewunderte sie in diesem Augenblick unheimlich. »Das ist Vanny, eine Schulfreundin von mir. Sie redet meist, ohne nachzudenken, aber im Kern ist sie ein lieber Kerl.«

Vanny wirkte plötzlich schuldbewusst und rutschte auf dem Stuhl hin und her. »Ich wollte nicht beleidigend sein, wirklich nicht. Es tut mir echt leid, dass euer Baby so schlimm krank ist.« Das nicht ausgesprochene »Aber« hing in der Luft.

»Möchtest du noch eine Tasse Kaffee?«, fragte Theo liebevoll und sah bewusst an Vanny vorbei.

»Nein, danke. Zeigst du mir, wo deine Großmutter gewohnt hat?« Marlen bestrich sich ein Brötchen mit Butter.

Vanny stand auf. »Tut mir wirklich leid. Tschüss«, murmelte sie, ehe sie zum Strand zurückeilte.

Theo sah ihr nach. »Waren wir zu schroff?«

240

Marlen schüttelte den Kopf. »Vanny versteht meinen Entschluss nicht. Wie kann sie das? Niemand kann es, der nicht selbst in dieser Situation war. Das ist eine Entscheidung, die jede für sich treffen muss und das noch dazu allein.« Sie legte ihre Hand auf seine, die lose neben seinem Teller lag. »Danke, Theo, dass du zu mir stehst und diesen Weg mit mir gehst, mit mir und unserer Schneeflocke. Auch wenn du vielleicht anders denkst, hast du es mich niemals spüren lassen.«

»Leni, wie du schon gesagt hast, du bist diejenige, die eine Schwangerschaft und Geburt durchstehen muss, ich respektiere und bewundere deine Entscheidung. Ich hätte auch akzeptiert, wenn du für dich den Abbruch gewählt hättest. Doch ganz ehrlich, Leni, ich freue mich, dass du es nicht getan hast. Möglicherweise gehst du den steilen, den beschwerlicheren Weg, aber dadurch, dass du ihn ausgesucht hast, können wir unsere Schneeflocke kennenlernen und Abschied nehmen. Das heißt nicht, dass es leichter sein wird, dafür inniger.«

Kapitel 24
1976

Isabelle weigert sich, das schwarze Kleid anzuziehen, das Grete ihr aufs Bett gelegt hat. Mit verschränkten Armen steht die Elfjährige da, den bekannt trotzigen Ausdruck im Gesicht mit den verkniffenen Augen und der vorgeschobenen Unterlippe. »Das Kleid kratzt, ich will das blaue.«

»Auf einem Begräbnis zieht man sich schwarz an.«

»Vati hat auch ein weißes Hemd.«

»Aber der Anzug ist schwarz und seine Krawatte ebenfalls.«

»Ich will nicht, dass Oma unter die Erde muss.« Plötzlich bricht sie in Tränen aus und wirft sich aufs Bett, direkt auf das frisch gebügelte Kleid.

Grete springt hin und reißt sie hoch. »Bist du von allen guten Geistern verlassen? Sieh mal, wie du das Kleid zerknüllst.«

»Ich zieh's eh nicht an!«

»Was ist hier wieder los?« Helmut kommt herein und bindet seine Krawatte. »Isabelle, hab ein bisschen Verständnis, deine Mutti ist nervös. Oma ist tot, heute sollten wir nur an sie denken.«

»Muss ich das schwarze Kleid anziehen, Vati?«

»Tu es für Oma. Es ist eine Art Ehrentag, verstehst du? Das letzte Mal, dass wir sie begleiten dürfen. Da müssen wir doch schön angezogen sein.«

»Warum denn schwarz, Vati?«

Helmut wirft Grete einen ungehaltenen Blick zu, zu seiner Tochter hingegen spricht er mit Engelsgeduld. »Das ist die letzte Ehre, die man einer Verstorbenen geben kann, dass sich alle schwarz kleiden als Zeichen der Trauer. Danach gibt es ein Totenmahl, da redet man über die Toten und erinnert sich an das Leben. Ewig traurig sein, das will niemand, verstehst du? Sondern man soll sich darüber freuen, dass man ein Stück des Weges gemeinsam hat gehen dürfen.«

Isabelle nickt und geht gehorsam zu ihrem Kleid, in das sie schlüpft.

Helmut beugt sich zu Grete, raunt ihr ins Ohr. »Hab ein bisschen Verständnis für sie, sie hat ihre Oma geliebt.«

Mehr als mich, denkt Grete bitter. Aber das ist nichts Neues. Auf der Beliebtheitsskala ihrer Tochter rangiert sie weit hinten.

Rasch geht sie ins Schlafzimmer und holt ihre schwarzen Schuhe aus dem Schrank. Sie drücken ein wenig, daher zieht sie sie nur selten an.

Ihr Blick fällt auf die Schublade an ihrer Kosmetik-Kommode. Lange hat sie sie nicht mehr geöffnet, nun holt sie das Holzkästchen unter ihrer Wäsche hervor. Drei paar kleine Babyschuhe, mein Gott, wie winzig. Alle sind weiß, die Wolle ist im Laufe der Jahre ein wenig vergilbt. Und eines hat ein blaues Bändchen. Ihr Fridolin. Sie vergisst niemals seinen Geburtstag und gleichzeitig Todestag.

Vierzehn wäre er heute, ihr Sohn. Bestimmt wäre er ein lieber Bruder für Isabelle. Sie sieht ihn vor sich, ein jüngeres Ebenbild von Helmut. Hätte er ihre Haarfarbe oder Augen? Oder würde er einem ihrer Brüder gleichen?

Sie weiß es nicht, durfte ihn nicht einmal als Baby sehen.

Für Isabelle hat sie keine Babyschuhe gestrickt. Hätte sie doch für Fridolin auch keine gestrickt, dann wäre er vielleicht nicht gestorben.

Plötzlich weint sie.

»Mutti, wo bleibst du?« Isabelle steht im Zimmer. »Du weinst ja? Wegen Oma?«

»Was ist los, Grete?« Helmut drängt Isabelle beiseite und tritt in den Raum. »Was hast du da?«

Rasch schließt sie das Holzkästchen und schiebt es unter die Wäsche zurück. Doch Helmut hat es gesehen. »Was ist da drin?«

»Nur alte Sachen.« Sie steht auf und reibt über ihre Wangen. »Seid ihr fertig? Gehen wir.«

Helmuts Blick wandert noch einmal zum Versteck des Kästchens. Sie wird es woanders hinräumen müssen.

Doch als sie am Abend nach der Beerdigung nachsieht, ist es fort.

Kapitel 25
Marlen

Liebe Schneeflocke! Es ist unglaublich, wie viele Eltern es gibt, die ebenfalls Kinder gehen lassen mussten. Ich bin in einem Forum und die Geschichten der Schicksale berühren mich tief. Ich bin mir nicht sicher, ob ich irgendwann in der Lage bin, deine Geschichte einzustellen. Mit einigen Müttern habe ich persönlichen Schriftkontakt, es hilft ein kleines bisschen, dass andere den Schmerz und meine Entscheidung, dich auszutragen verstehen können. Besonders oft schreibe ich Antje, ihre Tochter Jasmin hatte Trisomie 18 und hat nur wenige Tage nach der Geburt überlebt.

Gestern war ich wieder bei Frau Doktor Schulz. Sie war diesmal sehr nett, hat sich Zeit genommen und eine Ultraschall-Untersuchung vorgenommen. Ich weiß, dass es verrückt ist, aber ich habe gehofft, dass sie plötzlich in die Hände klatscht und laut ausruft, dass sich deine Schädeldecke nun doch geschlossen hätte. Natürlich hat sich nichts verändert, auch wenn du jeden Tag aktiver wirst und heftig gegen meine Bauchdecke trittst. Mein Bauchumfang ist größer als in diesem Stadium der Schwangerschaft üblich. Du kannst das Fruchtwasser nicht schlucken, daher sammelt es sich an. Aber das ist egal, Mäuschen, wir packen das, nicht wahr? Gegen meine Müdigkeit habe ich Vitamintabletten bekommen, die tun uns beiden gut. Und drück mir heute die Daumen, ich werde endlich allen in der Firma von deiner Krankheit erzählen.

Marlen hatte das Gefühl, den richtigen Zeitpunkt verpasst zu haben. Mit dem Verkünden der Schwangerschaft wäre es einfacher gewesen, gleichzeitig von Nivas tödlicher Behinderung zu sprechen. Nun saß sie vor den Zahlenkolonnen und überlegte, wie sie den Kolleginnen ihrer Abteilung die Wahrheit erzählen sollte. Diesmal wollte sie es nicht allen auf einmal sagen, es würde sich ohnehin herumsprechen.

Ilka und Doris schienen ausgerechnet an diesem Tag von extremem Arbeitseifer besessen, sodass Marlen nur ihre über die Tastatur gesenkten Köpfe sah.

Wie fing sie an? Eine Kaffeepause? In ihrem Kopf malte sie sich mögliche Reaktionen aus. Sie musste es endlich loswerden, bis zur Mittagspause zu warten, erschien ihr keine Option.

»Könnt ihr mal einen Moment unterbrechen?«, fragte sie schließlich. Beide Köpfe fuhren hoch, Ilka sah sie mit großen Augen an und schüttelte in gewohnter Art ihre rot gefärbte Haarsträhne zurück. Doris runzelte die Stirn, ein Zeichen, dass Marlen sie aus tiefster Konzentration gerissen hatte.

»Wie ihr wisst, bin ich schwanger.«

»Das ist mittlerweile nicht zu übersehen. Willst du nun doch länger zu Hause bleiben? Die Stein hat gesagt, du möchtest nur die gesetzlich vorgeschriebene Zeit beanspruchen.«

»Das bleibt auch so.«

»Hast du schon eine Kinderkrippe? Oder macht das

deine Mutter?« Ilka schüttelte den Kopf. »Nein, geht ja nicht. Die arbeitet noch.«

»Ich werde keinen Betreuungsplatz brauchen.« Ihr Blick verschleierte sich, es wurde nicht leichter, die Tatsachen auszusprechen. »Und ich muss auch keine Babykleidung einkaufen oder so.«

»Du gibst es zur Adoption frei?« Doris' Mimik spiegelte Entsetzen und fast Abscheu wider.

Es war schwerer als gedacht. In der Theorie hörte es sich einfach an, ein Satz nur: Mein Baby wird sterben. In der Praxis brachte sie es kaum heraus, setzte zweimal an, ehe sie es wie im Zeitraffer herunterspulte.

Dann hing Stille im Raum. Obwohl der Straßenlärm heraufdrang und von den Nachbarräumen Stimmen zu hören waren, fühlte sich Marlen wie in einer Blase, in der sich das Schweigen zwischen ihnen einem Riesen gleich aufbaute.

Doris sprach als Erste. »Ist das schon gewiss? Ich meine, heutzutage – früher ja, da starb jedes zweite oder dritte Baby, aber jetzt doch nicht. Wirst sehen, vielleicht geht alles gut. Die Ärzte übertreiben immer, weißt ja, sie müssen alle Nebenwirkungen von sämtlichen Dingen aufzählen.«

Die lieb gemeinten Worte brannten wie Feuer in ihrem Inneren. Ohne, dass sie es kontrollieren konnte, brach es aus ihr heraus. »Red keinen Quatsch, Doris. Glaubst du, die Ärzte sagen das, nur um mir Angst zu machen, und rufen dann ›April, April?‹ Tatsache ist, dass mein Baby keine geschlossene Schädeldecke hat, und daher kann es außerhalb des Mutterleibs nicht überleben.«

Beide Kolleginnen waren nun blass geworden, bei Doris zeichnete sich das Rouge auf den Wangen deutlich ab.

»Es tut mir leid für dich«, sagte Ilka schließlich. »Aber ich bin auch fassungslos wie Doris. Dass es das noch gibt. Kann man wirklich nichts machen?«

»Nein.« Marlen rollte mit ihrem Stuhl zum Computer. »Ich wollte, dass ihr es wisst und nicht anfangt, Geschenke für das Baby zu besorgen.«

»Hat man das nicht früher entdeckt?« Doris deutete auf ihren Bauch. »Damit …«

»Ich weiß es bereits seit der vierzehnten Woche. Nein, schon früher, als mir meine Gynäkologin gesagt hat, dass das Baby wahrscheinlich nicht gesund ist.«

»Und warum hast du …?« Doris senkte den Kopf. »Entschuldigung, es geht mich nichts an.«

»Ich konnte es nicht.« Eine schlichte Antwort, die für Marlen alles zusammenfasste.

»Aber du stehst die gesamte Schwangerschaft durch und die Geburt«, Ilka klang so entsetzt, wie ihr Gesichtsausdruck war. »Für nichts!«

»Ihr müsst das nicht verstehen.« Marlen nahm genau die Worte, die Theo verwendet hatte. »Es ist für mich das Richtige. Sie war von Anfang an meine Schneeflocke, meine Sommerschneeflocke, sie wird keinen Winter erleben.« Sie sah ihre Kolleginnen an. »Meine Mama hat mal gesagt, dass zu leben Abschied nehmen bedeutet. Jeder Tag ist ein kleiner Abschied, denn er kommt nie wieder. Alles, was wir erleben, ist einmalig und der Tod ist ein fester Bestandteil.«

»Geschwafel.« Doris lehnte sich zurück. »Das klingt nach einem Buch mit dem Titel ›Esoterik für Anfänger‹. Ich bewundere deine Entscheidung, Marlen, ich hätte mich vermutlich anders entschieden und hätte den leichten Weg gewählt.«

»Wäre es das? Der leichtere Weg, meine ich?« Marlen zuckte mit den Schultern. »Für mich nicht. Ich weiß, dass ich es psychisch nicht durchgestanden hätte. Mein Baby ist kein lästiges Anhängsel, das man einfach so aus meinem Körper herausschneidet, versteht ihr?«

Das taten sie nicht. Marlen erkannte es an ihren Gesichtern.

Auch Clara von Stein, mit der sie ein wenig später sprach, reagierte mit blankem Entsetzen. »Sie ziehen das Leiden nur hinaus«, entfuhr es ihr, gleich darauf fügte sie hinzu: »Entschuldigen Sie, es geht mich natürlich nichts an. Das alles tut mir wirklich leid, Frau Ehrenberg, allerdings kann ich nicht leugnen, wie froh ich bin, dass Sie nicht für längere Zeit ausfallen werden. Es hat doch jedes Ding zwei Seiten, nicht wahr? Und man muss schließlich positiv denken.« Während sie sprach, zog sie an ihrem rot gemusterten Halstuch, als wollte sie sich die Laune nicht verderben lassen.

Ehe Marlen sich versah, war sie wieder aus dem Büro draußen.

»Empathie darf man von der stählernen Lady wohl

nicht erwarten, was meinst du Niva-Schatz?« Während sie den Flur zu ihrem Büro hinunterging, strich sie über ihren Unterleib und achtete nicht auf den Weg, ehe sie fast mit Gregor zusammenstieß.

»Entschuldigung.« Er trat von einem Bein aufs andere, kratzte sich hinter dem Ohr. »Geht's dir gut?«

»Danke, nichts passiert.«

»Theo hat es mir erzählt«, er deutete auf ihren Bauch, »Respekt, dass du es austrägst. Ich begreife es zwar nicht, aber du wirst schon wissen, was du tust.«

»Du musst es nicht verstehen.« Marlen überlegte, wie oft sie diesen Satz bereits von sich gegeben hatte.

»Klar, aber sag mir bitte, warum du das tust. Ich meine, ich habe im Internet die Bilder dieser Kinder gesehen, die Augen – sie sehen auf jeden Fall entsetzlich aus. Man nennt sie auch Krötenköpfe.«

Marlen fror buchstäblich ein, konnte sich nicht bewegen wie eine Statue und starrte ihn an. Es war, als wäre sie aus sich herausgeglitten und beobachtete sie beide von einem anderen Standort.

Krötenkopf? Ihre kleine Schneeflocke?

»Jetzt bin ich ganz froh, dass meine Frau keine Kinder haben möchte. Dass es solche Fehlbildungen in der heutigen Zeit noch gibt, unglaublich! Auf jeden Fall ist es zum Glück sicher, dass keine Überlebenschancen bestehen. Entsetzlich, wenn so eine Kreatur überleben würde …«

Es knallte, Marlens Hand brannte wie Feuer und Gregor hielt sich die Backe. Sein Gesichtsausdruck war göttlich, überrascht, verzweifelt, schockiert mit einem

Hauch von Zorn, der sich langsam ausbreitete.

Marlen hätte gelacht, wäre die Situation nicht so furchtbar gewesen. Nie zuvor hatte sie einen Menschen geschlagen!

Applaus ertönte. Schockiert drehte sie sich um und sah, dass einige Menschen im Flur Zeuge des Geschehens geworden waren. Darunter ihre beiden Arbeitskolleginnen.

»Bravo, dem hast du's gegeben.« Ilka klatschte enthusiastisch.

»Verdammt!« Gregor hatte seine Sprache wiedergefunden. »Ich habe nur die Wahrheit gesagt. Tut mir leid, ich bin kein Typ, der beschönigen kann und Rosenblätter streut. Und ich finde es Wahnsinn, dass Marlen die Schwangerschaft nicht abgebrochen hat.«

»Es tut mir leid, dass ich dich geschlagen habe.« Marlen befeuchtete ihre Lippen, Niva strampelt wie wild, als spürte sie die Aufregung, in der sich ihre Mama befand. »Aber niemand, am allerwenigsten ich, hat dich um deine Meinung gebeten. Du hast sie trotzdem ausposaunt. Aus diesem Grund kannst du ruhig auch meine hören. Ich finde deinen Lebensstil ebenfalls nicht gut, dass du deine Frau ständig betrügst, zu viel trinkst und jedem mit deiner Besserwisserei auf die Nerven gehst. Doch es geht mich nichts an und dich geht mein Baby nichts an.«

Gregor war unwillkürlich einen Schritt zurückgegangen, ehe er ohne ein Wort an ihr vorbeieilte.

Marlen hingegen war endgültig schlecht und sie eilte Richtung Toiletten, spritzte sich kaltes Wasser ins Gesicht und atmete auf. Gleichzeitig mit ihrem Puls beruhigte sich auch ihre Schneeflocke.

»Alles in Ordnung?« Ilka war ihr nachgekommen.

»Es geht wieder.«

»Gregor ist einfach ein Volltrottel.«

»Er hat ausgesprochen, was viele denken.« Marlen atmete tief durch und war dankbar, dass die Übelkeit fast verschwunden war. »Aber, Ilka, glaube mir, ich hatte nicht wirklich eine Wahl. Eine Abtreibung hätte ich nicht verkraftet.«

»Marlen, zuerst war ich auch schockiert und betroffen, dass du das Kind bekommen möchtest. Aber ich habe eben einen Bericht darüber gelesen und du bist nicht die einzige Mutter, die sich dafür entscheidet. Hast du Kontakt zu anderen gesucht?«

»In Schilfbek gibt es leider keine Gruppe. Aber im Internet bin ich in einem Forum und der Austausch hilft ein kleines bisschen.«

Stunden später saß Marlen vor ihrem Laptop. Theo arbeitete heute etwas länger, um vor dem Urlaub vorzuarbeiten. Die vierzehn Tage Italien sollten ihnen beiden allein gehören. Marlens anfängliche Skepsis war einer gewaltigen Vorfreude gewichen. Theo hatte einen Bungalow auf einem Campingplatz in Cavallino gemietet. Der Platz lag direkt am Strand, sie wollten sich Fahrräder ausleihen und die Gegend erkunden, sofern es ihr nicht zu viel würde. Momentan fühlte sie sich körperlich wohl. Aber das Erlebnis mit Gregor hing ihr nach.

»Heute hatte ich ein unschönes Erlebnis mit einem Arbeitskollegen«, schrieb sie in ihrem Forum. »Er nannte meine Schwangerschaft sinnlos und verglich mein Baby mit einem Krötenkopf.«

Eine halbe Minute später sah sie sich Antje gegenüber, sie trug eine Küchenschürze und ihr Haar war nur nachlässig zusammengebunden, zahlreiche Strähnen tanzten um ihren Kopf. »Wow, das ist ja allerhand.« Sie klang empört.

»Ich habe mich schon wieder beruhigt«, Marlen wippte mit dem Fuß, das konnte Antje natürlich nicht sehen. »Du kochst gerade?«

»Kartoffeleintopf, das lieben meine Kinder am meisten.« Sie rückte den Stuhl näher heran. »Kein Problem, es köchelt vor sich hin, es war mir jetzt wichtiger, dich sofort anzurufen. Marlen, ich kann dich verstehen, damals wäre ich bei so einer Bemerkung auch in der Luft explodiert.«

»Ich habe ihm eine Ohrfeige gegeben.« Marlen rieb unwillkürlich über ihre Handfläche, obwohl sie schon längst nicht mehr brannte. »Noch nie zuvor habe ich mich derart gehen lassen.«

»Das ist in Ordnung, ich denke, der Kollege wird es verkraftet haben.«

»Hat er. Aber ich wünschte, ich könnte ihm und den anderen begreiflich machen, dass es nicht sinnlos ist, was ich tue. Es ist anstrengend und traurig, dass ich meinen Entschluss vor allen immer rechtfertigen soll.«

»Musst du nicht, Marlen. Es ist dein Weg, den du gehst, das bedeutet nicht, dass andere den begreifen müssen, das musst wiederum du akzeptieren und solche Bemerkungen nicht zu nah an dich ranlassen. Du kannst ihnen lediglich klarmachen, dass es für dich die richtige Entscheidung war. Ich erinnere mich noch zu gut daran, welcher Mauer aus Verständnislosigkeit ich gegenübertreten musste.«

»Hast du jemals an deinem Entschluss, deine Tochter auszutragen, gezweifelt?«

»Natürlich. Aber als ich sie dann in Armen hielt, das hat alles wettgemacht. Das bedeutet nicht, dass ich nicht andere Meinungen verstehen kann. Wir haben im Forum einige Frauen, die eine Abtreibung haben machen lassen. Das ist in Ordnung, für sie war das ihr Weg.«

»Ich weiß.« Marlen nickte, sie war derselben Ansicht. »Was hast du deinen Bekannten gesagt, wenn sie über dich den Kopf geschüttelt haben?«

»Dass man sich täglich im Leben für irgendwas entscheiden muss. Meist sind es banale Dinge: ob ich heute den grünen oder den blauen Pulli anziehe, dann lebensentscheidende Sachen, welchen Beruf ich wähle oder ob ich den Heiratsantrag meines Freundes annehme. Es gibt zahlreiche Möglichkeiten, falsch abzubiegen. Und dennoch muss man seine Option oft innerhalb kürzester Zeit treffen. Aus diesem Grund sollte man niemals etwas bereuen, das man unter besten Bedingungen beschlossen hat, verstehst du? Leute rundum können dich nur dann verunsichern, wenn du selbst zweifelst.«

»Da ist was dran.«

»Dein kleines Mädchen ist bereits tief in deinem Herzen verankert. Ich habe mich damals für eine Geburt entschieden, und konnte meine Tochter loslassen, war sogar ein bisschen erleichtert. Hätte sie längere Zeit überlebt, wären es zahlreiche Einschränkungen und Leiden für Jasmin gewesen. Aber, Marlen, so denke ich heute, zehn Jahre später darüber. Damals habe ich gebetet, dass sie am Leben bleiben möge, jede Therapie oder sogar Operation wäre mir recht gewesen, hätte sie dadurch bei uns bleiben können.«

»Es kommt mir so irreal vor, ich spüre ihre Bewegungen und weiß trotzdem, dass sie keine Chance hat.«

»Das war bei mir gleich. Ich habe auch alles mitgeschrieben, allerdings bis heute nicht gelesen.«

»Nein? Warum nicht?«

»Ich glaube, es war niemals dazu gedacht, es zu lesen, nur es zu schreiben. Damals war das Schreiben für mich ein Ventil. Ich habe oft mitten in der Nacht geschrieben, wenn die Jungs im Bett waren.«

»Warst du dankbar, dass dich die Kinder tagsüber abgelenkt haben?«

»Ja und nein. Ich war froh, dass Manfred die beiden an den Wochenenden mitgenommen hat, denn ich wollte die Zeit mit meinem Baby verbringen.« Antje blies sich eine Strähne aus dem Gesicht. »Und ich habe Probleme gehabt, es ihnen zu erklären. Dass es ein Baby gibt, das nicht leben wird. Sie waren erst fünf und drei damals. Lukas, der Ältere, hat ein wenig Anteil genommen, aber Michi natürlich kaum.«

»Mama, wann gibts Essen?«, ertönte eine jugendliche Stimme aus dem Off.

»Gleich! Ich bin am Telefonieren«, rief sie nach hinten.

»Ich halte dich auf …«

»Kein Thema, Marlen. Ich möchte für dich da sein und für andere Betroffene. Da ich das selbst erlebt habe, weiß ich, dass da jede allein durchmuss. Es tut mir weh, dass es nichts gibt, das wirklich helfen kann. Dein Partner steht zu dir, hast du erzählt?«

»Ja, Theo ist super. Wobei ich nicht weiß, was hinterher wird, weil …«

Antje hob die Hand. »Denk nicht daran, was danach kommt. Die Zeit der Trauer und die Belastungsprobe für eure Partnerschaft erreicht euch früh genug. Du musst in der Gegenwart leben, im Jetzt und Hier, jede Sekunde mit deiner Schneeflocke ist wertvoll.« Sie lächelte. »Den Namen finde ich süß und passend. Schneeflocken sind einzigartig und wunderschön. Aber sie benötigen ein bestimmtes Klima rundum, um existieren zu können.«

»Ja, ich finde den Vergleich auch schön. Normale Schneeflocken brauchen die Kälte, um überleben zu können. Meine Schneeflocke lebt nur in der Wärme ihres Nests in mir. Sie ist unsere Sommerschneeflocke.«

Kapitel 26
Theo

Theo hatte Ute gebeten, sich weniger schrill anzuziehen. Es war zu erwarten gewesen, dass sie genau das Gegenteil tun würde. Sie trug einen hautengen schwarzen Bodysuit unter einer rot-orange gestreiften Küchenschürze, auf der stand: ›Ich bin für jedes Gericht zu haben‹ und ihre Frisur, falls man sie so nennen konnte, war in Zöpfchen geflochten, mit Bändern verziert und – neongrün.

Theo warf Marlen einen vorsichtigen Blick zu, er hatte vergessen, sie vorzuwarnen. Ihren Gesichtsausdruck vermochte er nicht zu erkennen, da Ute sie unverzüglich in eine herzliche Umarmung zog. »Wie schön, dich endlich kennenzulernen.«

»Mich freut es auch riesig, ich habe einiges von dir gehört.«

»Hoffentlich nur nette Sachen.« Utes Blick streifte ihn, ihre gerunzelte Stirn verhieß nichts Gutes. Er verzog amüsiert die Mundwinkel.

»Unbedingt«, antwortete Marlen rasch. »Ich bin ein wenig neidisch auf eure Verbundenheit. Aber ich freue mich, dass Theo so eine liebenswerte Cousine hat.«

»Ich habe Lasagne gemacht, ich hoffe, du magst das? Meine berühmte Paella ist ausgeschieden, weil Meeresfrüchte sollen ja bei Schwangerschaft nicht so toll sein.«

»Seit wann hast du eine berühmte Paella?« Theo drehte sich zu Marlen. »Ute ist eine kreative Köchin, eine normale Lasagne passt nicht zu ihr.«

»An dich sind meine Kochkünste ohnehin verschwendet. Das letzte Mal hat er gestreikt, nur weil die Nudeln blau waren.«

Marlen kicherte, allein schon dafür hätte Theo seine Cousine küssen mögen. Es war ihm wichtig, dass Marlen fröhlich war. Da musste er sofort mitlachen. Ein warmes Gefühl durchströmte ihn.

Seit wann drehte sich für ihn alles darum, Marlen glücklich zu machen? Er hatte sogar sein Sparbuch bis auf wenige Euro geleert, nur um den Italien-Urlaub finanzieren zu können. Da um diese Zeit fast alles ausgebucht war, hatte es ihn eine empfindliche Stange Geld gekostet. Und das Restgeld würde ebenfalls draufgehen, schließlich kämen Unkosten wie Essen, Museumsbesuche und Fahrräderverleih auf sie zu. Er hoffte, dass Marlen darauf bestehen würde, sich an den Kosten zu beteiligen, sonst würde sein Geld nicht reichen.

Sein Schuldenberg war kaum abgetragen. Die Scham überrollte ihn erneut, dass er diese jugendliche Dummheit begangen hatte, die ihn auf Ewigkeiten knebeln würde. Und der bittere Geschmack, dass Jonathan ungeschoren davongekommen war, würde wohl auch ein Leben lang hochkommen.

»Theo, hallo, wo bist du?« Utes schrilles Rufen riss ihn aus den Gedanken. »Huhu! Du könntest den Tisch decken.« Sie hielt ihm die Teller, auf denen das Besteck lag, hin. Er nahm sie ihr ab und verteilte sie, dabei bemerkte er, dass Ute und Marlen sich unterhielten, offenbar über Trendfrisuren. »Als Friseurin muss ich ständig up to date sein. Die Kundinnen sehen eine Frisur in irgendeiner Zeitschrift, die toll aussieht. Aber an mir liegt es dann, ihnen beizubringen, dass eine Nachahmung nicht so einfach ist.« Ute schüttelte den Kopf. »Jedes Haar ist anders.«

»Und du rätst ihnen dann zu etwas anderem?«

»Ich probiere es zumindest.« Utes Tonfall wurde sanfter. »Theo hat mir von eurer Schneeflocke erzählt. Muss verdammt schwer für dich sein, unter all den glücklichen werdenden Müttern zu sitzen, wenn du zur Vorsorge musst.«

»Ja, daran gewöhne ich mich nie. Ich bekomme zwar meist einen Randtermin, in der Früh als Erste oder als Letzte. Aber ja, es fällt mir schwer, zu den anderen hinzusehen in dem Wissen, dass bei ihnen alles in Ordnung ist. Und ich bin froh, wenn niemand etwas fragt.«

Ute trug die heiße Lasagne mit zwei Topflappen und stellte sie auf den Tisch, Marlen rückte einen der Teller ein wenig zur Seite, damit ihre Salatschüssel Platz hatte. Kurze Zeit später saßen alle vor ihrem gefüllten Teller. Während des Essens erzählte Ute einige Episoden aus ihrem Alltag als Friseurin. Theo kannte die meisten Geschichten bereits und er freute sich über Marlens Lachen.

Zumindest für diese kurze Zeit würde ihre Schneeflocke die Fröhlichkeit ihrer Mutter spüren können.

Nach dem Essen räumten sie gemeinsam auf, Ute stellte eine Schale Kekse auf den Tisch und kochte für sich einen Espresso.

»Du kannst schlafen, wenn du das abends trinkst?«, fragte Marlen.

»Klar, alles eine Sache der Einstellung.« Ihr giftgrünes Haar leuchtete im Schein der Lampe.

»Wie kommst du auf dieses scheußliche Grün?«, konnte sich Theo nicht verkneifen zu sagen.

»Ich finde es lustig«, entschärfte Marlen seine Äußerung. »Als Friseurin muss man wohl jeden Tag eine neue Frisur haben, nicht wahr? Meine wechselt auch ständig Schnitt und Farbe.«

»Für mich ist es wichtig, unberechenbar zu bleiben. Ich will nicht in eine Schublade gesteckt werden.«

Theo war überrascht. Er hatte nie nachgefragt, weshalb Ute sich so flippig präsentierte.

»Guck nicht so, als ob du auf einmal an den Weihnachtsmann glauben würdest.« Ute wandte sich zu Marlen. »Das ist die perfekte Überleitung zu unserem Thema.« Sie stand auf und eilte ins angrenzende Schlafzimmer, kam zurück und hielt ein Papiersäckchen in der Hand. »Vielleicht ist es eine dumme Idee gewesen, aber als ich das in einem kleinen Laden in Nordhaven gesehen habe, musste ich zugreifen.«

Theo beugte sich neugierig vor. Ute griff hinein und zog ein Paar Babyschuhe aus goldenem Stoff, innen flauschig gefüttert, heraus. Auf den Goldstoff waren winzige weiße Schneeflocken aufgenäht. »Sie sind handgemacht und ein Unikat, wie eure Schneeflocke.«

»O mein Gott.« Marlen rannen die Tränen über die Wangen, als sie die Schühchen in ihren Händen hielt und mit dem Daumen innen den weichen Flausch streichelte. Und danach über jede einzelne der liebevoll gestalteten Schneeflocken, die Scherenschnitten glichen. »Es ist unglaublich, was für eine kunstvolle Arbeit«, flüsterte sie, »sieh mal, Theo, so süß.«

Auch er musste das Wasser in den Augen wegblinzeln. »Die sind wundervoll, Ute.«

»Es würde mich freuen, wenn ihr sie eurer Kleinen anzieht. Also…«

»Niva wird die Schuhe von ihrer Tante Ute tragen.« Marlen sprang auf und umarmte seine Cousine, die beiden Frauen wollten einander gar nicht mehr loslassen. »Ich weiß nicht, was ich sagen soll, Ute. Das ist ein wundervolles Geschenk.«

»Ich wollte dich nicht zum Weinen bringen.« Ute heulte nun selbst los.

Theo wischte sich energisch über die Wangen, beugte sich über den Tisch und nahm die Babyschuhe in seine Hände. Mein Gott waren die zwergenhaft. Er hätte eher gedacht, dass sie einer Puppe passen würden, nicht einem Baby. Gold, welches Mädchen konnte Gold widerstehen? Und die zahlreichen Schneeflocken darauf. Es war, als läge ein Tuch um seinen Hals, das sich zuzog.

Minuten später saßen alle wieder am Tisch. »Wisst ihr, es war wie ein Zeichen vom Himmel, als ich diese Schuhe im Schaufenster sah. Zuerst hieß es, sie seien unverkäuflich, aber als ich dann geschildert habe, für welches Kind ich sie brauche, bekam ich sie. Theo hat mir erzählt, dass deine Mama einen Schlafsack näht, ich dachte, das wäre für drunter.«

»Ich danke dir, Ute, das ist eins der schönsten Geschenke, die ich jemals erhalten habe. Wir müssen unser Kind auf die Reise schicken, was wäre da mehr willkommen als die passende Kleidung?«

»Ich wollte etwas Besonderes für eure Schneeflocke. Sie wird niemals in eine Schublade eingeordnet werden, muss sich niemals entsprechend verhalten oder wird getadelt, weil sie nicht in die Norm passt.« Sie verschränkte ihre Finger und fuhr bereits fort: »Jeder Mensch, der geboren wird, ist vom ersten Tag an registriert. Größe, Gewicht, Aussehen. Es werden Erwartungen gestellt, die erfüllt werden müssen. Wenn ein Baby nicht im eingeräumten Zeitfenster Entwicklungsschritte macht, gilt es als auffällig, später sind es die Schulnoten, Ausbildung, Beruf, passenden Partner und Kinder. Ich wollte das nie, dieses Schubladendenken.«

»Deswegen ziehst du dich jedes Mal anders an und färbst dein Haar.«

»Auch. Vor allem möchte ich leben, daher gibt es für mich immer nur eine Frage: Will ich das, was man von mir verlangt, tun? Und wenn nicht, lass ich es.« Dabei sah sie zu Theo und er spürte Hitze in seinen Ohren.

Zum Teufel, er wusste, dass sie auf ihn und seinen Vater anspielte. »Du hast das Glück, dass du deine eigene Chefin bist. Angestellte haben den Luxus nicht.«

Er lehnte sich zurück.

»Aus diesem Grund habe ich mich selbstständig gemacht. Aber ich muss widersprechen Theo, auch du hast die Wahl. Weiter nach der Pfeife deines Vaters zu tanzen oder dich endlich auf die Hinterbeine zu stellen und …«

»Lass es, Ute.« Theo zog seine Brauen zusammen, das sollte Warnung genug sein.

»Was verlangt dein Vater?« Marlens Blick wirkte besorgt.

»Er möchte, dass Theo in seiner Firma arbeitet«, antwortete Ute dermaßen rasch, ehe er es verhindern konnte.

»Und das willst du auf keinen Fall?« Marlen klang gleichermaßen neugierig wie teilnehmend.

»Nein.«

»Weil dich das Juweliergeschäft nicht interessiert?«

»Weil ich nicht mit meinem Vater am selben Ort sein möchte.«

Marlen sah ratlos zu Ute und wieder zurück zu ihm. »Das tust du ja jetzt, indem du auf die Gala gehst. Warum tanzt du nach seiner Pfeife, wie Ute sich ausgedrückt hat?«

Er schwieg und verschränkte die Arme.

»Ute?« Marlen sah nun sie an, Theo erlebte zum ersten Mal, dass seine Cousine verlegen die Augen senkte. »Tut mir leid, Marlen, ich hätte nicht damit anfangen dürfen. Es ist allein Theos Sache, auch wenn ich finde …«

»Schluss jetzt.« Theo sprach leise, aber mit Schärfe in der Stimme. »Schlimm genug, dass ich Leni nächste Woche zur Gala mitnehmen muss.« Theo legte seine

Hand auf Marlens Schulter. »Du wirst dich selbst überzeugen können, dass mein Vater kein einnehmender Mensch ist und meine Mutter, na ja«, er zuckte mit den Schultern, »sie flüchtet sich in ihre Wissenschaft.«

»Ich hätte nicht davon anfangen sollen, Marlen.« Ute strich über die Babyschuhe. »Du hast andere Sorgen und ihr wolltet eurer Schneeflocke lebensfrohe Gefühle schenken, nicht wahr?«

»Ja, das will ich noch immer. Aber das bedeutet nicht, dass man alles von ihr fernhalten soll und muss. Wenn ihr Papa Kummer hat, sollte sie das wissen.«

Theo holte tief Luft. Was für einen Sinn hätte es, Marlen alles zu erzählen? Sobald ihre Schneeflocke sie verlassen würde, bliebe nichts, was sie verband.

Und er würde weitermachen, wie bisher.

Nein, das konnte er nicht. Er hatte keine Ahnung wie das »Danach« aussehen könnte. Wie er es verkraften könnte, sowohl sein Baby zu verlieren als auch die Frau, die er längst zu lieben gelernt hatte.

Er schloss die Augen. Ja, er liebte Marlen. Wie könnte er nicht? Ihre Tapferkeit, ihren Mut, ihre Zärtlichkeit und Hingabe, ihre Aufmerksamkeit und Konzentriertheit, wie sie eine Sache verfolgen konnte, ohne rechts oder links abzubiegen. Sie stand für ihre Meinung ein, selbst wenn es Nachteile brachte, und behandelte ihre Kolleginnen und Kollegen mit Respekt und Wertschätzung, auch wenn sie nicht alle mochte.

Diese wundervolle Frau liebte ihn. Sie hatte ein Recht darauf zu erfahren, weshalb er ihr keine dauerhafte Beziehung oder sogar Ehe anbieten konnte.

Seinen Schuldenberg konnte er nicht auf ihren Schultern abladen.

Ute riss ihn aus seinen Gedanken. »Übrigens, ehe ich es vergesse, eine Kundin von mir ist freie Hebamme, die auf Problemschwangerschaften spezialisiert ist. Ich erinnere mich, dass sie davon gesprochen hat, dass sie Patientinnen betreut, deren Kinder nicht gesund zur Welt kommen.«

»Wirklich?« Marlen beugte sich vor.

»Wenn du möchtest, frage ich sie, ob sie dich betreuen würde.«

»Das wäre toll. Meine Ärztin scheint mir überfordert. Ich bin zwar in einem Forum, aber persönlich – das wär schon was.«

»Ich schaue, ob wir ihre Telefonnummer in der Kartei haben und gebe dir dann Bescheid. – Aber jetzt möchte ich auf eure Schneeflocke anstoßen.« Ute sprang auf und kam kurz darauf mit einer Sektflasche zurück. »Hopp, Theo, wo sind die Gläser?«

»Leni trinkt keinen Alkohol.« Theo war enttäuscht, dass Ute offenbar die Schwangerschaft auch nicht ernst nahm. Das Motto, dass es egal war, ob Marlen während der Schwangerschaft Dinge tat, die man als Schwangere nicht tun sollte, hätte er gerade bei Ute nicht vermutet.

»Du Dummchen, ist alkoholfrei, was sonst.« Sie prustete. »Zieh nicht so ein Gesicht, Theo. Erst unterstellst du mir, dass ich euer Baby vergiften will, und jetzt machst du auf Ekel, weil du denkst, es schmeckt nicht.«

Er hob beide Arme. »Alles gut.«

Das Getränk schäumte in den Gläsern und er musste zugeben, dass der Sekt trinkbar war. »Bist du sicher, dass der alkoholfrei ist?«

»Ist gut, nicht wahr?« Sie prosteten sich ein zweites Mal zu und Ute hielt ihr Glas an Marlens Bauch. »Schneeflöckchen, wir lieben dich. Du gehst deinen eigenen Weg, das machst du prima. Und irgendwann gibts ein Wiedersehen.«

»Du glaubst daran?«, fragte Marlen. Die Hoffnung in ihrer Stimme tat Theo ebenso weh wie die Verzweiflung darin.

»Was ich glaube, ist egal, es passiert ohnehin, wie es will. Da kann ich doch auch glauben, was ich möchte, nicht wahr?« Marlens verständnisloser Blick zeigte Theo, dass sie Utes kryptische Bemerkung genauso wenig interpretieren konnte, wie er. Die trank jedoch mit großen Schlucken ihr Glas leer. »Wow, jetzt müsste ich einen Kamin haben, um das Glas zu werfen. Nastrovje oder so.«

»Soll das russisch sein?« Theo musste grinsen. »Saluti, ich kann nur Italienisch, wenn es unbedingt eine Fremdsprache sein muss.«

»Ich möchte damit ausdrücken, dass, egal welche Zeitspanne ein Mensch gelebt hat, es immer Spuren gibt, die er oder sie hinterlässt. Und diese Fußabdrücke, mögen sie noch so winzig sein, bleiben ein Leben lang in unseren Herzen.«

Theo wusste, dass Ute trösten, aufmuntern und in dieser schlimmen Situation etwas Positives schaffen wollte.

Doch Marlen war blass geworden und er spürte instinktiv, dass es ihr zu viel wurde. Automatisch griff er nach ihrer Hand. »Ute, warum holst du nicht deine Gitarre? Ich bin überzeugt, unsere Niva würde dich gern singen hören.«

»Du kannst spielen und singen?« Marlen wirkte mit einem Mal wieder lebhafter. »Das ist toll. Musik mag jedes Baby gern.«

Ute verschwand im Nebenraum, Theo raunte Marlen ins Ohr: »Sie hat mal von einer Karriere als Sängerin geträumt, ihre Stimme ist klasse.«

»Warum wurde nichts draus?«

»Ihre Mutter ist gestorben und sie konnte über ein Jahr lang nicht singen.«

Ute kam mit einer Gitarre und einem Liederbuch zurück, setzte sich und stimmte die Saiten. Marlen sah ihr zu, Theo schenkte sich ein wenig Sekt nach.

»Was singen wir?«

»Ein Kinderlied, was möchtest du?« Ute hielt Marlen das Textbuch hin. Die blätterte in den Seiten.

»Hier: Weißt du, wie viel Sternlein stehen, das war mein Lieblingslied.« Marlen sprach leise. »Und jetzt scheint es für unser Sternchen zu passen.«

Ute schlug den Akkord an und begann zu singen. Wie immer war Theo von ihrem wohltönenden Mezzosopran sofort gefangen. Marlen sang mit, ihre hellere Stimme passte gut dazu, Theo lauschte verzaubert.

»Los, Theo, sing mit«, rief Ute vor der dritten Strophe dazwischen. Ohne Zögern beugte er sich über den Text.

»Weißt du, wie viel Kindlein frühe stehen aus ihrem Bettlein auf …« kurz versagte seine Stimme, Marlen ging es gleich, nur Ute sang weiter. Sie wechselten einen Blick und fielen bei der nächsten Textzeile wieder ein.

Als das Lied verklungen war, stimmte Ute bereits »Kommt ein Vogel geflogen« an, wie viele Lieder es wurden, zählte er nicht mit.

Das gemeinsame Musizieren tat ihnen gut, es war, als könnten sie sämtliche Probleme der Welt wegsingen. Marlens Wangen färbten sich rosig, Utes wundervolle Stimme füllte den Raum mit Wärme und auf Marlens Unterbauch trafen sich ihre Hände. Direkt über ihrer kleinen Schneeflocke.

Kapitel 27
1979

»Ist das dein Zeugnis?« Helmut steht auf und nimmt seiner Tochter das Blatt Papier aus der Hand, das sie ihm entgegenhält. Ihr Gesicht verzieht sich zu einem schelmischen Grinsen. »Nicht so gut, Papa.«

»Was?« Er überfliegt das Blatt. »Wow, meine Prinzessin! Lauter Einser! Wie machst du das bloß immer? Gratuliere. Komm her.«

Sie fliegt in seine Arme und er drückt sie fest an sich. »Was bin ich stolz auf dich.«

Grete spürt wieder ihren Kopf hämmern. Sie hat doch erst vor ein paar Stunden eine Tablette genommen.

»Na, Mutter, was sagst du? Unsere Isabelle, die Klassenbeste.«

Sie hätte ihr gern ebenfalls gratuliert oder ein nettes Wort gesagt. Da ist etwas in ihr, das nagt. Ihre Tochter ist so anders als sie, sie gleicht in allem ihrem Vater. Das braune dichte Haar, die ebenmäßig weißen Zähne, die dunklen Augen und das wohlgeformte Gesicht. Da ist eine Lebendigkeit in ihr, wie Grete nur Stumpfheit spüren kann. Die ständigen Schmerzen zermürben sie. Und die halb mitleidigen, halb verächtlichen Blicke ihres Mannes. Sie hat damals die Lust und Leidenschaft in seinen Augen gehasst, doch jetzt wünscht sie sich manchmal ein bisschen davon zurück. Nicht sein körperliches Begehren, das nicht. Dass er seine Bedürfnisse woanders stillt, ist ihr gleichgültig, das war es immer. Aber Respekt und Wertschätzung vor allem vor Isabelle. Sie hat nie eine Chance gehabt, im Leben ihrer Tochter die Nummer eins zu sein.

»Schön«, sagt sie ohne Wärme. »Aber du weißt, dass du noch die Fenster putzen musst.«

»Mutti, muss das heute sein?« Isabelle schiebt die Unterlippe vor. »Ich habe mit den anderen ausgemacht, dass wir ins Kino gehen.«

»Grete, das Kind hat Grund zu feiern.« Helmut steht auf. »Die Fenster können bis morgen warten.«

»Danke, Vati.« Isabelle nimmt ihr Zeugnis und flitzt hinaus.

»Ständig musst du mir widersprechen.« Grete ist wütend und ärgert sich, dass sie ihren Mann nicht anschreien kann.

»Du bist zu streng mit ihr.« Helmut ist wie immer ruhig. Wie sie das hasst! Er geht mit ihr um wie mit einer Behinderten. »Sie ist eine der Besten in der Klasse, sei doch ein bisschen stolz auf sie. Und sie hilft dir schließlich, wo sie kann.« An seinem Tonfall hört sie, dass er lieber hätte, Grete würde den Haushalt allein bewerkstelligen.

»Schulnoten sind nichts. Das Leben verlangt anderes von dir. Sie sollte in der Backstube sein, deine Nachfolgerin.«

Helmut wischt mit der Hand durch die Luft. »Das kann sie, wenn sie will, auch nach dem Abi. Sie ist gescheit, vielleicht studiert sie mal? Ich werde sie nicht zwingen, etwas zu tun, das sie nicht möchte.«

»Danach hat mich auch niemand gefragt.« Grete murmelt es nur, doch ihr Mann hört trotz seiner über sechzig einwandfrei.

»Das waren andere Zeiten damals.« Er legt den Arm um sie. »Meine Mutter kannte auch nur die Arbeit, das weißt du.«

Mutter Rosas Tod ist für Grete eine Erleichterung gewesen, so schlimm das klingt.

Als Arbeitskraft fehlt sie jedoch. Die Bäckerei geht schlecht, Helmut müsste neue Maschinen anschaffen, mehr Brotsorten anbieten, sich umstellen.

Aber das schafft er nicht, weil kein junger Nachfolger hier ist, der Initiative zeigt.

Kapitel 28
Marlen

Liebe Schneeflocke! Ich bin froh, stell dir vor, ich habe eine neue Hebamme. Ute hat sie mir vermittelt. Sie heißt Ann-Marie und hat schon mehrmals Mütter betreut, deren Babys nicht überleben können. Ich mag ihre Art. Sie hört zu, das erste Gespräch hat über zwei Stunden gedauert. Dabei hat sie nicht ein einziges Mal auf die Uhr geschaut oder ist ungeduldig geworden, mit keiner Geste, keinem Blick ist das passiert. Und sie hat mir eine geballte Ladung an Informationen gegeben, nicht aufdringlich, sondern dezent. Ich muss selbst herausfinden, was das Richtige für uns beide ist. Und natürlich für Theo. Es gäbe psychologische Unterstützung, so hat sie es genannt. Aber ich weiß nicht, ob mir das hilft. Was kann eine Psychologin schon tun? Und sie hat mir eine Sternenfotografin empfohlen, die ein Bild von dir machen wird. Sie heißt Daniela, ich werde sie bald kennenlernen. Bei dem Gedanken, dass dies die ersten und zugleich letzten Aufnahmen von dir sein werden, musste ich weinen. Ann-Marie hat still abgewartet und nicht mit Floskeln um sich geworfen, wie andere es getan hätten. Sie hat mir ihre Karte gegeben und ich darf sie jederzeit anrufen, Tag und Nacht. Und ich habe mit dem Stethoskop deinen Herzschlag gehört. Sie hat mir eins dagelassen, damit am Abend auch dein Papa dein Herz schlagen hören kann.

Der 25. Mai, der Tag der Gala, war gekommen. Marlen stand ratlos vor ihrem Kleiderschrank. Die Schwangerschaft ließ sich nicht länger verbergen, kein Wunder in der 24. Woche, und keins ihrer Kleider war geeignet. Zudem erschienen ihr nun alle zu wenig fein, die Marquardt-Schmuck-Gala war eines der angesagtesten Events im Ort.

Komisch, dass sie dies noch nie mit dem smarten Theo in Verbindung gebracht hatte. Der Name schien ihr auch nicht länger zu passen, nun kannte sie Theos andere Seiten.

Theo stand hinter ihr. »Was ist mit dem Roten? Der Stoff sieht elastisch aus.«

»Es liegt an, da bemerkt jeder meinen Bauch.«

»Ist das ein Problem? Unsere Schneeflocke soll einen Ball erleben, findest du nicht?«

»Denkst du, das Event würde ihr gefallen?«

»Sie würde es lieben, alle Damen mögen schöne Kleider, Schmuck und glitzernde Schuhe. Getanzt wird auch, speziell für unser kleines Mädchen.«

»Da ist was dran.« Marlen zog das Kleid heraus, es war eins ihrer Lieblingskleider. Der Stoff war aus zwei verschiedenen Rottönen. Ein dunkles Weinrot, das mit hellroten Flammen durchzogen war. Der Stil war ein Etuikleid mit gerafftem Oberteil und fließendem Halsabschluss.

Marlen zog es an und Theo stieß ein begeistertes »Wow« aus. Ihr Bauch zeichnete sich zwar deutlich ab, doch ihr übriger Körper war schlank. »Von hinten sieht man gar nicht, dass du schwanger bist.« Theo zog sie an sich. »Du wirst der Star des Abends sein, Leni.«

Auch sie fand, dass das kleine Bäuchlein in diesem Kleid effektiv zur Geltung kam. Im Badezimmer legte sie Make-up auf und staunte nicht schlecht, als sie zurückkam und Theo im eleganten schwarzen Anzug vorfand.

»Der steht dir gut.« Eine lapidare Bemerkung, die dem attraktiven Mann vor ihr nicht gerecht wurde.

»Danke.« Er trat zu ihr und strich sanft über ihren Unterleib. »Na, kleine Schneeflocke? Bist du bereit für deinen ersten Ball?«

Und deinen letzten.

Marlen musste schlucken. Weg mit den negativen Gedanken, Niva sollte einen zauberhaften Abend genießen.

Der Saal war gut gefüllt, als sie ankamen. Am liebsten hätte Marlen gleich wieder kehrtgemacht, als sie die zahlreichen herausgeputzten Damen jeder Altersstufe in ihren Designerkleidern sah. Die waren bestimmt alle neu und nicht ein paar Jahre alt wie das ihre.

»Theo, schön, dass du da bist.« Ein grauhaariger Mann schüttelte ihm die Hand. »Deinen Vater findest du da drüben.« Er wies Richtung Bühne.

»Danke, Patrick. Das ist Marlen Ehrenberg, meine Freundin«, er zog sie neben sich. »Marlen, dies ist Patrick Mayr mit Ypsilon und ohne e, Vaters rechte Hand.«

»Freut mich.« Er gab ihr die Hand, doch Marlen hatte das Gefühl, dass er längst die nächsten Ankömmlinge im Blick hatte. »Entschuldigt mich, da kommt Stadtrat Kessler.« Er ließ Marlens Hand los und eilte auf den wohlbeleibten Mann zu, dessen Anzug sich deutlich über seinem Bauch spannte.

»Er scheint recht umtriebig zu sein.« Marlen sah in den Saal.

»Ypsilon-Mayr ohne e nimmt sich selbst unheimlich wichtig.« An Theos Tonfall erkannte sie, dass er den Mann ebenfalls nicht sonderlich sympathisch fand.

»Wahnsinn, wie aufwendig hier alles dekoriert ist.« Marlen betrachtete die Girlanden und den Blumenschmuck auf den Tischen. In der Mitte des Raumes war ein Springbrunnen aufgebaut, in dessen Innerem eine bunte Lichterkette für auffallende Beleuchtung sorgte.

»Mein Vater scheut keine Kosten und Mühen. Warte nur, bis du das Büfett siehst. Die Preise für die Eintrittskarten sind üppig.«

»Bleibt überhaupt was übrig für den guten Zweck?«

»Es gibt eine Versteigerung. Du glaubst gar nicht, welche Summen die Leute hier bieten, nur damit sie danach als Wohltäter in der Zeitung stehen.«

Marlen spürte die Bewegungen in ihrem Bauch und strich darüber. »Niva scheint begeistert zu sein.«

»Dann suchen wir mal meine Eltern, bringen wir es hinter uns.«

»Lass mich noch ein letztes Mal kurz Luft holen.«

Er grinste. »Vor der Inquisition meinst du?«

»Ich möchte den Urteilsspruch mit Fassung hinnehmen.«

»Humor ist ohnehin das Beste.« Er drückte ihre Hand, dann verrenkte er den Hals, um über die Menschen hinwegsehen zu können. »Ich sehe sie dort, auf in den Kampf.«

Theos Schritte wirkten roboterhaft angespannt, wie er an den gedeckten Tischen vorbeiging.

Schließlich hatten sie die kleine Gruppe erreicht, die sich mit Champagnergläsern in den Händen vor der Bühne gruppiert hatte, auf der die Musiker ihre Instrumente platzierten.

Udo Marquardt hätte sie überall als Theos Vater erkannt, jedoch nicht, weil er Theo ähnlich sah. Es war eher in seiner Haltung, wie er stand und sich bewegte. Sein volles Haar war mit grauen Strähnen durchsetzt, was ihm einen aristokratischen Touch verlieh. Die Aufmerksamkeit war sichtbar auf sein sprechendes Gegenüber gerichtet, Marlen entging jedoch nicht, dass sein Blick wachsam wanderte. Neben ihm stand eine Frau in einem mitternachtsblauen Kleid, das sich schmeichelhaft um den Hals legte, das dunkle Haar zu einer kunstvollen Hochsteckfrisur drapiert. Die Äußerlichkeiten betonten Reichtum und Eleganz.

»Theo!« Eine schrille Stimme ließ sie herumfahren. Eine Frau mit wallender Mähne flog förmlich auf Theo zu und ihm um den Hals, dass Theo einen Schritt zurücktreten musste, um nicht umzufallen. »Ich wusste, dass du kommst. Wie schön, der Abend ist gerettet.«

Marlen hatte keinen Grund, eifersüchtig zu sein. Theo gehörte ihr nicht, er schloss eine dauerhafte Beziehung aus. Dennoch, momentan war er ihr Freund, gab sich als solchen aus, der Vater ihres Kindes. Und das bittere Gefühl, das sich ihrer unerwünscht bemächtigte, war leider nicht anders als mit Eifersucht zu deuten.

Wer zum Teufel war diese Person? Sie trug lächerlich hohe High Heels, ihr Kleid wies einen knalligeren Rotton auf als Marlens und brachte perfekt runde Brüste zur Geltung. Unwillkürlich sah sie an sich hinab, ihr Busen war durch die Schwangerschaft gewachsen, konnte sich aber nicht mit dem der Fremden messen.

Sofort ärgerte sie sich, dass sie Äußerlichkeiten verglich. In solchen Momenten zeigte sich, dass ihr Selbstbewusstsein ein Riesenstück ausbaufähig war.

Theo schob die aufdringliche Frau von sich. »Guten Abend, Sabrina.« Ein sarkastischer Ton lag in seinen Worten, der sich wie Balsam auf Marlens aufgebrachtes Gemüt legte. »Darf ich dir meine Freundin Marlen vorstellen?«

Die Erleichterung ließ Marlen schwindlig werden. Freundin. Das klang eindeutig.

Sabrinas Mund blieb offen stehen, die gut gepolsterten Lippen bildeten ein O. Doch Marlen musste ihr zugestehen, dass sie sich rasch fasste. »Marlen, wie nett«, sagte sie in einem Tonfall, der das Gegenteil ausdrückte. »Sie sehen schwanger aus.«

»Das liegt daran, dass ich es bin.« Marlen drückte sich an Theo, der sofort den Arm um sie legte. Wärme durchflutete sie und ein wenig Schadenfreude, da die andere die Unterlippe vorschob und nicht verbergen konnte, wie enttäuscht sie war.

»Das ist – ähm – schön für euch. Gratuliere.« Sie quetschte es hervor. Doch danach glitt ein Lächeln über ihr Gesicht. »Aber der erste Tanz gehört mir, nicht wahr, Theo-Schatz?«

»Mal sehen. Jetzt muss ich zu meinen Eltern.« Theo schob Marlen an Sabrina vorbei.

»Erster Tanz?«

»Vergiss es.« Theo führte Marlen weiter.

»Das Selbstbewusstsein möchte ich haben.« Marlen löste sich von Theo und blieb stehen. »War mal was zwischen euch?«

»Sie hat es immer wieder versucht.« Theo seufzte. »Erst war sie ein halbes Kind. Jetzt ist sie zweiundzwanzig, da sollte sie über die Jugendschwärmerei hinaus sein.«

»Schade, dass sie sich die Lippen so hat aufspritzen lassen, dabei wäre sie wirklich hübsch.«

»Sie hatte auch eine Brustvergrößerung, färbt sich ständig das Haar neu und kasteit sich mit immer neuen Diäten. Die Palette, was Frauen sich selbst antun, ist unendlich.« Theo ging weiter und Marlen blieb an seiner Seite.

»Weil sie lange Zeit nur durch ihr Äußeres gesehen wurden. Leider von manchen heute noch. Und zwar von euch Männern.«

»Theo, da bist du endlich.« Sie hatten seinen Vater erreicht, durch ihr Geplänkel hatten sie es nicht bemerkt. Udo Marquardt streckte Marlen die Hand entgegen. »Freut mich, Sie kennenzulernen. Ich bin Udo Marquardt.«

Marlen ergriff sie. »Marlen Ehrenberg.«

»Wohnen Sie auch hier in Nordhaven?«

»In Schilfbek, aber Theo und ich, wir arbeiten in derselben Firma.« Sie stellte fest, dass Theos Vater die gleiche Augenfarbe wie sein Sohn hatte.

»Guten Abend«, erklang eine angenehm weiche Stimme hinter Udo Marquardt, er wich ein wenig zur Seite und sie erkannte die elegante Frau, die vorhin neben ihm gestanden war.

»Meine Mutter, Isabelle Marquardt«, sagte Theo laut. »Mutter, das ist …«

»Deine Freundin Marlen, das habe ich vernommen. Sehr angenehm, Marlen, ich darf Sie doch so nennen?«

»Natürlich.« Marlen war verwirrt, die Worte waren zwar freundlich, der Tonfall aber eher kühl und geschäftsmäßig.

Der Blick seiner Mutter fiel auf ihr Bäuchlein und Marlen musste ihr zugutehalten, dass ihre Miene nicht die geringste Spur von Entsetzen aufwies. »Sie erwarten ein Kind? Wie schön. Alles Gute für Sie.«

Theo senkte den Kopf. Weshalb hatten sie nicht vorher besprochen, wie sie reagieren sollten? Marlen sah an sich herab, das Bäuchlein war offensichtlich. »Es ist kompliziert«, murmelte sie, »vielleicht haben wir im Lauf des Abends irgendwann eine ruhige Minute für ein

Gespräch unter acht Augen?«

Theos Mutter wirkte für einen Moment überrascht, dann nickte sie kurz.

»Wir werden sehen, was sich machen lässt.« Theos Vater hatte weder einen irritierten noch freudigen Unterton, eher gleichgültig und desinteressiert. Marlen hatte auf einmal ein schlechtes Gewissen. Sie hätten schon längst mit Theos Eltern sprechen sollen, hier auf ihrer eigenen Gala war nicht der passende Zeitpunkt.

Aber Theo hatte es nicht gewollt.

Udo Marquardt drehte sich von ihr weg direkt zu Theo, sprach leiser, doch laut genug, dass sie jedes Wort mitbekam. »Wieso hast du Sabrina stehen lassen? Ich habe Gerd versprochen, dass du dich ihrer annimmst.«

»Und ich habe dir gesagt, dass ich mit meiner Freundin komme.« Den gereizten Tonfall kannte Marlen nicht an Theo.

»Deswegen kannst du dennoch nicht alte Freunde vor den Kopf stoßen. Wir alle haben unsere Verpflichtungen, denen wir nachkommen müssen, dem darfst auch du dich nicht entziehen. Der Eröffnungstanz muss gemacht werden.« Es klang ohne Tadel, als hielte Udo Marquardt einen allgemeinen Vortrag.

»Vater, ich bin hier, oder nicht? Mit wem ich mich abgebe, ist meine Sache.« Marlen spürte Theos Anspannung steigen.

Nun mischte sich Theos Mutter ein. »Ich weiß nicht, was du gegen Sabrina hast. Sie ist schön, sie ist gebildet und sie kommt aus dem richtigen Haus. Es wird Zeit, dass du dich deiner Pflichten erinnerst. Du wirst uns nicht blamieren und Sabrina kompromittieren.«

Marlen war fassungslos, in welcher Art die Marquardts mit ihrem Sohn sprachen. Das klang wie im Mittelalter! Aus dem richtigen Haus, was sollte das? Adel zu Adel, Geld zu Geld? Sie spürte, dass Theos Finger sich in ihrer Hand versteiften, daher drückte sie aufmunternd zu.

»Willst du, dass meine Ehe so endet wie deine?« Nun klang Theos Stimme genau wie die seines Vaters. Kalt und emotionslos.

Frau Marquardt wurde unter ihrem Rouge blass.

»Dass du es wagst.« Eine Zornesfalte zeigte sich auf der Stirn seines Vaters. »Wer bist du, dass du ein Urteil abgeben darfst? Deine Mutter und ich, wir haben immer unsere Pflicht erfüllt. Wir beide wussten stets, wo unser Platz ist. Wir spielen unsere Rolle in der Gesellschaft.«

»Das klingt furchtbar, wie in einem Gruselfilm.« Marlen konnte nicht länger schweigend dastehen. »Es kommt doch darauf an, dass man glücklich ist und das Leben führt, das man führen möchte. Nicht darauf, was die Gesellschaft von einem erwartet.«

Beide starrten sie an. Offenbar hatten sie ihre Anwesenheit komplett vergessen.

Udo Marquardt antwortete ihr, sein Tonfall war nicht anders als verächtlich herablassend einzuordnen. »Ich nehme Ihnen Ihre Bemerkung nicht übel, da Sie keine Ahnung von unserer Welt haben. Doch Theo weiß, wovon ich spreche, nicht wahr? Er ist einmal aus der Reihe getanzt, mit verheerenden Folgen, er wird es kein zweites Mal tun.«

Marlen erschauerte vor dem kalten Tonfall und sah auf Theo, dessen Gesichtshaut sich rosa verfärbte.

»Willst du mir das ewig aufs Brot schmieren?«, brach es aus ihm heraus.

»Ich müsste das nicht tun«, die Mimik seines Vaters blieb gleich und verursachte Gänsehaut bei Marlen, »wenn du endlich deine Pflicht erfüllen würdest.«

Sollte sie ein weiteres Mal das Wort »Pflicht« hören, würde sie schreien.

Marlen wurde die Kälte und unterschwelligen Drohungen zu viel, wahrscheinlich auch, weil Niva sich in diesem Moment besonders heftig meldete. Sie wünschte, Theo wäre nicht so verschwiegen gewesen und hätte ihr erzählt, was in seiner Familie so Entsetzliches vorgefallen war, das diese Behandlung rechtfertigen könnte.

»Ich bekomme Ihr Enkelkind.« Marlen wollte nicht länger schweigen und fuhr ihn daher scharf an.

Nun hatte sie endlich die volle Aufmerksamkeit des mächtigen Firmenchefs. Theos Mutter schnappte hörbar nach Luft, sein Vater hingegen blieb ruhig. Sein Blick wanderte demonstrativ von ihrem Bauch zu Theo, aber es war dann Isabelle Marquardt, die sprach. »Da war wohl jemand besonders schlau. Gratuliere.« Die gespielte Herzlichkeit war mit einem stählernen Unterton unterlegt. »Ich hoffe, du lässt einen DNA-Test machen, bevor du dich zu irgendwas verpflichtest.«

Marlen schnappte nach Luft. Ehe sie eine passende

Erwiderung parat hatte, nahm Frau Marquardt den Arm ihres Mannes und zog ihn fort. »Da drüben warten die Thielemanns auf uns. Theo wird hoffentlich intelligent genug sein und sich nichts andrehen lassen. Am Ende wird er wissen, was gut für ihn ist. Sabrina ist schließlich keine dahergelaufene Schlampe, das wird er bald erkennen.«

Marlen starrte ihnen sprachlos nach. »Bitte sag mir, dass du adoptiert bist«, sagte sie leise.

»Ich habe dir gesagt, dass meine Eltern nicht nett sind.« Es klang dermaßen resigniert und traurig, dass Marlen ihn am liebsten in die Arme genommen hätte.

Sie blieben nur kurz unter sich, Sabrina war von der anderen Seite herangekommen, nun stellte sie sich neben Theo. »Theo und ich werden den Ball eröffnen«, erklärte sie und warf Theo einen schmachtenden Blick zu. »Ich wüsste nicht, mit wem ich das lieber täte. Keiner hat die Schritte mit der Eleganz drauf wie du.« Bei den letzten Worten näherte sich ihr Gesicht dem seinen, sodass er einen Schritt zurücktun musste.

Theo verzog sein Gesicht, als röche er etwas Ekliges. »Sabrina, du musst dir einen anderen Partner suchen.«

»Das glaube ich nicht. Es steht im Programm.« Sie hielt es ihm unter die Nase, Marlen beugte sich ebenfalls darüber.

Nach der feierlichen Ansprache von Direktor Udo Marquardt eröffnen sein Sohn Theo sowie Sabrina, die Tochter des langjährigen Partners Fritz Hellig, den Ball.

Das war also mit dem ersten Tanz gemeint gewesen!

Theo runzelte die Stirn. »Ich habe nichts zugesagt.« Es klang lahm.

»Ich habe mich auf unseren Tanz gefreut.« Sabrinas Stimme wurde schrill und einige Menschen rundum wandten sich ihnen überrascht und neugierig zu. Leider kam auch Udo Marquardt zurück. »Was ist hier los?«

»Dein Sohn blamiert mich, er will nicht mit mir den Eröffnungstanz bestreiten.« Sabrina schob ihre Unterlippe vor wie ein trotziges Kind, es fehlte nur, dass sie mit dem Fuß aufstampfte.

»Du kannst mich nicht einfach einteilen, Vater.«

Direktor Marquardt trat nah an ihn heran, wobei er Marlen den Rücken zudrehte, und tippte mit der Hand auf seine Brust. »Das interessiert mich nicht. Entweder du tanzt mit Sabrina oder du musst die Konsequenzen tragen. Du hast es ihr offenbar versprochen und ein Marquardt kneift nicht.«

»Ich habe ihr nichts …«, zischte Theo und wirkte peinlich berührt. Mittlerweile waren einige Gäste Zeugen des Gesprächs.

»Der Ball wird in genau«, Udo Marquardt sah auf seine Uhr, »sieben Minuten eröffnet und du wirst zur Stelle sein und mit ihr tanzen.« Damit drehte er sich um und verschwand in der größer werdenden Menschenschar.

Marlen stand wie erstarrt. »Was um Himmels willen war das? Womit erpresst er dich?«

Sabrina hatte sich ein wenig entfernt, sprach mit einer groß gewachsenen älteren Dame und warf immer wieder Blicke zu ihnen.

»Quatsch.« Theo trank einen großen Schluck, er war blass geworden, mit dem Alkohol kam Farbe in seine Wangen. »Er will sich bloß durchsetzen.«

»Das klang aber anders, Theo. Erklär mir bitte, weshalb du ihm mit Anfang dreißig gehorchen sollst und mit einer Frau tanzen, die du angeblich verabscheust.«

»Ich verabscheue sie nicht, sie geht mir auf die Nerven. Und ich kann ihr nicht geben, was sie möchte. Wenn ich mit ihr tanze, wird sie sich wieder weiß Gott was einbilden.«

»Dann tu es nicht.«

Theo stellte das leere Glas auf einem der Tabletts ab, mit denen die Kellner vorbeimarschierten. »Es ist nur der eine Tanz, ich komme sofort wieder. Bitte, Marlen, vertrau mir.« Seine Miene war verzweifelt. »Ich kann es dir momentan nicht erklären.«

»Danach?«, fragte sie rasch.

Aus dem Augenwinkel sah sie Sabrina erneut näherkommen.

Da die Musiker sich bereits formierten und sein Vater vor das Mikrofon trat, gab sie ihm einen Stups. »Los, tanz mit ihr. Wir wollen keinen Skandal beschwören, nicht wahr? Danach tanzt du mit mir …«

Theo neigte sich zu ihrem Ohr. »Danke«, raunte er. »Du bist wunderbar. Ich …«

»Komm schon«, Sabrina zog ihn weiter.

Marlen sah ihm nach. Was hatte er ihr noch sagen wollen? Sie spürte es hinter ihrer Stirn unangenehm pochen.

»Was sagst du zum London-Kongress, Fritz? Wirst du dabei sein?« Offenbar war sie erneut in die Nähe von Theos Mutter geraten, ihre Stimme hatte ein angenehmes Timbre. Marlen wünschte nur, sie würde sie dazu verwenden, etwas Nettes zu sagen.

»Ich werde hinfliegen, schon allein wegen der Kontakte.« Die Stimme war tief und klang verraucht. »Da Udo lieber hierbleibt, ergibt es sich so. – Hoffentlich fängt dein Mann bald an, ich muss unbedingt eine rauchen.«

»Ich komme mit.« Die beiden entfernten sich, ohne Marlen gesehen zu haben.

Marlen bewegte sich an den Rand, Gesprächsfetzen flogen um sie herum, schließlich ertönte Udo Marquardts Stimme über das Mikrofon. »Liebe Gäste! Ich möchte Sie herzlich zur diesjährigen Marquardt-Gala begrüßen …«

Seine Stimme hatte einen wohlwollenden Unterton, er konnte also auch anders.

Dein Opa, kleine Schneeflocke.

Wäre er durch sein Enkelkind liebevoller geworden?

Was war zwischen Theo und seinen Eltern?

Würde er es ihr erzählen?

Er hatte ihr nichts versprochen.

Kapitel 29
Theo

Theo fühlte sich elend, dass er Marlen stehen gelassen hatte. Sie war allein auf einem Event, auf das sie nur ihm zuliebe mitgekommen war, und jetzt musste er sogar mit einer anderen Frau tanzen.

Zum Teufel mit seinem Vater! Seine Schuld würde niemals abgetragen sein, und von seinem Gehalt blieb kaum etwas übrig, um zu leben. Seit siebzehn Jahren bezahlte er. Auf die eine oder andere Weise. Aber er konnte nicht ewig so weitermachen. Marlen war schwanger und er hatte ihr eine schöne Zeit versprochen. Klein beigeben war keine Option. Er würde das Imperium seines Vaters nicht übernehmen.

Über das Mikrofon plätscherten die Worte seines Vaters, jedes Jahr sprach er das Gleiche.

»Ich hab's gewusst, dass du es tust.« Sabrina schmiegte sich aufreizend an ihn, ihre Hände strichen über seine Brust. »Ich habe mir einen Wiener Walzer gewünscht, das ist sooo romantisch. Mit dir zu tanzen, ist das Größte.«

Theo knirschte mit den Zähnen und zog sie auf die Tanzfläche. Sein Vater war am Ende seiner Rede angelangt. »Liebe Gäste, ich freue mich, dass in diesem Jahr mein Sohn Theo und Sabrina, die Tochter meines Freundes Fritz Hellig, den diesjährigen Ball eröffnen werden. Wir planen bereits lange, unsere Freundschaft auch auf Geschäftsbasis auszuweiten, und möglicherweise gibt es heute eine weitere Überraschung in Form einer Verlobung.«

Wie bitte? Mein Gott, was musste Marlen nun von ihm denken?

Theo wollte sich von Sabrina lösen, doch die Musik spielte und er und sie waren im Blickfeld von allen. Sabrina klammerte sich an ihn, er sah ihre weiß gebleichten Zähne direkt vor sich und begann sich automatisch zu drehen.

Verlobung!

»Dein Vater ist so ein Schatz, er spricht mir aus der Seele.« Sabrina kiekste vor Aufregung. »Ich wusste, dass du mehr für mich empfindest, als du zugeben magst.«

Er kam fast ins Stolpern. »Das war keineswegs abgesprochen, Sabrina. Und du hast gehört, dass meine Freundin schwanger ist!«

»Das ist kein Problem, deswegen musst du sie nicht gleich heiraten.« Sie drehten sich nun schwungvoll und Sabrinas blondes Haar flog in die Luft. Theo musste zugeben, dass sie ausgezeichnet tanzen konnte, sie war wie eine Feder in seinen Armen. »Du zahlst Unterhalt und gut ist es. Du bist nicht der monogame Typ, wir könnten eine offene Ehe führen. Ich kenn dich doch ständig mit einer anderen im Arm.«

Theo hätte den Tanz gern abgebrochen, aber es wäre ein Fauxpas gewesen, sie mitten auf der Tanzfläche stehen zu lassen, zumal sie die einzigen Tanzenden waren.

»Sabrina, wir beide, das wird nichts, ich denke, das habe ich dir schon vielmal gesagt.«

»Ach ja? Warum tanzt du dann jetzt mit mir? Und beim Weihnachtsessen hast du neben mir gesessen? Und beim Sommerpicknick, wer ist mit mir auf den See hinausgerudert?« Sie wirkte schelmisch mit einem Hauch von Ärger darunter.

»Mein Vater wollte es so.« Er presste die Worte hervor, denn sie klangen selbst in seinen Ohren fadenscheinig.

Sabrina legte den Kopf zurück und brach in glockenhelles Lachen aus. Für die Umstehenden musste es so wirken, als amüsierten sie sich prächtig. »Wie alt bist du noch mal?«, fragte sie schließlich leise. »Einunddreißig? Und tust, was Papi sagt?«

»Das verstehst du nicht.« Er konnte mit niemandem darüber sprechen, schon gar nicht mit dieser oberflächlichen Frau vor sich.

Erleichtert stellte er fest, dass nun auch andere Tanzpaare die Tanzfläche bevölkerten, immer mehr strömten hinzu. Geschickt tanze er an den Rand. Sabrina checkte zu spät, was er vorhatte, erst als er stehen blieb, zog sie einen Schmollmund. »Nicht dein Ernst! Der Walzer ist noch nicht zu Ende.«

»Für mich schon.« Er deutete eine Verbeugung an. »Es war mir ein Vergnügen.« Rasch drehte er sich weg und eilte dorthin, wo vor dem Tanz Marlen gestanden hatte.

Sie war weg. Natürlich. Sein Verhalten musste sie verletzt haben. Hoffentlich war sie nicht nach Hause gegangen, denn das konnte er sich nicht leisten.

Dann sah er sie am Rand stehen, sie hielt ein gefülltes Champagnerglas in der Hand. Rasch eilte er zu ihr, was nicht so einfach war, denn die Leute begaben sich bereits zu ihren Sitzplätzen.

»Ich sollte keinen Alkohol trinken«, sagte sie leise. »Aber was kann Niva Schlimmeres passieren, als zu sterben?« Es war das erste Mal, dass sie eine Bemerkung in der Richtung machte, bis zu diesem Zeitpunkt hatte sie alles getan, als sei es eine komplett normale Schwangerschaft.

Eine, die mit einem lebenden Baby enden würde.

»Ein paar Schluck Champagner schaden ihr bestimmt nicht.« Er konnte aus ihrer Mimik nicht ablesen, ob sie wütend, traurig, frustriert oder beleidigt war. »Marlen, es tut mir leid. Ich kann dir das nicht erklären«, verdammt, das waren die gleichen Worte wie zu Sabrina, »aber mein Vater wollte, dass ich mit ihr tanze und – auf jeden Fall ist das mit der Verlobung Quatsch und allein auf seinem Mist gewachsen.«

»Ich habe schon verstanden, dein Vater hat dich mit irgendwas in der Hand. Nur womit um Himmels willen?«

Er legte den Arm um ihre Schulter. »Komm, wir suchen uns Plätze und bedienen uns am kulinarischen Büfett.«

»Na, hoffentlich dürfen wir nebeneinandersitzen.«

»Sitzordnung existiert keine.«

Sie fanden zwei Plätze im hinteren Bereich. Ein Kellner wuselte gleich zu ihnen und sie bestellten Saft für Marlen und Weißwein für Theo, dafür nahm er ihr fast unberührtes Champagnerglas mit. »Ich bin froh, dass du mich mitgenommen hast.«

»Wirklich?« Zu behaupten, dass Theo ihre Aussage überraschte, würde sein Gefühl bei Weitem nicht beschreiben. »Gefällt es dir tatsächlich?«

»Wäre ich Romanautorin, fände ich hier zahlreiche faszinierende Charaktere. Sieh mal da drüben, der junge Mann mit Schlips und die ältere Dame. Er hat nur Augen für sie, erst dachte ich, das sei ein bezahlter Begleiter, aber nun finde ich, dass er sie wirklich mag.«

Er sah hinüber und zuckte zusammen. Zum Teufel, er hätte wissen müssen, dass Jonathan auch hier sein würde.

»Das ist Frau Direktor von Mayenfels, sie ist die Besitzerin von *Fashion Today*. Und der junge Mann ist ihr Neffe. Da sie alleinstehend ist, wird er vermutlich den Laden mal übernehmen.«

»Wirklich? Er scheint in deinem Alter zu sein, kennst du ihn?«

»Ja. Das ist mein früherer Freund Jonathan.« In diesem Moment hob der junge Mann den Kopf und sein Blick fiel zu ihnen. Theo sah rasch fort, die letzte Begegnung mit Jonathan hatte er zu gut in Erinnerung.

Marlen musterte ihn aufmerksam, doch sie schwieg. Er war dankbar, hatte eher mit einer Flut von Fragen gerechnet. Er ertappte sich dabei, sich alles von der Seele reden zu wollen, möglicherweise täuschte er sich in ihrer Reaktion?

Ein Kellner brachte ein Tablett mit kleinen Tellerchen und Gläschen, die Vorspeisen. Sie bedienten sich.

Marlen steckte sich eine Garnele in Aspik in den

Mund und schloss genießerisch die Augen. »Wow, komplett dekadent, aber lecker. Ich habe einen Riesenhunger. Wenn das mit den Winzigkeiten so weitergeht, garantiere ich für nichts.«

»Das Büfett mit den Hauptspeisen wird aufgebaut«, Theo nickte mit dem Kopf nach hinten, »sobald alle einen Platz gefunden haben, geht's los.«

»Das höre ich gern.« Ihr Gesicht verzog sich. »Dein Papa kommt auf dich zu.«

Theo seufzte innerlich auf und drehte sich um.

»Auf ein Wort.« Sein Vater winkte ihn ein paar Meter fort, er stand gehorsam auf und folgte ihm. »Warum sitzt du jetzt hier und nicht neben Sabrina?«

»Weil Marlen meine Freundin ist.«

»Das habe ich schon verstanden. Schick sie nach Hause und kümmere dich um die Tochter meines Freundes, wie es abgemacht war.«

»Das werde ich nicht tun, Vater.« Theo sah ihm ins Gesicht, das ihn regungslos anstarrte. Bereits als Kind hatte ihn die Kälte frösteln lassen, niemals hatte er erlebt, dass sein Vater seine Beherrschung verloren hätte. Aber manchmal wäre ihm das lieber gewesen als die stoische Gleichgültigkeit und Verachtung, die ihm stets entgegengeschlagen hatte.

»Ich sage es kein zweites Mal, Theo. Diese Marlen scheint ein anständiges Mädchen zu sein, sie wird verstehen, dass du andere Verpflichtungen hast. Du hättest sie nicht unter Vortäuschung falscher Tatsachen mitbringen sollen.«

»Du hast mich siebzehn Jahre lang klein gehalten, irgendwann muss es genug sein.«

»Glaubst du vielleicht, ein so großer Schaden, wie du ihn angerichtet hast, ist jemals abbezahlt? Von deinem Gehalt als Angestellter gewiss nicht.« Sein Vater sah an ihm vorbei. »Sagen Sie Ihrem Freund, oder als was immer er sich Ihnen gegenüber ausgegeben hat, dass er besser tut, was ich will.«

Theo fuhr herum, Marlen war aufgestanden und herangekommen. Ihr Gesicht war käseweiß geworden, sie schwankte.

»Es tut mir leid«, seine Stimme versagte fast.

»Tu, was du tun musst, Theo.« Sie ging an ihm vorbei Richtung Ausgang.

»Scheint vernünftig zu sein, deine Dulcinea.« Die Computerstimme seines Vaters riss ihn aus der Trance.

»Vernunft wird überbewertet, Vater. Ich gehe und du kannst mich mal.« Er eilte Marlen nach, kämpfte sich durch die Menschen.

»Das wird Konsequenzen haben.« War da ein wenig Wut in Vaters Stimme? Sollte er doch zu Emotionen fähig sein?

Er rannte Marlen nach und musste vor der Tür zur Damentoilette stoppen. Hoffentlich war ihr nicht übel geworden. Er bereute bitter, dass er sie eingeladen hatte. Verdammt, er wusste doch, wie sein Vater war. Unerbittlich, hart und kalt, wenn er seinen Willen nicht bekam. Und Theo tanzte bereits siebzehn Jahre nach seiner Pfeife.

Das war es nicht länger wert, selbst wenn er künftig auf der Straße leben musste.

Was sollte er Marlen sagen? Der Abend war komplett vermasselt, dabei hatte es ihr trotz allem bis zu diesem Zeitpunkt gefallen.

Kurze Zeit später verließ sie die Toilette. Theo hatte ein verweintes Gesicht erwartet, stattdessen kam sie mit einem Strahlen auf ihn zu. »Das ist lieb, dass du gewartet hast. Wollen wir nun essen? Ich sehe bereits ein paar Leute am Büfett.«

Er sah durch die offene Saaltür, tatsächlich konnte man im hinteren Teil die dichte Traube um das Büfett erkennen und Leute, die mit gefüllten Tellern an ihren Tischen Platz nahmen.

»Ich dachte, dass du nach dieser Szene genug hast und nach Hause willst.«

»Irgendwie habe ich gewusst, dass du mir folgst. Und das leckere Essen möchte ich mir auf keinen Fall entgehen lassen. Da braucht es schon mehr. Außerdem bin ich schwanger und unsere Schneeflocke hat Hunger.« Sie strich über ihr Bäuchlein, in Theo stieg ein warmes Gefühl auf. »Oder musst du noch irgendwohin?«

»Nein.«

»Ich finde es gut, wie du deinem Vater kontra gegeben hast. Er scheint ein Herzchen zu sein, richtig zum Liebhaben.«

Theo musste lachen.

Nun war bestimmt der Zeitpunkt gekommen, da sie fragen würde. Was ist los, Theo? Womit hat dein Vater dich in der Hand? Lass dir das nicht gefallen.

Wiederum überraschte sie ihn. Wie selbstverständlich hakte sie sich bei ihm ein und zog ihn Richtung Saaltür.

Hoffentlich gab es keine weiteren unangenehmen Zwischenfälle.

Sein Wunsch blieb ungehört, an der Tür stießen sie mit genau dem Mann zusammen, dem er hatte ausweichen wollen.

Jonathan. Eine Entschuldigung murmelnd drängte er vorbei, doch Jonathan hielt ihn auf. »Wie geht es dir?« Seine Stimme war sanft mit einem Hauch Reue darin.

Theo wollte ohne Antwort weiter, Marlen hingegen blieb stehen und streckte ihm die Hand hin. »Freut mich, Sie kennenzulernen. Theo hat bereits erzählt, dass Sie zusammen in der Schule waren.«

»Stimmt, wir waren sogar Freunde damals. Ich bin Jonathan.«

»Ich weiß. Marlen.«

»Freut mich, Theo, dass du eine liebe Frau und bald eine Familie haben wirst. Wann ist es denn so weit?« Die Frage war harmlos und klang freundlich, doch Theo sah aus dem Augenwinkel, wie Marlen leicht zusammenzuckte, wie immer, wenn jemand das Baby erwähnte.

Zudem musste er etwas deutlich klarstellen.

»Wir sind keine Freunde, Jonathan, und wir werden es auch nie mehr sein.« Theo hatte genug und schob Marlen in den Saal. Ihm wurde bereits wieder übel, wenn er daran dachte, dass sie darauf bestehen würde, die ganze unselige Geschichte zu erfahren.

Er war noch so jung gewesen damals.

Kapitel 30
1982

»Mutti, ich kann nicht hierbleiben, die Fahrt ist bereits vor Monaten ausgemacht worden, die Zimmer können nicht storniert werden.«

»Du könntest es versuchen, das ist schließlich ein Notfall.« Grete drückt beide Hände gegen ihre Stirn.

»Nein, das ist wichtig für unsere Geografieprüfung.«

»Die ganze Studiererei ist doch unnötig, du solltest lieber lernen, wie man einen Haushalt führt. Deinetwegen hat Vati das Geschäft verkaufen müssen.«

»Ich hätte mich nie als Bäckerin geeignet.«

»Du wolltest einfach nicht, Punkt.«

»Was ist schlimm daran? Ich werde studieren, andere Mütter wären stolz auf mich.«

»Du könntest wenigstens die Böden feucht wischen, du siehst, dass ich das nicht schaffe.« Grete sitzt auf dem Stuhl und reibt über ihren Bauch. Sie ist gewohnt, dass jeden Tag entweder der Bauch oder der Kopf schmerzt, manchmal beides zusammen.

»Weshalb gehst du nicht endlich zum Arzt?« Isabelles Ton ist gereizt.

Grete gibt keine Antwort. Was soll sie auch sagen? Dass kein Arzt ihr bis jetzt helfen konnte? Man hält sie für hysterisch.

»Vati sagt das ebenfalls, aber er ist viel zu geduldig, um es direkt auszusprechen.«

Sie reden hinter ihrem Rücken über sie. Was hat sie erwartet? Ihr Mann und ihre Tochter, das war seit jeher eine Einheit, zu der sie nicht dazugehörte.

»Packst du schon für deine Fahrt?« Helmut ist hereingekommen und zeigt das breite Schmunzeln, das speziell für Isabelle reserviert ist.

Sie hingegen hat er jahrelang nicht mit diesem besonderen Blick angesehen. Nur gleichgültig gestreift, wie ein überflüssiges Möbelstück. Seit wann? Grete weiß, dass Helmut sie aus Liebe geheiratet hat, zumindest das, was die Männer dafür halten. Er hat sie schön gefunden, begehrenswert und klug. Davon ist nichts mehr da. Vielleicht war es das nie und sie hat es sich eingebildet. Wie ihre Schmerzen.

»Ich hab kein gutes Gefühl. Es ist eine lange Fahrt bis Paris.«

»Grete, was soll in einem Bus voller Schüler passieren? Isabelle ist siebzehn und kein Kleinkind mehr.« Helmut spricht begütigend.

»Siehst du, hab ich gesagt.« Isabelle zieht ihre Oberlippe vor, dass man die Zähne sieht.

Grete sagt nichts mehr. Das Gescheite, das hat sie von ihr, ohne Zweifel. Sie hätte auch gern studiert, hat die Mutter förmlich angebettelt.

Doch da war kein Geld, nur die Brüder, die sollten studieren. Der dumme Rudi, der kaum die Grundschule geschafft hat, und der Karl, der lieber Tischler geworden wäre. Er ist aufs Gymnasium und dann später im Krieg gefallen. Und der Rudi ist an Lungenentzündung gestorben, nach dem Krieg gab's keine Medikamente.

Zurückgeblieben sind Finchen und sie. Die kleine Schwester, die mit ihrem Mann in Dänemark glücklicher geworden ist als sie.

Die Schmerzen zermürben sie. An den guten Tagen klopft es nur leicht, wie kleine Hagelkörner. Doch die guten Tage werden seltener. Meist ist ein Presslufthammer im Kopf. Und eine Bohrmaschine im Bauch.

Sie hört die Stimmen von Mann und Tochter, sie lachen, reden, scherzen. Wie lange ist es her, dass sie auch mit ihr geredet haben? Sie einbezogen?

Eine Tür fällt ins Schloss, Schritte nähern sich. »Brauchst du deine Tabletten?« Er klingt fürsorglich, doch sie spürt die Gleichgültigkeit dahinter.

Wenn jemand immer Schmerzen hat, was soll man da groß sagen?

Es ist Alltag geworden.

Kapitel 31
Marlen

Meine Schneeflocke! Ich weiß, dass da etwas ist, das deinen Papa plagt. Sein Vater ist ein schrecklicher Mensch, aber hab keine Angst. Auch wenn er dein Großvater ist, er wird nie in deine Nähe kommen. In seiner Gegenwart bekommt man Frostbeulen. Vielleicht ist er ein Android oder ein Roboter.

Er ist es nicht wert, dass man sich eine Sekunde mit ihm befasst.

Und deine Oma Nummer 2? Es reicht, dass du eine liebe Omi hast.

Ach, Niva, mein Liebling, die Zeit stürzt wie ein Wasserfall, nichts und niemand kann sich der Gewalt entgegenstellen. Du bist nun schon 28 Zentimeter groß und wiegst ungefähr vierhundertfünfzig Gramm. Nach meinem Bauch zu schließen, müsstest du wesentlich größer und schwerer sein, ich habe bereits fünf Kilogramm zugenommen. Dein Papa freut sich jedes Mal, wenn er dich strampeln spürt. Ich weiß, wir müssen dich bald gehen lassen und du kannst nicht bei uns bleiben, doch verzeih mir, ich hoffe Tag für Tag auf ein Wunder.

Die Begegnungen auf dem Ball hingen ihr nach. Theo hüllte sich in Schweigen und das musste sie akzeptieren. Dennoch spürte sie, dass er sich quälte. Sie war nun in der 25. Woche und verspürte ein leichtes Ziehen im Unterleib. Aus diesem Grund hatte sie sich in der Ambulanz angemeldet. Theo hatte ein wichtiges Meeting und versprach, gleich nachzukommen.

Rund um sie waren werdende Mütter. Marlen zog ihr E-Book heraus und versuchte, sich mit Lesen abzulenken. Dies schlug fehl, da die Gesprächsfetzen der anderen Frauen teilweise nicht zu überhören waren.

»Luca. Ich will einen einfachen Namen, mein Mann möchte unbedingt, dass er Heribert heißt, nach seinem Großvater.«

»Oje, das könnte doch der zweite Name sein.«

»Mir gefällt er nicht einmal als zweiter Name.«

»Ich will einen kurzen Namen, Fleur oder Kim. Bei Kim kann sie sogar das Geschlecht wechseln.«

»Und du?«, fragte eine der Frauen Marlen. Sie zuckte zusammen. »Schnee ... ich meine, Niva heißt sie.«

»Ein schöner Name. Wann ist es so weit?«

»Am 13. September ist der Termin.«

»Das Erste?«

»Ja.« Marlen musste schlucken. Die Frau gegenüber gefiel ihr, sie war lebhaft und fröhlich. Unter anderen Umständen hätten sie sich anfreunden können. Dann hätten sie sich getroffen und wären gemeinsam mit ihren Kindern spazieren gegangen.

»Frau Ehrenberg.« Die Krankenschwester stand vor ihr. »Kommen Sie, bitte.«

Sie folgte der Schwester in den Behandlungsraum, die Ärztin wartete bereits. Frau Doktor Schulz tippte auf ihrer Tastatur und deutete auf den Stuhl vor ihrem

Schreibtisch. Marlen setzte sich.

»Wie geht es Ihnen?« Die Ärztin rückte ihre Brille gerade und musterte Marlen, der Blick war halb besorgt, halb mit einem Ausdruck, den Marlen nicht zu deuten wusste. Leichte Ungeduld vielleicht.

»Ich habe ein Ziehen im Unterleib, zudem habe ich das Gefühl, für die 25. Woche zu dick zu sein. Es fühlt sich schwammig an.«

»Sehen wir es uns an.« Sie erhob sich und Marlen folgte ihr zur Liege neben dem Ultraschallgerät. Die Schwester stand schon bereit und half ihr, sich hinzulegen und ihren Pullover hochzuschieben. Die Ärztin gab Gel auf den Ultraschallkopf und verteilte es auf ihrem Bauch. Der Bildschirm wurde hell.

Wie immer, wenn sie ihr Baby sah, befiel Marlen Ehrfurcht und Frieden.

»Sieht gut aus, bis auf den Defekt natürlich, aber das ist ja bekannt. Die Organe im Bauchraum sind vorhanden, hier ist …«

Marlen hörte der Ärztin nicht länger zu. Niva bewegte sich, die kleinen Finger und das Gesicht waren im Profil deutlich zu erkennen. »Könnten Sie bitte ein Foto machen?«

Kurz darauf surrte es und sie bekam ein Bild, während Doktor Schulz ihren Bauch vom Gel befreite. Das Gesichtchen sah im Profil so süß aus, lediglich der Kopf wirkte unvollständig.

»Gibt es gar keine Chance?« Sie flüsterte, betete im Inneren, dass die Ärztin nicken und zu ihr sagen würde:

»Frau Ehrenberg, die Medizin hat enorme Fortschritte gemacht. Wir können Ihrem Baby helfen und es wird gesund auf die Welt kommen.«

Träume sind Schäume.

Die Ärztin zog es vor, ihre Frage zu ignorieren.

Die Schwester entfernte das Papier auf der Liege und wischte alles mit einem Desinfektionstuch ab. Der Geruch biss in Marlens Nase.

»Der Blutdruck ist leicht erhöht und ja, Sie haben einiges an Gewicht zugelegt, das wird noch mehr werden. Ich habe Ihnen erklärt, dass das Baby nicht schlucken kann und daher kein Fruchtwasser trinkt. Das sammelt sich an. Wenn Sie möchten, können wir zur Entlastung einen Teil punktieren. Das ist in solchen Fällen hilfreich. Zudem können wir die Geburt jederzeit einleiten, sollte es zu beschwerlich werden.«

»Das möchte ich nicht.«

»Ihre Entscheidung.« Doktor Schulz hob die Schultern hoch und tippte erneut. »Ich schreibe Ihnen ein Blutdruckmittel auf, Sie sollten Aufregungen vermeiden und sich schonen. Wir müssen uns auch noch einmal darüber unterhalten, ob Sie bereits vorzeitig aufhören sollten zu arbeiten. Ihrer Gesundheit zuliebe wäre es zuträglich. Haben Sie Resturlaub oder sollen wir uns über ein Beschäftigungsverbot Gedanken machen? In Ihrem Fall wäre Letzteres vertretbar.« Die Emotionslosigkeit in der Stimme der Ärztin triggerte Marlen und sie holte Luft.

»Mein Freund und ich, wir wollen in zwei Wochen in Urlaub fahren, nach Italien. Ist das in Ordnung?«

»Warum nicht?« Frau Doktor Schulze wirkte irritiert, fügte jedoch gleich hinzu: »Es gibt nichts, was dagegenspricht. Sollten Sie sich unwohl fühlen oder Schmerzen bekommen, dann müssten Sie den Urlaub abbrechen.«

»Natürlich.«

Die Ärztin tippte auf der Tastatur und nahm den Blick nicht vom Bildschirm.

»Sie sind nach wie vor der Ansicht, dass ich das Kind nicht bis zum Schluss austragen sollte.« Es kam heftiger heraus, als sie wollte. Die Schwester, die bereits auf dem Weg zur Tür war, drehte sich herum. »Sie würden mich lieber nicht betreuen, nicht wahr?«

Frau Doktor Schulz zuckte zurück, ihr Gesicht fiel fast auseinander, doch dann setzte sie sich gerade hin. »Es tut mir leid, wenn ich Sie damit verletze, Frau Ehrenberg. Sie setzen Ihre Gesundheit aufs Spiel für ein Kind, das nicht leben wird.«

Marlen prallte zurück. »Das glaube ich nicht.«

»Es ist aber so, das muss Ihnen bewusst sein. Der Fötus hat keine Lebenschance, es tut mir leid, das haben wir Ihnen mehrfach gesagt. Sie haben Bluthochdruck, bereits Krämpfe und Ihr Bauch schwillt an, weil sich das Fruchtwasser ansammelt, weil das Kind nicht in der Lage ist, abzutrinken. Jetzt ist der Fötus noch nicht extrem groß, wenn wir jetzt die Geburt einleiten.«

»Auf keinen Fall.« Marlen stand auf. »Sie als Ärztin sollten Leben retten und nicht dazu raten, es zu beenden. Ich möchte nicht länger von Ihnen behandelt werden.«

»Frau Ehrenberg, es ändert nichts an den Fakten ...«

Marlen sah die Ärztin und die Umgebung auf einmal wie durch einen Nebelschleier.

»Entschuldigen Sie, dass ich so direkt bin.« Frau Doktor Schulz erhob sich ebenfalls. »Ich bin stets für die Wahrheit, ein kurzer Schmerz ist oft besser als ein lang anhaltendes Leiden. Die Trennung von Ihrem Kind wird Ihnen von Tag zu Tag schwerer fallen. Ich meine es nur gut.«

»Gut gemeint ist schlecht gemacht«, schrie sie nun laut, der Druck in ihrem Kopf hämmerte. Ohne Gruß und ohne sich umzusehen, ging sie zur Tür.

»Gehen Sie ihr nach, Schwester Helga.« Auch die Stimme hörte sie wie durch dicke Watte. »Es wäre die beste Entscheidung für alle. Wenn ich nur daran denke, was es bei der Geburt für Komplikationen geben kann. Und die psychische Belastung für das Personal. Sie hätte schon längst ...«

Marlen beschleunigte ihre Schritte, Tränen strömten über ihre Wangen. »Ich soll nicht weinen, Niva«, murmelte sie vor sich hin, doch die Schleusen waren offen und als sie eine Bank auf dem Flur stehen sah, stützte sie sich erst darauf, ehe sie niedersank.

»Frau Ehrenberg.« Die Schwester war auf einmal neben ihr. »Nehmen Sie es Frau Doktor Schulz nicht übel, sie ist eine großartige Ärztin, aber mit Empathie hat sie es nicht so.« Sie sprach in ihr Handy. »Ja, wir sind im Flur vor der Ambulanz, dritter Stock.« Dann steckte sie das Mobiltelefon wieder in ihre Kitteltasche.

Marlen holte ein Taschentuch aus ihrer Handtasche und schnäuzte sich. »Ich muss mich zusammennehmen, Niva darf ihre Mutter nicht traurig erleben.«

»Es ist schön, dass sie so denken. Aber ich glaube, Ihr kleines Mädchen sollte alle Ihre Gefühle mitbekommen, die ganze Bandbreite. So ist das Leben, ein Kommen und Gehen.«

»Haben Sie ein Kind verloren?«

»Nein, zum Glück nicht. Ich kann mir nicht annähernd vorstellen, wie schwer das alles für Sie sein muss. Aber ich habe Hilfe für Sie.« Sie reichte ihr eine Visitenkarte. »Ann-Marie Bernauer. Sie ist Hebamme und hat schon mehrmals Mütter, deren Kinder sterben werden, begleitet.«

Welch ein Zufall, Utes Kundin. »Ich hatte bereits ein Gespräch mit ihr.«

»Das ist gut, bei ihr sind Sie in den besten Händen. Ah, Pfarrer Weisshold, schön, dass Sie sich Zeit nehmen. Das ist Frau Ehrenberg.«

Marlen sah überrascht auf, vor ihr stand ein großer Mann in Hemd und Hose. Sie hätte ihn eher für einen Bauarbeiter, denn für einen Pfarrer gehalten.

»Frau Ehrenberg, ich bin der stellvertretende Krankenhausseelsorger. Ist es in Ordnung, wenn wir einen Spaziergang machen und wir ein wenig plaudern?«

»Ich bin nicht gläubig.«

»Spielt das eine Rolle?«

Sie stand auf und ging neben dem riesenhaften Mann her. Er passte seine Schritte den ihren an und kurz darauf gelangten sie in den Park des Krankenhauses. »Kommen Sie, hinten ist ein Plätzchen, wo wir uns unterhalten können.«

Der Platz, zu dem er sie führte, strahlte eine besondere Atmosphäre aus. Blumenbeete mit Stiefmütterchen und Hortensien waren rundum, ein süßlich-frischer Duft lag in der Luft und sie atmete tief durch. »Ein schöner Platz«, sagte sie leise. Er lotste sie zu einer Bank, auf die sie sich setzten. Marlen hatte sein vernarbtes Gesicht direkt vor sich, auch die Nase schien mindestens einmal gebrochen gewesen zu sein und beim Sprechen offenbarte er ein Gebiss, in dem ein Durcheinander von Zähnen herrschte. Seine Stimme hingegen, die war angenehm tief und hatte fast hypnotisierende Wirkung.

»Ich gehe zu Gesprächen gern hierher, Gott ist hier auf besonders intensive Weise zu spüren.«

»Gott!« Wut stieg in ihr hoch, sie hatte keine Lust auf dieses Gesülze. »Was ist das für ein Gott, der ein kleines Kind sterben lässt, bevor es leben kann?«

»Das Wunder der Schöpfung zeigt sich in jeder Geburt. Im Grunde genommen ist es unglaublich, dass überhaupt gesunde Kinder geboren werden. Alles muss zusammenpassen, jede Zelle, jedes Glied, jede Synapse.«

»Täglich werden weltweit zig Tausende Kinder geboren, warum ist gerade meines krank? Weshalb werden die einen Kinder in Luxus und Wohlstand geboren, die anderen lernen ihr Leben lang nur Hunger und Krieg kennen? Das ist die Gerechtigkeit Gottes?«

»Kriege werden von Menschen gemacht. Frau Ehrenberg, ich möchte Sie nicht von der Existenz Gottes überzeugen, Gott muss man spüren, wie man Gefühle spüren kann. Es gibt so vieles, das man nicht berühren, sehen, hören oder riechen kann und dennoch ist es vorhanden. Geben Sie mir Ihre Hand.« Ihre Hand wirkte winzig in seinen Händen, die breit und schwer waren. »In Ihnen ist eine Wut, die Sie herauslassen müssen. Gehen Sie an einen Ort und schreien Sie laut, oder ziehen Sie sich dicke Fausthandschuhe an und boxen in ein Kissen. Es verschafft Erleichterung, danach können Sie freier atmen. Ich bin tief bewegt, dass Sie sich für den Weg entschieden haben, Ihr Baby auf natürliche Weise zu bekommen. Es ist ein schwerer, steiniger Weg, den Sie sich ausgesucht haben. Auch im Abschied kann Freude liegen.« Er stand auf. »Ich bin jederzeit für Sie da, wenn Sie Redebedarf haben.«

»Wo finde ich Sie?«

Er zog eine Visitenkarte aus der Tasche. »Rufen Sie an, Tag und Nacht.«

Kapitel 32
Theo

Ein normaler Juni war angebrochen, Sonnentage wechselten mit Regen. Allerdings war für sie nichts normal, denn sie versuchten, jeden Tag intensiv zu leben und mit schönen Dingen auszufüllen. Sie verbrachten viel Zeit am Strand, fuhren noch zweimal zu Theos Lieblingsplatz. Sie lagen und erzählten ihrer Schneeflocke von der Umwelt. Mit Ute trafen sie sich häufig und sangen Lieder, besuchten mit ihrer Mutter ein Musical in Hamburg und ein Theater. Auch mit Marco und Purple waren sie unterwegs, Marco zeigte seine Tischlerwerkstatt und Theo bewunderte die künstlerische Handarbeit. Vanny und Cora meldeten sich oft, zudem chattete Marlen mit Frauen im Forum mit betroffenen Eltern, besonders oft mit Antje. Und natürlich war die Hebamme Ann-Marie häufig hier, die ihnen vieles erklärte und Marlen auf die Geburt vorbereitete. Zudem trafen sie auch Daniela, die Sternenfotografin, die Fotos von ihrer Schneeflocke machen würde. Bis zu diesem Zeitpunkt hatte Theo nicht gewusst, dass es das gab.

Alles in allem verging jeder Tag bewusst und doch zu schnell.

Theo stand in seiner winzigen Mietwohnung, er war hergefahren, um ein paar Dinge für den Urlaub zu holen. Ein Sonnenstrahl fiel durchs Fenster und malte ein

Muster auf die aufgestellten gerahmten Fotos, das Bild seiner Tante strahlte besonders hell.

»Tante Finchen, schade, dass Mutter nie den Kontakt zu dir wollte. Vielleicht hättest du mir eine Antwort geben können, weshalb Mutter und Omili wie Hund und Katz waren.«

Kurz überlegte er, was wäre, wenn er Marlen zeigen würde, wo und wie er wohnte. Und ihr die gesamte traurige Geschichte erzählen könnte.

Nein, das musste warten. Das Wichtigste für sie beide war ihre Schneeflocke und der gemeinsame Urlaub, den sie bis zur letzten Sekunde auskosten wollten.

Nun fiel sein Blick auf das größere Foto, das neben dem von Tante Finchen stand. Seine Omili saß auf der Holzbank unter ihrem geliebten Kirschbaum und er daneben, den Kopf auf ihre Schulter gelegt. Er erinnerte sich noch an diesen wunderbaren Tag, es war sein vierzehnter Geburtstag gewesen, der letzte, den er mit ihr hatte feiern können. Er schloss die Augen und roch die leckere Marzipantorte, die sie speziell für ihn an jedem seiner Geburtstage gebacken hatte. Und sein Lieblingsessen stand auf dem Tisch, Königsberger Klopse. Eine Nachbarin hatte das Bild gemacht, die Kirschen waren nicht ganz reif gewesen. Seine Omili und er hatten Pläne für den Sommer gemacht.

Es war ihr letzter Sommer gewesen.

Im Herbst kam die Diagnose: Eierstockkrebs. Omili wollte keine Chemotherapie.

Theo war sauer auf sie gewesen, hatte zwei Wochen kein Wort mit ihr gesprochen.

»Ich war ein Idiot, Omili, aber zum Glück hast du mir verziehen. Und jetzt habe ich wieder so eine Scheißangst wie damals. Ich wollte dich nicht gehen lassen und ich will unser Baby nicht verlieren. Unsere Schneeflocke, sie sieht entzückend aus, sie bewegt sich, die Fingerchen und die Beine, alles ist da. Und trotzdem darf sie nicht leben. Tante Finchen hat mal erzählt, dass du auch ein Kind verloren hast. Ich wollte, du wärst noch bei uns. Du würdest für uns da sein, könntest uns Tipps geben, wie man damit umgeht, wenn man ein Kind verliert. Wie schafft man das?« Theo ließ die Tränen laufen, niemand war hier. Vor allem nicht Marlen, vor ihr durfte er nicht schwach sein.

Sie vertraute ihm. Dabei hatte er auch keine Ahnung davon, wie man ein Kind in den Tod begleitete. Wie er Marlen eine Stütze sein sollte. Ausgerechnet er, der wie ein Grashalm im Wind war.

»Du würdest sagen, es gibt kein Patentrezept dafür, nicht wahr? Du hast mit mir nie über deinen Verlust gesprochen, über das Baby, das du begraben hast. Wusstest du auch vorher, dass es sterben würde? War dein Mann bei dir? Über meinen Großvater weiß ich wenig, du hast kaum von ihm erzählt. Hast du ihn geliebt? War er ein netter Mann? Und warum war es zwischen Mutter und dir so kalt?« Er wischte sich über die Nase. »Ich brauche einen Sack voll Kraft, dass ich für Marlen da sein kann. Sie bedeutet mir alles und ich wünschte, ich könnte ihr den Schmerz ersparen. Ich würde ihr den Mond vom Himmel holen, wenn ich könnte, und muss doch ohnmächtig zusehen, wie unser Kind stirbt.«

Er setzte sich auf den einzigen Stuhl im Raum. »Ich habe mich zu wenig für dich interessiert, Omili, für dein Leben, das, was du erlebt und durchgemacht hast. Du warst immer für mich da, aber ich habe nie gefragt. Was ich weiß, hast du mir selbst erzählt und ich habe nicht einmal konzentriert zugehört. Halt!« Er sprang auf, ihm war ein Gedanke gekommen. »Da war doch was.«

Erneut sah er zum Foto seiner Tante Finchen. Sie war nach der Beerdigung seiner Omili zu ihnen gekommen und hatte seiner Mutter einen kleinen Karton gegeben. Doch seine Mutter hatte ihn nicht haben wollen, hatte über seine Omili gezetert, schließlich hatte er die Mappe mitgenommen.

Und den Inhalt nie angeschaut, nachdem er bemerkt hatte, dass das meiste in enger Handschrift geschrieben war. Zu mühselig für einen Vierzehnjährigen.

Er suchte in den Regalen, weggeworfen hatte er die Hefte nie. Nun zog er sie hervor. Das Papier war vergilbt und schlug an manchen Stellen Wellen, als ob es mal feucht geworden wäre. Omili hatte teilweise mit Bleistift geschrieben, teils mit Tinte, die Farbe war blass, dennoch lesbar. Er setzte sich wieder, nahm eins der schmalen Hefte und las.

Ich wünschte, ich könnte sie lieben. Aber ich fühle nichts. Mein Herz traut sich nicht mehr, da sind Fridolin und die

Es war bereits dunkel draußen, als Theo den Kopf von den Heften hob.

Omili hatte nicht nur ein, sondern drei Kinder verloren. Und jeder hat von ihr verlangt, alles zu vergessen. Dabei ist es ein Schmerz, der niemals aufhört, schrieb sie. Man ist gezwungen zu lernen, damit umzugehen.

Ein deutsches Mädchen weint nicht. Das hatte man ihr eingebläut.

Sein Handy klingelte. Marlen. »Machst du Überstunden?«

»Nein.« Er räusperte sich. Auf einmal hatte er das Bedürfnis, mit Marlen darüber zu reden. Über seine Omili und vielleicht auch über das, was nach ihrem Tod geschah. »Ich komme gleich.« Er schob die Mappe zwischen seine Kleidung und eilte mit der gepackten Tasche nach unten.

»Was macht unsere Kleine?«

»Sie freut sich, dass du nach Hause kommst.« Marlen legte seine Hand auf ihren Unterleib und er spürte die Bewegungen an seiner Handfläche.

»Hi, kleines Mädchen.« Er hockte sich hin und küsste Marlens Bauch.

»Was ist los, Theo? Du siehst aus, als hättest du drei Jahre nicht geschlafen.«

»Ich habe die Tagebücher meiner Omili gelesen.« Er hielt die Hefte hoch. »Nicht alle, aber vielleicht liegt hier der Schlüssel, warum sie und meine Mutter nicht miteinander konnten.«

Und dann erzählte er. Von einer Frau, die ihre Kindheit im Nazi-Regime erlebt hatte. »Ihre Mutter ist nach Hitlers Tod fast zusammengebrochen, hat tagelang geweint. Bis zu ihrem Tod hat sie nie glauben können, was er alles verbrochen hat. Sie hat ihre beiden Söhne, Omilis Brüder, im Krieg verloren, aber sie war stolz, dass sie für das Vaterland gefallen sind. Was für ein Unsinn! Omili hat verfrüht heiraten müssen, dabei wäre sie lieber Lehrerin geworden. Neunzehn war sie da und musste von jetzt auf gleich alle ihre Träume begraben.«

»Wahnsinn, was für eine Zeit das damals war.« Marlen schmiegte sich an ihn und ihre Wärme tat ihm gut.

»Sie hat drei Kinder verloren, Marlen.« Theo zog sie zu sich. »Sie durfte sie nach der Geburt nicht sehen, sie bekamen kein Begräbnis und ihr Mann hat ihr sogar sämtliche Erinnerungsstücke fortgenommen.« Seine Stimme kratzte wie ein rostiger Schlüssel im Schloss. »Sie konnte meine Mutter, ihre Tochter nicht lieben. Zuerst hatte sie Angst, dass auch dieses Kind nicht überleben wird, und ist auf Abstand gegangen. Körperlich war sie oft nicht in der Lage, das Baby zu versorgen. Und irgendwann war es zu spät. Meine Mutter hat sich komplett von ihr abgewandt.«

»Trotzdem warst du viel bei ihr.«

»Ja, das war Mutter recht. Schließlich war ihr der Beruf wichtiger als ein kleines Kind.« Theo schüttelte den Kopf. »Zu mir war Omili liebevoll und herzlich, ich glaube, das war ihre wahre Natur.«

»Sie wollte vielleicht an dir gutmachen, was sie bei deiner Mutter nicht mehr konnte.«

»Kann sein.« Theo legte seinen Kopf auf ihren. »Sie war immer für mich da, ich hingegen habe sie niemals gefragt, wie es ihr geht. Klar habe ich mitbekommen, dass sie manchmal Schmerzen hatte. Sie hat ihre Tabletten genommen und war eine Stunde später wieder fit.« Er drehte sich zu Marlen. »Dann hat sie Krebs bekommen und die Behandlung abgelehnt, ich war entsetzlich sauer, habe ewig nicht mit ihr gesprochen. Ich war so ein Idiot.«

»Sie hat es bestimmt verstanden, Theo.«

»Ich war nach ihrem Tod total neben der Spur. Und meine Eltern waren nie zu Hause.« Er seufzte. »Schade, dass meine Mutter die Briefe nicht lesen möchte. Möglicherweise würde sie in diesem Fall verstehen, weshalb ihre Mutter war, wie sie war.«

»Überzeuge sie, die Tagebücher zu lesen. Vielleicht schafft das auch einen besseren Blickwinkel auf euer beider Beziehung.«

Er drückte Marlen an sich. »Für mich zählen momentan nur unsere Schneeflocke und du. Ich weiß nicht, ob und wie wir das hinkriegen werden, aber ich werde mich bemühen, stark zu sein.«

»Ann-Marie sagt, wir müssen nicht stark sein, niemand verlangt das von uns. Lass deine Gefühle zu, Theo, sei zornig, wütend, hadere mit dem Schicksal oder was auch immer.« Sie hob das Gesicht zu ihm. »Theo, ich bin froh, dass du bei mir bist. Und ich will, dass du weißt, dass ich mir wünsche, dass wir beide …«

Er legte seinen Zeigefinger auf ihren Mund. In diesem Moment wünschte er sich nichts sehnlicher als das.

Das große Aber schwebte jedoch direkt über seinem Kopf. Nein, er konnte ihr nichts bieten. Eine Beziehung würde an seinen finanziellen Problemen zerbrechen, womöglich würde sie nicht verstehen, dass er niemals beim Marquardt Juwelen arbeiten könnte.

»Ich kann dir nichts versprechen, Marlen. Da ist vieles ungesagt und ich möchte dir gern auch den Rest erzählen. Aber hab ein bisschen Geduld. Wir haben eine Abmachung, die gilt noch.« Theo zog seine Hand zurück und löste sich von ihr. »Wir wollen unserer Schneeflocke ein wohltuendes Leben bereiten. Ihr Leben feiern, so lange sie bei uns ist.«

»Ja, das haben wir ein Stückchen weit geschafft. Aber, Theo, davon bleiben wir beide nicht unberührt. Es entsteht ein Band, das nicht nur durch unser Baby zusammengehalten wird. Danach …«

Seine Haut gefror. »Es gibt kein danach.« Die Worte schnitten ihm ins eigene Herz und er hätte sie gern zurückgenommen.

Die Stille hing schwer im Raum. Er sah sie nicht an, erwartete Vorwürfe und Enttäuschung. Erst nach einer Ewigkeit hob er doch den Kopf. Marlen hielt ihr Gesicht abgewandt. Ihre Schwingungen erreichten ihn. Trauer. Zärtlichkeit. Liebe. Unendliche Liebe.

Mach dir nichts vor, Theo. Das sind deine eigenen Gefühle.

Dann hörte er ihre Stimme, leise und deutlich.

»Glaub nicht, dass du eine dermaßen intensive Erfahrung mit jemandem teilen und hinterher deiner Wege gehen kannst. Wann ist das hinterher überhaupt? Wenn unsere Schneeflocke tot ist? Wenn wir sie beerdigt haben? Eine Woche danach? Ein Monat gemeinsame Trauer und dann tschüss?«

Er erstarrte zur Salzsäule, hatte das Gefühl zu ersticken. Sein Plan bekam Risse, Beulen, Löcher. Ihm war übel. Er sah auf einmal ein regloses Baby vor sich, einen kleinen Sarg, Erde, die darüber geschüttet wurde.

Ungeweinte Tränen drückten hinter seinen Lidern, er blinzelte sie zurück.

»Theo, durchbrich den Zirkel deiner Vorfahren.« Marlen durchdrang die Wand aus Trauer, die ihn plötzlich umschloss.

Er hob den Kopf und sah sie an. »Was meinst du damit?«

»Es muss dir auch klar sein, seit du die Aufzeichnungen deiner Großmutter gelesen hast. Isabelle wurde von ihrer Mutter schlecht behandelt, sie konnte ihrer Tochter nicht die Liebe geben, die sie verdient hat. Und Isabelle, sie hat einen Mann geheiratet, der offenbar damit überfordert war, sie nie aufgefangen hat. Aus diesem Grund konnte sie dir ebenfalls nicht die Mutter sein, die du gebraucht hättest.« Sie umarmte ihn auf einmal erneut. »Du glaubst jetzt ebenfalls, dass du keine Liebe verdient hast. Durchbrich den Kreis, lass deine Gefühle heraus. Du empfindest mehr für mich, als du eingestehen magst. Ich spüre das in jedem Blick, jeder Geste, jedem Wort.«

Theo schwieg. Zum Teil war da etwas dran, das musste er zugeben. Doch Marlen wusste nichts von seiner Schuld. »Omili ist an Eierstockkrebs gestorben«, sagte er leise, um das Thema von sich abzubringen. »Ihr Leben lang hatte sie Schmerzen im Bauch, erst nach der Krebsdiagnose hat sie erfahren, warum sie jahrelang Probleme hatte. Endometriose. Heute weiß man, dass sich daraus Krebs bilden kann. Womöglich hätte man sie retten können, wäre ihr frühzeitig die Gebärmutter herausgenommen worden. Aber alle haben ihr nur immer eingeredet, dass sie sich ihre Schmerzen nur einbilde.«

»Das war leider früher so, mit der Diagnose psychisch war man schnell zur Hand.«

»Sie hat sich ihren unendlichen Schmerz von der Seele geschrieben. Die Hefte hier«, er deutete auf den kleinen vergilbten Stapel am Tisch, »sie sind kein Tagebuch im eigentlichen Sinn, sie konnte nur in unregelmäßigen Abständen schreiben. Immer dann, wenn weder ihre Schwiegermutter noch ihr Mann anwesend waren. Und sie keine Arbeit oder zu schlimme Schmerzen gehabt hatte.« Er sprang auf. »Ui, so spät? Es wird Zeit für die Gute-Nacht-Geschichte.«

Marlen deutete auf das Regal, ein Buch stand quer. »Ich habe dir schon ein Buch gerichtet.«

Weißt du eigentlich, wie lieb ich dich hab, las er den Titel.

»Das ist Nivas Lieblingsbuch.« Er holte es und setzte sich gemütlich neben Marlen, schlug das Bilderbuch auf, räusperte sich und begann zu lesen. Wie immer legte er dabei eine Hand auf Marlens Bauch, doch er spürte diesmal keine Bewegungen. Dennoch las er tapfer weiter, auch wenn ihm lieber wäre, seine Schneeflocke würde sich regen und strampeln.

Dann wüsste er, dass sie noch am Leben war.

»Und genauso lieben wir dich, Kleines.« Er klappte das Buch zu, beugte sich zu Marlens Bauch, um Niva wie jeden Tag einen Gute-Nacht-Kuss zu geben.

Danach umarmte er Marlen.

Kapitel 33
1983

Es ist schneidend kalt auf dem Friedhof, der Wind dringt durch jeden kleinen Spalt in ihrer Kleidung. Sogar der Pfarrer friert in seinem Talar, obwohl er eine Wollmütze auf dem Kopf hat und hoffentlich einen dicken Pullover drunter. Grete sieht hinunter auf ihre schwarzen Stiefel. Die Sohle sollte dicker sein, sie hat das Gefühl, barfuß auf dem frostigen Boden zu stehen.

Es ist alles unwirklich, der dunkle Sarg vorn, in dem ihr Helmut liegt. Neben ihr schluchzt Isabelle. Das Kind leidet furchtbar. Was macht sie jetzt ohne Papa? In Grete ist alles taub, es war in den letzten Tagen so viel zu erledigen. Weil es so schnell gegangen ist.

»Mir ist schlecht«, ruft Helmut, dann klappt er zusammen, wie eins dieser Schweizer Taschenmesser. Der Notarzt schüttelt bedauernd den Kopf. Vor wenigen Tagen haben sie seinen 74. Geburtstag gefeiert.

Nun ist sie Witwe, mit achtundvierzig. Sie empfand keine Trauer, eher Dankbarkeit. Jetzt muss sie niemandem mehr Rechenschaft ablegen, wenn sie sich tagsüber ausruht, eine Tablette schluckt oder sich eine Wärmflasche macht.

Helmut hätte eine bessere Frau verdient. Eine, die ihn möglicherweise geliebt hätte, der es genug gewesen wäre, seine Frau zu sein.

Die ihm einen Stall voll Kinder geschenkt hätte, nicht nur eins.

Der Chor singt noch ein Lied, ihr Atem steigt in dichten Dampfwölkchen auf. Helmut ist in der Rente zum Kirchenchor gegangen. Er ist beliebt gewesen, deswegen haben sich zahlreiche Trauergäste eingefunden.

Grete liest die Inschrift auf dem Grabstein. Rosa Küppers, Gott hab sie selig. Auch sie hätte sich eine bessere Frau für ihren Liebling gewünscht.

Helmuts Schwestern sind erschienen, sie hat wenig Kontakt zu ihnen. Nichten und Neffen – nach diesem Tag wird sie sie nie mehr sehen.

Von ihrer Familie ist nur Finchen hier, extra aus Dänemark angereist, die Gute. Wer auch sonst? Die anderen sind alle tot.

Endlich hört der Gesang auf, eine Schlange von Leuten geht am Grab vorbei. Die Worte »zu früh« und »plötzlich« fallen.

»Mein Beileid.« Ein Chorkollege schüttelt ihr die Hand. »Er war ein netter Kerl.«

Nett, das sagt alles und nichts.

Aber nett, das kann Grete unterschreiben. Das war er.

Kapitel 34
Marlen

Meine liebste Schneeflocke! Ich wünschte, ich könnte die Zeit aufhalten wie eine Tür. Einfach einen Türstopper hineinklemmen und sie bleibt offen. Ich genieße die Urlaubstage und es ist, als würdest du teilhaben können an den vielen schönen Dingen, die wir hier in Italien erleben. Die Schokoladeneiscreme war wundervoll lecker. Was du dir wohl für eine Sorte ausgesucht hättest? Die Auswahl war enorm, dein Papa hat sie gezählt. 34, man glaubt es kaum. Es waren auch vegane Eiscremes dabei und solche extra für Kinder. Das glitzernde Einhorn-Eis oder das pinkfarbene mit dem Zuckerstreusel sah lustig aus, bestimmt hättest du eins von beiden gewählt. Alle kleinen Mädchen mögen rosa und Einhörner, nicht wahr?

Marlen hätte nicht gedacht, dass ihnen der Urlaub dermaßen guttun würde. Der Campingplatz in Cavallino, auf dem sie einen Bungalow gemietet hatten, lag malerisch und nur zehn Minuten vom Strand entfernt. Die Fahrt war mühsam gewesen, sie hatte nun öfter Harndrang und mit dem gewachsenen Bauch konnte sie nicht lange sitzen. Zudem gab es einige Staus, die noch zusätzliche Verzögerungen verursachten. Mit vielen Pausen und einer Übernachtung in einem kleinen Hotel bei Nürnberg hatten sie es schließlich überstanden.

Sie wurden durch das wunderbare Flair des Ankunftsorts und einen entzückenden Bungalow im Schatten von Pinienbäumen belohnt sowie durch den Duft des üppigen Oleanders, der rundum wuchs.

Marlen hatte befürchtet, dass die zahlreichen Kinder, die den Platz bevölkerten, sie irritieren und traurig stimmen würden, aber das Gegenteil war der Fall.

Für zwei Wochen wollten sie so tun, als wären sie glückliche werdende Eltern, die sich auf ihr Baby freuten. Jetzt im Juni hatte das Wetter hier noch nicht seinen sommerlichen Höhepunkt erreicht, tagsüber waren es meist rund vierundzwanzig Grad. Nachdem sie sich von den Strapazen der Anreise erholt hatte, hatten sie sich angewöhnt, früh aufzustehen und Strandspaziergänge vor dem Frühstück zu unternehmen.

Der kühle Sand unter ihren nackten Füßen, der traumhafte Blick zum Horizont und das leise wellende Meer, das alles schuf in Marlen eine wohltuende Stimmung von Frieden. Ihre Schneeflocke war häufig wach, strampelte aber nur sanft, als würde sie den speziellen Zauber ebenfalls spüren. Marlens Hand lag in der von Theo, meist sprachen sie minutenlang kein Wort. Sie knipsten Fotos mit ihren Handys und waren doch enttäuscht, dass kein Bild der Welt das Ambiente festhalten konnte. Es musste in ihren Herzen bleiben, für immer.

Tagsüber badeten sie im Meer oder unternahmen Ausflüge, liehen sich E-Bikes aus und radelten ins Ungewisse. Marlen fühlte sich ausgesprochen wohl, sie war nun in der 26. Woche. Obwohl ihr Bauch gewachsen

war, war das Radfahren die passende sportliche Betäti-
gung. Sie suchten Tavernen im Landesinneren auf und
genossen italienische Spezialitäten. Einen Tag verbrachten sie in Venedig, fuhren mit dem Schiff von Punta
Sabbioni zur Piazza San Marco. Sie schlenderten durch
die Gassen und am Canale Grande entlang, aßen in einem Restaurant weit weg vom Trubel und genossen zum
Abschluss den Ausblick vom Markusturm. Dabei rede-
ten sie mit ihrer Schneeflocke und Theo erklärte ihr, was
sie sahen. Dadurch empfand Marlen sämtliche Episoden
noch intensiver, sie sog alles in sich auf. Die warme Sonne auf ihrer Haut, die leicht salzige Luft in ihrer Nase
und den delikaten Geschmack von italienischem Essen.

Die Nächte waren von Zärtlichkeit erfüllt, und von
Liebe, wie Marlen hoffte. Theo überschlug sich vor Aufmerksamkeit, sodass Marlen erneut zu hoffen begann, es
könnte eine bleibende Beziehung werden.

Während des gesamten Urlaubs gelang es ihr, sämtliche Eindrücke auf sich wirken zu lassen und fast jeden
Gedanken an den 13. September beiseitezuschieben.
Am letzten Tag regnete es, es schien, als würden die Regentropfen die Schwere und Traurigkeit in Marlens Leben zurückbringen. Es geschah nicht plötzlich, sondern
nach und nach drückten immer mehr dunkle Schleier
auf sie, nahmen Atem und Licht.

Sie saßen unter dem Vordach ihres Bungalows, Theo
las die Gute-Nacht-Geschichte für Niva. Seine Stimme
war wohlklingend tief, er schaffte es, den Tonfall jedes
Mal neu zu verstellen und die Geschichte rund um die

Freundschaft einer Ente zu einem Frosch wurde vor Marlens Augen lebendig. Ihrer Schneeflocke schien die Story ebenfalls zu gefallen, sie bewegte sich hin und wieder in einer Art, als wollte sie signalisieren: ›Halt, ich bin da und höre zu‹, war jedoch gleich ruhig.

Theo las die Geschichte insgesamt dreimal. Irgendwo hatten sie gelesen oder gehört, dass kleine Kinder Wiederholungen liebten, daher war es Standard geworden, jedes Bilderbuch mehrmals zu lesen.

Kurz vor Ende des dritten Durchgangs verlor Marlen den Kampf gegen die Tränen. Theo las mit normaler Stimme weiter, schließlich bemerkte er ihr stummes Leid. Sanft schloss er das Buch und zog sie in seine Arme. Erst konnte sie nichts sagen, doch dann flossen die Worte aus ihrem Mund.

»Sie wird niemals Freundinnen haben.«

»Wir dürfen nicht die Dinge aufzählen, die sie nicht haben wird.« Theo zog sie näher an sich und raunte in ihr Ohr. »Im Grunde genommen hat sie alles, was sie jetzt im Moment braucht.«

»Und das wäre?«

»Liebende Eltern.« Theo schloss seine Hände über ihrem gewölbten Bauch.

»Was nützt ihr das?« Marlen lehnte den Kopf zurück. »Wir können ihr Leben mit all unserer Liebe nicht retten.«

»Viele müssen sterben, ohne jemals geliebt worden zu sein.« Theo sagte es leise, doch Marlen hörte einen traurigen Unterton in seiner Stimme.

»Glaubst du, dass dies auf dich zutrifft?«

Sein Schweigen hing über ihnen wie ein dunkles Tuch.

Marlens Augen brannten, die erlösenden Tränen wollten nicht kommen. »Ich versteh das nicht. Es ist leicht, dich zu lieben.«

Seine Arme verkrampften sich. Sie spürte sein Herz an ihrem Rücken schlagen und sie wünschte, er würde etwas sagen.

»Vor ein paar Monaten hast du noch anders über mich gedacht.«

»Ich gestehe, dass ich Vorurteile hatte, Theo. Dein Verhalten in der Firma war Tarnung, das weiß ich nun. Aus irgendeinem Grund wolltest du, dass dich alle für einen oberflächlichen, frauenverachtenden Typen halten, für den One-Night-Stands an der Tagesordnung sind. Mittlerweile kenne ich dich besser, du bist einfühlsam und in dir steckt ein tiefgründiger Charakter aber auch eine verletzte Seele. Da ich deine Eltern kennengelernt habe, kann ich mir das ein bisschen ausmalen.«

»Ich bin der Typ, der keine Bindung eingehen kann, Marlen. Sieh nicht etwas in mir, das nicht vorhanden ist.« Theos Stimme hatte einen kalten Klang bekommen, aber Marlen spürte das Zittern darunter.

»Du machst dir etwas vor, Theo. Du liebst unsere Schneeflocke bereits.«

»Das tue ich.« Sein Tonfall war wieder weich, fast zärtlich. »Wer könnte so ein zartes Wesen nicht lieben? Ich würde alles für sie tun, könnte ich ihr Leben retten.«

»Und du magst mich«, fügte sie rasch hinzu, ehe sie der Mut verließ.

»Das tue ich.« Er löste seine Arme und rückte von ihr ab. »Aber das reicht nicht für eine dauerhafte Beziehung. So bin ich nun mal, ich brauche Abwechslung.«

»Nein, so bist du nicht.« Marlen rutschte ebenfalls von ihm weg. »Es hängt mit deinen Eltern zusammen, nicht wahr? Warum erzählst du mir nichts von deiner Vergangenheit? Weshalb kann dein Vater so mit dir umspringen? Du verdienst dein eigenes Geld, dennoch scheinst du nach ihrer Pfeife zu tanzen. Und was war zwischen dir und Jonathan?« In diesem Augenblick hoffte sie dermaßen intensiv, dass er sich ihr öffnen könnte, dass es fast wehtat.

»Vertrau mir, dass es besser ist, wenn du nichts weißt. Du hättest von jetzt auf gleich ein komplett anderes Bild von mir und würdest mich nicht mehr in die Nähe von Niva lassen.« Sein Gesicht war maskenhaft starr, er löste sich von ihr und legte das Bilderbuch auf den Tisch.

Die Enttäuschung ließ sie frösteln. »Vielleicht täuschst du dich in mir. Vertraust du mir nicht?«

»Das tue ich. Aber ich will dich nicht mit etwas belasten, das für dich ohne Belang ist. Du hast genug damit zu kämpfen, dass unsere Schneeflocke uns bald verlassen wird. Es ist wichtig, dass du dich darauf konzentrierst und dass jede Minute mit ihr im Gedächtnis bleibt.«

»Dazu gehört auch der Frieden ihres Papas. Theo, was ist zwischen dir und deinen Eltern? Und Jonathan, ich weiß, dass er eine Rolle spielt.« Sie wusste, dass sie verzweifelt klang, doch sie wollte Theo in ihrem Leben halten. Mit einer Inbrunst, die ihr den Atem nahm.

Sein Zusammenzucken, eine halbe Sekunde nur, verriet ihr dennoch, dass sie ins Schwarze getroffen hatte.

»Hallo ihr Lieben, hat euch der Regen auch überrascht?« Ihre Nachbarn, die Gerbers, ein Paar um die fünfzig, waren zurück. Sie hatten Regenjacken an, jedoch die nassen Haarsträhnen hingen ihnen ins Gesicht.

»Einen solchen Regen gibt's um diese Jahreszeit schon mal. Der trockene Boden hat's nötig. Er kann das Wasser kaum aufnehmen.« Herr Gerber deutete auf die Rinnsale, die sich über den Weg schlängelten. »Fahrt ihr morgen auch nach Hause?«

»Ja, leider.« Marlen stand auf, sie ärgerte sich über die Unterbrechung. »Ich muss fertig packen.« Sie log, denn ihre Koffer waren bereits gefüllt, sie hatte nur noch die Sachen, die sie am Abend benötigen würden, draußen gelassen.

»Zum Glück haben wir das meiste schon gepackt. Dann wollen wir uns mal trockenlegen.«

Marlen zog Theo nun in den Bungalow, schloss Tür und Fenster. »Bitte, Theo. So schlimm kann es nicht sein, vertrau mir.« Sie legte sich aufs Bett, da ihr Rücken schmerzte. Viel Platz war im Inneren nicht.

Schließlich sackten Theos Schultern resigniert herab, und er setzte sich auf einen der Holzstühle. »Wir waren dumme Jungs damals.« Er seufzte. »Und wir haben etwas angestellt, das enormen Schaden verursacht hat.«

»Und dein Vater hat diesen Schaden übernommen,

nicht wahr? Deswegen hat er dich in der Hand.«

Theo nickte.

»Und Jonathan?«

»Es ist eine lange, wenig rühmliche Geschichte.«

»Wir haben Zeit, die ganze Nacht. Niva schläft, falls du Angst hast, sie könnte mithören.«

Ein feines Lächeln umspielte seine Mundwinkel. »Du musst mir versprechen, dass du, was immer du jetzt auch hören wirst, mich trotzdem im Leben unserer Schneeflocke lassen wirst.«

Sie hob die Hand mit der Handfläche zu ihm gerichtet. »Ich verspreche es hoch und heilig. Zudem glaube ich ohnehin, dass du maßlos übertreibst und ...«

Er stoppte sie durch eine Handbewegung. »Jonathan und ich waren seit der Grundschule Freunde. Wir haben gemeinsam viel Unsinn gemacht. Ich erwähnte ja schon, dass ich alles andere als ein Musterknabe war. Aber auf dem Gymnasium, da sind wir zu weit gegangen.« Er brach ab, sah sie nicht an.

Marlen blieb stumm, sie wollte auf keinen Fall, dass er mit seiner Erzählung aufhörte.

Nach einer gefühlten Ewigkeit sprach er weiter. »Ich habe mich bereits in der Schule mit Computern ausgekannt. Informatik war immer schon meins. Wir alle hatten Zugang zum Schulnetzwerk, es gab einen Bereich für Schüler und einen für Lehrer sowie einen für Hausmeister und Technik. An diesem Wochenende saßen wir als Clique in meinem Zimmer zusammen ...«

»Wie viel wart ihr?«

»Jonathan, ich und noch zwei andere Jungs, Heinz und Philipp. Wir haben uns im Hacken von Daten erprobt, unser Ziel war natürlich der Lehrerbereich. Wir erhofften uns Daten von Schularbeiten oder sonstigen Prüfungen, im Grunde genommen hatten wir jedoch keine Ahnung, was wir vorfinden würden. Tatsache ist, dass ich den Bereich für Lehrer nicht hacken konnte, dafür auf einmal im Technikbereich landete. Jonathan fand das besonders spannend. Sämtliche Dinge wie Heizung, Lüftung und das Schließen und Öffnen der Dachfenster konnten wir nun regeln. Wir erwogen, dem Hausmeister, einem grantigen Zeitgenossen, der uns ständig nervte und anschrie, einen Streich zu spielen. Jonathan setzte sich an meinen Laptop und experimentierte herum, plötzlich rief Heinz ›Du hast die Sprinkleranlage ausgelöst‹. Jonathan sagte nur ›Quatsch‹ und ehe ich hinsehen konnte, hatte er sich aus der Seite ausgeklinkt. Was wir auch taten, wir kamen nicht mehr hinein. Ich dachte noch, dass das mit der Sprinkleranlage bestimmt ein Irrtum wäre. Doch das war es nicht.« Theo seufzte. »Wir hätten gleich alles beichten sollen, dann hätte die Zerstörung nicht diese Dimension annehmen können. Das taten wir Feiglinge natürlich nicht. Es war Samstagabend und die Sprinkleranlage lief während der gesamten Nacht. Eine Lehrerin, die am Sonntag Unterlagen holen wollte, hat schließlich Meldung gemacht. Da war der Schaden schon angerichtet.«

»Ach du liebe Scheiße.«

»Das kannst du laut sagen. Die Zerstörung war

enorm. Computer, Netzwerke, sogar das gesamte WLAN-System waren irreparabel beschädigt. In der Bibliothek sind Bücher, Dokumente und Möbel kaputtgegangen. Im Turnsaal stand das Wasser zentimeterhoch, einige Sportgeräte waren nicht mehr zu retten. Die Schäden in den Klassenzimmern waren ebenfalls hoch. Es war Glück im Unglück, dass nicht die gesamte Schule betroffen war, weil sich nur ein Teil der Sprinkleranlage aktiviert hat.«

»Ich verstehe, dass es ein großer Schaden war, aber im Prinzip war es Jonathan, der die Sache ausgelöst hat, nicht du.«

Theo lachte kurz auf. »Im Prinzip, du sagst es. Sie haben den Auslöser bis zu meinem Computer verfolgt. Als Hacker war ich wohl doch nicht so ein Profi. Ich wollte, dass wir uns zu viert bekennen, denn schließlich waren wir alle beteiligt. Jonathan hingegen erklärte, es sei mein Computer gewesen und ich könnte nicht beweisen, dass er dabei war.«

»Und die anderen?«

»Haben beide behauptet, sie hätten nichts gesehen.«

»Nicht die feine Art. Warum haben sie gelogen?«

»Sie wollten sich raushalten, es sich mit niemandem verderben.«

»Sie wollten sich auf Jonathans Seite stellen, ganz klar.« Sie griff nach seiner Hand. »Das sind keine Freunde.«

»Nicht mehr, nein.« Theo seufzte.

»Jetzt verstehe ich, warum du mit Jonathan nicht sprichst. Hast du deine Version nicht erzählt?«

»Wozu? Mein Vater hat mit der Schulleitung gesprochen und die Kosten übernommen. Beim Gerichtsverfahren wurde ich zu fünfzig Sozialstunden verdonnert. Das war allerdings cool. Ich habe in einem Seniorenheim den alten Menschen das Internet erklärt und ihnen geholfen. Danach bin ich noch öfter freiwillig hingegangen.«

»Damit hast du doch alles im Rahmen deiner Möglichkeiten wiedergutgemacht.«

»Den enormen finanziellen Schaden konnte ich nicht stemmen. Mein Vater hat mir das Versprechen abgenommen, nach dem Studium in seiner Firma anzufangen. Damals habe ich zu allem Ja und Amen gesagt. Ich war irgendwie erschüttert, dass durch mich so ein großer Schaden entstanden ist.«

»Doch nicht durch dich! Durch Jonathan.«

»Das konnte ich nicht beweisen. Zudem war ich am Hackangriff beteiligt, also bin ich zumindest mitschuldig.«

»Du zahlst es deinem Vater zurück, nicht wahr? Deswegen lebst du spartanisch und kannst dir nichts leisten.«

»Das ist dir aufgefallen?«

»Ich merke es daran, wie bewusst du einkaufst. Und dass du mir noch nie deine Wohnung gezeigt hast.«

»Das Loch willst du nicht sehen.«

Sie tippte sich an die Stirn. »Der Urlaub hier! Lass mich das übernehmen.«

Er wandte den Kopf ab. »Das passt schon. Du hast hier die meisten Mahlzeiten übernommen.«

»Trotzdem.« Sie hatte ein schlechtes Gewissen. Weshalb hatte sie angenommen, dass Theo genug Geld haben müsste. »Du musst von den Schulden runterkommen.«

»Das ist ein hoffnungsloses Unterfangen. Eine halbe Million Euro und du kannst dir vorstellen, dass mein Vater jede Menge Zinsen draufschlägt. Der Betrag ist in den Jahren, seit ich selbst Geld verdiene, nur um ein Drittel geringer geworden.«

»Ich denke, du solltest bei einer Bank nach einem Kredit fragen und deinen Vater ausbezahlen. Dann wärst du besser dran.«

»Mein Vater ist sauer und trägt mir nach, dass ich mein Versprechen gebrochen habe und nicht bei Marquardt Juwelen einsteige.«

»Könntest du dort auch in der Marketing-Abteilung arbeiten?«

»Nein. Ich müsste in den Vorstand und würde vorbereitet, irgendwann die Firma zu leiten.«

»Und das möchtest du auf keinen Fall?« Sie legte den Kopf schief. »Dein Vater, der wird nicht ewig in der Firma sein. Wie alt ist er?«

»Mitte sechzig. Der ist noch mit achtzig dabei. Und er ist nicht der Typ, der die Leitung so einfach abgibt oder Neuerungen zugänglich ist.« Er hob die Schultern. »Das ist nicht das Problem, sondern dass ich nicht so werden möchte wie er. In seiner Gegenwart bekomme ich einen Eispanzer, das will ich nicht.« Er sah sie nun direkt an. »Du sagst gar nichts zu meinem Verbrechen? Ich habe eine Jugendstrafe gekriegt.«

»Richtig, du hast dafür deine Strafe erhalten. Es muss gut sein. Du warst – wie alt eigentlich?«

»Fünfzehn.«

»Ein halbes Kind noch. Weshalb machst du keinen Strich drunter?« Sie hob die Hand. »Halt, ich weiß es schon. Weil dein Vater es dir jedes Mal von Neuem aufs Brot schmiert. Eine Abmachung war dein Erscheinen beim Ball und der Tanz mit Sabrina, nicht wahr?«

»Ja. Ich müsste auswandern und komplett untertauchen, um seiner Macht zu entkommen.«

Marlen begriff auf einmal vieles an Theo. Aber was bedeutete das für sie beide? Solange er nicht den Mut hatte, aus dem toxischen Einfluss seiner Familie zu fliehen, würde er sich niemals auf eine Beziehung einlassen. Offenbar suchte er gar nicht nach Auswegen. »Du hast ihm nie den Kampf angesagt.«

»Willst du damit sagen, ich sei feige?« Empört richtete er sich auf. »Du hast keine Ahnung, welche Menge an Kontra ich ihm bereits gegeben habe. Ich habe mich geweigert, in die Firma einzusteigen, habe etwas komplett anderes studiert und lebe spartanisch, nur um ihm zu zeigen, dass ich seinen Luxus nicht brauche.«

»Das tust du.« Sie strich über seinen Oberarm. »Und ja, das ist eine tolle Leistung. Doch im wesentlichen Bereich hast du offenbar nicht einmal einen Versuch gestartet, ihm zu entkommen.«

»Wie sollte ich das? Mit dem Geld hat er mich in der Hand, oder beschaffst du mir einen Goldesel, der die Summe mit einem Fingerschnippen regnen lassen kann?«

Marlen stupste ihn an. »Bin ich eine Hexe?«

Er beugte sich zu ihr. »Bist du.« Und dann küsste er sie und sie vergaßen für einige Zeit Väter, Geld und Schulden.

·

Kapitel 35
Theo

Nach dem Urlaub erwähnte Marlen Theos Jugendstrafe nicht mehr. Er war dankbar, aber auch erschüttert, dass eine Sache, die ihn lange Zeit dermaßen geplagt hatte, mit einem Wisch zur Seite geschoben worden war. Ob sie recht hatte, und er sollte sich widersetzen? Er müsste sich einmal bei der Bank erkundigen, womöglich waren die Zinssätze seines Vaters wirklich überhöht?

Marlen musste vor der Geburt nicht mehr in die Firma. Sie fehlte Theo, der erst im August wieder Urlaub hatte, jedoch seine Arbeitszeit um ein paar Stunden hatte reduzieren dürfen. Theo zollte Marlen Respekt, ihr Bauch war unförmig geworden, dabei waren es weitere sieben Wochen bis zum errechneten Geburtstermin. Er merkte, dass Marlen sich immer schwerer tat, sich fortzubewegen, aus dem Bett oder vom Stuhl aufzustehen oder sich Socken anzuziehen.

»Wir könnten Fruchtwasser punktieren«, schlug Professor Gerold bei der nächsten Ultraschalluntersuchung vor. Theo war froh, dass der Professor und Leiter der perinatalen Station der Klinik Nordhaven die Vorsorge übernommen hatte. Frau Doktor Schulz war definitiv überfordert gewesen. Nachdem Marlen ihr das letzte Mal die Meinung gesagt hatte, hatte der Chefarzt selbst ihre Voruntersuchungen übernommen. »Das könnte vorübergehend Erleichterung verschaffen. Ihre Tochter ist nicht in der Lage, Fruchtwasser zu schlucken, aus diesem Grund sammelt es sich an.« Er sprach immer respektvoll von Niva, nannte sie nie nur den »Fötus«.

Marlen schüttelte jetzt den Kopf. »Ich möchte nichts tun, was das Baby gefährden könnten. Soweit ich informiert bin, kann eine Fruchtwasserpunktion vorzeitige Wehen auslösen.«

»Möglich, nicht wahrscheinlich. Aber Sie müssen sich nicht jetzt entscheiden, Sie können jederzeit anrufen und einen Termin vereinbaren.« Der Arzt fuhr mit dem Ultraschallkopf über den Bauch.

Theo war wiederum fasziniert von seiner Schneeflocke. Niva war enorm gewachsen wie ein gesundes Baby. Sogar das Köpfchen wirkte auf den Bildern normal. Der Arzt druckte ihnen wieder mehrere Fotos aus, die Marlen mit Tränen in den Augen ansah und dann an Theo weitergab.

Professor Gerold gab Marlen ein Papiertuch, ehe er zu seinem Schreibtisch zurückging. »Es sieht alles so weit gut aus.« Mit Schwung setzte er sich vor seinen PC und tippte in die Tastatur.

Theo half Marlen, sich aufzusetzen, den Bauch abzuwischen und ihre Bluse zuzuknöpfen. Kurz darauf saßen sie dem Arzt gegenüber. Der beugte sich vor, stützte die Ellbogen auf den Tisch und verschränkte die Finger. »Wir sollten darüber sprechen, wie Sie sich die Geburt vorstellen. Bei einem Kaiserschnitt hätte Ihre Tochter die größte Chance, lebend geboren zu werden. Es gibt Babys, die ein paar Stunden gelebt haben.«

Marlens Hand suchte die seine und Theo umschloss die kalten Finger. Er spürte, dass sie nicht darüber sprechen wollte, und er verstand sie.

Er selbst hasste es ebenfalls, über die Geburt und das Ende von ihrer Schneeflocke zu reden. Aber natürlich mussten sie das medizinische Vorgehen besprechen.

Die Zeit schrumpfte jeden Tag ein wenig mehr wie Schnee in der Sonne.

»Ich weiß, dass das ein schwieriges Thema für Sie ist, Frau Ehrenberg. Die Entscheidung kann Ihnen niemand abnehmen. Und ich kann leider auch keine Garantie geben, dass Ihr Kind nach einer Sectio lebend geboren wird.«

»Hatten Sie bereits mehrere solche Fälle?« Theo erkannte seine Stimme nicht wieder, dieser krächzende Unterton, als wollte er gleich weinen, gehörte kaum zu ihm.

»Ja. Anenzephalie kommt ab und zu vor. Viele Kinder sterben im Mutterleib. Sie sind die dritte Frau, die ich begleite, die ihr Baby bis zum Schluss austragen möchte.« Der Arzt sah sie dabei direkt an. »Haben Sie noch Fragen?« Es klang ruhig, dennoch spürte Theo, dass der Professor langsam zum Ende kommen wollte. Theo rechnete ihm hoch an, dass er sich Zeit nahm.

Marlen schüttelte den Kopf, ihre Finger krampften sich um seine. Bei jeder Untersuchung hoffte sie auf ein Wunder, das spürte er und stürzte danach in die Untiefen eines schwarzen Lochs.

Er half ihr hoch und wünschte, er könnte sie auch aus dem psychischen tiefen Graben ziehen, in dem sie sich befand. Mittlerweile bewegte sie sich schwerer, den enorm gewachsenen Bauch trug sie wie einen Medizinball vor sich her.

»Wann soll ich wieder kommen?«

»Wann immer Sie sich schlechter fühlen oder Sie eine Fruchtwasserpunktion machen lassen wollen.« Der Professor erhob sich ebenfalls und reichte ihr die Hand. »Sonst in zwei Wochen.«

»Der Professor ist nett.« Marlen plagte sich mit dem Sicherheitsgurt im Auto. Ihr rechter Arm schien zu kurz, der linke zu ungeschickt, den Verschluss einzustecken. Theo half ihr.

»Aber?«

»Er ist professioneller als Frau Doktor Schulz. Trotzdem habe ich das Gefühl, dass er am liebsten hätte, ich würde mich gar nicht melden. Außer bei Problemen. Die üblichen Vorsorgeuntersuchungen sind wohl sinnlos und selbst wenn ich vorzeitige Wehen hätte, dann wäre es egal. Mein Baby stirbt sowieso, ob früher oder später …« Ihre Stimme erstickte.

»Du irrst dich. Es geht um dich und deine Gesundheit halt«, er hob die Hand, »das würde es bei einem gesunden Baby auch.« Er startete den Wagen und lenkte ihn vom Parkplatz des Klinikgeländes.

»Warum rät er dann nicht, was ich tun soll? Alles überlässt er mir. Eine Punktion des Fruchtwassers zum Beispiel. Bei jedem anderen würde er über die Risiken aufklären und sagen, es läuft so und so. Bei mir sagt er nur, wir machen das, wenn ich es so möchte. Weil es egal ist, sollte dem Baby dabei was passieren.«

»Marlen, ich verstehe dich, dass du so denken musst.« Theo überlegte kurz, ein falsches Wort würde sie wütend machen. Im Grunde genommen verstand er den Arzt, das Baby war nicht zu retten, also richtete er sein Augenmerk auf die Mutter. »In früheren Zeiten war beispielsweise die katholische Kirche der Auffassung, dass alles seinen natürlichen Gang gehen muss. Bei Geburten durfte man nicht eingreifen, selbst, wenn das Leben der Mutter in Gefahr war, durfte man dem Baby aktiv nichts tun. Jetzt ist es umgekehrt, das Leben der Mutter geht vor. Und unsere Schneeflocke kann in keinem Fall gerettet werden.«

»Das musst du nicht sagen, das muss niemand ständig betonen. Ich hab das kapiert, verstehst du?« Marlens Augen blieben trocken, ihre Stimme schrillte in sein Ohr. »Aber wir beide, du und ich, wir haben uns entschieden, dass wir nicht untätig warten werden, bis sie stirbt, sondern ihr ein lebenswertes Leben bereiten, selbst wenn es nur kurz ist.«

Theo blieb der Mund offen stehen. So energisch kannte er sie nicht. »Ich sehe, wie du dich bereits plagen musst. Und es sind noch ein paar Wochen, in denen Niva wachsen wird und mehr Fruchtwasser dazu kommt. Die Idee mit der Punktion ist nicht schlecht, finde ich.«

»Nein, es bringt Niva in Gefahr und ich werde nichts tun, was ihr Leben verkürzen könnte. Bis zum 13. September sind nur sieben Wochen übrig. Das ist zu wenig, viel zu wenig.«

Er biss sich auf die Lippe, um nichts zu sagen. Ihr Bauch war jetzt schon so groß wie der einer Hochschwangeren kurz vor dem Geburtstermin.

»Gut. Das musste mal gesagt sein«, fuhr sie fort. »Und, Theo, ich will vor der Geburt ein Gespräch mit deinen Eltern.«

»Wie bitte?« Hatte er sich verhört? Seit der Gala hatten sie seine Eltern nicht mehr erwähnt.

»Ich möchte ihnen von unserer Schneeflocke erzählen, sie sollen es wissen, ob es sie interessiert oder nicht.«

»Sie werden dich verletzen, Marlen. Erinnere dich, wie sie dich auf der Gala behandelt haben.«

»Ich erwarte nichts von ihnen, daher können sie mir nicht wehtun.«

Theo bezweifelte das. Marlen sah nun zum Himmel. »Wir könnten deine Omili bitten, dass sie unsere Schneeflocke dort oben für uns in die Arme nimmt.«

»Das ist …« Er hätte selbst draufkommen können. Irgendwie war es ein tröstlicher Gedanke, dass seine Schneeflocke von einer liebenden Person im Himmel empfangen werden könnte. »Ich dachte, du glaubst nicht an Gott und den Himmel?«

Marlen lehnte den Kopf zurück und strich mit ihren Händen über ihren Bauch. Rasch wandte sich Theo wieder der Straße vor sich zu. Die Geste war dermaßen intim und liebevoll, dass sich ein Klumpen in seinem Hals bildete.

»Niva zuliebe möchte ich daran glauben, dass es ein Jenseits gibt, dass sie irgendwo das Leben bekommt, das sie hier bei uns nicht hat haben können. Das, was du mir über die Seele erzählt hast, vielleicht stimmt das. Wir steigen auf in eine andere Dimension, frei von allem Ballast, der uns gequält hat. Wer weiß das schon? Glaube ist eine starke Kraft, er sollte Gutes bewirken. Auf keinen Fall darf er ausarten, andere zu dominieren und zu unterdrücken und ihnen weiszumachen, sie täten dies im Auftrag einer höheren Macht.«

Theo fuhr in die Gasse zu Marlens Wohnung hinein, bremste schließlich vor ihrem Wohnblock und schaltete den Motor ab. »Marlen, du musst nichts erzwingen. Jemand, der so mächtig ist, wie man Gott nachsagt, ist nicht darauf angewiesen, dass man ständig vor ihm auf den Knien liegt. Er möchte gewiss nicht, dass man in seinem Namen andere nötigt, an ihn zu glauben. Und er verurteilt niemanden, der an seiner Existenz zweifelt. Aber in dem Moment, in dem du ihn brauchst, wirklich brauchst, wird er für dich da sein.«

Marlen schwieg. Theo wusste, dass sie ihm nicht glaubte, doch er wollte nicht weiter in sie dringen. Er hatte sich selbst nie intensiv mit dem Tod beschäftigt, nicht einmal als seine Omili gestorben war. Erst jetzt mit dem nahenden Sterben seiner Schneeflocke wurde ihm die Vergänglichkeit bewusst.

Die Zeit wurde knapp. Plötzlich erschien es ihm richtig, seine Eltern zu informieren und ihnen die Wahl zu lassen, ob sie sich auf den Abschied von ihrem Enkelkind einlassen konnten oder nicht. Diese Entscheidung sollten und mussten sie selbst treffen.

Theos Eltern waren überraschend schnell zu einem Gespräch bereit, so fuhren sie am Samstag zu der mondänen Neubau-Villa, die Theo nie ein richtiges Zuhause gewesen war. Hanni, die Haushälterin, empfing sie in der Eingangshalle mit der hohen Decke und der hässlichen Marmorbüste in der Mitte. Bereits in seiner Jugend war ihm Hanni wie ein Roboter vorgekommen, sie tat ihre Arbeit, lächelte selten und sprach wenig. Ihr Haarknoten klebte fest am Kopf, zahlreiche Falten auf der Stirn und rund um ihren Mund zeugten von ihrem Alter an die sechzig. Aufrecht führte sie die Gäste in den Salon, die hochtrabende Bezeichnung für ein großes Zimmer mit breiter Fensterfront und Blick auf den gepflegten Rasen mit den Zierbüschen, stramm wie Soldaten. Ein Kaffeetisch war gedeckt, Kuchen und kleine Brötchen standen darauf.

Seine Mutter kam ihnen entgegen, umarmte ihn in ihrer steifen Art mit möglichst wenig Hautkontakt, danach streckte sie Marlen die Hand hin, dabei wanderte ihr Blick auf deren Bauch. Ihre Miene blieb jedoch unbewegt. »Nett, Sie wiederzusehen.« Theo spürte, dass sie sich um Herzlichkeit bemühte, leider klang ihr Tonfall nach dem Gegenteil von Freude. »Bitte, nehmt Platz. Vater kommt gleich«, sagte sie zu Theo gewandt.

Sie setzten sich mit Blick ins Grüne, Theo wusste bereits, dass dies eine beruhigende Wirkung auf Marlen hatte.

»Kaffee?« Seine Mutter begann einzuschenken, als sich die Tür öffnete und sein Vater hereinkam. »Der Besuch ist schon da? Guten Tag.« Es war die Verbindlichkeit eines Roboters.

Überraschend stand Marlen auf und streckte ihm ihre Hand hin. »Freut mich, Sie wiederzusehen, Herr Marquardt.«

»Mich auch, Frau …«

»Ehrenberg. Sagen Sie einfach Marlen.«

»Ehrenberg.« Er legte den Kopf schief. »Ich kenne einen Juwelier Ehrenberg in Kiel. Sind das Verwandte von Ihnen?«

»Nicht, dass ich wüsste.«

»Wäre ein glücklicher Zufall gewesen. Die Ehrenbergs in Kiel sind alteingesessene Juweliere.«

Theo verdrehte die Augen. Ungerührt ließ sich sein Vater neben seiner Mutter nieder. »Du wolltest mit uns sprechen, Theo. Ich hoffe, du hast es dir überlegt und möchtest deinen Platz in der Firma einnehmen.« Er nickte zu Marlen und nahm seiner Frau die Kaffeetasse ab. »Jetzt, da du offenbar eine Familie gründest.«

»Nein, ich wollte euch Marlen offiziell vorstellen. Auf der Gala war zu wenig Zeit und die erste Begegnung ist – hm – nicht optimal gelaufen.« Er suchte in den Gesichtern seiner Eltern vergebens nach irgendeiner Reaktion. Die beiden waren es seit jeher gewohnt, dass man seine Stimmungen verschlossen hielt.

»Nun, das tut mir leid.« Sein Vater verzog den Mund zu einem kargen Lächeln, das in Lichtgeschwindigkeit verschwand. Unhöflichkeit leistete er sich niemals. Dennoch spürte Theo die Gleichgültigkeit hinter seinen Worten, den Unterton, der suggerierte, dass sein Vater Wichtigeres zu tun hätte, als hier zu sitzen und mit seinem Sohn und dessen schwangerer Freundin Kaffee zu trinken.

»Hast du ihr einen Antrag gemacht?« Seine Mutter warf diese Bemerkung hin, wie einem Hund seinen Knochen. Nein, das war falsch, viele Hundebesitzer legten ihren Tieren die Mahlzeiten liebevoller hin, als seine Mutter nun gesprochen hatte.

Theo schwieg.

Nach einer qualvollen Minute wandte sie sich an Marlen. »Was mögen Sie denn für ein Stück Kuchen? Ein Stück Napfkuchen oder von der Apfeltorte?« Es war das erste Mal, dass einer von seinen Eltern direkt mit Marlen sprach, von der Begrüßung abgesehen.

»Ich probiere gern beides.« Marlens frische Stimme legte sich wie Balsam auf sein Gemüt. Offenbar ließ sie sich durch die angespannte Stimmung nicht unterkriegen.

»Gern.« Die offene Aussage musste seine Mutter schockieren, dennoch sah man ihr wiederum nichts an. »Schließlich essen Sie für zwei.«

Normal käme nun die obligatorische Frage nach dem Geburtstermin, aber das hatte sie bereits auf dem Ball vermieden.

Interessierten sich seine Eltern nicht für ihr Enkelkind und wollten weiterhin daran festhalten, es zu ignorieren?

»Für Marlen war es von Bedeutung, euch näher kennenzulernen.« Er hatte wenig Hoffnung, dass sein zweiter Versuch erfolgreich sein würde. Seine Mutter flüchtete sich in die Beschäftigung, Kuchenstücke zu verteilen, sein Vater zog sein Handy hervor und begann zu tippen. »Entschuldigung, bin gleich bereit, aber diese E-Mail ist wichtig.«

Seine Mutter beachtete ihren Mann nicht, Theo wusste, dass sie dieses Verhalten gewohnt war. Wie musste es auf Marlen wirken?

»Hier, Theo.« Automatisch griff er zu dem Kuchenteller, seine Mutter hatte ihm auch von jedem Kuchen ein Stück abgeschnitten. Wie sollte er in dieser Atmosphäre essen?

In diesem Augenblick wäre Theo am liebsten aufgestanden und gegangen. Er wagte einen vorsichtigen Blick zu Marlen, die eine Gabel voll Apfelkuchen in den Mund steckte. »Lecker. Selbst gebacken?«, fragte sie.

Doch nicht seine Mutter! Er bezweifelte, dass sie auch nur ein Ei kochen konnte.

»Hanni hat ihn nach dem Rezept meiner Mutter gebacken. Backen und Kochen konnte sie, im Gegensatz zu mir.« Sie hob die Schultern.

»Meine Mama hat ebenfalls ein Händchen für die Küche, sie kann auch hervorragen nähen und Dekorationen kreieren. Um mich haben diese Talente leider einen Bogen gemacht, das haben wir also gemeinsam.« Marlen nahm einen Schluck Kaffee.

Das Entsetzen seiner Mutter war greifbar. Es war offensichtlich, dass ihr nichts daran lag, etwas mit Marlen »gemeinsam« zu haben.

Seine Mutter schob auch seinem Vater einen Kuchenteller mit Napfkuchen hin. Theo ärgerte sich, dass er nicht einmal aufsah und immer noch mit seinem Handy beschäftigt war. Marlen sah ihn an, in ihren Augen las er die Frage, wie sie am besten beginnen sollten.

Das wusste er auch nicht. Nicht, solange sein Vater augenscheinlich wichtige E-Mails tippte.

»Theo und ich erwarten ein Baby.« Marlen sprach das Offensichtliche aus, ihre Stimme war taff und zitterte nicht. Theos Respekt für sie wuchs.

»Das wussten wir doch schon.« Seiner Mutter war zum ersten Mal eine Regung anzusehen, sie runzelte die Stirn und schüttelte leicht den Kopf.

»Das ist schließlich nicht zu übersehen, wir sind nicht blind.« Endlich legte Vater das Handy fort, auch er schien überrascht. »Ich finde es wahrlich nett, dass ihr euch extra herbemüht habt, um uns etwas mitzuteilen, das auf dem Ball bereits zu erkennen war.« Er holte sich die Zuckerdose und nahm mit der Zange ein Stück Würfelzucker heraus, das er in seine Tasse fallen ließ.

Marlen legte die Kuchengabel auf ihren Teller. »Es gibt Menschen, die interessiert es, wenn sie Großeltern werden«, sagte sie leise, aber deutlich. »Und mir war es ein Bedürfnis, Sie kennenzulernen, zumal es ein besonderer Fall ist und wir wenig Zeit…« nun versagte ihre Stimme.

Rasch rückte er nahe zu ihr, legte den Arm um ihre Schultern und sah zu seinen Eltern.

Überrascht bemerkte er, dass er die volle Aufmerksamkeit beider hatte, in ihrer Mimik las er Überraschung und Ablehnung zugleich. Ob sie spürten, dass da noch mehr kommen würde?

Dass sie seine Schneeflocke ohnehin nicht wollten, tat weh.

»Marlen möchte euch sagen, dass Niva, unser kleines Mädchen, die Geburt nicht überleben wird.«

Kapitel 36
1985

»Ich bin hocherfreut, Sie kennenzulernen.« Der hochgewachsene Mann im teuren Boss-Anzug gefällt ihr nicht. Er ist zu glatt, zu geschniegelt, zu perfekt, zu reich.

Doch Isabelle hängt an seinem Arm mit einem verklärten Lächeln und Augen, die nur ihn ansehen.

Nun wünscht sie sich, Helmut wäre noch am Leben. Dass seine Prinzessin so rasch heiratet, wäre ihm ein Dorn im Auge. Unzweifelhaft ist Udo Marquardt eine gute Partie. Aus reichem Haus, hat Manieren und er scheint verliebt zu sein.

Wer wäre das nicht? Ihre Tochter zieht sämtliche Männerblicke auf sich: das mahagonifarbene Haar, die glatte Porzellanhaut und die bestechend grünblauen Augen, dazu ihr Lachen mit den ebenmäßigen Zähnen – sie könnte auf dem Titelbild eines dieser Blätter sein, die Grete beim Friseur liest. Die meisten sagen, dass sie Grete ähnlichsieht, darüber lacht sie innerlich. Vielleicht früher einmal, nun ist sie gealtert, viel zu schnell. Sie hasst die tiefen Furchen im Gesicht, blickt selten in den Spiegel.

Das kommt von den Schmerzen, sagt sie sich. Wer kann schon lachen, wenn ständig ein Pressluftbohrer irgendwo im Körper seine Arbeit verrichtet?

Sie sprechen über die Hochzeit, es soll ein großes Ereignis werden. Ganz Nordhaven ist eingeladen, so scheint es. Das ist natürlich Unsinn, eine halbe Million Menschen bei einer Hochzeit, das schafft niemand. Grete hört zu, als würde sie das alles nicht betreffen. Als wäre sie nicht die Brautmutter, die doch eine der wichtigsten Nebenfiguren in diesem Spiel sein sollte.

Warum muss ihre Tochter so früh eine Ehe eingehen? Grete versteht es nicht. Isabelle könnte noch warten, sich Zeit lassen. Da ist keine Mutter, die sie drängt, weil das Geld hinten und vorn nicht reicht.

»Das Hochzeitskleid habe ich schon bestellt.« Isabelle schmiegt sich an ihren Bräutigam, der dazu nickt.

Grete spürte einen Stich in sich. Ihre Tochter hat sie übergangen und ihr Brautkleid allein ausgesucht. Sollte nicht die Mutter dabei sein?

Sie hat den Draht zu ihrer Tochter längst verloren. Falsch, sie hat nie einen gehabt. Es ist auch ihre Schuld, das weiß sie. Und sie hasst und schämt sich gleichermaßen.

Auf der anderen Seite hat Isabelle ohnehin ihr Leben gelebt, nie Verständnis gezeigt für die Leiden ihrer Mutter.

Niemand hat das. Doch ihrer Tochter nimmt sie es übel.

»Sag was, Mutti.« Isabelle klingt ungeduldig.

»Ich freue mich für euch.« Ein lahmer Satz, sie sieht die Enttäuschung in der Mimik ihrer Tochter.

»Den Termin haben wir schon fixiert, Frau Küppers. Es ist der vierte Mai, das Schloss ist reserviert.«

»Schloss?«

»Auch meine Eltern haben dort geheiratet, Tradition ist in unserer Familie von Bedeutung.«

»Natürlich.« Ihre Zunge fühlt sich an wie ein Reibeisen.

»Da Vati tot ist«, Isabelle bricht kurz ab, Tränen sammeln sich in ihren Augen.

Wieso hat sie so viel Liebe für ihren toten Vater und nichts davon ist für die lebende Mutter übrig?

»Na ja, auf jeden Fall wird mich Udos Vater in die Kirche führen.«

»Es tut mir leid, mir ist leicht schwindlig, ich muss mich hinlegen.« Grete greift sich an den Kopf.

»Mutti, wir haben Champagner mitgebracht, damit wir auf meine Verlobung anstoßen können.« Isabelles Tonfall ist meckernd.

»Ein andermal.« Grete flüchtet hinauf in ihr Schlafzimmer. Sie hört das Raunen ihrer Tochter, spürt die Empörung und Enttäuschung.

In ihr ist jedoch nur Leere, ihr Kopf pocht und sie fällt auf das Bett, drückt ihre Stirn gegen das kühle Leinen ihres Kissens.

Hört der Schmerz niemals auf?

Kapitel 37
Marlen

Liebe Schneeflocke! Ich spüre, wie der Zeiger der Uhr sich unerbittlich weiterdreht. Mit beiden Händen, den Füßen, nein mit dem ganzen Körper, möchte ich mich auf den Karton werfen, in dem die Zeit ist, und den Deckel geschlossen halten. Es nützt jedoch nichts, es ist, als ob die Zeit durch sämtliche Ritzen entweicht wie die Luft aus einem Ballon. Ich bin dick geworden, unförmig, unbeweglich – aber das macht mir nichts aus. Nein, ich will nicht lügen, es ist anstrengend und ich ertappe mich immer öfter dabei, dass ich meine Beine hochlegen möchte. Die dreißigste Woche ist angebrochen, es tut manchmal weh, wenn du heftig strampelst. Du lebst, Niva-Schatz, du lebst ...

Hätte man Theos Eltern verkündet, dass es kein Morgen gäbe, wäre ihre Mimik wohl nicht anders gewesen. Das Gesicht seiner Mutter fiel förmlich auseinander, ihre Lippen bewegten sich wie der Mund von Fischen unter Wasser. Udo Marquardts Züge hingegen wechselten von Fassungslosigkeit zu Entsetzen.

Eine gefühlte Ewigkeit blieb es totenstill zwischen ihnen, seine Eltern hatten die Kuchengabeln abgelegt und saßen wie Statuen.

Seine Mutter fand als Erste ihre Stimme. »Das kann ich kaum glauben. Bestimmt meint ihr das nicht so, sondern nur, dass die Gefahr besteht, dass sie sterben könnte, nicht wahr?«

»Nein. Niva hat Anenzephalie, das bedeutet, dass sich ihr Gehirn nicht ausbilden kann, weil Teile der Schädeldecke fehlen. Außerhalb des Mutterleibs kann sie nicht leben.« Theos Stimme vibrierte leicht. Marlen beobachtete die Emotionen auf den Gesichtern, immerhin zeigen sie welche.

In diesem Moment bewegte sich Niva in ihr und sie streichelte über ihren Bauch. Ihr Kind, ihre Schneeflocke wollte wohl auch mit den Großeltern kommunizieren.

»Hat man euch das nicht rechtzeitig mitgeteilt?« Theos Vater hatte zu seiner undurchschaubaren Miene zurückgefunden. »Es wäre doch bestimmt möglich gewesen, frühzeitig einen Abbruch …«

Theo hob die Hand. »Sprich nicht weiter, Vater. Marlen hat es sich nicht leicht gemacht, die Entscheidung zu treffen. Und ich habe größten Respekt vor ihrem Mut, unser Baby länger bei sich behalten zu wollen. Jeder Tag mit unserer Schneeflocke ist ein Geschenk.«

»Ist es das?« Seine Mutter hob den Kuchenteller hoch. »Wer möchte ein weiteres Stück Kuchen?« Da sämtliche Teller voll waren und daher alle ablehnten, stellte sie die Platte wieder zurück. »Ich bin die Letzte, die Entscheidungen anderer kritisiert, bestimmt haben Sie sich das genau überlegt.«

Das große »Aber« blieb in der Luft hängen und tanzte durch den Raum. Marlen wechselte einen Blick mit Theo, der wirkte, als ob er seine Mutter erdolchen wollte.

Sie nahm die Herausforderung nicht an, stattdessen schob sie eine Gabel Apfelkuchen in den Mund und verzog das Gesicht genüsslich. »Schmeckt ausgezeichnet, Frau Marquardt.« Sie griff nach dem Henkel der Kaffeetasse. »Wir sind nur aus einem Grund hier, weil wir dachten, oder nein, ich war die treibende Kraft, dass Sie als Großeltern Bescheid wissen sollten. Dass es ein Enkelkind gibt, das nicht lange leben wird. Vielleicht möchten Sie dem Baby etwas mitgeben. Meine Familie nimmt großen Anteil am Schicksal unserer kleinen Schneeflocke. Mama näht einen Schlafsack, mein Bruder ist Tischler, er wird eine Wiege als Sarg zimmern und meine Freundin Purple strickt ihr eine Mütze.« Sie deutete auf Theo. »Seine Cousine Ute hat bereits besonders süße Babyschuhe gekauft …«

»Ute war schon immer ein verrücktes Huhn«, kam abfällig von Udo Marquardt.

»Sie sind goldfarben mit Schneeflocken darauf«, fuhr Marlen unbeirrt fort.

»Schneeflocken?« Seine Mutter blickte zu Theo, ihr Gesichtsausdruck war unbeschreiblich, aufgerissene Augen, der Mund zu einem O – hilflos.

Theo zitterte, Marlen sah zu ihm und entdeckte, dass er nur mit Mühe sein Lachen zurückhielt. Seine Eltern wirkten auch wie in einem Film, wie sie bewegungslos mit eingefrorener Mimik auf sie starrten. Marlen trank einen Schluck Kaffee, das Klirren der Tasse beim Zurückstellen durchbrach die eingetretene Stille.

»Niva ist unsere Schneeflocke«, erklärte sie leise.

»Es ist Sommer.« Isabelle Marquardt begriff sichtlich nichts.

»Unsere Sommerschneeflocke.« Theo beugte sich vor. »Schneeflocken sind einzigartig filigran und künstlerisch modelliert. Aber sie können nur in der Kälte existieren. Unsere Schneeflocke braucht die Wärme des Mutterleibs.«

»Nun«, Udo Marquardt räusperte sich, »das klingt rührend und naiv. Es tut mir leid, dass wir nicht Ihren Vorstellungen von begeisterten Großeltern entsprechen können, aber mir ist die Geschichte zu abstrakt. Ein klarer Schnitt, als das Baby noch ein Embryo war, wäre für alle Beteiligten die beste Lösung gewesen.«

»Vater!« Theo klopfte auf den Tisch. Sein Entsetzen ließ ihn vibrieren, Marlen drückte zur Beruhigung kurz seine Hand.

»Ich verstehe, dass Sie so denken.« Marlen bemühte sich um eine feste Stimme, sie konnte die Haltung von Theos Eltern nachvollziehen, dennoch war sie enttäuscht. »Für Sie ist unsere Niva nicht so nah wie für uns.«

»Mein Mann meint es nicht so krass, wie es sich vielleicht anhören mag.« Isabelle Marquardts Stimme klang weder herzlich, noch, als ob sie meinte, was sie sagte. »Ich kann mir nur vorstellen, dass es immer schwerer wird, ein Kind loszulassen, je älter es wird. Und als Embryo ist es praktisch kaum schon ein Kind.«

»Ich denke anders darüber. Für eine werdende Mutter ist ihr Baby von dem Augenblick an real, sobald sie einen positiven Schwangerschaftstest in der Hand hält. Eine Fehlgeburt ist eine einschneidend schlimme Sache, lediglich unsere Gesellschaft erwartet, dass man so ein Ereignis in kürzester Zeit wegwischen kann.« Marlen konnte das nicht auf sich beruhen lassen.

»Das habe ich nicht behauptet.« Theos Mutter hob die Kaffeekanne hoch. »Wer möchte noch Kaffee?« Wiederum wollte niemand und sie stellte das Gefäß hin. »Ich frage mich nur, weshalb Sie einen kurzen schmerzhaften Schnitt zu einer gärenden Wunde haben werden lassen.«

Theo stand auf und zog Marlen mit hoch. »Ich denke, es reicht jetzt. Marlen, wir müssen uns das nicht anhören.«

Marlen war unschlüssig, was sie tun sollte. Auf der einen Seite kam ihr Theos Eingreifen gelegen, auf der anderen hätte sie gern länger versucht, Theos Eltern ihren Standpunkt zu verdeutlichen.

Theo zuliebe.

Doch ihm schien es zu viel zu werden. Seine hängenden Schultern und die herabhängenden Mundwinkel sagten alles.

»Benimm dich nicht wie ein trotziges Kleinkind.« Die scharfe Stimme von Herrn Marquardt ließ Marlen zusammenzucken. »Wann wirst du endlich akzeptieren, dass man nicht gleich davonrennt, nur weil es andere Meinungen gibt?«

»Die in diesem Fall aber unerheblich sind.« Jetzt reichte es auch Marlen. »Es betrifft rein unser Kind, unsere Schneeflocke. Wir haben entschieden, dass wir ihr ein erfreuliches Leben bereiten wollen, wie kurz es sein mag.

Es geht nicht darum, ob Sie mit unserer Entscheidung konform gehen, sondern lediglich, ob Sie den Wunsch haben, als Großeltern Anteil zu nehmen, was für Sie selbst und für unsere Niva eine Bereicherung sein könnte, oder nicht.«

»Ein Kind, das sofort nach der Geburt stirbt, braucht gewiss keine Großeltern.« Isabelle Marquardts Worte schnitten in Marlens Seele, als würde ein Messer durch sie fahren.

»Sie haben keine Ahnung, wie es ist, ein Kind zu verlieren, nicht wahr? Und ganz ehrlich, Sie wissen auch nicht, was es heißt, ein Kind zu lieben! Hätte Theo nicht seine Oma gehabt, wäre er vor die Hunde gegangen, denn Liebe und Aufmerksamkeit hat er von Ihnen gewiss nicht erhalten.«

Udo Marquardt klang nun höhnisch. »Soll das eine Entschuldigung sein, dass er seine Schule unter Wasser gesetzt hat?«

Marlen erinnerte sich an Theos Beichte. In ihr krampfte sich etwas zusammen, nur um sich kurz darauf zu einem Ball zu formen, den sie, ohne weiter nachzudenken, abschießen musste. »Er war fünfzehn, Herr Marquardt. Und Sie schämen sich nicht, ihn dafür büßen zu lassen bis in alle Ewigkeit. Ich habe gehofft, dass das Schicksal unserer Schneeflocke Sie berühren würde, Ihnen nahegehen könnte. Sie haben als Eltern eine traurige Rolle gespielt und einen Sohn wie Theo nicht verdient. Zum Glück hatte er seine Omili.«

Unerwartet sprang Isabelle auf, ihre Stimme schrillte

unangenehm in Marlens Ohren. »Ich kann nicht mehr hören, was meine Mutter für eine liebevolle Großmutter war. Als Mutter war sie eine Totalversagerin, ständig krank, jammernd, immer nur vorwurfsvoll und leidend. Nie konnte ich ihr etwas recht machen und wenn Vati nicht gewesen wäre, sie hätte mir nichts erlaubt, gar nichts.« Auf ihrem Hals bildeten sich rote Flecken und Marlen sah ihre Ader heftig pochen. »Putzen, aufräumen und für sie sorgen, das hat sie sich vorgestellt, deine feine Omili. Und hat sie es mir gedankt? Nein, Vorwürfe waren alles, was ich zu hören bekam. Was immer ich getan habe, es hat ihr nie gereicht.« Bei diesen Worten sah sie nun Theo an. »Unglücklich war sie, als ich geheiratet habe, weil sie dann ihre Sklavin verlor.«

In der Stille hörte Marlen ihre eigene Stimme unangenehm laut, obwohl sie sich um einen beruhigenden Tonfall bemühte. »Wir wissen das aus den Tagebüchern Ihrer Mutter.«

Frau Marquardt wurde weiß, ihr Rouge zeichnete sich deutlich auf ihren Wangen ab.

Marlen fuhr rasch fort. »Theos Großmutter hat vermutlich bei ihrem Enkel gut gemacht, was sie bei Ihnen, Frau Marquardt, versäumt hat. Sie ist gestorben, ohne dass Sie sich haben aussprechen können. Aber hier steht Ihr Sohn, es ist noch möglich, dass es eine Brücke zueinander gibt. Ihr Enkelkind würde sich das wünschen, damit es friedlich in die andere Welt gehen kann.«

Theos Vater hielt den Kopf gesenkt und rührte in seiner Tasse, seine Frau stand bewegungslos. Es blieb still, nach ein paar Sekunden drehte sich Marlen um, nahm Theos Hand und sie verließen den Salon, die Halle, die mondäne Villa.

Theo hielt ihr den Schirm, damit sie halbwegs trocken ins Auto steigen konnte. Minutenlang hörte man nur das Schaben der Wischerblätter auf der Windschutzscheibe, während der Wagen durch den Regen glitt.

»Es tut mir leid.« Marlen hatte ein schlechtes Gewissen, weil sie darauf bestanden hatte, es seinen Eltern zu sagen. »Ich hätte mit deinen Eltern nicht so sprechen sollen.«

»Muss es nicht.« Er lachte laut auf. »Ich wette, kein Mensch hat sich jemals getraut, auf diese Weise mit meinen Eltern zu reden.«

»Es geht dir mies dabei, Theo, das wollte ich nicht.«

»Nicht schlimmer als sonst, glaube mir. Meine Eltern sind, wie sie sind. Sie werden sich nicht ändern.« Er seufzte. »Du hast gedacht, sie würden beim Gedanken an das Schicksal ihres Enkelkindes dahinschmelzen, nicht wahr?«

»Ich habe zumindest mehr Reaktion erhofft, das ist richtig. Sie wirkten irgendwie unberührt, unbeteiligt, kalt.«

»Gut ausgedrückt.«

Theo seufzte. »Sie sind keine emotionalen Menschen. Meine Mutter ist stolz auf das, was sie erreicht hat. Dozentin an der Uni, sie ist eine Koryphäe für alte Schriften. Und mein Vater hat das Juweliergeschäft von seinem Vater übernommen und ausgeweitet. Wir hatten immer Hausangestellte und ich war der Junge mit dem goldenen Löffel im Mund.«

Marlen sah ihn vor sich, den einsamen Jungen aus reichem Haus. »Deine Eltern waren nicht diejenigen, die deine Zeichnungen gelobt haben oder zu Schulaufführungen gegangen sind.«

»Nein. Meinen Vater habe ich nur selten zu Gesicht bekommen, es war die Nichtachtung, die mir als Kind zu schaffen gemacht hat. Er hat kaum mit mir geredet, und wenn, dann waren es Worte, wie: Lass uns allein, ich muss mit Mutter reden.«

»Ist nicht wahr. Und deine Mutter?«

»Die hat sich definitiv einen anderen Sohn gewünscht. Ich hatte zwei Möglichkeiten: in ihre Fußstapfen zu treten und Wissenschaftler zu werden oder zu Vater in die Firma zu kommen.«

»Du hast beides nicht gemacht und daher behandeln dich deine Eltern nun miserabel.«

»Meine Eltern würden sich auch nicht anders benehmen, wenn ich genau das tue, was sie sagen.« Er seufzte. »Glaube mir, das habe ich probiert. Ich war ein guter Schüler, habe mich für Mutters Schriften interessiert und war Praktikant in Vaters Firma. Aufmerksamkeit habe ich keine bekommen. Sie haben mich nie schlecht behandelt, da war immer nur diese Gleichgültigkeit.«

»Jetzt verstehe ich es. Solche Großeltern verdienen unsere Schneeflocke nicht.«

»Nein.« Theo schaltete die Scheibenwischer eine

Stufe höher. Der Regen prasselte laut auf das Autodach.

»Manchmal, da kommt es mir logisch und einfach vor.« Marlen strich über ihren Bauch. »Dass Niva wächst und dass sie bald nicht mehr bei uns sein wird. Aber immer öfter kommen mir Zweifel. Habe ich das Richtige für sie getan? Muss sie womöglich Schmerzen erleiden, weil ich so egoistisch war und sie habe wachsen lassen? Das ist doch wie ein Geschenk zu versprechen, das man niemals hergeben wird, nicht wahr?«

»Marlen, du, nein wir beide, wussten, dass viele unsere Entscheidung anzweifeln. Du kennst doch auch Mütter, die einen Abbruch gewählt haben. Das war vermutlich für diejenigen der bessere Weg. Es gibt kein Richtig oder Falsch. Das muss jede Mutter selbst für sich wissen. Niva konntest du nicht fragen. Trotzdem glaube ich daran, dass sie uns gern kennenlernt, dass sie jeden Tag mit uns genießt und dass sie sich ebenfalls dafür entschieden hätte, statt in einem Stadium getötet zu werden, in dem sie das alles nicht mitbekommt.«

Marlen lehnte sich zurück und schloss die Augen. Theo sprach aus, was sie dachte, nun konnte er gar nichts anderes sagen. Sie hatte den Beschluss gefasst, sie allein war dafür verantwortlich. Aber das Gespräch mit Theos Eltern hatte ihr wiederum vor Augen geführt, dass der Gedanke, ein sterbendes Kind im Bauch zu tragen, für viele befremdlich war.

»Ich glaube, dass wir uns zu wenig mit dem Tod auseinandersetzen.« Theo warf ihr einen raschen Blick zu, ehe er sich wieder auf die Straße konzentrierte. »Sobald ein Mensch geboren ist, ist er dem Tod geweiht. Das klingt zwar theatralisch und jeder wird dich wegen dieser Feststellung auslachen, leider ist es so.«

»Ich lache nicht, wer könnte besser wissen, dass es so ist als wir? Kurz habe ich gezweifelt, ob es richtig ist, weil ich über den Kopf unserer Schneeflocke hinweg entschieden habe.«

»Meine Mutter hat dich verunsichert.«

»Sie hat nur noch einmal auf den Punkt gebracht, was viele denken. Die Annahme, dass sie allein aus dem Grund anders denkt, weil sie die Großmutter ist, war wohl zu weit vorgegriffen. Sie kann gar keine andere Meinung haben.«

Theo stoppte bei einer Ampel. Nach wie vor prasselte der Regen auf die Scheibe. Marlen hätte sich eine trockene Straße gewünscht, damit sich Theo nicht dermaßen aufs Fahren konzentrieren müsste. Sie selbst hätte bei diesem Wetter nicht fahren mögen.

Er lenkte das Fahrzeug sicher, doch er stoppte am Straßenrand und schaltete den Motor aus.

»Warum halten wir?«

»Ich möchte, dass Niva den Regen hört.« Seine Stimme klang leise. Der Regen prasselte auf das Dach über ihren Köpfen. Theos Hand fuhr zu ihrem Bauch und er streichelte darüber. »Ich kann sie spüren.« Sein Flüstern brach ab, Marlen sah die Träne auf seiner Wange.

»Regen hat etwas Beruhigendes.« Marlen lehnte den

Kopf zurück. »Als Kind war mir immer am wohlsten, wenn der Regen gegen die Scheiben trommelte und ich drin im Warmen saß. Mama hat mir von Leuten erzählt, die auf der Straße leben, ich konnte mir das nie vorstellen. Dass man kein Zuhause haben könnte. Später habe ich mir überlegt, wie es in unserem reichen Land möglich sein kann, dass so viele unter der Brücke schlafen müssen.« Sie genoss Theos warme Hand auf ihrem Bauch. Durch die Ritzen des Autofensters kam kalte Luft herein.

Es erschien ihr wie ein Warnsignal. Dass Nivas Tod unmittelbar bevorstand.

»Es ist kaum Zeit übrig.« Nun konnte sie die Tränen nicht länger zurückhalten. »Womöglich setzen die Wehen früher ein.«

»Leni, ich … es tut mir weh, darüber zu sprechen, aber wir müssen uns unterhalten, was wir tun, wenn … also einen Bestatter suchen und sollen wir einen Platz auf dem Friedhof aussuchen?«

Kapitel 38
Theo

Um Himmels willen, weshalb hatte er das bloß gesagt? Marlen antwortete nicht, sie hatte den Kopf stumm auf die Lehne des Autositzes gelehnt, die Augen geschlossen, die Haut leuchtete weiß im Licht der trüben Straßenlaterne.

Sie hatten das Thema bis zu diesem Zeitpunkt gemieden. Aber es musste wohl sein.

»Ich möchte einen passenden Platz für sie aussuchen.« Er sprach so leise, dass er schon befürchtete, sie könnte ihn nicht verstehen. Der Regen trommelte in unveränderter Lautstärke auf das Dach.

»Marco macht eine Wiege für sie, eine Wiege, die gleichzeitig ihr Sarg wird.« Marlen sprach ruhig, fast emotionslos. »Er hat eine im Internet gesehen. Und ich habe es ihm erlaubt, ohne mich weiter damit zu befassen. Aber nun rückt die Geburt näher. Theo, ich weiß, dass ich nicht ewig durchhalten kann. Mein Bauch fühlt sich an, als würde er platzen, die Haut spannt, meine Beine sind ständig geschwollen und ich werde so entsetzlich rasch müde.«

Noch nie hatte sie dermaßen ehrlich über ihre körperlichen Beschwerden gesprochen.

»Ich sehe mit Respekt, was du leistest.«

»Unsinn, deswegen habe ich es nicht gesagt.«

»Das weiß ich doch.«

»Es ist nur, dass mein Körper nicht länger mitspielt, ich fühle mich minderwertig und elend, weil – es ist, als würde ich versagen.«

»Du kannst Niva nicht ewig in dir tragen. Würdest du das wollen?«

»Ich glaube, ich wäre zu schwach dazu.«

»Es wäre keine Dauerlösung.«

Sie schwieg. Er warf ihr einen Seitenblick zu und sah die Tränen auf ihren Wangen.

Kurz bevor sie zu Hause ankamen, sprach sie leise. »An welchen Friedhof dachtest du?«

»Den Friedhof bei der Marienkirche hier in Schilfbek.«

»Ich glaube nicht an Gott.«

»Das hast du bereits mehrfach betont.« Er stoppte den Wagen auf dem Parkplatz, drehte sich zu ihr, streichelte ihren Bauch unablässig weiter. »Aber ich.« Vorsichtig setzte er sich auf, ohne dass er seine Hand von ihrer Haut lösen musste. »Ich wünsche mir den besten Ruheplatz für sie, vor allem für uns. Einen stillen Ort, zu dem wir gehen können, wann immer wir das Gefühl haben, ihr nahe sein zu wollen. Als letzten Dienst, den wir für sie tun können.«

»Wenn du daran glaubst, dass ihre Seele weiterlebt, warum sollte sie dann an einem Platz am Friedhof sein? Spielt das eine Rolle?« Sie klang heftig, als wäre sie kurz vor einem Weinkrampf.

Ihr Argument war konfus, er konnte es trotzdem verstehen. Es war qualvoll, schaurig und aufwühlend bedrückend, über ein Grab für das eigene Kind nachdenken zu müssen.

Theo zog seine Hand zurück, damit er sie umarmen konnte. »Die Trauer betrifft allein uns, Leni. Niva wird in einer anderen Welt sein. Ob sie uns von da aus sehen kann oder nicht, wissen wir nicht. Aber für uns beide wäre es ein Ort, an dem wir uns treffen, gemeinsam über sie sprechen und weinen können. Und vielleicht irgendwann auch lachen und daran freuen, dass wir sie haben erleben dürfen. Sie ist ein Geschenk.«

»Es muss schließlich ohnehin sein. Der Gedanke, dass Niva in ein Sammelgrab – nein, da möchte ich schon ein eigenes Grab für sie. Wenn dir das wichtig ist, sie bei der Marienkirche zu beerdigen, dann machen wir das. «

Enttäuschung griff nach ihm mit langen klebrigen Fingern, er löste sich von ihr. »Ich wünschte, es würde auch dir etwas bedeuten.«

»Vielleicht gewöhne ich mich daran.« Urplötzlich begann sie zu weinen. »Aber noch kann ich mich nicht damit abfinden, dass unsere Schneeflocke eingegraben wird, verstehst du das? Eine Schneeflocke sollte fliegen und nicht in der Erde eingesperrt werden.«

»Sie wird fliegen, bis zu den Sternen, glaube mir. Was zurückbleibt, ist nur die äußere Hülle.«

»Aber die ist alles, was ich begreifen kann, verstehst du?« Sie stieg aus und gemeinsam gingen sie ins Haus.

Theo hielt Marlen die Nacht Stunden in seinen Armen, sie bewegte sich unruhig und er ärgerte sich, dass er das

Thema angeschnitten hatte.

Zu seiner Überraschung ermunterte sie ihn gleich am nächsten Tag, einen Termin bei seinem Pfarrer auszumachen.

Ende Juli spazierten sie über den Friedhof. Die Sonne brannte vom Himmel und Marlen hatte ein dünnes Kleid an, das sich über ihren Bauch spannte, sowie einen Sonnenhut. Sie wanderten über den kleinen Friedhof, Marlens Hand lag in seiner. Die Bäume boten Schatten und der leichte Wind zusätzlich Kühlung. Theo sah sich um und entdeckte schließlich eine Linde in der Mitte des Friedhofs, nicht weit von der mittelgroßen Kirche. Direkt davor war ein Rasenstreifen.

»Wie gefällt dir der Platz?«

Marlen nickte. »Es ist schön, aber ich kann und will es mir nicht vorstellen.« Sie löste ihre Hand aus seiner. »Ich gehe kurz in die Kirche, da ist es bestimmt ein wenig kühler.«

»Wir haben einen Termin beim Pfarrer im Pfarrhaus drüben.« Er wies auf die andere Seite des Friedhofs.

»Ich brauche einen Moment für mich. Sprich du mit dem Pfarrer, ich vertrau dir.«

Ein Ziehen im Bauch veranlasste ihn, ihr ein paar Schritte nachzugehen, doch eine Stimme hielt ihn zurück. »Theo?« Der Pfarrer kam aus dem hinteren Teil des Friedhofs auf ihn zu, er trug eine dünne lange Hose und ein weißes Hemd.

Theo kannte Pfarrer Weisshold seit einigen Jahren. Er

hatte ihn kennengelernt, nachdem der Schaden in der Schule passiert war, und dem Pfarrer war es gelungen, ihn dem Leben wieder näherzubringen.

»Freut mich, dich wiederzusehen. Wenn auch unter diesen traurigen Umständen.« Pfarrer Weisshold schüttelte seine Hand.

»Danke, dass Sie uns unterstützen.«

»Das ist doch selbstverständlich.«

Erneut wurde Theo bewusst, wie wenig der Pfarrer dem Bild eines solchen entsprach. Er war sportlich, dynamisch und humorvoll, hätte mit seiner Statur wie ein Kleiderschrank einem Preisboxer alle Ehre gemacht. Er überragte Theo um einen ganzen Kopf. Nun blickte er jedoch ernst, ein bisschen besorgt und anteilnehmend. »Ich habe lang überlegt, was ich zu euch sagen soll, wenn ihr hier seid. Was euch helfen oder Trost spenden könnte, die Sache ein wenig zu erleichtern.«

»Da gibt es leider nichts.«

»Nichts kann den Tod eines Kindes beschönigen.« Der Pfarrer nickte zu der Bank unter der Linde. »Setz dich ein bisschen zu mir, es ist lang her, dass wir uns gesehen haben.«

Theo warf einen Blick zur Kirche, gerade eben erreichte Marlen die schwere Tür, zog sie auf und verschwand im Inneren. »Sie glaubt nicht an Gott.« Er seufzte. »Ich weiß nicht, warum sie in die Kirche geht.«

»Um innezuhalten, nachzudenken, die friedliche Atmosphäre auf sich wirken zu lassen. Es gibt viele Gründe, ein Gotteshaus zu betreten, und ich freue mich, wenn Menschen das tun, egal warum.«

Theo ließ sich neben dem Pfarrer auf der Bank nieder. Ein sanfter Wind brachte Kühlung, das zarte Rascheln der Blätter über ihm schuf ein Wohlfühlambiente. Seine Handflächen kribbelten und erinnerten ihn jäh daran, dass er vorhin noch Nivas Bewegungen gespürt hatte. »Ich habe es mir leichter vorgestellt. Marlen und ich, wir waren nie ein Paar, verstehen Sie?«

»Aber jetzt siehst du die Sache anders?«

Theo zögerte. Mittlerweile waren da Wagenladungen voll von Gefühlen, die ihn ergriffen, jeden Tag mehr. Es war ihm bewusst, dass er Sekunde um Sekunde mehr mit Marlen und seinem Kind zusammengeschweißt wurde. »Ich wollte für Marlen da sein. Für eine Mutter ist es das Schlimmste, ihr Kind zu verlieren. Ich hätte nicht gedacht, dass auch ich unser Kleines ins Herz schließen würde.«

Pfarrer Weissholds Mund umspielte ein fast unmerkliches Lächeln. »Du dachtest, du könntest ihr beistehen, ohne eigene Gefühle investieren zu müssen.« Er schüttelte den Kopf. »Theo, so funktioniert der Mensch nicht. Wir sind keine Roboter, die Welt besteht aus Geben und Nehmen. Gefühle lassen sich nicht regulieren. Du empfindest bereits mehr für diese Frau, nicht wahr?«

Theo fuhr sich mit beiden Händen durchs Haar. »Das tue ich, ja. Aber Sie wissen auch, dass ich ihr nichts bieten kann. Mein Vater …«

»Theo, deine Verfehlung aus Jugendtagen ist lange her. Ja, der Schaden war groß und das Ganze war mehr als ein Dummer-Jungen-Streich. Aber du hast Wiedergut-machung geleistet und dich der Verantwortung nicht entzogen. Hast du schon mal überlegt, dass du endlich reinen Tisch machen musst?«

»Das ist nicht so einfach.«

»Das Leben ist keine breite Straße, auf der du unge-hindert wandeln kannst. Es ist ein verschlungener Weg, bergauf, bergab mit zahlreichen Hindernissen und Ab-zweigungen. Du lässt dich bereits viel zu lange treiben. Es ist in Ordnung, dass du nicht in die Firma deines Va-ters einsteigen möchtest, doch dass du zulässt, dass er dich jahrelang in einer Warteposition hält, ist es nicht.«

»Was soll ich tun?«

»Das musst du wissen. Dass du für Marlen und dein Kind da bist, ist schon mal ein guter Anfang.«

»Wir waren bei meinen Eltern. Es war eine Katastro-phe, wie ich es prophezeit habe. Marlen wollte es ihnen unbedingt sagen. Sie meinte, es wäre falsch, es nicht zu tun. Schließlich wären sie die Großeltern.«

»Wie haben sie reagiert?«

»Es hat sie nicht interessiert, sie haben sich gewun-dert, dass Marlen das Problem, wie sie es nannten, nicht gleich von Anfang an gelöst hat.« Die Worte tropften bitter von seinen Lippen. »Und wahrscheinlich waren sie froh, dass das Baby ohnehin sterben wird und sie sich nicht mit einer unpassenden Schwiegertochter abgeben müssen und einem Kind.«

»Vielleicht unterschätzt du sie. Du darfst nicht ver-gessen, dass es vermutlich ein Schock war, vom Tod deines Babys zu erfahren. Wenn sie länger drüber nachdenken ...«

»Wird sich auch nichts ändern.«

»Theo, du drehst dich im Kreis.« Pfarrer Weisshold sah zur Baumkrone hoch. »Der Baum hier, der hat keine Wahl. Im Frühling treibt er Blätter aus, im Sommer steht er in voller Pracht da, im Herbst gibt es die Früchte und danach verliert er die Blätter, um in Winterstarre zu verfallen. Seit Jahren verhältst du dich wie ein Baum.«

»Wie bitte?« Mit einem Baum verglichen zu werden, behagte ihm gar nicht.

»Du lebst vor dich hin, hast dir eine Komfortzone geschaffen, die zwar extrem winzig, aber zumindest teilweise behaglich ist. Marlen und ihr Baby haben dich herausgestoßen und du beschäftigst dich zum ersten Mal mit deinem Leben. Das ist mit über dreißig alles andere als zu früh. Willst du wirklich nach dem Tod eurer Schneeflocke wieder auf die alten Schienen zurück? Du irrst dich, wenn du denkst, dass das überhaupt möglich ist. Du glaubst, du bist auf den Tod vorbereitet? Das bist du niemals.«

»Ich weiß.« Theo beugte sich vor, senkte den Kopf und stützte ihn auf seine Hände, die Ellbogen auf den Knien.

»Mach nicht wieder Fehler wie bei deiner Großmutter. Danach hast du die größte Dummheit deines Lebens gemacht, an der du bis heute nagst.«

»Ich war ein Idiot.«

»Deine Großmutter hat dir verziehen, gewiss.«

»Heute weiß ich, dass eine Therapie ihr Leiden nur verlängert hätte. Aber damals wollte ich sie nicht verlieren.« Seine Stimme versagte fast. »Ist es gerecht, ein Kind, das nicht einmal gelebt hat, zum Tode zu verurteilen?«

»Du denkst, weil ich Priester bin, habe ich eine Erklärung für dich?« Der Pfarrer legte die Hand auf seine Schulter. »Leider nein. Du hast mir erst Jahre später von der Beteiligung deiner Schulkollegen erzählt, die du nie verraten hast. Und du hast mich gefragt, warum sie sich so verhalten haben, wie sie es taten. Das war einfacher zu beantworten, obwohl ich auch damals nicht in sie hineinsehen konnte. Hast du ihnen vergeben?«

»Ich habe keinen Kontakt zu ihnen. Bei der Marquardt-Gala habe ich Jonathan wiedergesehen, Marlen war dabei. Vor ihr wollte ich das Thema meiden.« Er seufzte. »Marlen weiß von meiner Tat, sie hat überraschend gelassen reagiert.«

»Warum auch nicht? Ich denke, du verurteilst dich zu hart.« Der Pfarrer rückte seinen Kragen zurecht. »Indem du dich mit Jonathan aussprichst und ihm möglicherweise vergeben kannst, vergibst du dir selbst. Das bedeutet nicht, dass ihr wieder Freunde sein müsst.«

Theo richtete sich auf, zuckte mit den Schultern. »Momentan erscheint mir das nicht wichtig.«

»Dein Baby wird sterben. Das rückt vieles in ein anderes Licht.« Der Pfarrer sah erneut in den Baumwipfel. »Vor ein paar Monaten musste ich einen elfjährigen Jungen beerdigen, er hatte einen schweren Herzfehler, der zu lange unentdeckt geblieben ist. Ich habe ihn im Krankenhaus besucht, er war bereits sehr schwach und er hat mich gefragt, ob er im Jenseits wieder alles tun könnte. Sogar Fußball spielen.«

Theo verzog den Mund. »Klar, im Himmel ist alles möglich, alle Wünsche gehen in Erfüllung, Milch und Honig fließen und so weiter.«

»Nun ich habe ihm eine andere Antwort gegeben.«

»Wirklich?« Theo blickte ihn ungeduldig an, denn nun schwieg er, starrte in die Baumkrone und faltete die Hände.

»Spannen Sie mich bitte nicht so auf die Folter.«

»Ich habe ihn gefragt, wie er es sich vorstellt, das Sterben und das Leben da drüben. Er hat nachgedacht und gemeint, dass es ein Tor sein müsste, ein schweres Tor aus einem unbekannten Material, denn wenn man einmal durchgegangen sei, könnte niemand es mehr öffnen, von beiden Seiten nicht.«

»Und dann?«

»Dahinter sei eine neue Welt, die nicht mit unserer zu vergleichen wäre. Sämtliche Gesetze sind aufgehoben. Der Körper ist nicht mehr vorhanden, denn schließlich wird der ja beerdigt.« Der Pfarrer stand auf und sah auf Theo hinab. »Der kleine Junge hat mich sprachlos gemacht. Er hat das komplett ruhig gesagt.«

»Hat er noch weitergesprochen?«

»Ja. Da drüben ist alles leicht, das waren seine Worte. Es muss schön sein, wenn alle Dinge, die uns bedrücken und das Leben schwer machen, von uns abfallen wie

Wassertropfen nach dem Baden. Unendliche Freiheit, keine Grenzen und keine Streitigkeiten mehr, weil genug Platz für alle ist. Das Einzige, was ihn traurig gemacht hat, war, dass es offenbar keinerlei Kontaktmöglichkeiten mit seinen Eltern gäbe.«

»Glauben Sie das auch? Dass keine Verbindung existiert?«

»Ein Telefon oder Ähnliches meinst du?« Der Pfarrer lachte, wurde jedoch sofort wieder ernst. »Es gibt Menschen, die behaupten, sie könnten mit dem Jenseits kommunizieren.«

»Aber Sie glauben es nicht?«

»Ich verurteile keinen Menschen, der an irgendetwas glaubt, das niemandem schadet. Unsere Welt braucht ein riesiges Stück mehr Toleranz, dann wäre alles friedlicher.« Er sah zur Kirche. »Ich sehe jetzt nach deiner Freundin und du suchst einen Platz, der für euch passend ist, euer Baby in Ehren zu halten.«

»Ist es hier unter der Linde nicht geeignet?« Theo stand auf und deutete auf die freie Rasenfläche.

»Du wirst es wissen, wenn du einen Platz gefunden hast.«

Kapitel 39
1995

»Ich brauche deine Hilfe, Mutti.« Isabelle steht vor der Tür, Grete blinzelt zweimal mit den Augen. Sonst meldet sich ihre Tochter nur zu Weihnachten. Oder Geburtstag und Muttertag. Doch nun ist es Mitte August. »Unser Kindermädchen ist weg, kannst du Theo heute nehmen? Und die nächsten Tage, bis wir Ersatz gefunden haben.«

Isabelle muss wirklich in einer Notlage sein, wenn sie zu ihr kommt. Sie zögert, will helfen. Aber kann sie das? Auf ein kleines Kind aufzupassen, das hat sie schon einmal schlecht gemacht. Und Theo hat sie zum letzten Mal gesehen – wann? Am Muttertag? Nein, da war Isabelle allein da mit dem obligaten Blumenstrauß, für eine Viertelstunde.

»Ich habe einen wichtigen Termin an der Uni, und Udo ist ebenfalls auf Reisen.« Sie hält ihr einen Beutel hin. »Hier sind seine Sachen drin, Windeln, Kindergläschen, wobei er auch schon alles isst, wenn du kochen magst. Reservekleidung und sein Schmusetier. Mittags schläft er für eineinhalb Stunden, ich hole ihn gegen sechs.«

In Grete schnürt etwas zusammen. Sie kann das nicht. Was ist, sollte sie Schmerzen bekommen? Niemand ist da, der sie unterstützen kann, und Theo ist noch so klein!

Isabelle runzelt die Stirn. »Verflixt, Mutti, ein einziges Mal bitte ich dich um was! Du kannst mich nicht im Stich lassen.«

Warum nicht?, ruft es in ihr. Du kümmerst dich auch herzlich wenig um mich.

Doch sie schweigt, streckt die Hände aus und nimmt den Beutel entgegen. Dann sieht sie hinter ihre Tochter. »Wo ist er denn?«

»Im Auto, ich hole ihn.« Sie eilt zurück zu dem großen cremefarbenen Mercedes und reißt die Tür auf. »Komm heraus, Theo, deine Oma wartet auf dich.«

Grete stellt den Wäschebeutel in den Flur und sieht, wie sich Isabelle in den Wagen beugt und ein Kind am Arm herauszieht. »Stell dich nicht an, Theo. Es ist deine Oma und du bleibst heute bei ihr. Irmi ist nicht mehr da, das habe ich dir erklärt.«

Ungeduldig und schroff klingt sie mit ihrem Kind. Grete erschrickt. Ob sie auch so gewesen ist? Grete stützt sich am Türrahmen ab.

Und dann kommt Isabelle erneut auf sie zu, an der Hand zieht sie einen Jungen mit, er trägt eine Schirmkappe, kurze Latzhosen und ein T-Shirt.

Grete würde am liebsten die Tür zuschlagen. Es wird nicht funktionieren, der Kleine kennt sie nicht mal. Zumindest nicht richtig.

Es ist nicht Fridolin.

Wie kommt sie jetzt darauf? Natürlich ist er nicht Fridolin, der ist tot, hat nicht einmal ein Grab.

Sie kommen näher, schließlich stehen sie beide direkt

vor ihr. »Also, sei brav«, sagte Isabelle und löst ihre Hand von der des Jungen, bückt sich und gibt ihm einen raschen Kuss, ehe sie sich umdreht und zum Wagen eilt.

Theo steht starr, mit gesenktem Kopf, Grete fühlt sich hilflos. Der Motor des Mercedes heult auf und kurze Zeit später rollt er die Straße hinab.

Immer noch bewegen sie sich beide nicht.

Dann gibt sich Grete einen Ruck, hockt sich nieder und sieht ihrem Enkel zum ersten Mal in die Augen.

Da passiert es.

Wie ein Tsunami bricht ihr vertrocknetes Herz auf und all die Liebe, die sich darin angesammelt hat, springt heraus, ergießt sich über ihren Körper und nimmt ihr fast die Luft.

Sie hebt den Jungen hoch, steht auf, drückt ihn an sich. »Wir beide«, sagt sie mit fast brechender Stimme, »wir beide machen uns jetzt einen wunderschönen Tag.«

Kapitel 40
Marlen

Liebe Schneeflocke! Heute hat mir meine Mutter, deine Oma, den Schlafsack gezeigt, den sie genäht hat. Er sieht wunderschön aus, dunkelblau mit Einhörnern und Regenbögen. Und sie hat ihn mit Watte gefüttert, damit du nicht frieren musst. Danach haben wir beide geweint. Wir wissen, dass du nicht frieren wirst, aber ich weiß, was deine Oma mit dieser Geste ausdrücken will. Dass sie dich unendlich lieb hat und dass du für immer einen Platz in unseren Herzen haben wirst.

An diesem Tag war Niva besonders wild. Marlen spürte ihre Tochter gegen die Bauchwand treten, mehrmals zuckte sie zusammen.

Die Kirchenbank war hart, zudem viel zu schmal. Ihre Knie standen weit nach vorn, Marlen hatte das Gefühl, dass ihr halber Hintern in der Luft hing. Der vorgewölbte Bauch verstärkte noch ihr Unbehagen, dennoch blieb sie sitzen und starrte auf den goldumkränzten Altar. Jesus am Kreuz, sein Gesicht wirkte jedoch friedlich. Als ob er gern da oben hängen würde, obwohl ihm das Blut über die Stirn läuft und seine Hände mit Nägeln ins Holz geschlagen waren.

Was war das für ein Gott, der seinen Sohn so elendig sterben ließ? Kein Vater würde das seinem Kind antun.

Stimmt nicht, meldete sich eine Stimme in ihr. Es gab genug grausame Menschen, die sehr wohl ihre Kinder misshandelten, schlugen, folterten und mehr.

Aber Gott konnte sie doch nicht in die Reihe dieser Väter einreihen! Er wollte mit dem Martyrium seines Sohnes ein Zeichen setzen, hieß es, hatte es aus Liebe getan.

Marlen hatte es nie verstanden. Im Religionsunterricht hatte sie sich wilde Diskussionen mit der Lehrerin geliefert, was ihr lediglich eine schlechte Note eingebracht hatte.

War die Krankheit ihres Babys nun die Strafe dafür, dass sie an dem da oben zweifelte? Wollte er bedingungslose Unterwerfung, damit er Wohlwollen zeigte?

»Falls es dich gibt, ich hasse dich.« Sie sprach leise und drohte mit der Faust nach oben. »Niva ist unschuldig, und du tust ihr das an. Wie kannst du nur!« Ihre Stimme war lauter geworden und hallte in dem großen Gebäude. Peinlich berührt sah sie sich um, doch sie war allein.

Mit wem schimpfte sie? Da war niemand. Ihre Hände strichen wie von selbst über den Bauch, der den Stoff des Kleides bis zum Äußersten spannte. Offiziell waren es noch sechs Wochen, doch sie wusste, dass ihr diese Zeit nicht mehr bleiben würde. Ihr Bauch war unendlich gewachsen, zu einer Fruchtwasserpunktion konnte sie sich nicht aufraffen.

»Ich kann dich nicht mehr lange bei mir behalten. Aber es fällt mir jeden Tag schwerer, dich loszulassen.

Dabei sollte ich mich doch langsam an den Gedanken gewöhnt haben.«

Sie wusste nicht, wie lange sie hier saß, schließlich hörte sie jemanden hereinkommen. Vermutlich war es Theo, sie blickte sich nicht um, war jedoch erstaunt, als sich der Pfarrer neben sie setzte. Was sollte sie mit ihm reden?

Wahrscheinlich wollte er ihr einreden, dass ihr Baby nun ins Paradies käme.

Scheiß auf das Paradies!

Plötzlich hatte sie das Bedürfnis, ihn wegzustoßen, wenigstens verbal.

»Ich glaube nicht an Gott, an ein Weiterleben, an ein besseres Leben nach dem Tod und überhaupt. Sie vergeuden Ihre Zeit.« Es kam heftig heraus und die Stille des Gotteshauses ließ ihre Worte gefühlt doppelt und dreifach widerhallen.

»Es tut mir leid.« Die Stimme kannte sie doch, tief rollte sie bis in ihr Inneres und erreichte den verhärteten Kern. »Keine Mutter sollte das durchmachen müssen, was Sie erleben.«

Das war doch der Seelsorger vom Krankenhaus. Wie hieß der noch mal? »Pfarrer Weisshold! Was machen Sie hier?«

»Das ist meine Pfarre, in der Klinik bin ich nur aushilfsweise, wenn Pfarrer Joseph fortmuss. Wie geht es Ihnen?« Also auch er hatte sie erkannt.

Zorn überschwemmte sie, ihre Hände lösten sich von ihrem Bauch und ballten sich wie von selbst. »Wie schon! Mein Baby stirbt, nichts hat sich seit unserem letzten Treffen geändert. Warum?«

»Darauf kann ich Ihnen keine befriedigende Antwort geben.« Er drehte ihr sein Gesicht zu. Sein Aussehen überraschte sie erneut, obwohl sie ihn bereits kannte. Die Pfarrer in ihrer Vorstellung waren weiß- oder grauhaarig, mit Bart und faltigem Gesicht sowie Augen, die niemanden ansahen, sondern immer in andere Sphären zu blicken schienen. Abgehoben und nicht von dieser Welt, denn das musste man sein, wenn man einen Heiland am Kreuz anbetete.

Der Kleiderschrank neben ihr entsprach diesem Bild wohl kaum.

»Das wundert mich nicht.« Sie drehte ihren Blick weg.

»Warum sind Sie hier hereingekommen?« Der Pfarrer deutete mit der Hand um sich. »Hier in die Stille der Kirche?«

»Es ist heiß draußen, ich wollte einen kühlen Platz.« Sie strich über ihren Bauch. »Es bleibt nur wenig Zeit.«

»Theo hat es mir gesagt.«

»Sie kennen Theo?« Was für ein Zufall!

»Kann man so sagen, ja. Knapp siebzehn Jahre, wenn ich mich nicht verrechnet habe, er war fünfzehn.«

»Er scheint Sie zu schätzen, denn er möchte unbedingt, dass Sie unser Baby …« Marlen brach ab. Es fiel ihr zu schwer, vom Tod ihrer Schneeflocke zu sprechen.

»Es ist mir eine Ehre. Und es freut mich auch, dass Theo damals Vertrauen zu mir gefasst hat, welches bis heute anhält. Er war in einer schwierigen Situation.«

»Ich weiß. Sie konnten ihm helfen?«

»Letztlich hat er sich selbst geholfen. Im Grunde genommen läuft es immer darauf hinaus, ich kann nur Anstöße geben, wie man mit Menschen und Konflikten umgehen kann, den Weg muss jeder allein finden.«

»Toll.« Erneut stieg Bitterkeit in ihr auf. »Und wie soll ich damit umgehen, dass mein Baby bald sterben wird? Dass ich es nur tot in den Armen halten werde und meine Schneeflocke niemals auch nur irgendetwas erleben wird?« Warum fragte sie das erneut? Der Pfarrer könnte ihr heute nichts anderes sagen als bei ihrem letzten Gespräch im Garten der Klinik.

»Theo hat mir von Ihrem gemeinsamen Weg erzählt, dass ihr das Leben eurer Schneeflocke feiern wollt, und das jeden Tag.«

»Das war der Plan und er hat zumindest eine Zeit lang funktioniert.« Vor allem im Urlaub.

»Warum jetzt nicht mehr?«

»Ich kann nicht länger so tun, als wäre es leicht, dass sie bald stirbt. Wir haben viel getan, viel unternommen, ihr viel gezeigt – doch es ist zu wenig. Alles, was wir tun, reicht nicht, weil die Zeit zu knapp bemessen ist, verdammt. Ein paar lächerliche Monate hatten wir, das ist zu kurz. Und jetzt sind es nur noch mickrige sechs Wochen.«

»Wie viel Zeit länger würden Sie erbitten wollen? Tage? Monate? Oder sogar Jahre?«

Marlen senkte den Kopf. Das war eine Fangfrage, denn es würde nie genug sein. Kein Monat, kein Jahr, kein Jahrzehnt.

»Glauben Sie mir, selbst wenn Ihnen eine Fristverlängerung gegeben würde, am Ablauftag säßen Sie erneut hier und würden um mehr bitten.«

»Ist es so schlimm, sich zu wünschen, dass sein Kind lebt?«

»Es gibt kein Ranking bei Wünschen. Wünsche sind etwas, das wir haben wollen und oft nicht bekommen. Man kann sagen, dass jemand, der sich wünscht, in der Lotterie Millionär zu werden, klar damit rechnen muss, dass sein Wunsch auf der Strecke bleibt. Und vermutlich würde jeder denken, dass Ihr Wunsch, das Baby möge gesund aufwachsen können, edler und wichtiger ist.« Er sah zum Kreuz. »Gestern habe ich im Krankenhaus einen Mann besucht, der nach einem schweren Arbeitsunfall im Koma liegt. Er wurde für hirntot erklärt und die Maschinen werden bald abgeschaltet. Er hinterlässt drei kleine Kinder, die Älteste ist gerade mal sieben.«

»Denken Sie, dass ich mich besser fühle, wenn ich weiß, dass es anderen auch schlecht geht?« Marlen schämte sich, dass sie so ruppig war, doch sie konnte die Bemerkung nicht zurückhalten.

Er ging nicht darauf ein. »Seine Frau hadert genauso mit dem Schicksal und mit Gott, an den sie fest glaubt.«

»Und nützt ihr der Glaube etwas?«

»Sie ist zornig auf Gott.« Er drehte ihr den Kopf zu. »Auf wen sind Sie zornig?«

»Meist bin ich es nicht, nur phasenweise. Da ist ständig diese Traurigkeit in mir und das Gefühl der Ohnmacht. Verstehen Sie, wenn man mir irgendwas sagen könnte, das ich tun kann, um Niva zu retten, dann täte ich es. Beispielsweise in Eiswasser schwimmen oder mich in einen dunklen Raum einsperren lassen.«

»Die Menschen früher haben daran geglaubt. Dass sie Opfer bringen müssten, damit Gott ihnen wohlgesonnen ist. Sie haben ihre besten Lämmer geschlachtet und sonstige Anstrengungen auf sich genommen.«

»Zum Glück glaube ich nicht daran. Die Menschen damals haben all diese Dinge geopfert, ohne dass es einen Einfluss darauf hatte, was passiert.« Marlen schauderte bei dem Gedanken. »Es gab sogar Völker, die ihre eigenen Kinder getötet haben, die Inka beispielsweise.«

»Man muss diese Dinge immer im Rahmen ihrer Zeit verstehen.« Der Pfarrer drehte sich, dass er Marlen direkt gerade ansehen konnte. »Ich bin nicht hier, um irgendwelche Kults zu beschönigen oder etwas erklären zu wollen, für das ich keine befriedigende Antwort weiß. Ich möchte Ihnen sagen, dass Ihre Gefühle gut und richtig sind, egal ob es Zorn, Trauer oder Frust ist. Denn darunter liegt die tiefe Liebe zu Ihrem Kind. Schon allein, wie Sie liebevoll von Ihrer Schneeflocke sprechen, sagt mir, dass Sie alles für Ihr Baby tun. Und eines können Sie mir getrost glauben: Die Kleine spürt das. Kommunizieren Sie mit ihr, horchen Sie an einem ruhigen Ort in sich hinein, lassen Sie all Ihre Liebe zu ihr fließen und Sie werden fühlen, dass da einiges zurückkommt.«

»Das tue ich jeden Tag, zumindest versuche ich es.« Marlen schluckte den Kloß in ihrem Hals weg. »Theo hat mir gesagt, ich soll nur positive Gedanken zu Niva schicken, aber das schaffe ich nicht immer.«

»Das müssen Sie nicht. Sie sind kein Übermensch, Marlen, darf ich Sie so nennen?«

Sie nickte, wischte mit dem Handrücken über ihre Wangen, die ständig nass waren.

»Kinder dürfen ruhig an den negativen Stimmungen ihrer Eltern teilhaben, das gehört zum Leben. Reden Sie mit Ihrer Tochter. Sagen Sie ihr, dass Sie traurig sind. Dass Sie nicht wollen, dass sie geht. Versichern Sie ihr zudem, dass Sie ihr das Gehen nicht unnötig erschweren werden. Egal wie hart das für Sie sein mag. Eltern möchten ihre Kinder beschützen, aber auf diesem Weg können Sie Ihr Kind nicht begleiten. Machen Sie Ihre Schneeflocke stark für den Weg, den sie allein bewältigen muss, und versprechen Sie ihr, dass Sie irgendwann nachkommen werden.«

»Sie glauben an das Paradies?«

»Das ist ein weiter Begriff und ich denke, dass jedermann andere Bilder vom Paradies hat. Für mich ist es kein realer Ort, den man sich so vorstellen kann, dass man beispielsweise in einer lieblichen Landschaft spaziert.«

»Was ist es in Ihren Augen?« Marlens Interesse war geweckt. Sie zweifelte daran, dass der Pfarrer ihr etwas Hilfreiches würde sagen können, dennoch brannte sie darauf, seine Vision vom Paradies zu erfahren. »Theo glaubt, dass wir in einer weiteren Dimension landen werden.«

»Ja, das denke ich auch. Vor allem, dass die Dinge, wie wir sie auf Erden erlebt haben, samt und sonders unwichtig werden und ein Gefühl der Freiheit einsetzen wird, das in seinen Ausmaßen gigantisch ist.« Er sah zum Kreuz. »All der Ballast, den wir bewusst oder unbewusst mitschleppen, der wird von uns abfallen. Selbst diejenigen Menschen, die an nichts glauben …«

»Wie ich.«

»Selbst die sind überzeugt, dass der Tod nichts Schlimmes ist, lediglich wie ein tiefer Schlaf, aus dem wir nicht mehr erwachen.«

»Dann gibt es keine Sühne für Verbrecher? Was ist mit dem jüngsten Gericht?«

»Man darf sich nicht an Worte klammern, die Bibel hat Symbolcharakter und ist zudem ein geschichtliches Dokument, das dreitausend Jahre alt ist. Ich glaube daran, dass es Sühne geben wird, dass es einen Unterschied macht, sollte ein moralisch verwerflicher Mensch sterben. Wobei, was ist gut und böse? Wer entscheidet das? Wenn wir alle unsere Taten auf die Waage legen, in welche Richtung legt sich die Schale? Viele Menschen sind keine Mörder oder Diebe, leben jedoch trotzdem nur für sich selbst – was ist mit denen? Diejenigen, die zwar nichts Böses im Sinn von juristisch verfolgbaren Verbrechen tun, aber auch nichts Gutes, das es hervorzuheben gilt?«

»Haben Sie eine Antwort darauf?«

»Nein. Ich gehöre bedauerlicherweise nicht zu den Pfarrern, die für jede Gelegenheit passende Bibelstellen auf Abruf zitieren können. Die Bibel ist eine unerschöpfliche Quelle von Weisheiten und oft kann das

Geschriebene Trost und Antworten bieten. Man muss es nur interpretieren können.«

Marlen spürte, dass Niva langsam einschlief, ihre Bewegungen waren in leichte Zuckungen übergegangen und auch sie überkam plötzlich Ruhe.

»Sie haben sich dazu entschieden, Ihre Schneeflocke auszutragen. Für viele wären religiöse Gründe dahinter. Was war es bei Ihnen?«

Es gefiel Marlen, dass Pfarrer Weisshold wiederholt den Kosenamen verwendete und nicht nur von »dem Baby« sprach. »Ich habe sie im Ultraschall gesehen, bereits mit zwölf Wochen war es ein Baby, mit Kopf, Armen und Beinen. Ich weiß nicht, ob ich es verkraftet hätte, Niva zu töten oder zuzulassen, dass man es tut. Es war keine bewusste Entscheidung vom Kopf aus, es fühlte sich einfach falsch an. Hätten Sie mich verurteilt, wenn ich mich für eine Abtreibung entschieden hätte? Die Kirche ist vehement dagegen.«

»Verständlich, dass die Kirche diesen Standpunkt vertreten muss. Früher wurden Selbstmörder und ungetaufte Kinder abseits des Friedhofs verscharrt. Weil Kirchengesetze geschaffen wurden, wie sie in der Form nicht einmal in der Bibel stehen.«

»Sie sehen das anders?«

»Nein. Ich freue mich, dass Sie sich für diesen Weg entschieden haben. Aber ich hätte Sie nicht an den Pranger gestellt, wäre Ihnen ein Abbruch leichter gefallen. Ich bin kein Richter und schon gar nicht ein göttlicher. Meine Aufgabe ist es, Menschen auf ihrem irdischen Weg zu begleiten und Denkanstöße zu geben, denn Entscheidungen treffen, das muss jeder selbst. Und auch die Verantwortung und Konsequenzen übernehmen.«

»Ich verstehe, was Sie meinen. Man kann dann nicht sagen, der hat's mir gesagt.« Sie musste grinsen, das fühlte sich willkommen nach der geballten Traurigkeit an. »Ich freue mich, dass Sie es sind.« Sie schluckte. »Der unser Kind beerdigen wird.«

Den zweiten Satz brachte sie nur stockend heraus, halb erstickt im Flüsterton. Überrascht stellte sie fest, dass das innerliche Zittern aufhörte, es war, als würde sie Friede überziehen wie eine Glasur beim Kuchen.

Sie spürte die Hände des Pfarrers über ihren, die fast in den breiten Pranken verschwanden. Es war ein angenehmes Gefühl, ein beschützendes, tröstliches.

»Es ist mir eine Ehre, dass Sie mir vertrauen.«

Die Wärme seiner Hände übertrug sich auf die ihren und sie genoss diesen Augenblick des Innehaltens. Solange sie hier sitzen blieb, konnte Niva schlafen und sie sich fallen lassen.

»Theo mag Sie und ich verlasse mich auf ihn. Obwohl wir kein Paar sind, steht er mir bei allem bei.«

»Soso, Sie sind also kein Paar? Das sehe ich auf andere Weise.«

»Als er gehört hat, dass das Baby sterben wird, wollte er den Weg mit mir gemeinsam gehen.«

»Und warum denken Sie, macht er das?«

»Für Niva.«

»Glauben Sie?«

Marlen lehnte sich zurück und schloss die Augen. Ihre Hände fühlten sich an wie kleine Vögelchen, die sich in seinen Händen ein Nest bauten. Sie wollte das Thema nicht vertiefen, denn daraus würden Träume gesponnen.

Nachher würden sich ihre Routen trennen.

Und das »Nachher« rollte auf sie zu, wie ein Güterzug, der nicht mehr aufzuhalten war.

Das Geräusch der sich öffnenden Tür unterbrach den trauten Moment. Marlen hörte Theos Schritte, unverkennbar seine federnde Art und das leichte Schlurfen.

Pfarrer Weisshold löste seine Hände und das sofort einsetzende Kältegefühl schockte sie.

»Ich habe einen Platz gefunden. Bist du bereit?« Seine Stimme klang sanft, sie erhob sich und nickte.

Konnte man dazu jemals bereit sein?

Kapitel 41
Theo

Theo sah dem Pfarrer nach und hoffte, dass dieser Marlen nicht aufregen würde. Nein, das war nicht Pfarrer Weissholds Art. Kein anderer Mensch, von dem er wusste, war in der Weise unkonventionell und empathisch wie der Pfarrer.

Der Duft der Blüten stieg ihm in die Nase. Viele der Gräber waren geschmückt und die bunten Sommerblumen gaben dem Friedhof ein besonderes Flair. Er hatte es nicht so mit Blumen, aber er sollte sich mal kundig machen, damit er für seine Tochter die passenden aussuchen konnte. Angeblich gab es eine Blumensprache.

Theos Sorgen um Marlen wuchsen wie eine Welle, die ihn irgendwann unter sich begraben würde. In den letzten beiden Wochen war ihr Bauch täglich sichtbar gewachsen, anstrengende Unternehmungen waren schon längere Zeit nicht mehr möglich. Es erschien ihm unmöglich, dass das noch sechs Wochen so weitergehen sollte. Marlen überlegte nun doch eine Punktion des Fruchtwassers, allerdings verwarf sie den Gedanken ebenso schnell wieder. Theo half ihr, so gut es ging, denn einige Bewegungen im Alltag konnte sie nicht mehr bewältigen, so kam sie beispielsweise nicht zu ihren Füßen. Theo musste ihr beim Anziehen und Schnüren der Schuhe helfen. Und war froh, dass er für sie da sein konnte.

Es schnürte ihm den Hals zu, wenn er daran dachte, wie tief Marlen um Niva trauern würde. Zudem musste sie die Schmerzen der Geburt durchleben und das, ohne danach das Geschenk eines Kindes im Arm zu halten. Auch für ihn war Niva real geworden. Seine Tochter, seine Schneeflocke, der es verwehrt war, zu leben.

»Hast du geglaubt, du könntest danach zur Tagesordnung übergehen?« Pfarrer Weissholds Worte hallten in ihm nach. Marlen bedeutete ihm viel, die gemeinsamen Monate mit ihr waren mehr als nur Pflichterfüllung und eine hilfreiche Geste.

Hatte der Pfarrer recht, dass er sich endlich von seinen Eltern befreien musste? Dass er eigene Wege nicht nur gehen, sondern sie sich mit der Machete frei schlagen sollte?

Plötzlich erschien ihm absurd, dass er Marlen nach der Geburt den Rücken kehren wollte.

Sein Wunsch war das schon lange nicht mehr.

Er stoppte. In Gedanken versunken war er weitergegangen und stand nun vor einem bekannten Grab.

Grete Küppers
*4.6.1935, gestorben 2.9.2008

Seine geliebte Omili.

Seine Vertraute in der Kindheit, wenn er mit seinen Eltern nicht klargekommen war. Seiner Mutter war es nicht recht gewesen. Seit er Gretes Notizen gelesen hatte, wusste er, warum Grete und ihre Tochter nie herzlich und nur übertrieben höflich miteinander umgegangen waren. Seine Mutter sollte und musste die Aufzeichnungen lesen.

Der Duft der Kekse, die Grete für ihn gebacken hatte, lag in seiner Nase. Er sah das vertraute Zimmer mit dem abgewetzten unbequemen Sofa vor sich. Und seine Omili, die in der Küche stand und ihm seine geliebten Spätzle kochte. Wie sie ihm bei den Hausaufgaben geholfen hatte und mit ihm zu dem Abenteuerspielplatz gegangen war. Und die ihm stets zugehört hatte.

Er öffnete die Augen und sah direkt neben dem Grab seiner Omili eine leere Stelle. Der Gedanke, dass Niva nahe ihrer Urgroßmutter ihren Platz bekäme, gefiel ihm.

Es war perfekt.

Für ihn. Wie würde Marlen das aufnehmen? Sie hatte seine Omili nicht gekannt, klar, dass sie anders empfinden könnte. Aber hatte sie nicht gesagt, er sollte den Platz aussuchen?

Mit langen Schritten ging er zur Kirche und öffnete die Tür.

Am nächsten Abend war Marlen wieder traurig. Theo spürte es, obwohl sie versuchte, es zu verbergen. Warum? Nach dem Gespräch mit dem Pfarrer schien es ihr doch besser zu gehen? Er wartete bis nach dem Abendessen, setzte sich zu ihr und fragte leise: »Möchtest du den Platz neben meiner Omili lieber nicht?«

»Auf jeden Fall, es ist der passende Ort. Und Pfarrer

Weisshold ist ein liebenswerter Mensch, da könnte ich mir keinen besseren Pfarrer vorstellen.«

»Was bedrückt dich dann?« Sein Arm legte sich wie von selbst um sie und erleichtert registrierte er, dass sie sich an ihn lehnte.

»Wahrscheinlich findest du es lächerlich, aber Niva ist heute anders. Pfarrer Weisshold und ich haben über den Tod gesprochen und dann haben du und ich noch ihr Grab ausgesucht. Vielleicht hat sie Angst zu sterben. Lach mich bitte nicht aus.«

Theo drückte Marlen an sich, blinzelte, denn auch ihm war zum Weinen zumute. »Niemals würde ich dich auslachen, Marlen. Und Niva hat Gefühle. Hat nicht jeder Mensch Angst zu sterben? Niva ist noch dazu so klein. Ich bin überzeugt, dass unsere Ängste und Emotionen sich auf sie übertragen, gestern haben wir beide uns zwangsweise mit dem Danach beschäftigen müssen. Das hat Niva natürlich mitbekommen.«

»Ich habe ein Gespräch belauscht in der Ambulanz. Es ist schon ein paar Wochen her. Ich habe es verdrängen wollen, aber die Worte kommen gerade heute hoch.«

Theo wartete, bis ihre Stimme wieder mitspielte.

»Es waren eine junge Lernschwester und eine Ältere. Das Mädchen hat gefragt, ob mein Baby überhaupt was empfinden und denken kann, es hätte doch kein Gehirn. Und die Schwester hat geantwortet«, Marlen schluckte mehrmals, »nichts, gar nichts. Jede Blume empfindet vermutlich mehr. Der Fötus hat kein Gehirn, er ist eine leere Hülle mit der Intelligenz eines Einzellers. Die Frau hätte besser daran getan, die Schwangerschaft frühzeitig abzubrechen und das Ganze schnell zu vergessen.«

Die Worte hingen schwer in der Luft. Theo fand im Moment keine Antwort für die herzlose Rede. »Warum hast du es mir nicht erzählt?«, fragte er leise.

»Ich wollte es rasch vergessen. Außerdem hat mich geärgert, dass ich nichts gesagt habe. Stattdessen habe ich gewartet, bis sie aus dem Zimmer waren, und mich hinausgeschlichen, damit sie nicht wissen, dass ich die Worte gehört habe.«

Theo umarmte sie und streichelte über ihr Haar. »Das ist verständlich. Gewiss hätten sie sich entschuldigt, sie wussten ja nicht, dass du es mitgekriegt hast. Aber ihre Meinung an sich hätte sich nicht geändert, leider.«

»Sie haben keine Ahnung! Ich weiß, dass Niva fühlen und denken kann. Auch wenn ihr Gehirn nicht vollständig ausgebildet ist.«

»Natürlich kann sie das.«

»Ich wünschte, ich könnte unsere Schneeflocke ewig in mir behalten, lebendig und geschützt vor der Welt. Dann müsste sie nicht sterben.«

Theo legte seine Wange an ihr Haar, schwieg jedoch. Was hätte er auch sagen sollen? Marlen hatte diese Worte bereits oft gesagt. Es war gut, dass manche Wünsche niemals in Erfüllung gehen konnten. Marlen bewegte sich täglich mühsamer. Selbst wenn sie sich nicht beklagte, so merkte er doch, dass der gewaltig angewachsene Bauch eine Last war. Undenkbar, dass dieser Zustand ewig anhalten könnte.

»Ich versteh dich«, flüsterte er in ihr Haar, »mir bricht ebenfalls das Herz, wenn ich an den Abschied denke. Wir haben noch ein bisschen Zeit, die wollen wir nützen. Was hältst du von einem Ausflug morgen zum Strand? Wir könnten danach im Fischrestaurant am Hafen essen.«

Ihr Kopf bewegte sich unter dem seinen auf und ab.

Dann schwiegen sie, eine halbe Ewigkeit. Theo fühlte, wie sie sich nach und nach in seinen Armen entspannte. Als sie endlich wieder sprach, waren ihre Worte nur ein Hauch. »Ich fürchte, wir haben weniger Zeit als gedacht.«

Angst kroch in ihm hoch wie ein Tintenfisch, der seine Tentakel an alle Enden seines Körpers ausstreckte. Er blieb starr sitzen, damit er seine Tinte nicht verspritzen konnte.

Er wollte nicht, dass es dunkel wurde.

Doch die Welle der Finsternis schien auf ihn zuzurollen, wie ein Tornado, schwarz und drückend.

Kurz glaubte er, zu ersticken. Er war nicht der Richtige, Marlen Mut zuzusprechen, bei ihr zu bleiben in ihrer schwersten Stunde. »Was haltet ihr beiden Damen von einer Massage?« Er musste irgendetwas tun, damit dieses Gefühl der Unzulänglichkeit in ihm zum Verstummen käme.

Eine Woche später fühlte sich Marlen schlecht. Aufgrund ihres gewaltigen Leibesumfanges konnte sie seit ein paar Tagen nur halbsitzend schlafen, daher war sie morgens stets müde.

»Es tut mir leid wegen des Ausflugs.«

»Wir holen ihn nach.« Er küsste sie auf die Stirn, liebevolle Gesten waren zum Ritual geworden. »Soll ich nicht lieber hierbleiben?«

»Nein, geh einkaufen, sonst haben wir nachher nichts zu essen.« Ihre Augenringe und die Blässe ließen vermuten, dass sie ohnehin keinen Appetit haben würde, aber Theo spürte, dass sie allein sein wollte. »Bring mir bitte den Kräutertee mit, du weißt schon, den in der blaugrünen Packung.«

»Gern. Sonst noch was?«

»Löffelbiskuits.«

»Klar.« Vielleicht ging es ihr bald wieder besser, wenn sie an ihre momentane Leidenschaft denken konnte.

Am nächsten Tag, dem 8. August, war Marlens Geburtstag. Theo stand extra früh auf, holte Brötchen vom Bäcker an der Ecke und schnippelte Obst für einen Fruchtsalat. Er schaffte es nur knapp, bis Marlen aufstand, doch ihr freudiger Gesichtsausdruck war jede Mühe wert gewesen. Mit ihrem Nachthemd, das sich unförmig über dem gewaltigen Bauch spannte, und dem ungekämmten Haar wirkte sie trotzdem wunderschön. »Ich ziehe mich an.«

»Unsinn, mach es dir gemütlich. Tee?«

Sie nickte. »Wow, das sieht toll aus.«

»Greif zu, damit unsere Schneeflocke auch was davon hat.«

»Ich bin mir nicht so sicher, ob das so gut ist. Ich schwöre dir, wenn sie noch mehr wächst, dann platze ich.«

»Das ist das Fruchtwasser, denke ich.« Theo umarmte sie. »Vielleicht wäre eine Punktion doch eine Option? Es sind noch fast fünf Wochen.«

»Nein, ich möchte es nicht. Ich halte das aus.« Sie griff nach dem Schälchen mit dem Fruchtsalat.

»Heute Abend koche ich für dich.« Theo ging zur Kaffeemaschine und brachte ihr die Tasse. Seit letzter Woche hatte er Urlaub genommen. »Ich muss nur nachher rasch in die Firma, Gregor hat eine Frage.«

»Telefon geht nicht?«

»Ich fürchte, nein. Und morgen holen wir endlich den Ausflug nach, nicht wahr?«

Sie nickte, senkte aber gleich den Kopf. Theo überfiel ein mulmiges Gefühl. Er befürchtete, dass es ihr schlechter ging, als sie zugeben wollte.

»Beim letzten Geburtstag wusste ich nichts von meiner Schwangerschaft.« Marlen rührte mit dem Löffel in ihrem Fruchtsalat, mehr als zwei Bissen hatte sie nicht gegessen. »Und nächstes Jahr ...«

Er griff nach ihrer Hand. »Wir müssen unserer Schneeflocke dankbar sein, haben unheimlich viel gelernt.«

»Was zum Beispiel?«

»Achtsamer zu sein, wir haben die Umgebung intensiver wahrgenommen. Wir werden in Zukunft gelassener reagieren können, immer im Bewusstsein, dass es Schlimmeres gibt.«

Marlen sah ihn nicht an, hielt ihre Teetasse vor ihr Gesicht, an ihrem Kehlkopf erkannte Theo jedoch, dass sie nicht trank.

Verdammt, er wusste nicht, was er ihr als Trost anbieten konnte. Wie die Stacheln eines Kaktus bohrte sich die Klarheit in ihn, zu schwach zu sein, zu versagen, ihr nicht die Stütze sein zu können, die sie brauchte und verdiente.

»Es tut mir leid, ich lege mich noch einmal hin«, sagte sie leise und stand auf.

»Du musst dich nicht entschuldigen. Hast du Schmerzen?«

»Nein. Ich bin nur ständig müde.«

»Ich beeile mich und bin bald wieder da.«

Sie nickte. Er begleitete sie ins Schlafzimmer, sie schloss sofort die Augen, nachdem sie ihre halbsitzende Lage eingenommen hatte.

Hoffentlich erholte sie sich.

Alles in ihm zog sich zusammen. Er schaffte das nicht, sie so zerbrechlich zu sehen, er musste mit jemandem darüber reden.

Das Problem in der Firma war rasch behoben, gleich darauf rief er Ann-Marie an, während er die Zutaten für das Abendessen einkaufte.

Theo war froh, dass sie Zeit hatte. Sie trafen sich in dem kleinen Café neben dem Supermarkt. »Ich habe heute meinen freien Tag«, sagte sie statt einer Begrüßung, es klang weder vorwurfsvoll noch böse, »also habe ich Zeit. Du hast aufgeregt geklungen.«

»Es geht Marlen miserabel, schon seit Tagen. Heute hat sie Geburtstag, aber genießen kann sie ihn nicht. Sie hat sich an den Geburtstermin geklammert und Angst, dass es früher passieren könnte. Ihr Bauch ist unheimlich angeschwollen, sie bewegt sich nur schwerfällig, aber eine Punktion lehnt sie ab.«

»Das musst du leider akzeptieren, Theo, zu einem Eingriff zwingen kann sie niemand.«

Damit kannte Theo sich nicht aus. »Ich kann kaum mitansehen, wie sie sich plagt.«

Ann-Marie beugte sich vor. »Wenn ich ehrlich bin, hoffe ich, dass eure Schneeflocke früher geboren wird. Es wäre leichter für Marlen, solange das Baby noch kleiner ist. Als ich sie das letzte Mal untersucht habe, lag Niva schon recht tief.«

»Sie kämpft um jeden Tag.«

»Das ist verständlich.«

»Wie groß sind die Chancen, dass das Baby leben wird? Ich meine, zumindest kurz?«

»Bei einem Kaiserschnitt wären sie besser.« Ann-Marie nahm ihren Kaffee in Empfang. »Aber das haben wir bereits besprochen. Was ist los, Theo? Du hast doch ein spezielles Problem, am Telefon klang es dringend.«

Den Kopf gesenkt, spielte er mit dem Kaffeelöffel. »Ich schaffe es nicht. Ich bin nicht der Richtige, ihr beizustehen, verstehst du? Vielleicht ist es besser, ich gehe nicht mit in den Kreißsaal. Wenn ich zusammenbreche, dann wäre ihr nicht geholfen.«

Ann-Marie schob ihre Tasse beiseite und beugte sich vor, legte ihre Hände über Theos. »Theo, das ist keine Prüfung, die du bestehen musst. Es werden keine Punkte verteilt und es wird kein Sieger gekürt. Sei einfach du selbst, lass deine Gefühle fließen und dein Herz entscheiden, es wird das Richtige sein. Du wirst intuitiv genau das tun, was Marlen und eurer Schneeflocke hilft. Weil du sie liebst.«

»Liebe ist ein allgemeines Wort. Keiner hat mich auf diesen Wirbelsturm vorbereitet, der mein Denken ausschaltet und mir Eiskristalle ins Gesicht schleudert. Es tut weh, so verdammt weh, wenn ich sie leiden sehe. Und das ist erst der Anfang. Meine Mutter hat immer wieder betont, wie schwer meine Geburt war und dass sie sich tagelang quälen musste. Sie wollte danach kein Kind mehr. Was, wenn es Marlen ähnlich ergeht und das einzige Kind, das sie jemals haben wird, unsere Schneeflocke ist. Was bleibt, ist ein Grab.« Theo liefen nun Tränen über die Wangen, er löste seine Hände von den ihren, wischte sie ärgerlich fort. »Ich bin echt eine Lusche, nicht wahr?«

»Auf keinen Fall. Ich verstehe dich, Theo, das tue ich. Ich habe bei den Familien, die ich betreut habe, bei fast allen Begleitpersonen so eine Phase erlebt. Glaube mir, Theo, du wirst stark genug sein für sie. Marlen braucht keinen Felsen in der Brandung, ihr werdet zusammen weinen, zusammen trauern und euer Baby im Arm halten – und euch verbunden fühlen.«

Theo hörte die Worte zwar, sie drangen jedoch nicht in ihn ein. Allein der Gedanke an Marlens Schmerz überzog ihn mit einer Eisschicht, oder kam die Kälte von innen?

War es sein eigenes Leid?

»Ich bin ein Idiot, Ann-Marie. Ich habe wirklich geglaubt, ich könnte Marlen begleiten und selbst unberührt bleiben. Ja, ich wollte ihr Superman sein, ich wollte stark sein, sie in den Armen halten, während sie weint. Niemals habe ich daran gedacht, dass es auch mich berühren könnte. Ich habe das Gefühl, in mir ist eine blutende Wunde und ich finde keinen Verband, womit ich das Blut zum Stillen bringen kann. Ich verblute.«

Ann-Marie griff erneut nach seinen Händen. Mittlerweile gab es bereits ein paar Leute, die zu ihnen sahen, weil er lauter geworden war. »Theo, hast du deine Gefühle Marlen schon mal mitgeteilt?«

»Nein.« Er war entsetzt. »Ich würde ihr alles noch schwerer machen, das geht nicht.«

»Niemand muss sich für seine Gefühle schämen, Theo. Glaube mir, eure Schneeflocke wird euch immer beschäftigen, vermutlich das Leben lang. Es ist ein einschneidend trauriges Erlebnis und das steckt man nicht in einem Tag weg. Marlen glaubt, dass ihr kein Paar seid oder zumindest nur ein Paar auf Zeit. Sag ihr, dass du sie liebst. Wie lange gedenkst du noch zu warten?«

Theo barg das Gesicht in seinen Händen. Er spürte, wie Ann-Marie sich neben ihn setzte, den Arm um ihn legte. Er wandte sich ihr zu und ließ sich umarmen. »Ich will für sie da sein. Für immer, wenn sie das möchte.«

Nie zuvor war er sich einer Sache dermaßen sicher gewesen.

Kapitel 42
2005

»Gratulation liebe Schwiegermutter.« Udo hebt das Sektglas und prostet ihr zu. »Siebzig, ein stattliches Alter, das muss man erst schaffen.«

»Stimmt. Alles Gute, Mutti.« Die Umarmung von Isabelle ist kurz. Grete lehnt sich zurück.

»Viel Glück im neuen Lebensjahr.« Theo schlingt beide Arme um sie. »Schick siehst du aus.«

Wärme durchfährt sie. Sie sieht ihn nicht mehr so häufig, seit er aufs Gymnasium geht.

Ihr Schwiegersohn hebt die Hand. »Bringen Sie uns eine Flasche Pinot Noir.«

»Sehr wohl.« Der weiß gekleidete Kellner nickt dienstbeflissen. Grete hasst es, wenn Udo von oben herab mit dem Personal umgeht.

»Schau mal in die Karte, Mutti. Die Fischgerichte sind hier ausgezeichnet. Immer frisch zubereitet.«

Das können sie auch bei dem Preis, verkniff sich Grete zu sagen. Sie hat ihre Tochter noch nie verstanden und jetzt immer weniger.

»Ich nehme die Matjesfilets.«

»Du könntest doch etwas Spezielles essen, Mutti.« Isabelle klingt enttäuscht. Grete weiß, sie wollten ihr eine Freude machen, aber es geschieht zu ihrem Preis.

»Matjesfilets kenne ich und liebe ich. Was ist falsch daran, Vertrautes zu wählen?«

»Weil wir dich zu etwas Besonderem einladen wollten.«

»Lass sie doch.« Udo lehnt sich zurück. »Es ist ihr Geburtstag und ihr Wunsch.«

»Wenn du meinst.«

Theo rutscht unruhig auf dem Stuhl hin und her. Die Angewohnheit hat er sich aus seiner Kleinkindzeit erhalten. »Warum hast du dir das Lokal ausgesucht, Omili? Matjes kriegt man an jeder Ecke.«

»Das feine Lokal war nicht meine Idee, das hat deine Mutter gewählt. Mir hätte eine Bratwurstbude gereicht.«

»Das war ja so was von klar.« Isabelle funkelt sie an. »Da will man dir eine Freude machen, aber du hast an allem was zu meckern.« Ehe Grete etwas erwidern kann, schnauzt Isabelle auch noch Theo an. »Und du bist langsam zu alt, deine Großmutter Omili zu nennen, findest du nicht?«

»Nein.« Theo bleibt ungerührt, sein Gesicht verschwindet hinter der Speisekarte, seine Mutter presst die Lippen zusammen. Bravo, das ist mein Enkel!

Die Bestellungen sind rasch aufgegeben. »Sag mal, Omili, hast du einen speziellen Wunsch?«, fragt Theo.

»Hatte sie eben nicht, deswegen sind wir hier und machen ihr einen schönen Abend.« Isabelle klingt scharf. Theo lässt das unberührt.

Theo ist der Erste, der fragt.

»Du wolltest doch immer mal ein Musical in Hamburg besuchen, nicht wahr?« Er sieht zu seinen Eltern. »Wäre das nicht eine Idee? Ein Wochenende in Hamburg?«

»Wie stellst du dir das vor? Ich habe eine Firma zu leiten.«

»Bei mir ist es auch unmöglich, das habe ich deiner Großmutter bereits gesagt.« Isabelle faltet die Serviette auseinander und legt sie anders zusammen.

»Nun, dann fahren wir allein, was meinst du, Omili?«

Kapitel 43
Marlen

Liebe Schneeflocke! Es wird eng für dich, nicht wahr? Du bewegst dich nicht mehr so oft und heftig. Heute ist mein Geburtstag, aber mein wichtigster Wunsch wird unerfüllt bleiben. Dein Onkel Marco wollte mir die Wiege zeigen, die er für dich gezimmert hat, aber ich habe mich geweigert, sie anzusehen. Purple ist nicht fertig mit der Strickmütze, sagt sie. Die Zeit ist noch nicht reif. Himmel, ich hoffe, dass sie recht hat. Man sollte wie bei einem Auto die Geschwindigkeit selbst bestimmen können. Dann würde bei mir jeder Tag zehn Jahre dauern.

Marlen wünschte, sie hätte die WhatsApp-Nachricht von Babs nicht gelesen. An ihrem gestrigen Geburtstag waren ihre Mutter, Marco und Purple am Nachmittag gekommen, am Abend hatte Theo für sie gekocht, Beef Stroganoff mit Nudeln und Salat. Obwohl sie wenig Appetit gehabt hatte, war es ihr gelungen, eine Portion zu essen, danach hatten sie gekuschelt und Theo hatte ihr voller Freude sein Geschenk überreicht. Einen Bilderrahmen aus Holz. »Hier kommt das Foto von Niva hinein«, sagte er leise.

Es war wundervoll harmonisch gewesen, die Nachricht von Babs zerstörte die schöne Erinnerung.

»Habe Theo gestern mit einer anderen Frau im Café

Mozart gesehen. Sie wirkten unheimlich vertraut, haben Händchen gehalten und die Köpfe nah zusammengesteckt. Ich finde einfach, du solltest es wissen.«

Theo war in den Baumarkt gefahren, um einen neuen Duschkopf zu besorgen, der andere war kaputtgegangen.

Am liebsten hätte sie ihn sofort mit der Nachricht von Babs konfrontiert. Seine Kollegin war auf Theo scharf gewesen und hatte nicht bei ihm landen können. Vermutlich war sie neidisch.

Möglicherweise war es Ute gewesen. Seit sich Marlen unwohl fühlte, sahen sie Ute nicht mehr so häufig. Aber hätte Theo ihr das nicht erzählt?

Doch der Stachel hatte sich bereits in sie gebohrt. Ihre Abmachung war, dass er die paar Monate für sie da war, von anderen Frauen war keine Rede gewesen.

»Ich dachte, wir wären weiter«, murmelte sie vor sich hin.

Als sie miteinander geschlafen hatten, beispielsweise. Klar, momentan war das nicht möglich. Aber musste Theo deswegen gleich mit einer anderen Frau turteln?

Nur ein Flirt, oder war da mehr?

Niva bewegte sich, sofort legten sich ihre Hände über den prallen Bauch. »Denkst du, dein Papa hat bereits eine Neue am Start? Ich kann mir das nicht vorstellen, weißt du? Er ist immer fürsorglich und gestern hat er mir einen wundervollen Geburtstag bereitet.« Erneut kullerte eine Träne über ihre Wange. »Ich will dich nicht verlieren, mein Schatz, und Theo ebenfalls nicht. Verdammt, warum muss ich mich immer in die Falschen verlieben.«

Sie stand auf, was mit erheblichen Schwierigkeiten verbunden war. Mühsam stützte sie sich auf, um ihre Beine an ihrem gewaltigen Bauch vorbeizubringen und auf den Boden zu stellen. Auch das Aufstehen gelang erst beim zweiten Versuch, doch danach wurde es leichter. Im Bad machte sie sich frisch und zog sich an. Socken und Hose waren eine Herausforderung und brauchten Zeit.

Schließlich saß sie am Küchentisch bei einer Tasse Kräutertee, einem Stück Toastbrot mit Butter. Gestern hatte sie genug gesündigt, nun wollte sie sich wieder auf gesundes Essen konzentrieren. Erneut las sie die Nachricht. Wo blieb Theo?

Niva war eingeschlafen. Marlen fühlte sich wie in einem Vakuum. Es klingelte.

Sie stemmte sich hoch und watschelte zur Tür, durch das Guckloch sah sie Purple. Rasch öffnete sie.

Ihre Freundin stürmte herein. »Hi, ich wollte nachfragen, wie es dir geht. Ich habe kurz Zeit, bevor ich den Termin beim Augenarzt habe.«

»Was Schlimmes?«

»Nein, meine Brille muss neu angepasst werden. Aber lenk nicht ab. Wie fühlst du dich? Und eine ehrliche Antwort.«

Das hatte Marlen ganz vergessen. »Heute Morgen ging es mir nicht so gut, jetzt passt es. Möchtest du eine Tasse Tee? Oder lieber Kaffee?«

»Kaffee, gern. Wo ist Theo?«

»Er besorgt einen neuen Duschkopf.«

Purple schob Marlen zu ihrem Stuhl zurück. »Setz dich. Den Kaffee mache ich mir selbst, ich kenne mich aus.«

Marlen ließ sich dankbar niedersinken. »Ich fühle mich wie eine Tonne. Der Gedanke, dass ich in den kommenden Wochen noch mehr zulegen werde, macht mir Angst.«

»Diese Fruchtwasserpunktion ist nach wie vor keine Alternative?«

»Ich weiß es nicht. Wenn der Leidensdruck größer wird, vielleicht.« Marlen nippte an ihrem Tee. »Milch müsste noch da sein.«

»Danke.« Purple stellte eine Tasse unter die Kaffeemaschine. »Das ist ein tolles Gerät, das Theo mitgebracht hat. Er macht sich auch sonst prächtig, nicht wahr?«

Das Zischen der Maschine ersparte Marlen eine Antwort, doch sie spürte bereits wieder Tränen hinter ihren Lidern. Zum Teufel, sie sollte ihrer Tochter keine traurigen Gefühle vermitteln.

Purple holte Milch aus dem Kühlschrank und goss einen Schuss in ihre Tasse, danach setzte sie sich zu ihr. »Was ist los?« Es klang erschrocken, ihre Freundin hatte immer schon ihrer Stimmungen wahrnehmen können.

Wie Theo.

»Ich liebe ihn.« Es war das erste Mal, dass sie es aussprach.

»Sag mir was Neues.« Purple grinste mit ihrem typisch schelmischen Augenzwinkern.

»Niemals hätte ich gedacht, dass er so fürsorglich und empathisch sein kann. Er spürt, wann ich was brauche, ist verständnisvoll, hört zu und ist genau der Mann, den ich mir immer gewünscht habe.«

»Was ist falsch dran?«

»Es ist nur ein Arrangement auf Zeit.«

»Glaubst du, dass es das für ihn immer noch ist?«

»Ich habe gehofft, dass er sich ändert, dass er etwas für mich empfindet und es keine Pflichterfüllung ist.«

»Woher weißt du, dass es nicht genauso sein könnte? Die Blicke, mit denen Theo dich anschaut, die sprechen eine eigene Sprache und sie sagen mir, dass er viel mehr für dich empfindet, als er möglicherweise zugeben möchte.«

»Ich dachte das auch, aber heute habe ich eine Nachricht erhalten.« Marlen zeigte Purple die Textnachricht.

Ihre Freundin runzelte die Stirn. »Wer hat dir das geschickt?«

»Babs, eine Kollegin.«

»Diejenige, die dermaßen entsetzt reagiert hat, als sie erfahren hat, dass du von Theo schwanger bist?«

Marlen nickt.

»Na ja.« Purple betonte die Worte, sodass Marlen gleich wusste, was sie von der Nachricht hielt.

»Ich weiß schon, sie ist eifersüchtig. Aber ich denke, es wird stimmen, dass Theo sich mit einer Frau getroffen hat.«

»Vielleicht seine Cousine, diese Ute.«

»Möglich. Aber das hätte er mir doch erzählen können!«

»Du musst ihn drauf ansprechen.«

»Ich weiß nicht, es kommt mir demütigend vor. Er hat mir nichts versprochen, es war unser Deal, dass er für mich da ist, bis …«, sie schluckte, »bis alles vorbei ist.«

»Marlen, rede mit ihm. Du erinnerst dich, wie lang Marco und ich umeinander herumgeschlichen sind, ehe er sich getraut hat, mich um ein Date zu bitten?«

Marlen erinnerte sich daran. »Und das auch nur, weil ich ihn gestupst habe.«

»Eben. Theo hat sich längst in dich verliebt und traut sich nicht, es zuzugeben. Der sogenannte Vertrag oder die Abmachung, wie immer ihr es nennen mögt, ist schon eine halbe Ewigkeit hinfällig geworden.«

»Und die Frau?«

»Frag ihn. Darum wirst du nicht herumkommen, sonst liegt es dir wie ein unverdaulicher Brocken im Magen. Übrigens, ich bin wegen etwas anderem gekommen.« Sie kramte in ihrer Tasche und zog eine Babymütze heraus. »Ich habe die hier gesehen und mich gleich verliebt.«

Marlen nahm sie ihr ab, der weiche Wollstoff schmiegte sich an ihre Finger. Das Mützchen wirkte wie für eine Puppe, hatte ein buntes Muster und ein aufgenähtes Einhorn.

»Alle Mädchen lieben Einhörner, habe ich mir sagen lassen. Die Mütze, die ich selbst stricken wollte, habe ich gestern zum siebten Mal aufgetrennt. Das wird nichts, deine Schneeflocke soll etwas Besonderes haben.«

»Sie ist wunderschön.« Zart strich sie über das pinkfarbene Einhorn mit dem silbernen Horn. »Danke. Aber bestimmt hättest du …«

»Nein, ich habe beim Basteln und Handarbeiten immer schon zwei linke Hände gehabt. Vor allem habe ich den Schlafsack, den deine Mama genäht hat, gesehen und das tolle Teil mit meinen kläglichen Versuchen verglichen. Glaub mir, es ist besser so.«

»Mama hat ihn mir gezeigt, er ist wunderschön.«

»Ja, sie hätte ihr Geld auch als Schneiderin verdienen können.« Purple sah auf die Uhr. »Mensch, ich muss. Meine neue Brille wartet.«

Purple hinterließ Stille, mittlerweile war es halb eins und von Theo keine Spur. Ob sie ihn anrufen sollten? Die Wollmütze lag vor ihr, es war, als würde das Einhorn ihr zuzwinkern und in diesem Moment spürte sie Nivas Bewegungen. Sie waren langsamer als früher, was vermutlich dem zunehmend knapperen Platz geschuldet war. Sofort strich sie über ihren Bauch. »Mein Kleines, ich werde dich entsetzlich vermissen.« Theo und die Frau fielen ihr ein. Bestimmt würde sich die Frau als harmlos herausstellen, wer immer es auch war.

Sie erhob sich und trug die Tassen in die Küche. Erleichtert hörte sie schließlich, wie sich der Schlüssel im Schloss drehte und dann stand Theo in der Küche. »Wie geht es dir?«

»Bist du dreimal um den Ort gefahren?«, schnappte sie und hatte gleich darauf ein schlechtes Gewissen.

Das war kein guter Anfang für ein aufklärendes Gespräch.

»Tut mir leid.« Theo klang zerknirscht, was sie jedoch noch mehr aufbrachte. »Aber ich habe im Baumarkt Linus Eberts getroffen. Er hat mir von seinem neuen Job erzählt, zum Glück hat er rasch einen gefunden. Qualifizierte Leute kommen immer unter, während wir uns mit dem Neffen von der Stein abplagen müssen.«

»Und du bist sicher, dass Linus keine Frau war? Ein kleiner Flirt nebenher?« O Gott, sie keifte wie ein Fischweib.

Wobei sie noch keine Fischverkäuferin dermaßen hatte schreien hören, es tat in ihren eigenen Ohren weh.

Theo stand mit hängenden Armen da, sein Gesichtsausdruck war ein einziges Fragezeichen. Er musste sie für verrückt halten.

Plötzlich brach sie in Tränen aus. Sie wollte sich nicht so benehmen, ihm Vorwürfe machen, als hätte sie irgendwelche Rechte auf ihn.

Theo war bei ihr und führte sie zur Couch im Wohnzimmer. »Was ist passiert?«

»Purple war hier und hat mir eine Mütze für Niva gebracht.«

»Ich habe sie schon auf dem Tisch liegen gesehen, sie sieht niedlich aus. Hat dich das so aufgebracht?«

»Du hast dich mit einer anderen Frau getroffen. Gestern.« Das kam erneut viel zu scharf heraus. Theo zuckte zusammen, schwieg jedoch.

Ihr Herz wand sich, als würde es von einer riesigen

Faust umschlossen und gequetscht. »Es stimmt also.« Sie musste die Worte hervorpressen, bekam kaum genug Luft.

Sie sah hoch, Theo wirkte eindeutig verlegen, trat von einem Bein aufs andere und rieb über die Nase.

»Wir haben abgemacht, dass du bis … ach egal.« Sie wollte es nicht aussprechen, nicht wieder an Geburt und Tod erinnert werden.

Theo knetete seine Finger, danach ließ er sich neben ihr nieder. »Es ist mir peinlich.« Seine Gesichtszüge fielen fast auseinander, er befeuchtete mehrmals seine Lippen.

»Dass du dich bereits jetzt nach einer Neuen umsiehst?« Marlen spürte die eigene Giftigkeit in ihren Worten, doch sie konnte es nicht ändern. Es tat einfach zu weh. »Kenne ich sie?«

»So ist es nicht.« Theo räusperte sich. »Als es dir gestern so schlecht ging, da … ich habe Ann-Marie angerufen.«

»Du hast dich mit meiner Hebamme getroffen?«

Er nickte. »Sie hat gemeint, dass es normal sei, dass du müde seist, nicht mehr durchschlafen kannst und dass dein Bauch wächst.«

»Das habe ich bereits gewusst und du doch auch.« Sie konnte nicht fassen, dass die Frau Ann-Marie gewesen sein sollte.

»Ich habe Angst, dass ich nicht gut genug bin«, brach es nun aus ihm heraus, er ließ sich neben ihr sinken und verbarg das Gesicht in seinen Händen.

»Gut genug wofür?«

»Dir beizustehen, dir eine Stütze zu sein, dich zu begleiten, für dich da zu sein.«

»Aber das tust du doch.«

»Die Geburt kommt noch auf dich zu. Ich bin dem nicht gewachsen, werde zusammenbrechen, heulen und das Ganze nicht verkraften.«

Marlen legte ihre Arme um ihn. »Das werden wir gemeinsam tun, Theo. Denkst du, ich würde dich verachten, nur weil du Gefühle zeigst?«

»Ich muss doch stark sein für dich. Du musst so viel aushalten, körperliche Schmerzen, und dass Niva sterben wird …«

»Ich denke, die Trauer um unsere Schneeflocke, die teilen wir gemeinsam. Du liebst sie bereits ebenso tief wie ich.«

Er nickte, sein Gesicht blieb in den Händen vergraben.

»Theo, ich erwarte nicht, dass du den Helden spielst. Manchmal liegt in der Schwäche die Stärke. Deine Anteilnahme und Fürsorge sind das Wertvollste für mich.« Und deine Liebe, fügte sie hinzu. Sie hoffte tief im Herzen, dass auch Liebe vorhanden war.

Er hob den Kopf und sah sie an. In seinen Augen konnte sie lesen, was er nicht aussprach. Dann stand er auf, trat zum Regal, das sie für seine Sachen freigeräumt hatte, und holte eine Mappe heraus. »Ich habe die Notizen meiner Großmutter gelesen. Bis zur letzten Seite. Mir ist einiges klar geworden. Und ich würde sie gern meiner Mutter geben.«

Sie beugte sich darüber und las die Zeilen, die Handschrift war etwas krakelig und schief.

»Ich habe nun ein komplett anderes Bild von Omili.«

Marlen ließ das Blatt sinken. »Du musst deine Mutter zwingen, es zu lesen. Ich denke, es würde ihr guttun.«

Kapitel 44
Theo

In den Nächten steigerte sich die Unruhe. Marlen versuchte sich gefühlt alle fünf Minuten in eine bessere Lage zu bringen. Sie schlief bereits seit einiger Zeit mit drei Kissen im Rücken halb sitzend, manchmal ein wenig seitlich gelagert, er wurde jedoch durch ihr leises Stöhnen öfter wach. »Du kannst gern im Wohnzimmer schlafen«, bot sie ihm mehrmals an, doch das wollte er nicht.

Stattdessen rückte er oft näher zu ihr, ließ seine Hand über ihren prallen Bauch gleiten und konnte die Bewegungen seiner Schneeflocke spüren. Leider immer seltener. »Ich werde doch nicht länger schlafen als nötig und Zeit mit Niva versäumen.« Er legte den Kopf auf Marlens Bauch, sie strich über sein Haar. Auf diese Weise verbrachten sie gefühlte Ewigkeiten. Ohne zu sprechen.

Die Worte konnten nicht ausdrücken, was er empfand, und Marlen ging es offenbar ähnlich.

An einem Abend Mitte August raffte er sich auf und fuhr zu seinen Eltern. Er hatte vorher angerufen und sich vergewissert, dass sie zu Hause waren.

»Theo, was verschafft uns die Ehre?« Seine Mutter stand aus dem Ledersessel auf und legte ihr Buch zur Seite. »Vater ist in seinem Arbeitszimmer.«

»Ich möchte mit dir sprechen.« Er zog die Mappe

hinter seinem Rücken hervor. Isabelle runzelte die Stirn. »Erinnerst du dich? Tante Finchen hat dies bei Omilis Beerdigung gebracht.«

Der Gesichtsausdruck seiner Mutter verzog sich, als hätte sie ein widerliches Insekt gesehen. Jäh wandte sie ihm den Rücken zu. »Ich habe schon damals gesagt, dass ich das Geschreibsel nicht lesen mag.«

»Ich habe es erst jetzt gelesen«, sagte er leise. »Und ich kann deine Aversion gegen deine Mutter nun verstehen. Aber du musst auch begreifen, dass du in die Fußstapfen deiner Mutter getreten bist.«

Eine heftige Reaktion blieb zu seinem Erstaunen aus, seine Mutter stand reglos von ihm abgewandt.

Theo schlug die Mappe auf und nahm das letzte Blatt.

»Liebe Isabelle, geliebte Tochter! Es ist zu spät, mich zu entschuldigen oder auf deine Verzeihung zu hoffen. Nie habe ich den Mut gehabt, mit dir zu sprechen. So wurde ich erzogen, stark sein, alles aushalten und nicht jammern. Ich war zu schwach. Bevor du mir geschenkt wurdest, musste ich drei Kinder begraben. Nein, das ist falsch, ich durfte sie nicht begraben, nicht einmal von ihnen Abschied nehmen, sie nicht einmal anschauen. Von zweien weiß ich bis heute nicht, ob es Jungen oder Mädchen waren, beim dritten hat mir die Hebamme verraten, dass es ein Bub war. Ich habe ihn Fridolin genannt. Auch ihn durfte ich weder sehen noch begraben. Dann kamst du und ich war nicht fähig, mein verkrustetes Herz für dich zu öffnen. Das tut mir unendlich leid. Plötzlich hast du mir das größte Geschenk gemacht, das man sich vorstellen kann: deinen Sohn. Theo kam wie ein Tornado in mein Herz und hat Sonne in mein Leben gebracht. Dafür kann ich dir nicht genug danken.

Liebe Isabelle, es ist zu spät für uns beide, aber es ist noch Zeit für dich und deinen Sohn. Lass es nicht so weit kommen wie bei dir und mir.« Theo hob den Kopf, seine Mutter stand nach wie vor unbeweglich, als wäre sie aus Stein.

Die Tür öffnete sich hinter ihm. »Was ist hier los? Theo?«

Er drehte sich um. »Vater, einen schönen guten Abend. Ich bin gleich wieder fort, möchte Mutter nur die Aufzeichnungen von Omili hierlassen.« Da seine Mutter keine Anstalten machte, sich umzudrehen, drückte Theo die Mappe seinem Vater in die Hand. »Vergesst nicht, wie fragil und entsetzlich kurz ein Leben ist, Omili hat es aufgeschrieben. Es ist nicht zu spät, euch zu erinnern, dass ihr ein Enkelkind habt, das bald sterben wird.«

Mit einem Kloß im Hals verließ er die Villa. Es hatte nichts erreicht, aber für seine Omili war es den Versuch wert gewesen.

In dieser Nacht zum 22. August passierte es. Theo hatte gefühlt erst zehn Minuten geschlafen. Von jetzt auf gleich wurde er wach, da Marlens Stöhnen lauter war als sonst.

Und er wusste sofort, was dies zu bedeuten hatte.

Eine Lawine an Gefühlen überrollte ihn, Angst, Trauer, Schmerz und Aufregung.

»Marlen?«, fragte er sanft.

Sie schnappte nach Luft. »Tut mir leid, ich glaube, es sind Wehen. Ich habe sie bereits länger.«

»Warum sagst du denn nichts?« Er sprang aus dem Bett, ihm wurde leicht schwindlig. Der Digitalwecker zeige zwei Uhr neun, er hatte also ein wenig mehr als zwei Stunden geschlafen. »Ich ruf den Rettungsdienst.«

Sie stöhnte erneut. »Verdammt, es ist der 22. August. Niva sollte doch erst in drei Wochen geboren werden. Ich will das jetzt noch nicht.«

Theo wählte die 112, gleich darauf rief er Ann-Marie an, die versprach sofort zur Klinik zu fahren. Danach stürzte er wieder zu Marlen. Sie weinte. »Ich wollte stark sein für unsere Schneeflocke. Sie bewegt sich, als ob sie wüsste, was ihr bevorsteht.«

Mit Gewalt konzentrierte er sich auf die mechanischen Tätigkeiten, stützte sie, hob sie an, damit sie sich hochstemmen konnte, und stellte ihre Beine auf den Boden unter ihren unförmigen Körper. »Vielleicht ist es blinder Alarm, momentan spüre ich nichts.«

Hoffentlich nicht, dachte er und schämte sich gleich dafür. Aber er wünschte sich, dass zumindest ihre körperliche Qual bald ein Ende haben würde.

»Komm ins Wohnzimmer.« Theo stützte sie, bis sie auf die Couch sank, richtete Kissen in ihren Rücken und fuhr mit seinen Händen über den Bauch. In diesem Moment wurde dieser hart und Marlen begann zu atmen, wie Ann-Marie es ihr beigebracht hatte. Er versuchte, es ihr gleichzutun, war total auf sie konzentriert und schaltete sämtliche andere Gedanken aus.

»Ich habe nicht gewusst, dass es gleich heftig wehtut.«
Marlen keuchte leicht.

Theo massierte ihren Rücken, sie schloss die Augen.
»Danke«, flüsterte sie. »Hol meine Tasche.«

Es klingelte und die Rettungsleute kamen herein.
»Können Sie gehen?«

»Klar.«

»Ist es okay, wenn ich mit dem Auto nachkomme?«,
fragte er. Marlen nickte, ihr Gesicht verzog sich erneut.
Teufel, die Wehen kamen bereits in kurzen Abständen.

»In die Uniklinik Nordhaven. Sie ist dort angemeldet«, erklärte er.

»Das Eusebius-Krankenhaus ist näher.«

»Sie muss in die Uniklinik.«

»Hören Sie, wir haben unsere Vorschriften ...«

»Ich erwarte ein Kind, das sterben wird.« Marlen
klang ruhig, deshalb schlug ihre Nachricht ein wie eine
Bombe.

Die blonde Frau wurde blass und der etwas ältere
Mann nickte. »Das wussten wir natürlich nicht, wir fahren Sie selbstverständlich in die Uniklinik.«

Gestützt von der Sanitäterin wurde sie hinausgeführt,
Theo hastete rasch ins Schlafzimmer und holte die ge-
packte Kliniktasche.

Als er mit dem Auto losfuhr, sah er die Blaulichter
um die Ecke biegen. An die Fahrt selbst konnte es sich
später nicht erinnern, alles zog wie ein Schleier an ihm
vorbei.

Erleichtert sah er die Klinik auftauchen, der Parkplatz lag ein wenig abseits. Er sprang aus dem Auto heraus, nachdem er es geparkt hatte, riss die Tasche an sich und rannte auf das Klinikportal zu.

Zwei Menschen versperrten ihm den Weg zum Informationsschalter. Er reckte den Kopf und erblickte hinter den Glasscheiben eine weiß gekleidete Angestellte hektisch in die Tasten tippen, zudem hatte sie ein Telefon zwischen Ohr und Schulter geklemmt. Er sah sich suchend um, nirgendwo sah er das Sanitätsteam mit Marlen. Panisch schob er die Leute vor sich zur Seite, was ihm empörte Zurufe einbrachte.

»Wo werden die Menschen hingebracht, die mit dem Rettungswagen kommen?«

»Führen Sie sich nicht so auf!«, schnauzte ihn der bärtige Mann, den er zur Seite gestoßen hatte, an.

»Gedulden Sie sich, bis Sie dran sind«, raunzte auch seine Begleiterin, der ein Vorderzahn fehlte.

»Hören Sie, ich suche nur meine Freundin, sie bekommt ein Baby.«

»Schön für Sie, was tun dann Sie hier?« Der Bärtige wies mit der Hand in Richtung Aufzüge. »In diesem Fall sollten Sie zum Kreißsaal.«

»Wer lesen kann, ist im Vorteil«, fügte Zahnlücke hinzu.

Nun erst sah er die große Anzeigentafel, auf der die einzelnen Stationen vermerkt waren. Ganz oben stand »Kreißsaal, 1. Stock.«

Er eilte zum Lift und lehnte sich aufatmend an die Wand. Als die Türen sich öffneten, kamen ihm die beiden Rettungsleute entgegen, die Marlen mitgenommen hatten. Sie wiesen ihm den Weg. Sein Handy piepte, es war eine Nachricht von Ann-Marie, sie wollte in zehn Minuten hier sein. Erleichtert steckte er das Gerät wieder ein. Marlen würde sich gleich wohler fühlen, wenn sie die tüchtige Hebamme um sich hatte.

»Sie sind der Mann von Marlen Ehrenberg?«, fragte eine ältere Angestellte, die einen grünen Kasack mit gleichfarbiger Hose trug.

Mann? Das hörte sich gut an.

Er nickte.

»Ich bin Rita Müller, die diensthabende Hebamme. Sie können gleich zu Ihrer Frau, die Ärztin untersucht sie gerade.«

»Wie geht es ihr?«

»Ich würde sagen, den Umständen entsprechend, sie bekommt ein Kind«, kam es trocken zurück.

»Lebt das Baby noch?« Er stellte die Frage sehr leise, denn ein blonder Mann kam nun aus dem Kreißsaal und wartete an der Tür.

»Na, hören Sie mal! Warum sollte es nicht leben?« Die Hebamme klang empört. Offenbar war sie nicht informiert worden, dass es keine Geburt mit glücklichem Ausgang sein würde.

Theo hatte nicht die Kraft dazu, ihr das zu sagen. Zu vielen Menschen hatten sie in den vergangenen Monaten vom Schicksal ihrer Schneeflocke erzählen müssen, das Entsetzen, den Schock, die Ungläubigkeit und Anteilnahme – er wollte es momentan nicht. »Ihre Hebamme wird in wenigen Minuten hier sein.«

»Ihre Hebamme? Denken Sie, dass Ihre Frau ihre eigene private Hebamme braucht, weil wir nicht gut genug sind?« Rita Müller funkelte ihn an und Theo trat zur Sicherheit einen Schritt zurück.

In diesem Moment kam eine junge Frau aus der Entbindungsstation heraus, sie wirkte zart in einem übergroßen Kasack und wandte sich sofort an Frau Müller. »Rita, wir haben es hier mit einer besonderen Situation zu tun, kommst du bitte ins Dienstzimmer, ich informiere euch gleich.« Rita runzelte die Stirn, warf Theo einen überraschten Blick zu, ehe sie hinter der Glastür verschwand. Die Ärztin streckte ihm die Hand hin. »Ich bin Rebecca Friese, die diensthabende Ärztin. Professor Wagner ist informiert, er kommt, so schnell er kann.«

Gott sei Dank!

Theo hatte kein gutes Gefühl, weder bei der mürrischen Hebamme noch bei der offenbar engagierten Ärztin, die aussah, als wäre sie der Schulbank nicht entwachsen.

»Frau Bernauer wird auch kommen, sie hat Marlen während der Schwangerschaft begleitet und …«

»Das hat sie uns erzählt. Geht alles in Ordnung. Wir holen Sie beide, sobald Frau Ehrenberg im Kreißsaal ist. Der Muttermund ist fünf Zentimeter offen, es wird also ein bisschen dauern.« Sie trat nun näher an Theo heran, wohl damit der wartende Mann nichts mitbekam. »Angesichts der außergewöhnlichen Umstände muss ich das restliche Personal informieren, wir wollen Ihrer Frau und Ihnen ein möglichst normales Geburtserlebnis ermöglichen.«

»Danke. Marlen hofft, dass das Baby wenigstens kurz am Leben bleiben wird.« Sein Hals war rau, kaum brachte er die Worte heraus.

»Die Statistik spricht leider dagegen, aber es hat alles schon gegeben.« Die Ärztin griff nach Theos Händen. »Ich hoffe es von Herzen für Sie.« Ihre Augen wirkten wässrig, dann löste sie sich rasch, drehte sich um und eilte zurück in den Kreißsaal.

»Darf ich wieder zu meiner Frau?«, rief der Blonde ihr nach.

»Moment noch.« Weg war sie.

Theo fiel auf, dass der Wartende von einem Bein aufs andere trat und sich mehrmals durchs Haar fuhr. Schließlich drehte er sich zu Theo um. »Verdammt, was machen die so lange mit unseren Frauen? Ich habe ihr versprochen, bei ihr zu bleiben, und jetzt sperrt man mich aus. Ist es auch Ihr Erstes?«

Er nickte, zum Glück plapperte der Mann gleich weiter. »Sina wollte unbedingt das Kinderzimmer komplett eingerichtet haben, noch ehe der Kleine da ist. Es wird ein Junge, wissen Sie? Meine Güte, haben wir um den Namen gestritten, jetzt wird es ein Ben. Sina wollte einen Tizian, aber um Himmels willen, da wird der Junge später bloß ausgelacht. Tizian, wer heißt heutzutage so? Klingt wie diese Blume, Enzian – den Schnaps sollen ja

424

manche mögen. Aber das geht doch nicht als Name für einen Jungen.«

»Herr Ritter, Sie dürfen nun zu Ihrer Frau.« Eine junge Schwester oder Hebamme hielt die Tür einen Spalt auf.

»Na Gott sei Dank!« Er drehte sich noch mal zu Theo. »Ihnen und Ihrer Frau auch alles Gute.«

Theo schwankte kurz. Der Mann ahnte nichts von der Tragödie, die ihnen bevorstand. Wie ein eisiger Regen würde der Schmerz auf sie herabfallen, sie konnten es durch nichts aufhalten.

Er wollte zu Marlen und seine Schneeflocke ein letztes Mal spüren. Entschlossen schlüpfte er hinter einer Krankenschwester durch die Tür. Am Ende war offenbar das Dienstzimmer, hinter Glas sah Theo mehrere Personen darin sitzen.

Wo war Marlen?

Der Türöffner summte und dann war Ann-Marie hinter ihm. »Theo?«

Erleichtert atmete er aus. »Schön, dass du da bist.«

»Das war doch selbstverständlich, dass ich komme. Ich gucke, wo ich mich umziehen kann. Wo ist Marlen?«

»Ich suche sie selbst.«

»Okay, ich frage nach.« Ann-Marie eilte zum Dienstzimmer, Theo hörte sie sprechen, kurz darauf drehte sie sich zum ihm. »Die Kreißsäle sind rechts von dir, Marlen ist im letzten, Nummer 5.«

Er fühlte sich elend, wäre am liebsten davongelaufen.

Doch es war nicht seine Art zu kneifen, nie gewesen. Rasch eilte er nach hinten.

Er klopfte und trat ein. Marlen lag auf einer Liege mit einer Art Messgerät um den Bauch, sie trug bereits eins der berühmten Krankenhaushemden, weiß mit kleinem Muster. Erleichterung zeichnete sich auf ihren Gesichtszügen ab, als er zu ihr ging.

»Ist Ann-Marie da?«, fragte sie.

»Ist schon draußen, sie zieht sich um.«

Sie seufzte auf. »Die Herztöne sind noch da.« Eine Träne hing in ihrem Augenwinkel, Theo brach es das Herz, sie so verzweifelt zu sehen.

Die Zeit war fast abgelaufen. Und viel zu kurz gewesen.

Spontan legte er die Arme um sie. »Unsere Schneeflocke wird geliebt, das wird sie spüren, bis zum Schluss.« Absichtlich sprach er nicht von einem Wunder. Davon, dass die Ärzte sich geirrt haben könnten und dass ihr Baby normal und gesund auf die Welt kommen würde.

Das hatten sie durch und er spürte, dass es auch Marlens Wunsch war, das Kommende akzeptieren zu können.

Ein hochtrabendes Wort. Konnte man jemals das Unfassbare einfach so hinnehmen?

Marlen begann zu stöhnen, eine neue Wehe. Theo fühlte sich hilflos, zum Glück kam Ann-Marie zur Tür herein. »He, Süße, alles gut.« Sie stützte Marlen, die sich halb aufgerichtet hatte und ihre Hände auf Ann-Maries Schultern legte. »Atme ganz tief, lass dich in den Schmerz hineinfallen, wehr dich nicht, gut so.«

Die Wehe ließ nach, Marlen schloss die Augen und lehnte sich zurück.

»Wie lange wird es dauern?«, fragte Theo. Hoffentlich war es schnell vorüber, er hielt es fast nicht aus, Marlen leiden zu sehen.

»Geht schon noch eine Weile, man weiß es nicht so genau.«

Was? Sein Gesichtsausdruck musste seine Verwirrung ausgedrückt haben, denn Ann-Marie lächelte leicht. »Hol dir einen Kaffee, Theo, du wirst ihn brauchen. Draußen auf dem Flur vor dem Schwesternzimmer ist ein Automat.«

»Ja, mach das Theo.« Marlen nickte mit geschlossenen Augen.

Er stürzte fast hinaus. Wie konnte man das aushalten? Sein Respekt vor Müttern wuchs. Und manche bekamen sogar mehrere Kinder.

Theo ließ sich einen Kaffee heraus, als er hinter sich Stimmen hörte, halb flüsternd, halb aufgeregt.

»Auf der Fünf ist eine Totgeburt.«

»Echt jetzt?«

»Anenzephalie. Hat kein Hirn, das Kind.«

»Und sie hat nicht abtreiben lassen?«

»Schräg, nicht?«

Theo drehte sich mit einem Ruck um, hinter ihm standen zwei junge Angestellte in grünen Kasacks, vermutlich Auszubildende.

»Ich will euch nicht in der Nähe meiner Frau sehen«, fuhr er sie heftig an. »Sie hat es bereits schwer genug, auf eure dummen Bemerkungen kann sie verzichten. Ihr habt beide keine Ahnung, wie beschissen es war, sich entscheiden zu müssen und was alles hinter und noch vor uns liegt. Verpisst euch!«

Die offenen Münder in den schneeweißen Gesichtern blieben in Theos Gedanken, als er zum Kreißsaal zurückging.

Kapitel 45
2007

»Was ist zwischen dir und Mutter vorgefallen, Omili?«

»Nichts Spezielles, Theo.« Grete stützt sich auf ihren Gehstock, während sie die Kuchenteller auf den Tisch bringt. Sie sollte sich schon lange einer Hüftoperation unterziehen, wartet auf einen Termin.

Groß ist er geworden, der Junge. Sie erinnert sich so deutlich an den Tag, als er das erste Mal bei ihr gewesen ist. Knapp zwei Jahre alt. Wie tief er ihr ans Herz gewachsen ist.

»Omili, ich helfe dir doch.« Theo nimmt ihr die Teller aus der Hand und verteilt sie. Dann holt er die Kuchenplatte und lacht auf einmal los. »Omili, wer soll das alles essen? Du hast drei Kuchen gebacken.«

»Na, bring es deinen Freunden mit, junge Leute haben immer Hunger.« Sie lächelt ihr typisch verschmitztes Lächeln. »Hast du auch eine Freundin?«

»Omili, ich bin vierzehn.« Er grinst. »Aber die Chantal aus meiner Klasse, die hat schon was.«

Chantal, das ist auch so eine Macke, den Kindern sonderbare Namen zu geben.

»Ich war mit vierzehn schon verliebt.«

»Wirklich?« Theo hält inne, die Kuchengabel mit einem Stück Schokoladenkuchen in der Luft.

»Klar, ich war auch mal jung.«

»In wen denn? In Opa?«

»Nein, nein.« Leider nicht. »Er war eine Klasse über mir, wir sind ein paarmal spazieren gegangen.«

»Und dann?« Theo isst weiter.

»Nichts. Mein Bruder hat es meiner Mutter gesagt, die hat mir ein paar Ohrfeigen gegeben, danach bin ich ihm ausgewichen.«

»Das ist ganz schön hart.« Theo klingt entsetzt.

»So war's damals. Aber meine Mutter hat es schwer gehabt, mein Vater ist im Krieg gefallen und sie stand mit uns allein da. Weiß Gott, das Mutterkreuz hat ihr da nicht mehr geholfen!«

»Richtig, Mütter im Dritten Reich bekamen eine Auszeichnung, nachdem sie eine gewisse Anzahl an Kindern geboren hatten.«

»Ab vier Kindern.«

»Ich habe nicht gewusst, dass du so viele Geschwister hattest, ich kenne nur Tante Finchen.«

»Ja, der Paradiesvogel unter uns. Ich war die Älteste, nachdem meine Brüder weg waren, die Vernünftigste und sie die Jüngste.« Sie schenkt Kaffee ein und schiebt Theo ein großes Stück Apfelkuchen auf den Teller.

»Mensch, Omili, so viel kann ich nach der Schokotorte nicht«, protestiert er halbherzig und sticht den Kuchen trotzdem an.

»Sie waren alle froh, als ich geheiratet habe. Ob ich es wollte, hat keine Rolle gespielt.«

»Hast du deinen Mann nicht geliebt?« Theo ist fassungslos.

»Ach, Theo, das war alles anders damals. Kein Mädchen hat die Wahl gehabt. Das Geld hat hinten und vorne nicht gereicht. Meine Brüder durften zur Schule gehen, damit sie bessere Chancen hatten, dabei wollten sie gar nicht. Und dann wurde Karl eingezogen und ist wie mein Vater nicht wiedergekommen. Und der Rudi, der hatte eine Lungenentzündung in dem kalten Winter nach dem Krieg. Wir konnten zu wenig heizen, Medikamente gab's auch keine. Und dann ist er gestorben. Als dieser wohlhabende Bäcker mit den tollen Manieren ankam und mich zur Frau wollte, war meine Mutter gleich von ihm angetan. Es hat sie nicht gekümmert, dass er sechsundzwanzig Jahre älter war als ich.«

Theo rührt in seiner Tasse. »Ich kenne meinen Großvater nur von dem Bild im Regal, du stellst immer Blumen davor. Daher dachte ich, du musst ihn sehr geliebt haben.«

»Er war kein schlechter Mensch. Meine Mutter hat Druck gemacht, das Geld war knapp und das war die große Chance. Helmut hat keine Mitgift gewollt, das war zum damaligen Zeitpunkt noch eine wichtige Sache, und er hat mich mit Aufmerksamkeit überschüttet. Er konnte nichts dafür, dass ich mein Herz nicht öffnen konnte.«

»Dann hast du seit deinem Schulkollegen nie mehr jemanden geliebt? Weißt du, was aus ihm geworden ist?«

»Nein.«

»Schade, vielleicht hättet ihr euch wiedergesehen und euch erneut verliebt.«

»Du bist ein Romantiker, Theo.« Sie lächelt. »Du bist mein Ein und Alles, Theo.«

Das macht ihn verlegen, er sticht mit der Gabel in den Kuchen. »Und Mutter hast du auch geliebt.«

Er wundert sich, dass keine Antwort kommt, und hebt den Kopf. Seine Großmutter sieht auf ihren Teller und zerkrümelt mit den Fingern das Stück Gugelhupf, das sie sich zuvor genommen hat.

»Weißt du, Theo, als deine Mutter geboren wurde, da habe ich mein Herz verschlossen gehabt. Weil da bereits ein anderer drin saß und ich geglaubt habe, es sei kein Platz für noch jemanden. Das war ein Fehler und den kann ich nie mehr gutmachen.«

Kapitel 46
Marlen

Liebe Schneeflocke! Wie wird es sein, wenn du zu den Sternen fliegst? Was wirst du fühlen und wirst du dich an die Zeit in meinem Bauch erinnern können? Wirst du wissen, dass du eine Mama und einen Papa hast, die dich lieben und vermissen? Oder wird das neue Leben dich so in Anspruch nehmen, dass du uns nicht brauchst, nie gebraucht hast? Ich wünsche dir alles, was dir guttut, dass du keinen Schmerz, keine Trauer, kein Leid empfinden mögest, nur allumfassendes Glück und unendliche Liebe ...

»Ich halte das nicht aus.« Niemand hatte Marlen darauf vorbereitet, dass eine Geburt dermaßen gewaltige Schmerzen verursachte. Ann-Marie war an ihrer Seite und massierte sie im Kreuz. »Wo ist Theo?«

»Du hast ihn Kaffeeholen geschickt.«

»Denkst du, er ist rechtzeitig zurück?« Zwischen jedem Wort keuchte sie.

»Es dauert noch, Marlen.«

Die Wehe ebbte ab und Marlen ließ sich wieder zurücksinken. »Sie bewegt sich nicht, o Gott, ist sie schon tot?« Tränen strömten über ihre Wangen.

»Alles gut, hörst du die Herztöne?«

Erleichtert seufzte sie auf. Ihre Schneeflocke war noch bei ihr. »Ich will nicht, dass es vorbei ist, aber ich weiß auch, dass ich die Schmerzen nicht ewig aushalte.«

»Das ist schwer für dich.« Ann-Marie wischte ihr mit einem befeuchteten Tuch über die Stirn. »Versuche es, du musst loslassen, lass deine Schneeflocke gehen.«

In diesem Moment hasste Marlen die Hebamme. Die hatte leicht reden! Eine Sekunde später schämte sie sich.

»Einen schönen guten Abend, nein, besser, Morgen, Frau Ehrenberg. Wie geht's denn?« Doktor Wagner kam herein. Ann-Marie sprach mit ihm, doch Marlen nahm den Inhalt nicht mehr auf, da eine neue Wehe heranrollte. Sie konzentrierte sich auf die Atmung und dachte an das kleine Wesen in ihr. Es lag Wahrheit in Ann-Maries Worten, sie wollte nicht loslassen. Wenn sie das tat, war es Nivas Todesurteil.

Die Schmerzen ebbten ab und sie konnte mit dem Arzt reden. »Alles im grünen Bereich«, sagte dieser nach einem Blick auf die Geräte. »Bei Frau Bernauer sind Sie in besten Händen, wie ich sehe.« Dann war er wieder draußen.

»Wo geht er hin?« Marlen starrte auf die Tür. Der Arzt konnte doch nicht einfach abhauen!

»Er muss sich waschen und umkleiden.« Ann-Marie wischte ihr erneut den Schweiß aus der Stirn. »Und er sorgt dafür, dass niemand dabei ist, der mit deiner kleinen Schneeflocke nicht umgehen kann.«

Oder besser mit ihrem Tod, korrigierte Marlen in Gedanken und war doch dankbar, dass Ann-Marie eine andere Formulierung gewählt hatte.

Ich bin so schwach, kleine Niva! Der Satz kreiste in ihr, während sie heftig atmete und hoffte, dass die Pein nachlassen möge. Aber sie biss sich in sie hinein, wühlte ihren Leib auf und ließ Marlen aufschreien.

Auf einmal spürte sie zwei starke Arme um sich. Theo war zurück. Sie lehnte sich an ihn, dann nahm sie nichts anderes mehr wahr als rot glühenden Schmerz.

»Ruhigatmen«, daswarwiederAnn-MariesStimme.Plötzlich hatte sie den Drang zu pressen, doch die Hände der Hebamme legten sich auf ihren Bauch. »Noch nicht, atme drüber. Der Muttermund muss sich erst weiter öffnen.«

Der Arzt kam erneut herein und eine zweite Hebamme. Der Drang, zu pressen stieg. In der kurzen Atempause zwischen den Wehen tastete sie mit den Händen zum Bauch und strich darüber.

Die neu hinzugekommene Hebamme löste den Gurt des CTG-Geräts. Marlen hätte am liebsten aufgebrüllt, sie wollte den Herzschlag von Niva weiter hören.

Doch dann musste sie pressen, es war, als risse es ihren Unterkörper auseinander. Dennoch empfand sie es als Erleichterung, sich endlich aktiv beteiligen zu können. Bei jeder Wehe schlug sie ihre Finger in Theos Arm, der sie, ohne zurückzuzucken, unerschütterlich hielt.

»Das Köpfchen kommt, weiter so, Frau Ehrenberg, Sie habenesgleichgeschafft«, ertöntediegleichbleibendruhige Stimme des Arztes.

»Gut so«, motivierte Ann-Marie Marlen, »sie ist auf dem Weg.«

Nach dem vierten Pressen flutschte das Baby aus ihr heraus, der kurzen Erleichterung folgte der Schreck. »Lebt sie?« Marlen sah Theos Gesicht über sich gebeugt, der nun den Blick von ihr abwandte.

Es war still, viel zu still.

Ann-Marie legte ihr die kleine Schneeflocke in den Arm, sie war flüchtig in ein Tuch gewickelt worden, das Gesicht rasch abgewischt.

Ihre Fingerchen bewegten sich, Marlen richtete sich auf, so gut es ihr möglich war, und drückte ihre Tochter an sich. Sie trug Purples Wollmütze mit dem Einhorn vorn, ihre Augen waren etwas nach vorn gewölbt, doch sonst wirkte sie normal.

Sie war das hübscheste Baby auf der Welt.

Da geschah es: Niva blinzelte, sie erhaschten einen kurzen Augenblick ihre blauen Augen, Marlen nahm die winzige Hand in die ihre. Aus dem Augenblick gewahrte sie Ann-Marie, die ihr Handy gezückt hatte.

Theo setzte sich neben sie und sie reichte ihm den kostbaren Schatz. In diesem Moment spürte sie, wie das Leben aus dem kleinen Körper wich, und die Arme eine halbe Sekunde später herabhingen.

Auch Theo merkte es sofort, sie wechselten einen Blick und seine Tränen flossen gleichzeitig mit ihren.

Es war totenstill im Raum, von draußen drangen gedämpft Geräusche herein, Gespräche, Klirren von Instrumenten, Schritte.

Die Zeit blieb stehen.

Theo gab dem Baby einen Kuss auf die Stirn, Marlen

streichelte über den kleinen Körper, ärgerte sich, dass sie durch den Tränenschleier die Details nicht erkennen konnte.

»Möchtest du Niva waschen?«, fragte Ann-Marie Theo leise. »Marlen muss versorgt werden.«

Der nickte. Marlen weinte leise, als die beiden weggingen. In ihr war ein Vakuum, eine Schwärze, die sie aufzusaugen drohte.

So absurd es war, sie wollte in sich selbst verschwinden.

Durch ein unangenehmes Drücken auf die Bauchdecke kam sie in die Realität zurück. »Die Plazenta muss noch heraus«, erklärte Doktor Wagner, er bemühte sich hörbar um Sachlichkeit, dennoch vibrierte seine Stimme.

Kurz darauf war sie auch die Nachgeburt los. Der Arzt verließ nach gemurmelten Beileidsworten und einem Gruß das Zimmer. Die Hebamme Rita reinigte sie untenherum, Marlen bekam kaum etwas mit, weil ihr Blick auf Theo und Ann-Marie gerichtet war, die mit dem Rücken zu ihr am Waschbecken an der Wand standen.

Was musste es für Theo bedeuten, sein totes Baby zu waschen?

Konnte Niva nicht durch ein Wunder anfangen zu schreien? Das hatte es schon gegeben, Babys, die für tot erklärt wurden, zur Seite gelegt, und die dann doch gelebt hatten.

Die Hebamme brachte ihr eine Tablette und ein Glas Wasser. »Das ist Cabergolin, damit die Milch nicht einschießt.« Sie war blass, ihre Stimme zitterte erheblich. »Es tut mir so furchtbar leid.«

Marlen sah die junge Frau und sah sie doch nicht. Es war, als könnte sie kein Bild aufnehmen.

»Frau Ehrenberg?« Erneut hielt ihr die Hebamme die Tablette hin.

Nein, sie wollte keine Milch bekommen, die kein Baby trinken würde. Rasch schluckte sie die Tablette und gab ihr das Glas zurück.

Sie erhielt ein frisches Hemd und eine dieser Netzhosen mit Binden.

»Fühlst du dich stark genug, herunterzuklettern?« Ann-Marie war zurückgekommen und hielt ihr die Hände hin.

»Wo ist Niva? Ihr habt sie doch nicht weggebracht?« Sie klang schrill. »Ich will sie sehen.«

»Alles gut, Marlen. Theo trocknet sie ab und zieht ihr die Kleidung an, er ist gleich da.« Sie half ihr vom Kreißbett und in einen Lehnstuhl.

Marlen rutschte in eine bequeme Sitzhaltung, dann kam Theo zu ihr, ein kleines Bündel in den Armen. Sein Gesicht war zerfurcht, schien um Jahre gealtert und wirkte, als ob er monatelang nicht geschlafen hätte. Dicke Augenringe hoben sich von der bleichen Haut ab, der dunkle Bartschatten verstärkte den gespensterhaften Eindruck.

Schließlich hatte sie ihre Schneeflocke im Arm. Die Haut porzellanweiß unter der bunten Einhornmütze von Purple. Sie wirkte, als ob sie schliefe und jeden Moment die Augen öffnen würde. An Kleidung trug sie eine Windel, das gemusterte Hemdchen und die rosa Strampelhose, die Theo für sie besorgt hatte. Alles unnötig, sie konnte nicht mehr frieren und die Windel würde leer bleiben.

All ihre Hoffnung auf ein Wunder, es war nicht passiert. Niva war tot.

Ihr Finger war riesig neben den Fingerchen ihrer Schneeflocke. Marlen berührte jedes einzelne.

Sie sah zu Theo, spürte erneut, wie ihre Tränen die Wangen hinunterrannen. »Sie ist perfekt, nicht wahr?«

»Wunderschön.« Auch seine Stimme zitterte. »Alles ist an ihr dran, die Fingerchen, die Zehen, der Mund – nur der Schädel hat ein Loch.«

Ann-Marie trat zu ihnen. »Ich habe ein Foto für euch, ich schicke es dir später. Daniela – die Fotografin – sie ist auf dem Weg.« Sie sah auf das Baby. »Du hast das super gemacht, Marlen. Eure Schneeflocke.« Der weiche Tonfall war voll Anteilnahme.

»Sie hat gelebt, Ann-Marie.« Marlen konnte kaum sprechen, so sehr schnürte es ihr den Hals zu. »Das war ein Geschenk.«

»Ja, ich habe es gesehen, sie wollte ihren Eltern wenigstens kurz Hallo sagen.«

»Das hat sie.« Theo nahm nun die andere Hand der Kleinen. »Es war unglaublich schön und gleichzeitig hat es mein Herz auseinandergerissen.«

Besser hätte Marlen es nicht ausdrücken können.

»Ich bringe euch jetzt beide in einen Raum, wo ihr unter euch sein könnt und Ruhe habt. Ihr dürft so lange bleiben, wie ihr es braucht. Vielleicht möchtet ihr eure Eltern anrufen.«

Marlen nickte. »Ja, meine Mama wollte kommen und Marco und Purple.«

»Und Ute«, fügte Theo hinzu.

Zehn Minuten später waren Theo und Marlen allein. Der Raum war ein kleines Krankenzimmer, Marlen war froh, ein Bett zu haben, in dem sie nun zu zweit nebeneinander mit aufgerichteter Lehne saßen. Abwechselnd hielten sie die winzige Niva.

»Vielleicht wäre aus dir eine große Wissenschaftlerin geworden.« Marlen küsste die Stirn, sie war bereits kühl, nicht so eisig wie eine Schneeflocke, aber auch nicht mehr warm.

»Oder eine Sportlerin.« Theo strich über ihre Hände.

»Eine Klavierspielerin, die mit ihrer Musik alle tief drinnen berühren kann.«

»Eine Architektin, deren Gebäude außerordentlich kreativ sind.«

»Einfach ein Mensch, der andere glücklich machen kann. Denn die wenigen Monate, die sie bei uns sein durfte, hat sie nichts anderes getan.« Theo nahm ihr das Baby ab und drückte es an sich. »Sie hat mir gezeigt, wie viel Bedeutsames es auf der Welt gibt und dass wir keine Zeit nutzlos vergeuden sollten.« Marlen konnte kaum ihre Augen offenhalten. »Du bist müde, nicht wahr? Schlaf ein wenig, du hast einiges durchgemacht.«

»Nein.« Mit Gewalt riss sie die Augen auf, das kostete sie enorme Anstrengung. Aber sie durfte jetzt nicht schlafen, auf keinen Fall.

Alles war genau gekommen, wie sie es erwartet und befürchtet hatten. Es war das Schlimmste, was ihr in ihrem bisherigen Leben jemals zugestoßen war. Gleichzeitig auch das Schönste.

Niva war tot. Ihre Schneeflocke würde nie durch die Luft fliegen.

Doch sie konnten Abschied nehmen.

Die Tür öffnete sich und eine zarte Frau mit Brille trat in den Raum. »Guten Abend. Marlen und Theo, nicht wahr? Ich bin Dr. Miriam Falk, die Psychologin.« Sie schob sich näher und griff nach einem Stuhl. »Darf ich?«

Marlen nickte und tastete nach Nivas Hand.

Dr. Falk setzte sich, ihr Gesichtsausdruck war zärtlich-traurig, als sie zu sprechen begann. »Ich möchte Ihnen zunächst sagen, wie sehr ich Ihre Stärke bewundere. Sie wussten, dass dieser Tag kommen würde, und dennoch haben Sie sich entschieden, jede mögliche Sekunde mit Ihrem Baby zu verbringen. Das ist ein unglaublicher Ausdruck von Liebe. Ich bin hier, um Ihnen zuzuhören, wenn Sie möchten – und um Ihnen zu helfen, mit diesem Schmerz umzugehen.«

Marlens Tränen flossen erneut. »Wir wollten, dass sie weiß, dass sie geliebt wird, auch wenn sie nur kurz da war.«

Doktor Falks Stimme war wie ein sanfter Regen an einem warmen Sommertag. »Das weiß sie, Marlen.

Diese Liebe wird immer ein Teil ihrer Geschichte sein – und ein Teil Ihrer.«

Nach einer kurzen Pause fuhr die Psychologin fort. »Es ist in Ordnung, wenn heute widersprüchliche Gefühle in Ihnen aufkommen. Trauer, vielleicht Erleichterung, weil der lange Weg vorbei ist, vielleicht auch Leere oder Schuld. Alles, was Sie fühlen, ist genau richtig – und Sie müssen das nicht allein tragen.«

Theo räusperte sich, Marlen sah auf das stille Baby in seinem Arm. »Wir dachten, wir wären vorbereitet ... aber nichts bereitet einen darauf vor, sie wirklich loszulassen.«

»Das stimmt, Theo. Egal, wie intensiv die Vorbereitung auch sein mag, der Moment, in dem man Abschied nehmen muss, überrollt einen immer und ist schwerer, als man es sich vorgestellt hat. Ich bin hier, um Ihnen zu helfen, diesen Schmerz zu tragen. Wir gehen das in Ihrem Tempo an.«

Die Anteilnahme lag weniger in den Worten als im Tonfall der Psychologin. Marlen schluckte mehrmals, ehe sie sprechen konnte. »Es ist schneller passiert, als wir gerechnet haben. Erst am 13. September wäre der Termin gewesen. Und nun weiß ich nicht, ob wir genug getan haben ... Wir konnten ihr so wenig geben.«

»Marlen, Sie haben ihr alles gegeben. Sie haben ihr einen Ort in Ihrem Leben gegeben. Sie haben sie getragen, mit ihr gesprochen und sie geliebt – all das sind unvergessliche Geschenke. Ihr Baby hat in der Zeit, die es hatte, alles gespürt, was es gebraucht hat, glauben Sie mir.« Doktor Falk sah nun zu Niva. »Sie ist entzückend. Und sie sieht friedlich und entspannt aus.«

»Ich will sie nicht loslassen …, wenn ich sie ansehe, denke ich, sie muss doch aufwachen, sich bewegen, die Augen öffnen. Da ist der kleine aufsässige Teil in mir, der nicht an ein schlechtes Ende hat glauben mögen.« Sie schüttelte den Kopf. »Es war kein Grund vorhanden, an der Diagnose der Ärzte zu zweifeln, aber in mir war etwas, das genau das getan hat. Und nun fühle ich mich ausgebrannt, ich kann nicht mal weinen.« Sie sah auf Niva, die reglos in Theos Armen lag.

Nein, nicht Niva, nicht das Baby, das all die Monate in ihr gelebt und gestrampelt hatte. Nur ihr Körper, ihre Hülle, ihr irdisches Selbst.

Wohin war der Rest geflogen?

»Alle Ihre Gedanken sind gut und richtig, Marlen. Und dass ein Teil von Ihnen darauf gehofft hat, dass Sie aus einem bösen Traum erwachen werden, das ist menschlich nur verständlich. Nehmen Sie sich die Zeit, die Sie brauchen, erwarten Sie nicht von sich, dass Sie sofort wieder funktionieren müssen und zur Tagesordnung übergehen.«

Es klopfte erneut, diesmal war es Daniela Hellberger, die mit ihrer Fototasche zur Tür hereinkam.

»Guten Morgen, Marlen und Theo.« Die Fotografin nickte auch Frau Doktor Falk zu.

»Schön, dass Sie da sind, Frau Hellberger.« Die Psychologin stand auf. »Möchten Sie, dass ich hierbleibe?«

»Das ist nicht nötig, danke.« Marlen fand die Psychologin zwar sympathisch, dennoch wollte sie die Momente des Fotografierens lieber ohne fremde Menschen hinter sich bringen.

»Ich schaue später am Tag noch einmal zu Ihnen, wenn ich darf.«

Marlen nickte, dann war die Psychologin weg. Vom Kirchturm hörten sie die Uhr siebenmal schlagen. Für viele begann der Tag erst jetzt. Marlens Müdigkeit hatte nachgelassen, dafür war sie dankbar.

»Danke, dass du so rasch gekommen bist«, sagte sie leise zu Daniela.

»Das war selbstverständlich.« Daniela packte ihre Kamera aus. »Danke, dass ich heute hier sein darf.« Sie ging zu Niva und beugte sich über sie. »Ich mache das nicht zum ersten Mal, aber es berührt mich immer wieder zutiefst. Eure Kleine ist zum Verlieben.« Spontan drehte sie sich zu Marlen und umarmte sie. »Ich verspreche euch, dass ich schöne Erinnerungen schaffen werde.«

Kapitel 47
Theo

Theo ließ Niva ungern los, legte sie ihrer Mutter in die Arme. Marlen weinte still.

Daniela stellte ihre Kamera ein. Es klopfte, herein kam Marlens Familie, ihre Mutter, Marco und Purple.

Katharina trug einen Schlafsack in ihren Händen und brach ebenfalls in Tränen aus, als sie das Baby in Marlens Armen sah. Danach umarmte sie beide, ihre Tochter und Niva.

Marco trug ein Holzgebilde unter dem Arm. Als er es auf den Tisch stellte, erkannte Theo, was es war.

Eine winzige Wiege für ein Kind, das nie wachsen würde.

Theo war ein Laie, aber er sah, dass die Wiege ein Kunstwerk war. Mitternachtsblau lackiert, das obere und untere abschließende Holzstück waren halbkreisförmig, sodass das Bettchen schaukeln konnte.

Dass Marlens Bruder sich solche Mühe gegeben hatte, einen Sarg zu zimmern, erfüllte ihn neben aller Trauer mit Wärme. Stumm trat er auf ihn zu und umarmte ihn. Worte waren keine nötig.

Daniela behandelte Niva ausgesprochen liebevoll, half mit, dem Baby andere Kleidung anzuziehen, und hatte selbst auch eine Decke und ein Höschen mitgebracht.

Zwischendurch nahmen alle Anwesenden seine kleine Schneeflocke immer wieder in die Arme. Trotz der

445

Trauer, die wie ein Schleier im Raum hing, überkam in Theo ein Gefühl von Frieden und Zärtlichkeit, dass die Kleine von allen geliebt und angenommen wurde.

Nachdem die ersten Bilder geschossen waren, kam Ute. Sie weinte still, als sie sah, dass Niva die goldenen Babyschuhe mit den weißen Schneeflocken darauf trug, drückte zuerst Marlen und danach ihn ganz fest.

Die Fotosession dauerte eine Stunde. Daniela war einfühlsam und geduldig, sie fotografierte Niva in verschiedenen Positionen, auch mit Ute, Marlens Familie und im Arm ihrer Eltern. Zum Schluss legte Marlen ihre Schneeflocke in die Wiege, Theo mochte es nicht Sarg nennen, nicht mal in Gedanken. Friedlich lag sie in dem Schlafsack ihrer Oma auf den Kissen und mit der gelben Giraffe mit den roten Punkten, die Theo im letzten Moment in die Tasche gepackt hatte. Noch ein Foto in ihrem Bettchen, danach verabschiedete sich Daniela.

Purple nahm ihre Nichte ein letztes Mal in den Arm, schluchzte laut auf.

»Sie hat kurz gelebt«, sagte Marlen nicht zum ersten Mal. Offenbar musste sie das als Trost möglichst oft wiederholen, ihre Stimme war bemerkenswert fest. »Es war ein wundervoller Augenblick.« Danach flossen auch ihre Tränen wieder.

Es waren die emotionalsten Stunden, die Theo jemals erlebt hatte.

Niva konnte nichts spüren, dennoch wandten die vier Frauen die größte Sorgfalt und Vorsicht auf, als sie dem kleinen Körper die Kleider für die letzte Reise anzogen. Das weiße Hemd von Purple, das Kleidchen mit den aufgestickten Silbersternen, die goldenen Schuhe und darüber der dunkelblaue Schlafsack mit Einhörnern und Regenbogen.

Marco und er standen schweigend an der Seite und sahen zu, danach kam Marlen zu ihm und legte ihm das Kind in die Arme. Er strich ein letztes Mal über das Gesichtchen, es fühlte sich starr an. Er musste sie gehen lassen.

Seine Schneeflocke. Niva, sein Engel. Das schönste Baby auf der Welt.

Ein letzter Kuss, heiße Lippen auf kalter Haut. Ihre Seele war längst nicht mehr im Körper.

Marlens Augen waren rotumrändert, ihre Wangen fleckig, er sah gewiss auch schrecklich aus. Ihre Blicke verfingen sich ineinander, er las Dankbarkeit, Trauer, Verzweiflung und trotz allem unendliche Liebe.

Sie umarmte Marco. »Danke für die Wiege, sie ist wunderschön geworden, Marco!«

Theo trat mit Niva zu der Wiege. Sie war ausgestattet wie für ein lebendes Kind, mit einer Matratze, Kissen und Bettdecke, die Überzüge waren weiß mit rosa Herzen.

»Die hast du genäht, Mama, nicht wahr?« Ihre Mutter nickte. »Danke, sie sind wunderschön.«

Theo bettete den kleinen Körper hinein, deckte ihn zu.

Purple holte ein gestreiftes kuschliges Tuch mit einem Teddybärenkopf aus der Tasche. »Jedes Baby sollte ein

Schmusetuch haben.« Sie legte das Tuch neben Nivas Gesichtchen, auf der anderen Seite war Theos Giraffe.

Wie dumm er damals gewesen war, als er sie gekauft hatte!

Marlen umarmte ihre Freundin. »Danke, Purple.« Danach auch ihre Mutter, Marco und Ute. »Danke, euch allen.« Zum Schluss war sie in Theos Armen und flüsterte: »Ruf bitte Herrn Arnold an? Je länger ich sie bei mir habe, desto schwerer fällt mir der Abschied.«

Theo holte sein Handy heraus, die Nummer des Bestatters hatte er eingespeichert, dennoch weigerte sich sein Finger, die Aufgabe zu erfüllen.

Marco hob die Hand. »Halt. Wir haben noch eine kleine Arbeit vor uns.«.

Alle wandten sich ihm überrascht zu, sogar Purple schien nichts gewusst zu haben, als Marco aus seinem Rucksack einen Farbtopf und Pinsel herausholte. »Ich habe der Wiege eine dunkelblaue Farbe gegeben, damit man das Weiß gut sieht. Ihr habt Niva immer Schneeflocke genannt und ich dachte mir, dass es eine gute Idee ist, den Wiegensarg mit Schneeflocken zu bemalen. Es ist ein schnelltrocknender Lack, es wird nicht lange dauern.«

Die nächste Stunde verging für Theo wie im Traum. Sie malten eifrig, bis die gesamte Wiege mit verschiedenartigen Schneeflocken übersät war. Kurz sah eine Krankenschwester zu ihnen, brachte Getränke und ein paar Sandwiches. Doktor Wagner kam herein, fragte Marlen, wie es ihr ginge, und malte auf eigene Bitte eine Schneeflocke auf. Schließlich holten sie die junge Hebamme, die neben Ann-Marie bei der Geburt dabei gewesen war, sie sollte sich auch auf dem Sarg verewigen. Ann-Marie kam ebenfalls rechtzeitig, um eine Schneeflocke zu malen. Sie zeigte Marlen das Foto, das sie im Kreißsaal geschossen hatte: Darauf waren Marlen und er, sie hielt Niva auf dem Arm. Ann-Marie war es gelungen, die kurzen Sekunden von Nivas Leben einzufangen. Theo sah sich selbst mit einem Gesichtsausdruck, den er nie zuvor an sich entdeckt hatte. Innig, traurig, zärtlich – unendliche Liebe.

Kurz nach Mittag kam der Bestatter Arnold, er hatte eine Angestellte mitgebracht. Beide drückten den Eltern die Hand.

Marco hielt den Deckel der Wiege in der Hand und alle strichen über das weiße Gesichtchen. Marlen holte Niva noch einmal heraus, nahm sie in ihre Arme, Theo tat es ihr nach und schließlich wollten alle sie ein letztes Mal halten. Sie fühlte sich mittlerweile an wie eine Puppe, Theo hätte schreien mögen.

Die beiden Bestatter warteten geduldig am Rand und signalisierten weder durch eine Geste oder noch durch eine Mimik, dass sie sich beeilen sollten.

»Jede Schneeflocke gibt es nur ein einziges Mal.« Theo legte den Körper seiner Tochter schließlich in den liebevoll gestalteten Sarg, Marco verschloss ihn mit dem gewölbten Deckel.

Marlen drückte sich an Theo und er wusste nicht, wer von ihnen beiden wem Halt gab.

Der endgültige Abschied war gekommen. Die Bestatter nahmen den Sarg mit. Marlens Familie und Ute verabschiedeten sich auch, Marlen war grau im Gesicht vor Erschöpfung, ihr Körper war der Anstrengung nicht länger gewachsen. Schließlich hatte sie eine Geburt hinter sich. Sie war die ganze Nacht bis jetzt wach gewesen, hatte vermutlich ihre letzten Kräfte mobilisiert. Nun, da alles vorbei war, fiel sie zusammen wie eine Luftfigur, der man die Luft entzog. Sie sank auf das Bett, wirkte wie eine leblose Gliederpuppe. Theo schob ihre Füße nach, fühlte sich leer und kalt.

Minuten verstrichen, sie lag auf dem Rücken und strich über ihren Bauch, unablässig auf und ab.

Sie musste nicht sprechen, er wusste, was sie fühlte und dachte, denn ihm ging es ebenso.

Ihre kleine Schneeflocke war gegangen. Hatte sie alleingelassen mit dem Schmerz, der sie in ein schwarzes Loch saugte, in dem es kein Licht und keine Wärme gab.

Theo legte sich neben sie und war froh, dass sie es zuließ, auch wenn sie sich nicht bewegte.

»Ich wünschte, es gäbe einen Himmel.« Ihr Wispern war kaum zu verstehen. »Ich wünschte, ich könnte daran glauben, dass es ihr gut geht und dass das hier alles einen Sinn hat.« Ihre monotone Stimme machte ihm mehr Angst, als wenn sie getobt und geschrien hätte. »Wir konnten sie nicht beschützen.«

Der Kampf war vorbei, sie hatten verloren und das tat weh. Dass es von Anfang an aussichtslos gewesen war, zählte nicht.

»Wir hatten keine Chance zu gewinnen.« Er musste es aussprechen. »Es war ein unfairer Kampf von Anfang an. Wie hätten wir sie behüten können gegen einen unerbittlichen Feind, der sich ihrer bereits im Mutterleib bemächtigt hat?«

»Ich weiß, dass es Unsinn ist, aber ich habe trotzdem das Gefühl, versagt zu haben. Es ist alles so schnell gegangen, es kommt mir vor wie ein Albtraum.« Erneut fuhr sie hektisch über ihren Bauch, die nächsten Worte brachte sie kaum heraus. »Gestern dachte ich noch, wir hätten Zeit.«

Theo fühlte mit ihr. Ohne, dass es ihnen bewusst gewesen war, hatten sie gekämpft und sich zu wenig damit befasst, dass es ein Kampf gegen Windmühlen war.

Sie hatten zusammengelebt, sich geliebt und hätten sich doch mehr mit dem Tod befassen sollen. Sich darauf vorbereiten.

»Kann man sich drauf vorbereiten?« Marlen drehte sich zu ihm und ihm wurde bewusst, dass er die Worte laut ausgesprochen hatte. »Nein, Frau Doktor Falk hat es gesagt. Theo, wir haben es richtig gemacht. Weil wir mit unserer Niva gelebt haben. Durch den Kosenamen Schneeflocke war uns tief drin immer bewusst, dass sie nicht bleiben kann. Aber wir haben es korrekt gemacht, dank dir. Wir haben so viele Dinge unternommen. Denk an das Frühlingsfest und die Zuckerwatte.«

»Ja, das hat euch beiden gefallen.« Theo lehnte seine Wange an ihr Haar. »Und das moderne Museum, du hast ihr sämtliche Bilder interpretiert.«

»Schließlich wissen wir nicht, ob sie mal ein eine große Künstlerin geworden wäre.«

»Das Konzert mit den Shanty-Chören, das hat ihr bestimmt besser gefallen.«

»Oder die Ausflugsfahrt zum Erdbeerland. Die war einfach toll.«

»Unsere Strandausflüge. Wie die Möwe dir das Matjesbrötchen fortgeschnappt hat. Ich wette, sie hat gelacht.«

»Weil du mich abgelenkt hast.«

»Stimmt.«

Sie kuschelten sich aneinander, jeder hing seinen Gedanken nach und es verging eine ganze Weile.

Schließlich vernahm Theo Marlens gleichmäßige Atemzüge und hob vorsichtig den Kopf. Sie war eingeschlafen.

Ihr Körper musste vollkommen ausgelaugt und erschöpft sein. Von draußen klangen leise Schritte, Gespräche und das Klingeln einer Glocke.

Theo lag wach, in ihm rotierten die Gedanken. An das winzige Wesen, das in seinen Armen zum Engel geworden war. Selbst in der Erinnerung krampfte sich sein Herz erneut zusammen.

Er sah seine Schneeflocke vor sich, den filigranen weißen Körper, den er ins Wasser getaucht hatte. Er war vorsichtig, hatte Angst, sie zu zerbrechen, dabei konnte er ihr längst nicht mehr wehtun. Ann-Marie zeigte ihm trotzdem, wie er das Köpfchen halten musste. Und er wickelte sie nach dem Bad in ein Badetuch, rasch, als könnte sie sich verkühlen. Das Gesichtchen reinigte er behutsam mit einem Mulltupfer. Sie war perfekt bis auf das fehlende Stück an ihrem Schädel.

Die Natur hatte gepfuscht.

Sie fehlte ihm schon jetzt.

Das Leben war nicht fair, nie gewesen.

Die nächsten Tage funktionierte Theo einfach. Obwohl er mit Marlen nicht darüber sprach, spürte er, dass es ihr genauso erging. Sie verließ das Krankenhaus bereits am Tag nach der Geburt und sie bereiteten die Beerdigung vor. Purple half ihr, die Menschen einzuladen, von denen sie wussten, dass es ihnen etwas bedeuten würde, dabei zu sein.

Eine Ausnahme waren seine Eltern. Marlen bestand darauf, ihnen eine Einladung zu schicken. »Es sind Nivas Großeltern und es soll ihre Entscheidung sein, ob sie kommen wollen oder nicht.«

Theo war sich sicher, dass sie nicht dabei sein würden. Aber da waren immer noch die Aufzeichnungen seiner Omili. Diese könnten eine Brücke bauen. Falls seine Mutter sie gelesen hatte.

Marlen bewegte sich mechanisch wie eine Puppe. Er hatte zeitweise das Gefühl, dass lediglich ihr Körper anwesend war.

Sie hatten sich gegen eine Feuerbestattung entschieden. Zwei Stunden vor der Beerdigung saßen sie in der

Aufbahrungshalle vor dem kleinen blauen Sarg, der mit zahllosen Schneeflocken bemalt und mit den bunten Blumen rundum fröhlich wirkte.

»Wer weiß, was ihr erspart bleibt.« Marlen wandte ihm ihr Gesicht zu. Es war tränenfrei, offenbar waren alle Tränen vergossen. Zumindest für den heutigen Tag. »Aber es fällt mir schwer, mir vorzustellen, dass sie bald tief unter der Erde liegt.«

Er griff nach ihrer Hand, die sich kalt anfühlte, und umschloss sie mit der seinen. »Es ist nur eine leere Hülle. Ihre Seele ist schon längst herausgeflogen und frei.«

Sie sagte nichts darauf, gemeinsam saßen sie minutenlang da, die Hände ineinander verschlungen, und betrachteten den Sarg.

»Haben sich deine Eltern gemeldet?« Marlen hob den Kopf.

»Nein, ich rechne nicht mit ihnen.« Er schluckte, der Anblick des winzigen Sargs vor ihnen machte ihm zu schaffen. Am liebsten hätte er den Deckel weggerissen und seine Schneeflocke herausgeholt.

Aber es war nur ein Körper.

»So viele Verbrecher werden uralt und hier liegt ein Baby, das nicht einmal ein paar Minuten hat leben dürfen. Es ist unfair! Ein unschuldiges Kind muss sterben, noch ehe sein Werdegang einen Anfang hatte, und die größten Schweinehunde laufen unbehelligt herum.« Es brach aus ihm heraus, ehe er es verhindern konnte.

Sie lehnte sich an ihn, legte den Kopf auf seine Schulter und ihre Körperwärme drang durch sein Hemd. Langsam ebbte die tiefe Wut in seinem Inneren ab.

»Wir hätten sie geliebt«, flüsterte sie. »Egal, ob sie Nobelpreisträgerin oder sonst was geworden wäre.«

»Unbedingt.«

Sie schwiegen erneut. Nach einer Weile löste er sich von Marlen, stand auf, ging zu dem bemalten Sarg und strich leicht mit der Hand darüber. »Leb wohl, kleine Schneeflocke.«

Sie mussten stark sein für die Beerdigung.

Kapitel 48
2008

Es ist eisig kalt an diesem Tag im Februar. Isabelle ärgert sich, dass sie nicht ihre Winterschuhe angezogen hat, durch die dünnen Sohlen ihrer schwarzen Pumps dringt die Kälte, sodass sie das Gefühl hat, von unten herauf zu Eis zu erstarren. Es ist bezeichnend, dass sie auf der Beerdigung ihrer Mutter friert, ihr ganzes Leben neben Grete war unangenehm und anstrengend gewesen. Wenigstens bietet der Schal, den sie sich auch über den Kopf gezogen hat, ein bisschen Wärme.

Der Pfarrer hält seine Hände über den Sarg. Natürlich ist es seine Pflicht, nette Worte über die Verstorbenen zu sagen. Sie hat in der Kirche kaum zugehört.

Ihr Blick fällt auf Theo, er ist blass, bemüht sich ganz offensichtlich, ruhig zu stehen und nicht durch unpassendes Zappeln aufzufallen. Er wird seine Omili vermissen, so viel ist ihr bewusst. Ihn hat sie liebevoll behandelt, dafür sollte sie dankbar sein. Auch dass ihre Mutter sich um den Jungen gekümmert hat, damit sie arbeiten konnte. Ihre Karriere wäre andernfalls nicht möglich gewesen. Doch Isabelle hat vergeblich gegen ihre Eifersucht angekämpft. Weshalb ihre Mutter ihren Enkel lieben konnte und sie, die eigene Tochter, nicht, wird ihr für ewig ein Rätsel bleiben. Auch als Erwachsene ist sie ihrer Mutter nicht nähergekommen, jedes Gespräch endete stets mit Vorwürfen. Weil sie niemals die Tochter war, die ihre Mutter sich gewünscht hätte. Theo hat es schwer getroffen, dass Mutter ihren Krebs nicht hat behandeln lassen wollen. Ihr selbst war es gleichgültig gewesen.

Tante Finchen weint. Sie ist Gretes letzte lebende Verwandte, die jüngere Schwester. Isabelle hat selten mit ihr gesprochen, sie hat lange Zeit mit ihrem Mann in Dänemark gelebt. Seit seinem Tod ist sie öfter zu Besuch gekommen, aber nur einmal zu Isabelle.

Zudem sind noch einige Freundinnen von Grete hier und Frau Pettersen, ihre Nachbarin, die sich am Schluss um sie gekümmert hat. Erstaunlich, wie wenig Freunde übrig bleiben, wenn man krank wird.

Der Leichenschmaus findet im benachbarten Gasthof statt, es gibt Kaffee und Butterkuchen. Tante Finchen setzt sich neben sie, Isabelle wäre am liebsten weggerückt. »Sie wird mir fehlen«, Finchen tupft sich die Tränen aus den Augen. »Leider hatten wir erst seit drei Jahren wieder Kontakt. Geschrieben haben wir, ja, aber das ist nicht dasselbe.«

»Wann wirst du nach Aarhus zurückkehren?« Theo steckt sich eine Pommes in den Mund.

Josephine dreht sich zu ihm. »Ich weiß es noch nicht.« Tante Finchen hebt die Schultern an. »Ich bin nicht länger hier zu Hause, aber in Dänemark war ich es auch nie. Seit mein John nicht mehr ist und da ich keine Kinder habe, ist es …« Sie lässt den Satz in der Luft hängen.

Isabelles Gedanken schweifen ab. Theo hängt an Tante Finchens Lippen. Sie schrickt auf, als Udo ihr die Hand auf die Schulter legt. »Ich muss noch ins Büro.« Er drückt ihr einen lieblosen Kuss auf die Wange und verschwindet.

Isabelle sieht ihm nach. Manchmal wünscht sie, sie hätten mehr Zeit füreinander. Aber vielleicht wären sie dann lange schon getrennt? In ihrem Freundeskreis sind viele geschieden. Udo respektiert ihre wissenschaftliche Arbeit, ist stolz auf sie.

Ein einziges Mal hätte sie sich ein anerkennendes Wort von ihrer Mutter gewünscht.

»Ich habe etwas für dich«, wendet sich Tante Finchen an sie und schiebt ihr eine Mappe zu. »Grete hat mir gesagt, dass ich es dir geben soll, nach ihrem Tod.«

»Was ist das?« Der Widerwille ballt ihre Fäuste, die Fingernägel graben sich in die Handflächen. Sie will nichts von ihrer Mutter, gar nichts.

»Sie hat eine Art Tagebuch geführt, nein, es sind eher Notizen und Aufzeichnungen über ihr Leben. Wenn du es liest, verstehst du sie besser.«

Plötzlich schiebt sich eine Kugel aus ihrem Inneren, rutscht unweigerlich nach oben und explodiert in ihrem Mund. »Ich soll verstehen? Was denn? Dass sie nie eine Mutter für mich war? In meiner Kindheit kannte ich sie nur leidend auf dem Sofa liegend.« Sie sprach in einer anderen Stimmlage. »Du musst Rücksicht nehmen, Mutti hat Kopfweh, sei leise, sie hat Bauchschmerzen, mach die Tür nicht so laut zu, Mutti ist krank – wie mir das auf die Nerven gegangen ist! Und dann immer nur Vorwürfe von ihr, nichts war gut genug. Hatte ich lauter Einser im Zeugnis und eine Zwei, hat sie mit dem Finger auf die Zwei gezeigt. Bei den Schulaufführungen hat sie mir die eine Stelle vorgehalten, bei der ich mich verhaspelt habe, und nie durfte ich eine Freundin einladen, weil es immer zu laut war. Nicht mal, als ich erwachsen war, konnte ich ihr etwas recht machen, jedes Geschenk hat sie analysiert, jedes Wort auf die Waagschale gelegt – und jetzt soll ich sie verstehen? Niemals. Nimm den Kram wieder mit und verbrenn ihn.«

Sie ist laut geworden, beim Leichenschmaus für ihre Mutter. Isabelle spürt die indignierten Blicke der kleinen Gesellschaft auf sich, das Entsetzen ihres Sohnes brennt sich in sie. Eine Welle von schlechtem Gewissen überspült sie mit solcher Gewalt, dass ihr übel wird. Leicht schwankend steht sie auf. »Gib die Aufzeichnungen Theo, er hat seine Großmutter geliebt.«

Kapitel 49
Marlen

Liebe Schneeflocke! Es ist aus. Ich kann es nicht glauben, mein Bauch ist leer. Es ist ein schreckliches Gefühl, dass du nicht mehr hier bist, dass ich deine Bewegungen nicht mehr spüren kann, dass wir dir nichts mehr zeigen dürfen. Andere Mütter haben dieses Gefühl versucht zu beschreiben, aber es gibt keine Worte für das unendliche Vakuum, das dich von innen her verschlingt. Und doch bin ich dankbar für den Moment des Lebens. Du hast mich zur Mutter gemacht und das werde ich immer bleiben. Deine Mutter, die dich lieb hat bis in alle Ewigkeit.

So kleine Särge dürfte es nicht geben. Niemand sollte als Kind sterben müssen.

Obwohl Marlen den Sarg kannte, geholfen hatte, ihn zu bemalen und eben in der Aufbahrungshalle davorgesessen hatte – jetzt wollte sie hinstürmen und ihn aufreißen, bevor er unter die Erde käme.

Ihre Brüste schmerzten, ganz klappte es nicht mit dem Unterbinden der Milchproduktion. Ihr Körper schrie ebenso nach dem Kind wie sie.

Wozu hatte sie sich monatelang auf diesen Moment vorbereitet, wenn sie es trotzdem nicht wahrhaben konnte? Hatte sie gehofft, dass ihr Kind leben würde, trotz allem?

In der Kirche hatte sie sich an Theo lehnen können. Pfarrer Weisshold hatte eine liebevolle Abschiedsrede gehalten, von der sie allerdings nicht viel mehr als den Tonfall mitbekommen hatte. Die Worte hörte sie zwar, sie schienen aber an ihrer Schädeldecke abzuprallen, ehe ihr Gehirn den Sinn erfassen konnte. Theo stand nah bei ihr, sie wusste, er würde sie auffangen, sollte sie fallen.

Doch das wollte sie nicht, musste noch ein paar Stunden stark sein für ihre Schneeflocke. Überraschend viele waren gekommen, Kolleginnen und Kollegen von Floravelle und sogar Frau von Stein, ehemalige Mitschülerinnen mit ihren Männern, Ann-Marie, Ute und natürlich ihre Familie.

Die Sonne ließ die Blumen besonders zur Geltung kommen. Weiße Hortensien, zartrosa Rosen, Margeriten und dazwischen das Blau von Glockenblumen, die den bemalten Wiegen-Sarg umkränzten.

Alle Trauergäste hatten Luftballons in Händen. Theo und Marco hatten sie gemeinsam mit Gas gefüllt und mit Bändern versehen.

Der blaue Sarg mit den weißen Schneeflocken wurde sorgsam in die Erde hinabgelassen. Zur gleichen Zeit ließen alle die Ballons fliegen, auch Marlen und Theo lösten die ihren von ihren Handgelenken. Marlen versagten die Knie, doch Theo war zur Stelle und fing sie auf. »Schau in den Himmel, Marlen. Unsere Schneeflocke fliegt zu den Sternen.«

Sie sah hinauf. Hinter dem Tränenschleier erkannte sie die weißen Luftballons, sie flogen höher und höher.

»Sie ist irgendwo da draußen, in die Erde kommt nur ihre Hülle.«

Sie nickte, sah wieder zu Nivas letzter Ruhestätte. Überrascht fiel ihr Blick auf die zwei Personen, die etwas abseits hinter dem Grab standen.

»Deine Eltern sind da.« Sie flüsterte.

Theo hob den Kopf. Ihnen blieb keine Zeit, sich zu wundern, denn nun traten alle vor und warfen Konfetti ins offene Grab auf den Sarg. Marlen hatte sich das gewünscht, statt der üblichen Erde hatte sie einen Korb mit bunten Papierschnipseln hinstellen lassen, aus denen sich die Trauergäste bedienen konnten. Manche hielten zusätzlich ein kleines Kuscheltier in der Hand, das sie mit dem Konfetti gemeinsam ins Grab warfen. Die meisten gingen in die Knie, ließen die Gaben in liebevoller Art und Weise hineingleiten, was Marlen tief berührte.

Sie hätte niemals geglaubt, wie gut ihr die Anteilnahme der Menschen tat. Doch so war es. Purple hatte mit allen gesprochen und ihnen vom Wunsch Marlens erzählt, wie die Verabschiedung ablaufen sollte, und nun versuchten sämtliche Anwesende, ihre Bitten zu erfüllen.

Es wurde ruhiger rund um sie. Schließlich war niemand übrig, nur sie und Theo. Hand in Hand traten sie vor das offene Grab, der kleine Sarg war fast vollständig unter dem Konfetti-Meer verschwunden.

Marlen warf ihre weißen und rosafarbenen Rosen, die ein wenig zerquetscht aussahen, so sehr hatte sie sie gedrückt, hinunter. Dann zog sie eine etwas abgewetzte

Stoffkatze aus der Handtasche, hielt sie vor sich und sah dem Kuscheltier in die blauen Glasaugen. »Das ist Pippa, meine Heldin aus Kindertagen«, sagte sie leise, weil sie das Bedürfnis hatte, Theo eine Erklärung abzugeben. »Erst wollte ich ihr etwas Neues kaufen, aber Pippa hat mir in der Kindheit beigestanden und es fühlt sich nun richtig an, sie meiner Tochter zu schenken.« Sie ließ die Katze fallen und sie landete zwischen all den Blumen und anderen Kuscheltieren.

»Auf Wiedersehen, kleine Niva«, sagte sie leise. »Mögen die Engel dich behüten.«

Theo trat neben sie, er hielt den Korb mit dem restlichen Konfetti in Händen, darauf lag ein Teddybär mit abgewetztem Fell, ein Ohr fehlte. »Wir hatten den gleichen Gedanken. Das war mein Freund«, sagte er leise, wobei sich sein Mund zu seinem typisch verlegenen schiefen Grinsen verzog. »Ich gebe ihn dir mit auf deine Reise, kleine Niva, dann kann er dich zusammen mit Mamas Pippa beschützen.« Er hockte sich so tief wie möglich zum Grab und kippte den Korb, sodass das restliche Konfetti hineinregnete. Zum Schluss beugte er sich weit hinunter und ließ den Teddy los.

Marlens Augen brannten, am liebsten hätte sie Theo umarmt, doch auch er sollte seine letzten Minuten mit Niva haben, also störte sie ihn nicht.

Theo löste den letzten Luftballon, der am Konfettikorb befestigt war. »Meine Schneeflocke, einzigartig und wunderschön, sei frei und fliege in die Ewigkeit. Im Herzen wirst du immer bei uns sein.«

Sie sahen dem Ballon nach, danach umarmten sie sich fest. Wie lange sie so standen, konnte Marlen später nicht sagen.

»Lass uns am Abend noch einmal herkommen.« Theo nahm ihre Hand. »Wir müssen zu den anderen.«

Sie nickte und blinzelte heftig. Wann waren alle Tränen geweint?

Vor dem Friedhof warteten ihre Familie, Mama, Marco und Purple. Alle drei umarmten erst sie und dann Theo hintereinander. Worte waren nicht nötig.

Erst jetzt fiel ihr Blick auf die Personen dahinter.

Theos Eltern.

»Schön, dass ihr gekommen seid«, sprach Theo schließlich, Marlen spürte, dass es ihm wirklich naheging, obwohl sein Tonfall eher sachlich war. Ihre Familie blieb neben ihr.

Zu ihrer Überraschung umarmte Theos Mutter sie. »Es tut mir leid«, schluchzte sie. »Keine Mutter sollte das hier durchmachen müssen.« Danach umschlang sie Theo, während sie sich in den Armen von Theos Vater wiederfand.

»Kommt doch mit«, bat sie leise. »Wir haben noch einen kleinen Imbiss vorbereitet und wollen an Niva denken.«

Der Nachmittag ging vorbei, es gab Kuchen, Kaffee und andere Getränke sowie belegte Brötchen in der kleinen Wirtschaft nahe dem Friedhof.

Theo saß bereits eine ganze Weile bei seinen Eltern. An seiner entspannten Körperhaltung erkannte Marlen, dass es ein positives Gespräch sein musste, sonst hätte sie eingegriffen.

Ann-Marie setzte sich zu ihr. »Wie geht es dir, Marlen?«, fragte sie leise. »Ist es schlimm für dich, oder tun dir die anderen Menschen gut?«

»Ich bin überrascht über die Anteilnahme, von unserer Firma sind viele gekommen.«

»Das finde ich auch bemerkenswert.« Ann-Marie nahm ihre rechte Hand in die ihre. »Es ist für die meisten nicht leicht, mit Betroffenen umzugehen. Und deswegen redet man uns Frauen ein, dass wir Fehlgeburten und Totgeburten möglichst schnell vergessen sollen. Aber das ist falsch, Marlen. Nimm dir so viel Zeit, wie du brauchst. Niva ist in deinem Herzen und sie wird immer dortbleiben. Du wirst vielleicht noch nach zwanzig, dreißig Jahren Tränen vergießen und Schmerz spüren, wenn du an sie denkst.«

»Eine Mutter im Forum hat geschrieben: Das Leben geht weiter, aber anders. Nach einem solchen Erlebnis regt man sich nicht mehr so leicht über Kleinigkeiten auf, denn das Schlimmste ist bereits passiert. Man lebt vielleicht bewusster, intensiver und nimmt kleine Freuden unbeschwerter wahr.«

»Alles ist möglich, Marlen. Selbsthilfegruppen sind gut, damit man weiß, man steht nicht allein da. Aber im Grunde genommen muss jede selbst ihren Weg finden, das sagt der Name bereits aus. Manche bekommen gleich ein zweites Kind, manche wollen keins mehr, manche lassen sich damit Zeit. Manche begeben sich auf Weltreise, wechseln den Job oder nehmen eine Auszeit, sofern man es sich finanziell leisten kann. Manche ziehen gar in eine andere Stadt oder gehen sogar ins Ausland, manche finden Trost in der Religion oder in körperlichen Praktiken wie Meditation, Yoga oder Thai Chi. Der Weg, den du wählst, ist auf jeden Fall der Richtige, wenn er sich für dich richtig anfühlt.«

Marlen nickte. Sie hatte keine Ahnung, ob und was ihr helfen könnte, den Schmerz in ihrem Inneren zu dämpfen. Ihr fehlte das Strampeln von Niva in ihrem Bauch, die Leere war mit nichts zu füllen.

Die Sonne stand bereits tief, als Theo mit ihr wie versprochen zum Friedhof zurückging. Schweigend gingen sie die gekiesten Wege entlang.

Es war ein milder Abend, der Duft von Blumen lag in der Luft. Es war still rundum, in einer Viertelstunde würde der Friedhof abgeschlossen werden. An manchen Gräbern brannten Kerzen, eine ältere Frau mit einer Gießkanne begegnete ihnen. Sie grüßten kurz und gingen weiter.

»Wie war das Gespräch mit deinen Eltern?«

»Überraschend gut. Ich wünschte, meine Mutter hätte mir früher einiges über meine Großmutter erzählt. Da ist vieles schiefgelaufen. Ich bin froh, dass sie sich aufgerafft hat, die Aufzeichnungen meiner Omili zu lesen.« Er holte tief Luft. »Mein Vater hat mir die Schulden erlassen. Ohne Bedingungen.«

»Gott sei Dank, das war aber auch Zeit.«

Sie erreichten die Grabstätte, die nun mit Erde aufgefüllt war.

Blumenkränze bedeckten den Grabhügel und das Holzkreuz mit Nivas Namen steckte in der Mitte. Marlen holte die Kerzen aus ihrer Tasche, eine für sie und eine für Theo. Sie zündeten sie an und stellten sie zu Füßen des Grabes hin.

Danach trat Theo zum Nachbargrab und entzündete auch dort eine Kerze. »Omili, bitte pass da drüben auf deine Urenkelin auf. Ich wette, du findest einen Weg. Es tut mir leid, was du alles hast durchmachen müssen, du kennst den Schmerz, der unendlich ist, wenn man ein Kind verliert. Bei dir war das sogar mehrmals der Fall. Schade, dass es damals keine psychologische Hilfe gab, dann wäre das zwischen Mutter und dir nicht so entsetzlich schiefgelaufen. Für mich warst du meine liebenswerte Omili, dafür danke ich dir. Für Mutter und dich war es zu spät zur Versöhnung, aber du hast dafür gesorgt, dass es für meine Eltern und mich noch einen Weg gibt. Sei glücklich da oben.«

Marlen hörte mit offenem Mund zu.

Er sah sie nicht an, während er zu Nivas Grab zurückkam. »Liebe Schneeflocke, du hast mich etwas gelehrt. Dass jede Minute auf dieser Welt vergeudet ist, wenn man keine Liebe empfindet. Es hat ein wenig gedauert, bis dieser Sturschädel von Papa erkannt hat, dass er ohne deine Mama nicht sein kann und will. Ohne dich hätte ich das niemals kapiert.« Mit Schwung drehte er sich zu

Marlen. »Ich liebe dich, Marlen. Und ich will mit dir zusammenbleiben, Kinder kriegen und aufziehen, gemeinsam in Urlaub fahren und eine Wohnung teilen, irgendwann heiraten, wenn du möchtest. Denn ich weiß, dass es für mich nur dich geben wird.«

Marlen stürzte in seine Arme.

Zum Kuckuck, dann weinte sie eben schon wieder.

Kapitel 50
Ein Jahr später
Marlen

Meine Schneeflocke, heute wäre dein erster Geburtstag. Und ich habe beschlossen, diesen Abschiedsbrief an dich zu schreiben. Wie du wohl aussehen würdest? Es gibt Apps, mit denen man das herausfinden kann, aufgrund der Knochenstruktur und Ähnlichem. Aber das möchte ich nicht, wozu auch? Du bist unsere Schneeflocke, einzigartig und für immer in unseren Herzen.

Kaum zu glauben, dass bereits ein Jahr vorüber ist. Dein Papa hat sich selbstständig gemacht, stell dir vor! Er hat ein Grafikdesignbüro eröffnet und hat massenhaft Aufträge für Buchcover, Plakate und Werbebilder. Vor einem halben Jahr konnte er mich offiziell anstellen. Die Buchhaltung und so habe ich schon vorher für ihn erledigt, du weißt ja, dein Papa hat es nicht so mit Zahlen. Mit seinen Eltern versteht er sich besser – na ja, nicht immer. Seine Mutter macht eine Therapie und sie kann endlich zu ihren Gefühlen stehen. Und sein Vater, dein Großvater, ja auch er hat sich ein bisschen geändert, soweit es ihm möglich ist. Dein Papa hat sogar eine Werbekampagne für Marquardt Juwelen erstellt und unterstützt. Also ja, die beiden kommen sich näher.

Meine Mama hat für deinen Geburtstag bereits ein Stofftier genäht, einen Elefanten, den bringen wir dir später mit. Und das Beste weißt du noch gar nicht: Du bekommst eine Cousine oder einen Cousin. Deine Tante Pur-

ple ist schwanger und dein Onkel Marco ist komplett von der Rolle.

Liebe Schneeflocke, das letzte Jahr war hart. Es gab sie anfangs häufig, die schlechten Tage voller Bitterkeit, wenn die Finsternis sich in jeder Pore meines Körpers eingenistet hat und ich fast daran erstickt wäre. Aber es gab auch die besseren Tage. Dein Papa war immer da und wir konnten zu zweit von dir sprechen, die Erinnerungen hochleben lassen und um dich weinen. Wir haben akzeptiert und gelernt, dass wir dankbar sein dürfen, für die Zeit, die wir mit dir verbringen durften.

Marlen schloss das Buch. Nur wenige Seiten waren übrig, denn im letzten Jahr hatte sie ihre Höhen und Tiefen aufgeschrieben.

Theo kam herein. »Störe ich?«

»Nie.« Sie stand auf und ließ sich von seinen Armen umfangen. »Ich musste Niva nur das Neueste berichten.«

»Wie geht es dir damit?« Theo hielt sie ein wenig auf Abstand und sah ihr ins Gesicht. Sie wusste sofort, was er meinte.

»Gut. Ich freue mich für Purple und Marco.«

»Es tut trotzdem weh.«

Sie nickte. »Aber nur wenig.« Sie glitt aus seinen Armen und verstaute das Buch in der Schublade des Schreibtisches.

»Marlen, es ist in Ordnung.« Er legte die Hände auf ihre Schultern. »Wir beide können jederzeit …«

»Ich bin noch nicht so weit.« Sie drehte sich herum. »Weißt du, dass man die Kinder, die gestorben sind, Sternenkinder nennt?«

»Natürlich.« Er klang überrascht, schließlich hatten sie häufig darüber geredet.

»Und die Kinder, die danach geboren werden, Regenbogenkinder?«

»Auch das weiß ich.« Theo schüttelte leicht den Kopf.

»Hast du dir schon mal überlegt, warum diese Namen existieren?«

»Sternenkinder nennt man so, weil sie in der Vorstellung als Sterne am Himmel funkeln. Regenbogen steht als Symbol der Hoffnung und Heilung, nach jedem Sturm und Regen gibt es einen Regenbogen.«

»Richtig. Und ich möchte nicht, dass ein neues Baby als Pflaster für das Verstorbene herhalten muss. Ann-Marie hat mir erzählt, dass viele Trost darin finden, gleich wieder schwanger zu werden. Aber ich möchte einen Weg gehen, der allein für mich ist, und ich bin mir sicher, dass ich kein Regenbogenbaby haben möchte.«

»Das ist in Ordnung, Marlen. Wir haben keinen Stress. Auch wenn du sagst, du magst kein Baby mehr haben, stehe ich hinter dir.«

»Irgendwann will ich ein Baby haben, aber ich möchte es niemals mit Niva vergleichen, es soll ein eigenständiges Lebewesen sein.«

Theo nickte.

»Wie ist es für dich, Theo?« Marlen wusste, dass es für ihn teilweise schwerer gewesen war als für sie. Einer

471

Mutter räumte man inzwischen eine längere Trauerphase ein, einem Vater noch nicht.

»Ich vermisse sie. Du hast recht, unsere Schneeflocke wird immer einzigartig sein. Marlen, ich liebe dich und wünsche mir, dass wir heiraten, wenn du das auch möchtest.«

»Ist das ein Antrag? Einfach so? Ohne Kerzenschein, Romantik und Champagner?«

»Sogar ohne Ring. Ich bin nicht vorbereitet, doch es fühlt sich genau jetzt richtig an, Marlen. Du und ich, gemeinsam - das ist meine Vorstellung von Glück.«

Marlen sah ihn an. Der Mann, der ihr in den vergangenen eineinhalb Jahren unheimlich nahegekommen war. Das letzte Jahr spulte im Zeitraffer vor ihr ab, sein etwas gekrümmter Rücken, wenn er vor dem Laptop saß und an seinen Designs arbeitete. Sein verschmitztes Lächeln in der Küche, wann immer er sich an einem Rezept versuchte. Vor ihrem Auge erschienen die Szenen, wie er ihr versprochen hatte, für sie da zu sein. Sie erinnerte sich, wie seine rauen Handflächen ihren gewölbten Bauch massierten. Und sie sah Niva, deren Herz in seinen Armen aufhörte zu schlagen.

Sie sah hoch und registrierte, dass seine Augen den Glanz verloren hatten und seine Mundwinkel herabhingen. Dachte er, sie würde ablehnen?

Dem konnte sie abhelfen.

»Ja, ja und noch mal ja.«

Seine Züge erhellten sich, er hob sie hoch und wirbelte sie herum.

Später standen sie am Grab, zündeten Kerzen an und sangen ein Geburtstagslied für ihre Schneeflocke. Marlen sah zum Himmel. Ein Mensch, der so kurze Zeit gelebt hatte, hinterließ das Wertvollste überhaupt.

Unendliche Liebe.

Liebe Leserinnen und Leser!

Ein herzliches Dankeschön an Euch, liebe Lesende, die ihr diesem Buch eine Chance gegeben habt. Die Recherche war für mich höchst emotional und berührend. Ich bedanke mich bei allen, die mich an ihren Erlebnissen teilhaben ließen. Eine dermaßen schrecklich leidvolle Diagnose zu erhalten, stellt jede Mutter vor die furchtbare Wahl: Schwangerschaftsabbruch oder auf den Tod des Babys warten. Egal, wofür sie sich entscheidet, es ist ein schwerer Weg. Ich durfte bei allen Betroffenen ein enormes Maß an Stärke, Mut und nicht enden wollende Liebe kennenlernen. Mein Respekt und die Bewunderung, wie respektvoll und tapfer viele Eltern mit dem Verlust eines Kindes umgehen, ist ins Unendliche gewachsen. Keine der Mütter hat ihren Entschluss, das todgeweihte Baby auszutragen, bereut. Sie sprachen im Gegenteil von einer nicht immer einfachen, trotzdem wundervoll intensiven Zeit des Abschiednehmens.

Aus diesem Grund war es mir eine Herzenssache, dass ich keinen Roman schreibe, dessen Trauer die Lesenden wie ein schwarzes Tuch umhüllt. Vielmehr wollte ich aus größtem Schmerz etwas Schönes wachsen lassen.

Es ist ein rein fiktiver Roman. Mir ist bewusst, dass jede Mutter, jeder Vater, die ein Kind verlieren, anders mit dem Verlust umgehen. Es gibt kein Richtig und

Falsch, welche der zahlreichen Möglichkeiten, Hilfe anzunehmen, die beste ist. Jede Mutter hat das Recht, um ihr Kind zu trauern. Sie darf und soll sich beliebig lange dafür Zeit nehmen. Und vielleicht ändert sich unsere Gesellschaft auch dahin gehend, dass man offen Anteil nimmt und nicht peinlich berührt wegschaut.

Mit der Figur Grete wollte ich ein Denkmal für meine Großmütter, Trude und Fina, setzen. Sie waren starke Frauen ihrer Zeit, die zwei Weltkriege miterlebt haben und aus Versorgungsgründen wesentlich ältere Männer heiraten mussten. Ihre beruflichen Träume durften sie nicht verwirklichen und niemals das Prickeln der Liebe erleben, dennoch haben sie aus ihrem Leben das Beste gemacht.

Ein Dankeschön an das Team vom Empire Verlag, das mich ermutigt hat, an das schwierige Thema heranzugehen. **Thomas Seidl, Nicole Siemer,** meine wundervoll gründliche Lektorin **Bianca Kober,** die das Projekt in besonderer Weise von Anfang an mitgetragen hat und Adlerauge **Heidemarie Rabe** für das Ansetzen des Korrekturstifts. Es ist ein wunderbares Gefühl, Euch alle an meiner Seite zu wissen.

Ebenfalls ein Danke an meine liebe Freundin und ehemalige Schulkameradin **Andrea Traxler,** meine Schwägerin **Lisa Blechschmid** sowie an **Julia Eberle,** die als meine allerersten Testleserinnen fungiert haben. Und natürlich

– wie immer - Danke an meinen Mann **Rainer**, der mich still im Hintergrund unterstützt und motiviert und stets im rechten Moment wieder in die Realität zurückholt, wenn ich total tief drin bin und die Zeit übersehe.

Und bei Euch, Ihr lieben Leserinnen und Leser, möchte ich mich ebenfalls von Herzen bedanken. Was wäre eine Autorin ohne Menschen, die ihre Bücher mögen und lesen? Vielen lieben Dank für Eure zahlreichen Rückmeldungen, die mich immer erreichen und die mich motivieren, weiterzuschreiben.

Wer sich noch weiter über die Themen informieren möchte, dem kann ich folgende Bücher empfehlen:
»Mutter ohne Kind« von Eva Lindner
»Unversehrt« von Eva Biringer

Über ein persönliches Feedback oder eine Rezension würde ich mich auch dieses Mal wieder riesig freuen.
Erreichen könnt Ihr mich über Facebook, Instagram, TikTok und meine Homepage: www.lotte-woess.com oder einfach per E-Mail: lottewoess@gmail.com.

Und natürlich freue ich mich, wenn Ihr weitere Bücher von mir lesen werdet.
Herzlichst
Eure Lotte

Weitere Veröffentlichungen der Autorin unter::
www.empire-verlag.at/autoren/l-r-woess/

Inhaltswarnung/ Content Notes

Dieses Buch enthält fiktive Schilderungen von Erlebnissen, die ggf. Auslösereiz bei Betroffenen sein können.

Folgende Liste wurde gewissenhaft erstellt, dennoch kann keine Garantie für Vollständigkeit übernommen werden:

• Schwere Krankheit

• Tod eines Kindes